ORSON SCOTT CARD

La sombra del Hegemón

byblos

Título original: *Hegemon's Shadow*

Traducción: Rafael Marín Trechera

1.ª edición: junio 2006

Bailén, 84 - 08009 Barcelona (España)
www.edicionesb.com

Diseño de cubierta: Estudio Ediciones B
Ilustración de cubierta: Leo Flores
Diseño de colección: Ignacio Ballesteros

Printed in Spain
ISBN: 84-666-2368-X
Depósito legal: B. 21.717-2006

Impreso por NOVOPRINT

Orson Scott Card | La sombra del Hegemón

Presentación

Aunque parezca mentira, Orson Scott Card lo ha hecho de nuevo. Y de una forma sorprendente.

Casi quince años después del extraordinario éxito de EL JUEGO DE ENDER, *Card se atrevió a contar la misma historia (la guerra contra los insectores en la Escuela de Batalla), pero desde un nuevo punto de vista: el de Bean, el lugarteniente de Ender. Un personaje si cabe más interesante y atractivo que el mismo Ender y al que Card va a dedicar una nueva serie que ha empezado con gran éxito, tras convertirse* LA SOMBRA DE ENDER, *en Estados Unidos, en un gran* best-seller *de la prestigiosa lista del* New York Times *y, en España, en un nuevo éxito de ventas.*

Tal y como el mismo Card cuenta en el «Comentario final» de este libro, el esquema de la obra completa se plantea, por ahora (con Card nunca se sabe) de la siguiente manera:

Primero, una historia entrañable sobre la formación de un líder militar, Ender, en la Escuela de Batalla en una Tierra atacada por los insectores (que con el tiempo han devenido en «fórmicos», según la nueva denominación que el mismo Card les está dando). Ésa es la historia de EL JUEGO DE ENDER.

A esa novela sigue una primera y compleja trilogía, que transcurre unos tres mil años en el futuro y está protagonizada por un Ender y una Valentine todavía jóvenes debido a los efectos relativistas. A ellos se une, casi como protagonista, la consciente red de ordenadores que compone la inteligencia artificial

Jane, seriamente amenazada por las averiguaciones de Han Qing-Jao en el planeta Sendero. Esa trilogía está formada por LA VOZ DE LOS MUERTOS, ENDER EL XENOCIDA *e* HIJOS DE LA MENTE, *publicadas en los números 1, 50 y 100 de nuestra colección. (*EL JUEGO DE ENDER, *aparecida previamente en la colección de bolsillo Libro Amigo, tiene en su reedición en NOVA un curioso número 0.* Cosas veredes, amigo Sancho...*)*

Tras varios años resistiéndose a las muchas peticiones de lectores y editores para que siguiera narrando historias sobre Ender, Card ha acabado haciéndolo de forma un tanto tangencial. Primero contó la historia de Ender y sus comandantes en LA SOMBRA DE ENDER *(número 137 en nuestra colección) introduciendo con gran detalle a un nuevo personaje, Bean, que va a ser el eje de la nueva serie. Pero Bean no está solo. Ender partió tras la derrota de los insectores en la guerra Fórmica, pero en la Tierra quedaron tanto sus compañeros de la Escuela de Batalla como su hermano mayor, Peter. Y ésos, junto a Bean y su némesis, Aquiles, serán los protagonistas principales de la nueva serie, inevitablemente siempre ligada al recuerdo y la omnipresente imagen de Ender.*

Prevista inicialmente como trilogía, esta serie de Bean, el que maneja en la sombra, va a convertirse (tal y como cuenta el mismo Card al final de este volumen) en una tetralogía, ya que, como suele ocurrirle en los últimos años a este autor, sus historias adquieren dimensión propia y, por lo general, tienden a dilatarse.

La nueva tetralogía tratará, básicamente, de geopolítica y de temas político-militares en la Tierra, tras la victoria sobre los insectores, un período no demasiado lejano de nuestra actualidad y donde los dos siglos transcurridos pueden haber cambiado algunas cosas, pero no demasiadas. Aunque no hay que olvidar que, incluso la guerra y la geopolítica han de adquirir, a manos de Card, un tono intimista que se centra en las motivaciones últimas de las acciones y las decisiones que toman los principales protagonistas.

Con todo ello, según el proyecto actual, la serie se cerrará finalmente con LA SOMBRA DEL HEGEMÓN, *seguida de* LA SOMBRA DE LA MUERTE *y* LA SOMBRA DEL GIGANTE, *que iremos ofreciendo en esta colección a medida que vayan apareciendo.*

Ender no era el único niño en la Escuela de Batalla, sólo el mejor entre los mejores. Bean, un ser prácticamente tan superdotado como Ender, verá en éste a un rival, pero también a un líder irrepetible. Con su prodigiosa inteligencia obtenida por manipulación genética, Bean ve y deduce incluso lo que Ender no llega a conocer. Lugarteniente, amigo, tal vez posible suplente, Bean nos mostró en LA SOMBRA DE ENDER *el trasfondo de lo que ocurría en la Escuela de Batalla y que, tal vez, el mismo Ender nunca llegó a saber.*

Finalmente, la guerra contra los insectores ha sido ganada gracias a Ender y a su equipo de niños precoces, convertidos en brillantes estrategas militares. El enemigo ha quedado destruido, la especie humana se ha salvado y los viejos problemas provocados por la ambición, la política y la guerra vuelven a convertir la Tierra en el habitual campo de batalla interhumano ahora que la amenaza externa ha desaparecido.

Ender se ha marchado con Valentine, pero lo cierto es que los niños de la Escuela de Batalla retornados a la Tierra serán considerados algo más que héroes: son armas potenciales en la nueva guerra que se avecina. Todos ellos, excepto uno, son secuestrados por diversas potencias y Bean, el lugarteniente de Ender acostumbrado a operar en la sombra, deberá afrontar la situación asociándose a Peter, el genial hermano mayor de Ender, cuyas ambiciones políticas tal vez le conduzcan a regir el planeta como nuevo Hegemón.

Se trata, como muy bien nos cuenta el mismo Orson Scott Card en el «Comentario final» de este libro, de una curiosa novela histórica de un futuro cercano (unos dos siglos), centrada en la política y la guerra, pero sobre todo en las motivaciones de los personajes que mueven los hilos de la trama del poder y en la que, por sus características personales, tanto Bean como Peter tienen mucho que decir.

Debo confesar que hace ya bastante tiempo me parecía que Orson Scott Card se sentía algo insatisfecho del poco juego que le había dado a uno de sus personajes potencialmente más interesantes: Peter, el hermano mayor de Ender. Así lo dejé entrever en mi presentación de HIJOS DE LA MENTE *donde, gracias a los «filotes», Peter hacía también su intervención, aunque de manera un tanto lateral.*

El tema que Peter aporta es, básicamente, el de la política, la manipulación de intereses humanos y, tal vez, la guerra. A ese tema central parece que va a dedicar Card el resto de la nueva serie, aunque siempre desde la perspectiva de sus geniales niños. Y para acompañar a un personaje como Peter, ¿quién mejor que un genio que está ya acostumbrado a operar en la sombra? Bean es el adecuado complemento de un Peter que, junto a Petra y otros niños prodigio de la Escuela de Batalla, parece llamado a dar mucho juego en la nueva serie.

Por el momento, si sus volúmenes son tan interesantes como LA SOMBRA DE ENDER *o* LA SOMBRA DEL HEGEMÓN, *la diversión está claramente garantizada. Tal y como se afirma en la prestigiosa revista* Locus, *Bean* «es, en muchos aspectos, un personaje aún más atractivo que el mismo Ender».

Que ustedes lo disfruten.

MIQUEL BARCELÓ,
para la edición en la colección Nova

A Charles Benjamin Card.
Siempre eres luz para nosotros,
ves a través de todas las sombras,
y oímos tu fuerte voz
cantando en nuestros sueños.

PRIMERA PARTE

VOLUNTARIOS

1

Petra

A: Chamrajnagar%sacredriver@ifcom.gov
De: Locke%espinoza@polnet.gov
Asunto: ¿Qué está haciendo usted para proteger a los niños?

Querido almirante Chamrajnagar:

Un amigo mutuo que en el pasado trabajó para usted y ahora es un encumbrado burócrata me dio su idnombre; seguro que ya sabe a quién me refiero. Soy consciente de que en este momento su principal responsabilidad no es tanto militar como logística, y que está más pendiente de lo que ocurre en el espacio que de la situación política en la Tierra. Después de todo, derrotó usted decisivamente a las fuerzas nacionalistas lideradas por su predecesor en la Guerra de las ligas, y ese tema parece zanjado. La F.I. sigue siendo independiente, cosa que todos agradecemos.

Lo que nadie parece comprender es que la paz en la Tierra no es más que una ilusión temporal. No sólo el expansionismo de Rusia sigue siendo una fuerza impulsora: muchas otras naciones tienen planes agresivos hacia sus vecinos. Las fuerzas del Estrategos están siendo desmanteladas, la Hegemonía pierde rápidamente toda autoridad y la Tierra se encuentra al borde del cataclismo.

El principal recurso de las naciones en las inminentes guerras serán los niños formados en las Escuelas de Mando, Batalla y Tácticas. Aunque es perfectamente apropiado que esos niños sirvan a sus países natales en guerras futuras, las naciones que carezcan de esos genios certificados por la F.I. o que consideren que sus rivales tienen comandantes más dotados inevitablemente emprenderán acciones preventivas, ya sea para asegurar ese recurso enemigo para su propio uso o para negar al enemigo el uso de ese recurso. En resumen, esos niños corren el grave riesgo de ser secuestrados o asesinados.

Reconozco que mantiene usted una política de manos libres respecto a los acontecimientos de la Tierra, pero fue la F.I. la que identificó a esos niños y los entrenó, convirtiéndolos así en objetivos militares. Sería un buen paso para protegerlos que usted diera una orden para colocar a esos niños bajo la protección de la Flota, advirtiendo a toda nación o grupo que intente dañarlos o manejarlos que se enfrentarán a inmediatas y severas represalias militares. Lejos de considerarlo una interferencia en los asuntos terrestres, la mayoría de las naciones agradecerán esa acción y, por lo que pueda valer, tendría usted mi completo apoyo en todos los foros públicos.

Espero que actúe inmediatamente. No hay tiempo que perder.

Respetuosamente,

Locke

Cuando Petra Arkanian regresó a casa nada le pareció igual. Las montañas eran impresionantes, claro, pero en realidad no formaban parte de su experiencia infantil. Cuando llegó a Maralik, empezó a ver cosas que deberían significar algo para ella. Su padre se reunió con ella en Yereván, mientras su madre se quedaba en casa con su hermano de once años y el nuevo bebé, concebido obviamente antes de que las restricciones a la natalidad se relajaran cuando terminó la guerra. Sin duda habían visto a Petra por televisión. Ahora, mientras el flivver llevaba a Petra y a su padre por estrechas callejuelas, él empezó a pedir disculpas.

—No te parecerá gran cosa, Pet, después de ver mundo.

—No nos han enseñado mucho mundo, papá. No había ventanas. En la Escuela de Batalla.

—Me refiero al espaciopuerto, y la capital, y toda la gente importante y los edificios maravillosos...

—No estoy decepcionada, papá.

Tuvo que mentir para tranquilizarlo. Era como si le hubiera regalado Maralik y ahora no estuviese seguro de que le gustase. Petra aún no sabía si debería gustarle o no. No le había gustado la Escuela de Batalla, pero acabó acostumbrándose. Era imposible que le gustara Eros, pero tuvo que soportarlo. ¿Cómo no iba a gustarle un sitio como ése, con el cielo despejado y la gente deambulando por donde quería?

Sin embargo, era cierto que estaba decepcionada, pues todos sus recuerdos de Maralik eran los de una niña de cinco años que contemplaba altos edificios flanqueando amplias calles, mientras enormes vehículos volaban a alarmantes velocidades. Ahora había crecido, y empezaba a alcanzar su altura de mujer, y los coches eran pequeños, las calles estrechas y los edificios (diseñados para sobrevivir al siguiente terremoto, cosa que no habían hecho los viejos edificios) eran bajos. No feos: poseían cierta gracia, teniendo en cuenta la mezcla de estilos: turco y ruso, español y Riviera, y, lo más increíble, japonés. Era una maravilla ver cómo armonizaban por la gama de colores, la cercanía a la calle, la altura casi uniforme, ya que todos rozaban los máximos legales.

Ella sabía todo esto porque había leído en Eros al respecto mientras esperaba con los otros niños a que terminara la Guerra de las ligas. También había visto imágenes en las redes, pero nada la había preparado para el hecho de que se había marchado de ese lugar con cinco años y ahora regresaba a los catorce.

—¿Qué? —preguntó. Su padre le había dicho algo que no había entendido.

—Si quieres pararte a comprar un caramelo antes de ir a casa, como hacíamos antes.

Caramelos. ¿Cómo podría haber olvidado la palabra caramelo?

No era de extrañar. El otro único armenio de la Escuela de Batalla iba tres años por delante de ella y se graduó en la Escuela Táctica, así que sólo coincidieron durante unos meses. Ella tenía siete años cuando pasó de la

Escuela de Tierra a la de Batalla, y él tenía diez y se marchó sin dirigir jamás una escuadra. ¿Era extraño que no quisiera hablar en armenio a una niña pequeña llegada de casa? Petra había pasado nueve años sin hablar armenio. Y el armenio que hablaba era el de una niña de cinco años. Resultaba difícil hablarlo ahora, y aún más difícil era entenderlo.

¿Cómo decirle a su padre que le sería de gran ayuda que le hablara en el Común de la Flota, el inglés? Él conocía el idioma, claro: sus padres lo hablaban en casa cuando era pequeña, para que no tuviera problemas lingüísticos si la llevaban a la Escuela de Batalla. De hecho, ahora que lo pensaba, ése era parte del problema. ¿Con qué frecuencia había usado su padre la palabra armenia para referirse a los caramelos? Cada vez que salían de paseo y se paraban a comprar uno, se lo preguntaba en inglés, y los identificaba todos por su nombre en inglés. Era absurdo, en realidad: ¿para qué iba a necesitar ella saber, en la Escuela de Batalla, los nombres ingleses de los caramelos armenios?

—¿De qué te ríes?

—Creo que he perdido la afición por los caramelos mientras estaba en el espacio, papá. Aunque por los viejos tiempos espero que tengas tiempo de pasear conmigo de nuevo por la ciudad. No serás tan alto como la última vez.

—No, ni tu mano será tan pequeña. —También él se echó a reír—. Nos han robado años que ahora serían preciosos de recordar.

—Sí —dijo Petra—. Pero he estado donde debía estar.

¿O no? Fui la que primero se vino abajo. Pasé todas las pruebas, hasta la prueba que importaba, y en ese punto fui la primera en desmoronarme. Ender me consoló diciéndome que confiaba en mí más que en nadie y que me presionaba más, pero lo cierto es que nos presionaba a todos y confiaba en todos y yo fui la que se vino abajo. Nadie lo mencionó jamás; hasta era posible que en la Tierra nadie lo supiera. Pero sus compañeros sí lo sabían. Hasta aquel momento en que se quedó dormida en medio del combate, había sido una de los mejores. Después de eso, aunque nunca más se desmoronó, Ender tampoco volvió a confiar en ella. Los otros la observaban, para poder intervenir si de pronto dejaba de comandar sus naves. Ella estaba segura de que habían designado a alguien para que la sustituyese, pero nunca preguntó quién. ¿Dink? ¿Bean? Bean, sí... aunque Ender no le hubiera indicado que la vigilase o no, ella sabía que Bean estaría observando, dispuesto a tomar las riendas. Ella no era de fiar. No confiaban en ella. Ni siquiera Petra misma confiaba.

Sin embargo, lo mantendría en secreto a su familia. Tampoco lo había mencionado al primer ministro y a la prensa, a los militares armenios y a los escolares que se habían reunido para recibir a la gran heroína armenia de la guerra Fórmica. Armenia necesitaba un héroe. Ella era la única candidata de esa guerra. Ya le habían mostrado los libros de texto online que la incluían entre los diez armenios más célebres de todos los tiempos. Su foto, su biografía, y citas del coronel Graff, del mayor Anderson, de Mazer Rackham.

Y de Ender Wiggin.

«Fue Petra quien me defendió en primer lugar y estuvo dispuesta a correr el riesgo. Petra me entrenó cuando nadie más quería hacerlo. Todo se lo debo a ella. Y en la campaña final, batalla tras batalla, fue la comandante en quien confié.»

Ender no podía imaginar cómo dolerían esas palabras. Al decirle que confiaba en ella sin duda pretendía tranquilizarla, pero como Petra conocía la verdad, sus palabras le sonaban a lástima. Parecían una mentira piadosa.

Ahora ya estaba en casa, pero se sentía más extranjera que en ningún otro lugar. No podía sentirse en casa; allí nadie la conocía. Conocían a una niña pequeña que se había marchado entre un puñado de llorosos adioses y valientes palabras de amor, y también conocían a una heroína que regresaba con el halo de la victoria alrededor de cada palabra y cada gesto. Pero no conocían y nunca conocerían a la niña que no pudo soportar la presión y en mitad de una batalla simplemente... se quedó dormida. Mientras sus naves se perdían, mientras hombres de carne y hueso morían, ella dormía porque su cuerpo no toleró más la vigilia. Esa niña permanecería oculta a todos.

Y también quedaría oculta la niña que observaba cada movimiento de sus compañeros, la que evaluaba sus habilidades, imaginaba sus intenciones, decidida a aprovechar cuanto pudiera, negándose a doblegarse ante ninguno de ellos. Aquí se suponía que debía volverse niña de nuevo: más mayor, pero niña al fin y al cabo. Dependiente de otros.

Después de nueve años de feroz guardia, sería un descanso dejar su vida en manos de los demás, ¿no?

—Tu madre quería venir, pero tenía miedo. —Se rió como si fuera divertido—. ¿Comprendes?

—No.

—No miedo de ti —añadió el padre—. De su hija primogénita nunca podría tener miedo. Pero si de las cámaras, de los políticos, de las multitudes. Es una mujer de su casa, no del mercado. ¿Comprendes?

Ella entendía bastante bien el armenio, si a eso se refería, porque él empleaba un lenguaje sencillo y separaba un poco las palabras para que ella no se perdiera en el fluir de la conversación. Petra se lo agradecía, pero también se sentía avergonzada de que fuera tan obvio que necesitaba ayuda.

Lo que no comprendía era que el miedo a las multitudes pudiera impedir que una madre acudiera a recibir a su hija después de nueve años.

Petra sabía que su madre no tenía miedo de las multitudes ni de las cámaras. Le tenía miedo a ella. La niña de cinco años perdida que nunca volvería a tener cinco años, que tuvo su primer período con la ayuda de una enfermera de la Flota, cuya madre nunca la había ayudado a hacer los deberes, ni le había enseñado a cocinar. No, un momento. Ella había horneado pasteles con su madre. La había ayudado a hacer la masa. Ahora que lo pensaba, podía ver que su madre no la había dejado hacer nada importante. Sin embargo, a Petra le había parecido que era ella quien cocinaba. Que su madre confiaba en ella.

Esta línea de pensamiento le evocó la forma en que Ender la había consolado al final, fingiendo confiar en ella pero manteniendo el control.

Y como era una idea insoportable, Petra miró por la ventanilla del flivver.

—¿Estamos en la parte de la ciudad donde yo jugaba?

—Todavía no —respondió el padre—. Pero casi. Maralik sigue sin ser una ciudad grande.

—Todo me parece nuevo.

—Pero no lo es. Nunca cambia, sólo la arquitectura. Hay armenios por todo el mundo, pero sólo porque fueron obligados a marcharse para salvar la vida. Por naturaleza, los armenios se quedan en casa. Las montañas son el vientre, y no tenemos ningún deseo de nacer. —Se rió con su propio chiste.

¿Siempre se había reído así? A Petra le parecía más

nerviosismo que diversión. Su madre no era la única que le tenía miedo.

Cuando finalmente el flivver llegó a la casa, Petra reconoció dónde estaba. Comparada con los recuerdos que tenía de ella, le pareció pequeña y destartalada, aunque en realidad no había pensado en el lugar en muchos años: dejó de acechar en sus sueños al cumplir los diez. No obstante, al regresar a casa todo volvió a ella, las lágrimas que derramó en aquellas primeras semanas y meses en la Escuela de Tierra, y otra vez cuando salió del planeta y fue a la Escuela de Batalla. Esto era lo que había añorado, y por fin regresaba, lo había recuperado... justo cuando sabía que ya no lo necesitaba, que en realidad ya no lo quería. El hombre nervioso que la acompañaba en el taxi no era el alto dios que con tanto orgullo la guiaba por las calles de Maralik. Y la mujer que esperaba en la casa no sería la diosa que le procuraba el alimento y le aliviaba acariciándole con su fresca mano cuando estaba enferma.

Pero no tenía ningún otro lugar al que ir.

Su madre estaba esperando en la ventana. El padre colocó la palma de la mano en el escáner para aceptar el precio del flivver. Petra alzó una mano para dirigir un saludito a su madre y esbozó una tímida sonrisa que pronto se convirtió en una mueca. Su madre le devolvió la sonrisa y el saludo. Petra cogió la mano de su padre y caminó con él hacia la casa.

La puerta se abrió mientras se acercaban. Era Stefan, su hermano. No habría reconocido al niño de dos años de sus recuerdos, todavía un bebé regordete. Y él, naturalmente, no la recordaba en absoluto. Sonrió como le habían sonreído los escolares, entusiasmados por conocer a una celebridad, pero no realmente conscientes de ella como persona. Pero como era su hermano, lo abrazó.

—¡Eres Petra de verdad! —exclamó él.

—¡Eres Stefan! —respondió ella. Entonces se volvió hacia su madre, que permanecía junto a la ventana, asomada.

—¿Mamá?

La mujer se volvió con las mejillas cubiertas de lágrimas.

—Me alegro tanto de verte, Petra... —suspiró.

Pero no hizo ningún gesto para acercarse a ella, ni siquiera le tendió los brazos.

—Pero sigues buscando a la niña pequeña que se marchó hace nueve años —señaló Petra.

La madre se echó a llorar, tendiéndole ya los brazos, y Petra se acercó a ella para recibir su abrazo.

—Te has convertido en una mujer —dijo la madre—. No te conozco, pero te quiero.

—Yo también te quiero, mamá —dijo Petra. Y le encantó advertir que era verdad.

Disfrutaron casi de una hora los cuatro juntos, en realidad los cinco, cuando el bebé se despertó. Petra eludió sus preguntas («Oh, todo lo que hay que saber sobre mí ya ha sido publicado o emitido. Contadme cosas de vosotros»), y se enteró de que su padre seguía corrigiendo libros de texto y supervisando traducciones, y su madre seguía siendo la pastora de la comunidad, atendía a todo el mundo, llevaba comida a los enfermos, cuidaba de los niños mientras los padres trabajaban, y daba de comer a cualquier niño que apareciera.

—Recuerdo una vez que mamá y yo almorzamos a solas —bromeó Stefan—. No sabíamos qué decir y sobró un montón de comida.

—Ya era así cuando yo era pequeña —dijo Petra—. Recuerdo que yo estaba muy orgullosa de que los demás niños quisieran a mi madre. ¡Y también estaba celosa por la forma en que ella los quería!

—Nunca tanto como a mis propios hijos —intervino la madre—. Pero admito que me gustan los niños, cada uno de ellos es precioso a los ojos de Dios y todos son bienvenidos en mi casa.

—Oh, he conocido a unos cuantos que no te gustarían —observó Petra.

—Tal vez —contestó la madre, que no deseaba discutir, pero sin creer que pudiera existir un niño así.

El bebé gorjeó y la madre se alzó la camisa para darle el pecho.

—¿Mamaba yo tan ruidosamente? —preguntó Petra.

—La verdad es que no.

—Oh, dile la verdad —dijo el padre—. Despertaba a los vecinos.

—Así que era una glotona.

—No, simplemente una salvaje —dijo el padre—. No tenías modales.

Petra decidió hacer la pregunta a las claras y acabar de una vez por todas.

—El bebé nació sólo un mes después de que se derogaran las restricciones de población.

Sus padres se miraron, la madre con una expresión beatífica, el padre con recelo.

—Sí, bueno, te echábamos de menos. Queríamos otra niña.

—Habríais perdido vuestro trabajo —indicó Petra.

—No inmediatamente.

—Los oficiales armenios siempre han sido un poco lentos a la hora de aplicar esas leyes —respondió la madre.

—Pero tarde o temprano podríais haberlo perdido todo.

—No —dijo la madre—. Cuando te marchaste, perdimos la mitad. Los niños lo son todo. El resto... no es nada.

Stefan se echó a reír.

—Excepto cuando tengo hambre. ¡La comida es algo!

—Tú siempre tienes hambre —dijo el padre.

—La comida siempre es algo —replicó Stefan.

Se echaron a reír, pero Petra comprendió que Stefan no albergaba ilusiones sobre lo que podría haber significado el nacimiento de este nuevo niño.

—Menos mal que ganamos la guerra.

—Mejor que perderla —asintió Stefan.

—Es bueno tener al bebé y obedecer también a la ley —señaló la madre.

—Pero no tuvisteis a vuestra niña pequeña.

—No —contestó el padre—. Tuvimos a nuestro David.

—No necesitábamos una niña pequeña después de todo —dijo la madre—. Te recuperamos a ti.

En realidad, no, pensó Petra. Y no durante mucho tiempo. Cuatro años, tal vez menos, y me marcharé a la universidad. Y no me echaréis de menos entonces, porque sabréis que no soy la niña pequeña que amáis, sino una encallecida veterana de una desagradable escuela militar donde había que librar batallas reales.

Después de la primera hora, los vecinos y primos y amigos del trabajo del padre empezaron a aparecer, y hasta después de medianoche el padre no pudo anunciar que al día siguiente no era fiesta y que necesitaba dormir un poco antes de trabajar. Tardaron otra hora más en despedir a todo el mundo y para entonces todo lo que Petra deseaba era acostarse y esconderse del mundo durante al menos una semana.

Al atardecer del día siguiente supo que tenía que marcharse de allí. No encajaba en su vida cotidiana. Su madre la quería, sí, pero su vida se centraba en el bebé y en el barrio, y aunque trataba de incluir a Petra en su conversación, la joven comprendió que era una distracción, que para su madre sería un alivio que fuera al colegio durante el día como hacía Stefan y que regresara sólo a la hora prevista. Esa misma noche Petra anunció que deseaba matricularse en el colegio y empezar las clases al día siguiente.

—Lo cierto es que los de la F.I. dijeron que podrías ir directamente a la universidad —dijo el padre.

—Tengo catorce años. Y hay lagunas serias en mi educación.

—Nunca ha oído hablar de Perro —intervino Stefan.

—¿Qué? —preguntó el padre—. ¿Qué perro?

—Perro. La orquesta zip. Ya sabes.

—Un grupo muy famoso —asintió la madre—. Si los oyes, te entrará dolor de cabeza.

—Oh, *ese* Perro —dijo el padre—. No creo que ésa sea la educación a la que se refería Petra.

—En realidad sí.

—Es como si fuera de otro planeta —dijo Stefan—. Anoche me di cuenta de que no ha oído hablar de nadie.

—Es que soy de otro planeta. O, más concretamente, de un asteroide.

—Por supuesto —convino la madre—. Tienes que ponerte al día con tu generación.

Petra sonrió, pero interiormente dio un respingo. ¿Su generación? Ella no tenía ninguna generación, excepto los pocos miles de niños que habían estado en la Escuela de Batalla y ahora andaban dispersos por la Tierra, tratando de averiguar dónde encajaban en un mundo en paz.

Petra no tardó en descubrir que el colegio no iba a ser fácil. No había cursos de historia ni estrategia militar.

Las matemáticas eran ridículas comparadas con las que estudiaba en la Escuela de Batalla, pero en literatura y gramática andaba muy retrasada: su conocimiento del armenio era en efecto infantil, y aunque tenía bastante fluidez con la versión del inglés empleado en la Escuela de Batalla (incluyendo el argot que los chicos usaban allí), tenía poco dominio de las reglas gramaticales y no comprendía nada de la jerga que los niños usaban en el colegio, una mezcla de armenio e inglés.

Todo el mundo se mostraba amable con ella, por supuesto: las chicas más populares tomaron inmediata posesión de ella, y los maestros la trataron como a una celebridad. Petra permitió que la llevaran de un lado a otro y se lo mostraran todo, y estudió la forma de hablar de sus nuevas amigas con cuidado, para aprender el argot y las entonaciones del inglés y el armenio de la escuela. Sabía que las chicas populares pronto se cansarían de ella, sobre todo cuando se dieran cuenta de lo brusca que era Petra al hablar, una tendencia que no tenía intención de cambiar. Petra estaba acostumbrada al hecho de que la gente que se preocupaba por la jerarquía social acabara odiándola y, si eran listos, temiéndola, ya que las pretensiones no duraban mucho en su presencia. Encontraría a sus verdaderas amistades en las próximas semanas, si es que había alguien que la valorase por lo que era. No importaba. Todas las posibles amistades, todas las preocupaciones sociales le parecían triviales. En ese lugar no había nada en juego, excepto la vida social de cada estudiante y su futuro académico, ¿y qué importaba eso? Toda la escolarización anterior de Petra se había llevado a cabo bajo la sombra de la guerra, y el destino de la humanidad había dependido de sus estudios y su destreza. Ahora, ¿qué importaba si se esforzaba o no? Leería literatura armenia porque quería aprender armenio, no porque imaginara que importase lo que un expatriado como Saroyan pensara sobre las vidas de los niños en una era perdida de un país lejano.

La única asignatura que de verdad le gustaba era la educación física. Tener un cielo sobre la cabeza mientras corría, sentir la pista llana bajo sus pies, poder correr y correr por el simple placer de hacerlo y sin tener un reloj marcando el tiempo permitido para los ejercicios aeróbicos: todo un lujo. Físicamente no podía competir con la mayoría de las otras niñas. Su cuerpo tardaría un tiempo en adaptarse a la gravedad superior, pues a pesar de los esfuerzos de la F.I. para asegurarse de que los cuerpos de los soldados no se deterioraran demasiado durante los largos meses y años que pasaban en el espacio, nada te entrenaba para vivir en la superficie de un planeta, excepto vivir efectivamente allí. Sin embargo, a Petra no le importaba ser una de las últimas en terminar las carreras, no poder saltar ni siquiera el obstáculo más insignificante. Le gustaba correr libremente, y sus debilidades le daban objetivos que cumplir. Pronto podría ser competitiva. Ése era uno de los aspectos de su personalidad que la habían llevado a la Escuela de Batalla en primer lugar: no tenía ningún interés particular en competir, porque siempre empezaba sabiendo que, si importaba, encontraría un modo de ganar.

Y así se acostumbró a su nueva vida. En pocas semanas hablaba ya armenio con fluidez y dominaba el argot local. Como había supuesto, las chicas populares la abandonaron en ese tiempo, y unas semanas después, las chicas estudiosas también se distanciaron. Encontró sus amigos entre los rebeldes y marginados, y pronto tuvo un círculo de confidentes y conspiradores a los que llamó su «jeesh», el argot de la Escuela de Batalla para definir a los amigos íntimos, un ejército privado. No es que fuera comandante ni nada, pero todos se mantenían leales y se divertían a costa de los profesores y otros estudiantes, y cuando una consejera la llamó para comunicarle que la dirección estaba preocupada por el hecho de que parecía estar relacionándose demasiado con un elemento antisocial en el colegio, entonces comprendió que realmente Maralik era su hogar.

De pronto llegó un día en que regresó a casa del colegio y encontró la puerta cerrada. No tenía llave: nadie usaba llaves en el barrio porque nadie echaba el cerrojo, y si hacía buen tiempo ni siquiera cerraban las puertas. Oyó al bebé llorando en el interior de la casa, así que en vez de llamar a su madre para que le abriera la puerta, rodeó la casa y entró por la cocina. Encontró a su madre atada a una silla, amordazada, con los ojos desorbitados de pavor.

Antes de que Petra tuviera tiempo de reaccionar, una hipostick se le clavó en el brazo y, sin que tuviera tiempo de ver quién lo había hecho, quedó sumida en la oscuridad.

2

Bean

A: Locke%espinoza@polnet.gov
De: Chamrajnagar%%@ifcom.gov
Asunto: No vuelva a escribirme

Señor Peter Wiggin:

¿De verdad piensa que yo no tendría recursos para saber quién es? Puede que sea el autor de la Propuesta Locke, dada su reputación como pacificador, pero también es responsable en parte de la inestabilidad actual del mundo gracias al egoísta uso de la identidad de su hermana como Demóstenes. No albergo la menor ilusión respecto a sus motivos.

Es escandaloso que sugiera que yo ponga en peligro la neutralidad de la Flota Internacional para tomar el control de unos niños que han completado su servicio militar con la F.I.

Si su intento de manipular la opinión pública me obliga a hacerlo, revelaré su identidad como Locke y Demóstenes.

He cambiado mi idnombre y he informado a

nuestro amigo mutuo que no intente volver a conducir comunicaciones entre usted y yo jamás. El único consuelo que le queda es el siguiente: la F.I. no interferirá con quienes intentan ejercer la hegemonía sobre otras naciones y pueblos. Ni siquiera con usted.

Chamrajnagar

La desaparición de Petra Arkanian de su hogar en Armenia se comentó en los informativos de todo el mundo. Los titulares mostraban las acusaciones de Armenia contra Turquía, Azerbaiján y las demás naciones de habla turca, además de las feroces negativas y contraacusaciones que provocaron por respuesta. Hubo llorosas entrevistas con la madre, la única testigo, que estaba segura de que los secuestradores eran azerbaijanos.

—¡Conozco el idioma, conozco el acento, y son ellos los que se llevaron a mi niña!

Bean estaba con su familia, disfrutando de su segundo día de vacaciones en la isla de Ítaca, pero se trataba de Petra, y leyó las redes y contempló los vids con interés, en compañía de su hermano, Nikolai. Los dos llegaron a la misma conclusión inmediatamente.

—No fue ninguna de las naciones turcas —anunció Nikolai a sus padres—. Eso está claro.

El padre, que había trabajado muchos años para el gobierno, estuvo de acuerdo.

—Los turcos de verdad se habrían asegurado de hablar solamente ruso.

—O armenio —dijo Nikolai.

—Ningún turco habla armenio —objetó la madre. Tenía razón, por supuesto, ya que los turcos nunca se dignarían a aprenderlo, y los países turcos que lo hablaban no eran, por definición, turcos de verdad y no se les podía confiar la delicada misión de secuestrar a un genio militar.

—¿Entonces, quién fue? —preguntó el padre—. ¿Agentes provocadores, intentando iniciar una guerra?

—Yo apuesto por el gobierno armenio —apuntó Nikolai—. Para ponerla al mando del ejército.

—¿Por qué secuestrarla cuando podrían emplearla? —preguntó el padre.

—Sacarla abiertamente del colegio sería como anunciar las intenciones militares de Armenia. Podría provocar acciones preventivas por parte de Turquía o Azerbaiján.

En principio la tesis de Nikolai parecía lógica, pero Bean sabía que se trataba de otra cosa. Ya había previsto esta posibilidad cuando todos los niños con dotes militares estaban en el espacio. En aquella época el principal peligro procedía del Polemarca, y Bean escribió una carta anónima a un par de líderes de opinión de la Tierra, Locke y Demóstenes, instándoles a que todos los niños de la Escuela de Batalla volvieran a la Tierra para que no pudieran ser capturados por las fuerzas del Polemarca en la Guerra de las ligas. La advertencia había funcionado, pero ahora que la Guerra de las ligas había terminado, demasiados gobiernos habían empezado a pensar y actuar de modo complaciente, como si el mundo tuviera ahora paz en vez de un frágil alto el fuego. El análisis original de Bean todavía se mantenía. Fue Rusia la que estuvo detrás del intento de golpe de estado del Polemarca durante la Guerra de las ligas, y era probable que fuera Rusia la responsable del secuestro de Petra Arkanian.

Con todo, no tenía ninguna prueba ni conocía forma alguna de obtenerla: ahora que no estaba dentro de las instalaciones de la Flota, no tenía acceso a los sistemas informáticos de los militares. Así que se guardó el escepticismo para sí e hizo un chiste al respecto.

—No sé, Nikolai —dijo—. Ya que orquestar este secuestro va a tener un efecto aún más desestabilizador, yo diría que si la ha secuestrado su propio gobierno eso demuestra que la necesitan de verdad, porque sería una tontería hacerlo.

—Si no son tontos —intervino el padre—, ¿quién lo hizo?

—Alguien que es lo bastante ambicioso para librar guerras y vencerlas y lo bastante listo para saber que necesitan a un comandante brillante —dijo Bean—. Y que sea lo bastante grande o lo bastante invisible o esté lo bastante lejos de Armenia para que no le importen las consecuencias del secuestro. De hecho, seguro que quien la secuestró estaría encantado de que estallara la guerra en el Cáucaso.

—¿Entonces piensas que se trata de una nación cercana, grande y poderosa? —preguntó el padre. Naturalmente, sólo había una nación que cumpliera esos requisitos.

—Es posible, pero ¿quién sabe? —dijo Bean—. Todo el que necesite a una comandante como Petra quiere un mundo revuelto. Suficiente revuelo, y cualquiera podría acabar en la cima. Hay un montón de bandos para luchar unos contra otros.

Y ahora que lo había dicho, empezó a creerlo. El hecho de que Rusia fuera la nación más agresiva antes de la Guerra de las ligas no significaba que otras naciones no pretendieran entrar en el juego.

—En un mundo sumido en el caos —dijo Nikolai—, gana el ejército con el mejor comandante.

—Si quieres encontrar al secuestrador, busca el país

que más hable de paz y reconciliación —dijo Bean, jugando con la idea y diciendo lo que se le ocurría sobre la marcha.

—Eres demasiado cínico —contestó Nikolai—. Algunos de los que hablan de paz y reconciliación simplemente quieren paz y reconciliación.

—Tú observa... las naciones que se ofrecen para arbitrar son las que piensan que deberían gobernar el mundo, y esto no es más que otro movimiento en el juego.

El padre se echó a reír.

—No insistas demasiado en eso —dijo—. La mayoría de las naciones que siempre se ofrecen para arbitrar intentan recuperar su estatus perdido, no obtener nuevo poder. Francia. América. Japón. Siempre intentan mediar porque un día tuvieron poder y no aceptan que lo hayan perdido.

Bean sonrió.

—Nunca se sabe, papá. El mismo hecho de que descartes la posibilidad de que pudieran ser los secuestradores me hace considerarlos los candidatos más probables.

Nikolai se echó a reír y estuvo de acuerdo.

—Ése es el problema de tener en casa dos graduados de la Escuela de Batalla. Al comprender el pensamiento militar suponéis que también comprendéis el pensamiento político.

—Todo se basa en maniobras y en evitar la batalla hasta que cuentas con una superioridad abrumadora —dijo Bean.

—Pero también se trata de la voluntad de poder —puntualizó el padre—. Y aunque haya individuos en América y Francia y Japón que tengan voluntad de poder, el pueblo no. Sus líderes nunca conseguirán ponerlos en marcha. Hay que mirar a las naciones en alza: pueblos agresivos que se sienten ofendidos, que creen haber sido menospreciados. Beligerantes, quisquillosos.

—¿Toda una nación de gente beligerante y quisquillosa? —preguntó Nikolai.

—Parece Atenas —observó Bean.

—Una nación resentida contra otras naciones —dijo el padre—. Varias naciones islámicas encajan en el patrón, pero nunca secuestrarían a una niña cristiana para ponerla a liderar sus ejércitos.

—Podrían secuestrarla para impedir que su propia nación la utilizara —dijo Nikolai—. Lo cual nos lleva de vuelta a nuestros vecinos armenios.

—Es un rompecabezas interesante que podremos resolver más tarde —dijo Bean—, cuando nos vayamos.

El padre y Nikolai lo miraron como si estuviera loco.

—¿Irnos?

Fue la madre quien comprendió.

—Van a secuestrar a los graduados de la Escuela de Batalla. No sólo eso, sino que han secuestrado a un miembro del equipo de Ender en las batallas de verdad.

—Y una de las mejores —asintió Bean.

El padre se mostró escéptico.

—Un incidente aislado no significa nada.

—No nos quedemos a esperar a ver quién es el siguiente —dijo la madre—. Prefiero sentirme como una tonta más tarde por haber exagerado que lamentarlo por no haber contemplado la posibilidad.

—Deja pasar unos cuantos días y todo se habrá acabado —sugirió el padre.

—Ya nos han dado seis horas —replicó Bean—. Si los secuestradores son pacientes, no golpearán de nuevo durante meses. Pero si son impacientes, ya estarán en movimiento contra otros objetivos. Por lo que sabemos, el único motivo por el que Nikolai y yo no estamos ya en el saco es porque estropeamos sus planes al irnos de vacaciones.

—O bien porque al estar aquí en esta isla les damos la oportunidad perfecta —dijo Nikolai.

—Papá, ¿por qué no pides protección? —propuso la madre.

El padre vaciló, y Bean comprendió por qué. El juego político era delicado, y cualquier movimiento de su padre podría tener repercusiones en su carrera.

—No lo percibirán como que pides privilegios especiales para ti —dijo Bean—. Nikolai y yo somos un recurso nacional precioso. Creo que el primer ministro lo ha dicho varias veces. No parece mala idea comunicar a Atenas dónde estamos y sugerir que nos protejan y nos saquen de aquí.

El padre cogió el teléfono móvil, pero sólo recibió la señal de que el sistema estaba saturado.

—Ya está —dijo Bean—. Es imposible que el sistema esté saturado aquí en Ítaca. Necesitamos un barco.

—Un avión —corrigió la madre.

—Un barco —insistió Nikolai—. Y no de alquiler. Probablemente están esperando que nos pongamos en sus manos, así que no habrá pelea.

—Varias de las casas cercanas tienen barcos —dijo el padre—, pero no conocemos a esa gente.

—Bueno, ellos nos conocen a nosotros —observó Nikolai—. Sobre todo a Bean. Somos héroes de guerra, ya sabes.

—Pero cualquier casa podría ser el lugar desde donde nos están vigilando —dijo el padre—. Si es que nos vigilan. No podemos fiarnos de nadie.

—Pongámonos los bañadores —sugirió Bean—, y vayamos caminando hasta la playa y luego alejémonos cuanto podamos antes de cortar tierra adentro y buscar a alguien que tenga un barco.

Como no tenían ningún plan mejor, lo llevaron a

cabo de inmediato. Dos minutos después salieron por la puerta, sin llevar bolsas ni maletas, aunque sus padres se metieron unos cuantos documentos de identificación y tarjetas de crédito en los bañadores. Bean y Nikolai se reían y bromeaban como de costumbre, y sus padres se dieron la mano en silencio, sonriendo a sus hijos... como siempre. Ningún signo de alarma. Nada que hiciera que nadie que los vigilara saltase a la acción.

Sólo habían recorrido medio kilómetro camino de la playa cuando oyeron una explosión; fuerte, como si estuviera cerca, y la onda de choque los hizo estremecerse. La madre cayó al suelo. El padre la ayudó a levantarse mientras Bean y Nikolai miraban hacia atrás.

—Tal vez no sea nuestra casa —dijo Nikolai.

—Mejor no volvemos para comprobarlo.

Echaron a correr hacia la playa, tratando de no dejar atrás a la madre, que cojeaba un poco porque se había despellejado una rodilla y se había torcido la otra al caer.

—Adelantaos vosotros —dijo.

—Mamá, si te cogen a ti es igual que si nos cogieran a nosotros —dijo Nikolai—, porque accederíamos a todas sus condiciones para recuperarte.

—No quieren capturarnos —dijo Bean—. A Petra la querían utilizar. A mí me quieren muerto.

—No —dijo la madre.

—Bean tiene razón —observó el padre—. No se hace volar una casa por los aires para secuestrar a los ocupantes.

—¡Pero no sabemos si fue nuestra casa! —insistió la madre.

—Mamá, es estrategia básica —insistió Bean—. Destruye cualquier recurso que no controles para que tu enemigo no pueda usarlo.

—¿Qué enemigo? ¡Grecia no tiene enemigos!

—Cuando alguien quiere gobernar el mundo, tarde o temprano todo el mundo es su enemigo —dijo Nikolai.

—Creo que deberíamos correr más rápido —apremió la madre, y así lo hicieron.

Mientras corrían, Bean pensó en lo que su madre había dicho. La respuesta de Nikolai era cierta, por supuesto, pero Bean no podía dejar de pensar que Grecia tal vez no tuviera enemigos, pero él sí. En algún lugar del mundo Aquiles seguía vivo. Supuestamente está bajo custodia, prisionero porque está mentalmente enfermo, porque ha asesinado una y otra vez. Graff había prometido que nunca sería puesto en libertad, pero Graff fue sometido a un consejo de guerra. Cierto que finalmente lo exoneraron, pero tuvo que retirarse del ejército. En ese momento era ministro de Colonización y ya no estaba en disposición de mantener su promesa sobre Aquiles. Y si había algo que Aquiles quisiera, era ver muerto a Bean.

Secuestrar a Petra es algo que bien podría habérsele ocurrido a Aquiles, y si estaba en situación de hacer que eso sucediera (si algún grupo o gobierno le hacía caso) entonces le habría resultado bastante fácil hacer que la misma gente matara a Bean.

¿O acaso Aquiles insistiría en estar presente?

Probablemente no. Aquiles no era un sádico. Mataba con sus propias manos cuando lo consideraba preciso, pero nunca corría riesgos. Matar desde lejos sería preferible, contratar otras manos para que llevaran a cabo el trabajo.

¿Quién más querría ver muerto a Bean? Cualquier otro enemigo pretendería capturarlo. Sus puntuaciones en las pruebas de la Escuela de Batalla eran de dominio público desde el juicio de Graff. Los militares de todas las naciones sabían que era el chico que había superado en muchos aspectos al propio Ender, de manera que sería el más codiciado y también el más temido, si estaba al otro lado de la guerra. Cualquiera de ellos podría matarlo si sabían que no podían apresarlo. Sin embargo, primero intentarían cogerlo. Sólo Aquiles preferiría su muerte.

Prefirió no decir nada a su familia. Sus temores respecto a Aquiles parecerían demasiado paranoides, ni siquiera estaba seguro de creerlos él mismo. Sin embargo, mientras corría por la playa con su familia, cada vez estaba más seguro de que quien había secuestrado a Petra actuaba de algún modo bajo la influencia de Aquiles.

Oyeron las aspas de los helicópteros antes de verlos y la reacción de Nikolai fue instantánea.

—¡Hacia tierra! —gritó. Corrieron hacia la escalerilla de madera más cercana, que conectaba los acantilados con la playa.

Sólo estaban a medio camino cuando uno de los helicópteros apareció. Era inútil tratar de esconderse. Un helicóptero se posó en la playa bajo ellos, el otro en lo alto del acantilado.

—Hacia abajo es más fácil que hacia arriba —dijo el padre—. Y los helicópteros tienen insignias griegas.

Lo que Bean no señaló, porque todos lo sabían de sobra, era que Grecia formaba parte del Nuevo Pacto de Varsovia, y que era muy posible que los aparatos griegos estuvieran cumpliendo órdenes de Rusia.

Bajaron las escalerillas en silencio, atenazados por la esperanza, la desesperación y el miedo.

Los soldados que salieron del helicóptero vestían uniformes del ejército griego.

—Al menos no tratan de fingir que son turcos —dijo Nikolai.

—Pero ¿cómo puede venir el ejército griego a rescatarnos? —se preguntó la madre—. La explosión ocurrió hace sólo unos minutos.

En cuanto llegaron a la playa obtuvieron la respuesta: un coronel que su padre conocía de vista se acercó y les dirigió un saludo militar. En realidad saludaba a Bean, con el respeto debido a un veterano de la guerra Fórmica.

—Les traigo saludos del general Thrakos —dijo el coronel—. Habría venido en persona, pero cuando llegó la advertencia tuvimos que darnos prisa.

—Coronel Dekanos, tenemos razones para creer que nuestros hijos están en peligro —dijo el padre.

—Nos dimos cuenta en el momento en que llegó la noticia del secuestro de Petra Arkanian —asintió Dekanos—. Pero no estaban ustedes en casa y tardamos unas horas en localizarlos.

—Hemos oído una explosión.

—Si hubieran estado dentro de la casa, estarían tan muertos como los habitantes de los edificios colindantes —dijo Dekanos—. El ejército está asegurando la zona. Enviamos quince helicópteros a buscarlos... a ustedes o, si estaban muertos, a los responsables. Ya he informado a Atenas de que están sanos y salvos.

—Intervinieron el teléfono móvil —explicó el padre.

—En ese caso disponen de una organización muy efectiva —respondió Dekanos—. Otros nueve niños han sido secuestrado horas después de Petra Arkanian.

—¿Quiénes? —preguntó Bean.

—Todavía no conozco los nombres, sólo el número.

—¿Han matado a alguno de los otros?

—No, que yo sepa.

—Entonces ¿por qué volaron nuestra casa? —intervino la madre.

—Si supiéramos por qué, también sabríamos quiénes —dijo Dekanos—. Y viceversa.

Se abrocharon los cinturones de seguridad y el helicóptero despegó de la playa, pero no cobró mucha altura. Otros helicópteros los rodearon: escolta de vuelo.

—La infantería continúa la búsqueda —dijo Dekanos—, pero su supervivencia es nuestra mayor prioridad.

—Se lo agradecemos —respondió la madre.

No obstante, Bean no estaba tan satisfecho. Por supuesto, el ejército griego los escondería y protegería, pero no importaban sus esfuerzos: lo único que no podrían hacer era ocultar el conocimiento de su situación al gobierno griego mismo. Y el gobierno griego llevaba generaciones formando parte del Pacto de Varsovia, dominado por los rusos, desde antes de la guerra Fórmica. Por tanto Aquiles (si era Aquiles, si era Rusia para quien trabajaba, si, si) podría averiguar dónde estaban. Bean sabía que no bastaba con que lo protegieran. Tenía que estar verdaderamente oculto, donde ningún gobierno pudiera encontrarlo, donde nadie más que él mismo supiese quién era.

El problema no sólo estribaba en que aún era un niño, sino que era un niño famoso. Entre su corta edad y su fama, le resultaría casi imposible viajar: necesitaba ayuda. Así que por el momento tenía que permanecer custodiado por los militares y limitarse a esperar que tardara menos tiempo en escaparse que Aquiles en encontrarlo.

Si era Aquiles quien le buscaba.

3

Mensaje en una botella

A: Carlotta%ágape@vaticano.net/órdenes/her
manas/ind
De: Graff%peregrinación@colmin.gov
Asunto: Peligro

No tengo ni idea de dónde está usted y eso es bueno, porque creo que corre usted grave peligro, y cuanto más difícil sea encontrarla, mejor.

Como ya no pertenezco a la F.I. no conozco la situación actual allí, pero en las noticias aparece el secuestro de la mayoría de los niños que sirvieron a las órdenes de Ender en la Escuela de Batalla. Podría haberlo hecho cualquiera, no faltan las naciones ni los grupos que pudieran idear y llevar a cabo un proyecto semejante. Lo que tal vez no sepa usted es que no hubo ningún intento de secuestrar a uno de ellos.

Un amigo mío me ha informado de que la casa en la playa de Ítaca donde Bean y su familia pasaban las vacaciones fue simplemente destruida en una explosión tan fuerte que los edificios colindantes también fueron arrasados y todos sus habitantes resultaron muertos. Bean y su familia ya habían escapado y están bajo la protección del ejército griego. Se supone que esto es un secreto, con la esperanza de que los asesinos crean que han tenido éxito, pero de hecho, como la mayoría de los gobiernos, Grecia es un colador, y los asesinos probablemente ya saben mejor que yo dónde está Bean.

Sólo hay una persona en el mundo que preferiría ver a Bean muerto.

Eso significa que la gente que sacó a Aquiles de ese hospital mental no sólo están utilizándolo: él está tomando las decisiones, o al menos está influyendo en las que toman los demás, para que encajen con sus planes privados. Usted corre un grave peligro, y Bean aún más. Debe ocultarse, y no puede hacerlo solo. Para salvar su vida y la de usted sólo se me ocurre sacarlos a ambos del planeta. Aún nos faltan varios meses para lanzar nuestras primeras naves coloniales. Si soy el único que conoce sus verdaderas identidades, podremos mantenerlos a salvo hasta el lanzamiento. Pero debemos sacar a Bean de Grecia lo antes posible. ¿Está conmigo?

No me diga dónde se encuentra. Ya decidiremos cómo encontrarnos.

¿Tan estúpida creían que era?

Petra tardó sólo media hora en darse cuenta de que esos tipos no eran turcos. No es que fuera ninguna experta en idiomas, pero ellos hablaban y de vez en cuando se les escapaba alguna palabra en ruso. Ella tampoco entendía ruso, excepto algunos tacos en armenio, y el azerbaijaní también tenía tacos similares, pero la cosa era que cuando decías un taco ruso en armenio, lo decías con pronunciación americana. Esos payasos pasaban a un cómodo acento de rusos nativos cuando decían esas palabras. Petra tendría que haber sido tonta de remate para no darse cuenta de que la apariencia turca era sólo eso, una apariencia.

Así que cuando decidió que había descubierto todo lo posible con los ojos cerrados, habló en el Común de la Flota.

—¿No hemos cruzado el Cáucaso todavía? ¿Cuándo puedo hacer pis?

Alguien soltó una imprecación.

—No, pis —respondió ella. Abrió los ojos y parpadeó. Se encontraba en el suelo de alguna especie de vehículo de tierra. Empezó a sentarse.

Un hombre la empujó con el pie.

—Oh, muy listo. Mantenedme fuera de la vista mientras dure este viaje, pero ¿cómo me meteréis en el avión sin que nos vea nadie? Querréis que salga y camine con normalidad para que nadie se ponga nervioso, ¿no?

—Actuarás así cuando te lo digamos, o de lo contrario te mataremos —dijo el hombre que la había empujado.

—Si tuvierais autoridad para matarme, ya lo habríais hecho en Maralik.

Empezó a incorporarse otra vez y de nuevo el pie la empujó.

—Escucha con atención —dijo Petra—. Me han secuestrado porque alguien quiere que planee una guerra para ellos, lo cual significa que voy a verme con los jefazos. No son tan estúpidos para pensar que recibirán algo decente por mi parte si no estoy dispuesta a cooperar. Por eso no permitieron que matarais a mi madre. Así que cuando les diga que no haré nada por ellos hasta que tenga tus pelotas en una bolsa de papel, ¿cuánto tiempo crees que tardarán en decidir qué es más importante para ellos? ¿Mi cerebro o tus pelotas?

—Tenemos permiso para matarte.

Petra tardó sólo unos instantes en decidir por qué podrían haber puesto esa autoridad en manos de unos cretinos como ésos.

—Sólo si corro el peligro inminente de ser rescatada. Prefieren verme muerta a que resulte útil para otros. Ya veremos cómo lo cumplen aquí en la pista del aeropuerto de Gyuniri.

Esta vez la impresión fue distinta. Alguien masculló algo en ruso. Ella captó el significado por la entonación y la risa amarga que la siguió.

—Ya os advirtieron de que era un genio.

Un genio, y un cuerno. Si era tan lista, ¿por qué no había previsto la posibilidad de que alguien quisiera apoderarse de los niños de la guerra? Y tenían que ser los niños, no sólo ella, porque estaba en un lugar demasiado bajo en la lista para que alguien ajeno a Armenia la convirtiera en su única opción. Cuando vio que la puerta de su casa estaba cerrada con llave, tendría que haber corrido en busca de la policía en vez de rodear la casa. Y eso fue otra estupidez que cometieron: cerrar la puerta principal. En Rusia había que cerrar las puertas, probablemente pensaban que eso era lo normal. Tendrían que haber investigado mejor. No es que esta conclusión le sirviera de nada ahora, por supuesto. Sin embargo, al menos sabía que no eran tan cuidadosos ni tan inteligentes. Cualquiera podía secuestrar a una persona que no tomaba precauciones.

—Así que Rusia por fin ha decidido dominar el mundo, ¿no? —preguntó.

—Cállate —dijo el hombre que estaba sentado frente a ella.

—No hablo ruso, ¿sabes?, y no pienso aprender.

—No tienes que hacerlo —dijo una mujer.

—¿No es irónico? —comentó Petra—. Rusia planea hacerse con el mundo, pero tiene que hablar en inglés para hacerlo.

El pie en su vientre apretó con más fuerza.

—Recuerda: tus pelotas en una bolsa —advirtió.

Al cabo de un momento, el pie se retiró. Petra se sentó y esta vez nadie la empujó.

—Desatadme para que pueda sentarme en el asiento. ¡Vamos! ¡Me duelen los brazos en esta postura! ¿No habéis aprendido nada desde los días de la KGB? A la gente que pierde el conocimiento no hay que cortarle la circulación. No creo que a unos matones rusos grandes y fuertes les cueste mucho esfuerzo reducir a una niña armenia de catorce años.

La soltaron y Petra se sentó junto a Zapatón y un tipo que nunca la miraba, y controlaba a través de la ventanilla, primero a izquierda y luego a derecha.

—¿Así que esto es el aeropuerto de Gyuniri?

—¿Cómo? ¿No lo reconoces?

—Nunca había estado aquí antes. ¿Cuándo podía haberlo hecho? Sólo he cogido dos aviones en mi vida, uno para salir de Yereván cuando tenía cinco años, y otro para volver, nueve años más tarde.

—Sabía que era Gyuniri porque es el aeropuerto más cercano que no tiene vuelos comerciales —dijo la mujer.

Hablaba sin ninguna inflexión en su voz, ni desdén ni deferencia. Sólo... un tono inexpresivo.

—¿De quién fue la brillante idea? Porque los generales cautivos no son buenos estrategas.

—Primero, ¿por qué demonios piensas que iban a molestarse en decirnos nada? —dijo la mujer—. Segundo, ¿por qué no cierras el pico y averiguas las cosas cuando importen?

—Porque soy una extrovertida alegre y comunicativa a la que gusta hacer amigos —dijo Petra.

—Eres una introvertida metomentodo a la que gusta fastidiar a la gente —replicó la mujer.

—Vaya, después de todo habéis investigado.

—No, sólo he observado.

Al final resultaba que tenía sentido del humor. Tal vez.

—Será mejor que recéis para poder salir de la región del Cáucaso antes de que tengáis que responder a las fuerzas aéreas armenias.

Zapatón hizo un ruido despectivo, con lo cual demostró que no era capaz de reconocer una ironía cuando la oía.

—Por supuesto, probablemente tendréis sólo un avión pequeño, y sobrevolaremos el mar Negro. Lo que significa que los satélites de la F.I. sabrán exactamente dónde me encuentro.

—Ya no perteneces a la F.I. —objetó la mujer.

—Eso significa que no les importa lo que te ocurra —añadió Zapatón.

En ese momento, se detuvieron junto a un pequeño avión.

—Un jet, qué impresionante —dijo Petra—. ¿Tiene armas? ¿O está cargado de explosivos para hacerme volar en pedazos y a todo el avión conmigo si las fuerzas aéreas armenias os obligan a aterrizar?

—¿Tendremos que volver a atarte? —preguntó la mujer.

—Eso le parecerá maravilloso a la gente que nos observe desde la torre de control.

—Sacadla —ordenó la mujer.

Estúpidamente, los hombres que Petra tenía a ambos lados abrieron sus respectivas puertas y salieron, dejándola elegir la salida. Así que eligió a Zapatón porque era estúpido, mientras que el otro hombre era una incógnita. Y, sí, era verdaderamente estúpido, porque la agarró sólo por un brazo mientras usaba la otra mano para cerrar la puerta. Así que ella se lanzó a un lado como si hubiera tropezado, haciéndole perder el equilibrio, y entonces, usando su propio peso para apoyarse, dio una doble patada, una en la entrepierna y la otra en la rodilla. Lo hizo con firmeza en ambas ocasiones, y el hombre la soltó antes de caer al suelo, retorciéndose, con una mano en la entrepierna y la otra tratando de devolver la rótula a su sitio.

¿Imaginaban que se había olvidado de todo el entrenamiento de combate cuerpo a cuerpo? ¿No le había advertido que tendría sus pelotas en una bolsa?

Echó a correr y comprobó cuánta velocidad había adquirido durante sus meses de entrenamiento en el colegio, hasta que descubrió que no la seguían. Lo cual significaba que sabían que no era necesario.

Justo cuando llegaba a esta conclusión, sintió una punzada en el omóplato derecho. Tuvo tiempo para reducir el ritmo de la carrera pero no para pararse antes de volver a hundirse en la inconsciencia.

Esta vez la mantuvieron drogada hasta que llegaron a su destino, y como no llegó a ver ningún paisaje excepto las paredes de lo que parecía ser un búnker subterráneo, no podía calcular adónde la habían llevado. A algún lugar de Rusia, suponía. Y por los cardenales de sus brazos y cuello y las magulladuras de las rodillas, las palmas de las manos y la nariz, dedujo que no la habían tratado con mucha amabilidad. El precio que pagaba por ser una introvertida metomentodo. O tal vez era sólo por fastidiar a la gente.

Permaneció tendida en un jergón hasta que una doctora entró a verla y trató sus magulladuras con una mezcla especial no anestésica de alcohol y ácido, o eso le pareció.

—¿Eso ha sido por si no me dolía lo suficiente?

La doctora no respondió. Al parecer le habían advertido lo que les sucedía a quienes le hablaban.

—El tipo al que le pegué la patada, ¿tuvieron que amputarle las pelotas?

No hubo respuesta, ni rastro de una sonrisa. ¿Acaso era la única persona rusa con formación superior que no hablaba Común?

Le traían las comidas, las luces se encendían y se apagaban, pero nadie acudía a hablarle y no le permitían salir de la habitación. No oía nada a través de las gruesas puertas, y quedó claro que el castigo por su mala conducta en el viaje consistiría en mantenerla aislada durante algún tiempo.

Decidió no suplicar piedad. De hecho, en cuanto comprendió su situación, la aceptó y se aisló aún más, sin hablar ni responder a la gente que entraba y salía. Ellos tampoco intentaron hablar con ella, así que el silencio de su mundo fue completo.

No comprendían lo contenida que era. Cómo su mente podía mostrarle más que la mera realidad. Podía convocar recuerdos a puñados, a montones. Conversaciones enteras. Y luego nuevas versiones de esas conversaciones, donde podía responder con ingeniosas frases que sólo se le ocurrían más tarde.

Incluso pudo repasar cada momento de las batallas en Eros, sobre todo la batalla durante la que se quedó dormida. Qué cansada estaba. Cuánto se esforzó por permanecer despierta. En aquel momento incluso sintió su mente moviéndose tan despacio que empezó a olvidar dónde estaba, y por qué, y aun quién era.

Para escapar de este bucle interminable, trató de pensar en otras cosas. Sus padres, sus hermanos. Recordaba cuanto habían dicho y hecho desde su regreso, pero después de algún tiempo los únicos recuerdos que le importaron fueron los más antiguos, antes de la Escuela de Batalla. Recuerdos que había reprimido al máximo durante nueve años. Todas las promesas de la vida familiar que había perdido. La despedida cuando su madre lloró al dejarla marchar. La mano de su padre mientras la conducía al coche, aquella mano que tanta seguridad le había proporcionado siempre. Pero esa vez la mano la llevó a un sitio donde nunca volvería a sentirse a salvo. Petra sabía que había decidido ir... pero en aquella época ella era sólo una niña, y sabía que los demás esperaban precisamente eso de ella: que no sucumbiera a la tentación de correr hacia su llorosa madre y aferrarse a ella y decir no, no lo haré, que otra se convierta en soldado; yo quiero quedarme aquí y hornear el pan con mamá y jugar a las casitas con mis muñecas. No quiero marcharme al espacio para aprender a matar a criaturas extrañas y terribles... y a humanos también, por cierto, esos que confiaban en mí hasta que me quedé... dormida.

Estar a solas con sus recuerdos no resultaba agradable.

Trató de ayunar, limitándose a ignorar la comida y la bebida que le servían. Esperaba que alguien le hablara, que la convenciera, pero no fue así. La doctora entró, le puso una inyección en el brazo, y cuando despertó tenía la mano hinchada en el lugar donde le habían metido la intravenosa. Entonces comprendió que era absurdo negarse a comer.

Al principio no había pensado en llevar un calendario, pero después de la inyección llevó la cuenta en su propio cuerpo, clavándose una uña en la muñeca hasta que sangró. Siete días en la muñeca izquierda, luego pasó a la derecha, y lo único que tenía que recordar mentalmente era el número de semanas.

Excepto que no se molestó en pasar de la tercera. Advirtió que iban a esperar cuanto fuera necesario porque, después de todo, tenían a los otros niños que habían secuestrado, y sin duda algunos de ellos ya estaban cooperando, así que no importaba que ella se quedara en la celda, rezagándose cada vez más, de modo que, cuando por fin saliera de allí, sería la peor de todos en lo que quiera que estuviesen haciendo.

Muy bien, ¿y qué le importaba a ella? De todas formas no pensaba ayudarlos nunca.

No obstante, si quería tener alguna posibilidad de librarse de esa gente y de ese lugar, tenía que salir de la habitación e ir a un sitio donde pudiera ganar su confianza.

Confianza. Ellos esperaban que mintiera, esperaban que urdiera planes. Por tanto tenía que ser lo más convincente posible. Su larga temporada en aislamiento era una ayuda, por supuesto... todo el mundo sabía que el aislamiento causaba inenarrables presiones mentales. Otra cosa que la ayudaba era que sin duda ya sabían, por los otros niños, que ella fue la primera que se desmoronó bajo la presión durante las batallas de Eros. Así que estarían predispuestos a creer en una depresión ahora.

Empezó a llorar. No fue difícil. Había un montón de

lágrimas reales acumuladas en su interior. Al cabo dio forma a esas emociones, las convirtió en un gemido que continuó y continuó y continuó. Su nariz se llenó de mocos, pero no se sonó. Sus ojos se inundaron de lágrimas, pero no se los secó. La almohada se empapó de lágrimas, y se cubrió de mocos, pero no eludió la parte mojada. En cambio, se refregó el pelo por ella una y otra vez, hasta que acabó con el pelo cubierto de mocos y la cara pegajosa. Se aseguró de que su llanto se fuera haciendo más desesperado... que nadie pensara que intentaba llamar la atención. Jugueteó con la idea de guardar silencio cuando alguien entrara en la habitación, pero al final decidió no hacerlo: calculó que sería más convincente permanecer ajena a las idas y venidas de los demás.

Funcionó. Alguien entró a verla un día después y le administró otra inyección. Y esta vez, cuando despertó, se encontró en una cama de hospital junto a una ventana que mostraba un cielo norteño, sin nubes. Y sentado junto a su cama estaba Dink Meeker.

—Hola, Dink.

—Hola, Petra. Les has dado una buena a esos tipos.

—Una hace lo que puede por la causa —dijo ella—. ¿Quién más?

—Eres la última en salir de la solitaria. Tienen a todo el equipo de Eros, Petra. Excepto a Ender, claro. Y a Bean.

—¿Él no está confinado?

—No, no mantuvieron en secreto quién estaba todavía encerrado. Nos pareció que lo hiciste muy bien.

—¿Quién ha sido el segundo que más ha durado?

—A nadie le importa. Todos salimos a la primera semana. Tú duraste cinco.

Así que habían pasado dos semanas y media antes de que iniciara su calendario.

—Porque soy la estúpida.

—La palabra es «obstinada».

—¿Sabes dónde estamos?

—En Rusia.

—Me refiero a en qué lugar de Rusia.

—Lejos de cualquier frontera, según nos han asegurado.

—¿Con qué recursos contamos?

—Paredes muy gruesas. Ninguna herramienta. Observación constante. Incluso pesan nuestros residuos corporales, y no es broma.

—¿Qué quieren que hagamos?

—Parece que es una Escuela de Batalla para tontos. Lo soportamos durante algún tiempo hasta que Fly Molo finalmente se hartó y cuando uno de los profesores estaba citando una de las más estúpidas generalizaciones de Von Clausewitz, Fly continuó la cita, frase por frase, párrafo a párrafo, y los demás lo imitamos lo mejor que pudimos. Quiero decir que nadie tiene una memoria como Fly, pero lo hicimos bien... y por fin se les metió en la cabeza la idea de que estamos preparados para darles a ellos las estúpidas clases. Ahora son sólo... juegos de guerra.

—¿Otra vez? ¿Crees que nos revelarán más tarde que los juegos son reales?

—No, sólo es una estrategia para una guerra entre Rusia y Turkmenistán. Rusia y una alianza entre Turkmenistán, Kazajstán, Azerbaiján y Turquía. Guerra contra Estados Unidos y Canadá. Guerra contra la alianza de la OTAN menos Alemania. Guerra contra Alemania. Una y otra vez. China. India. Cosas verdaderamente estúpidas también, como entre Brasil y Perú, que no tiene ningún sentido, pero tal vez están midiendo nuestra disposición a cooperar o cualquier otra cosa.

—¿Todo en cinco semanas?

—Tres semanas de clases chorra, y luego dos semanas de juegos de guerra. Cuando terminamos de planificar, lo pasan al ordenador para mostrarnos cómo ha ido. Algún día comprenderán que la única manera de conseguir que esto no sea una pérdida de tiempo es que uno de nosotros asuma el papel del oponente.

—Creo que acabas de decírselo.

—Se lo he dicho antes, pero no resulta fácil convencerlos. Ya sabes cómo son los militares. No me extraña que se desarrollara el concepto de la Escuela de Batalla. Si la guerra hubiera sido cosa de adultos, ahora los insectores estarían desayunando en todas las mesas del mundo.

—Pero ¿están escuchando?

—Creo que lo graban todo y luego lo reproducen despacito para ver si nos transmitimos mensajes subvocálicos.

Petra sonrió.

—¿Por qué has decidido cooperar por fin? —preguntó él.

Ella se encogió de hombros.

—Creo que no lo he decidido.

—Eh, no te sacaban de esa habitación a menos que expresaras un interés realmente sincero en ser una chica buena y sumisa.

Ella sacudió la cabeza.

—Creo que no he hecho eso.

—Sí, bueno, hicieras lo que hicieses, fuiste la última del *jeesh* de Ender en venirte abajo, chica.

Sonó un zumbidito.

—Se acabó la hora de visita —dijo Dink. Se levantó, se inclinó, la besó en la frente y se marchó.

Seis semanas después, Petra disfrutaba de la vida. Accediendo a las demandas de los niños, sus captores les habían entregado un equipo bastante decente: software que permitía estrategias de combate cuerpo a cuerpo bastante realista y batallas tácticas; acceso a las redes, por lo que podían investigar los terrenos y capacidades para que sus juegos tuvieran algo de realismo... aunque sabían que todos los mensajes que enviaban eran censurados, a causa del número de mensajes que eran censurados por algún oscuro motivo u otro. Disfrutaban de la compañía mutua, se ejercitaban juntos, y según las apariencias parecían completamente felices y obedientes a los comandantes rusos.

Sin embargo, Petra sabía, y también todos los demás, que cada uno de ellos estaba mintiendo. Conteniéndose. Cometiendo errores absurdos que, si se cometieran en combate, provocarían aberturas que un enemigo astuto podría aprovechar. Tal vez sus captores se percataban de ello, y tal vez no. Al menos la situación les consolaba, aunque nunca hablaban de ello. Pero como lo hacían todos, y cooperaban al no descubrir esas debilidades explotándolas en los juegos, sólo podían asumir que todos los demás pensaban lo mismo al respecto.

Charlaban cómodamente sobre un montón de temas: su desprecio hacia sus captores, recuerdos de la Escuela de Tierra, la Escuela de Batalla, la Escuela de Mando. Y, por supuesto, de Ender. Estaba fuera del alcance de esos hijos de puta, así que se aseguraban de mencionarlo mucho, de hablar de cómo la F.I. estaba condenada a utilizarlo para contrarrestar los estúpidos planes de los rusos. Sabían que era una cortina de humo, que la F.I. no haría nada, pero aun así lo decían. En cualquier caso, Ender estaba allí, el as en la manga definitivo.

Hasta que llegó el día en que uno de sus profesores les anunció que había partido una nave colonial en la que viajaban Ender y su hermana Valentine.

—Ni siquiera sabía que tenía una hermana —comentó Hot Soup.

Nadie dijo nada, pero todos sabían que eso era imposible. Todos sabían que Ender tenía una hermana. Pero... fuera lo que fuese lo que estaba diciendo Hot Soup, le seguirían la corriente y verían cuál era el juego.

—No importa lo que nos digan, sabemos una cosa —dijo Hot Soup—. Wiggin sigue con nosotros.

Tampoco en esta ocasión estaban seguros de lo que quería decir con esto. Sin embargo, después de una breve pausa, Shen se llevó la mano al pecho y exclamó:

—En nuestros corazones para siempre.

—Sí —dijo Hot Soup—. Ender está en nuestros corazones.

Todos advirtieron un leve énfasis en el nombre Ender. A pesar de que antes había dicho Wiggin.

Y antes de eso, había llamado la atención sobre el hecho de que todos sabían que Ender tenía una hermana. También sabían que Ender tenía un hermano. Allá en Eros, mientras Ender estaba todavía en cama recuperándose de su colapso tras descubrir que las batallas eran reales, Mazer Rackham les contó algunas cosas sobre Ender. Y Bean les contó más, mientras esperaban juntos a que terminara la Guerra de las ligas. Habían escuchado cómo Bean les contaba lo que significaban sus hermanos para Ender, que Ender había nacido en la época en que la ley sólo permitía dos hijos porque sus hermanos eran inteligentísimos, pero el hermano había resultado demasiado agresivo, y la hermana demasiado pasiva y sumisa. Bean no quiso revelar cómo sabía todo eso, pero la información quedó grabada en sus recuerdos, unida a aquellos tensos días tras la victoria sobre los fórmicos y antes de la derrota del Polemarca en su intento de hacerse con la F.I.

Así que cuando Hot Soup había dicho «Wiggin sigue con nosotros», no se había referido a Ender ni a Valentine, porque todos sabían que ya no estaban con ellos.

Peter, ése era el nombre del hermano. Peter Wiggin. Hot Soup les estaba diciendo que tenía una mente quizá tan brillante como la de Ender, y que aún estaba en la Tierra. Si pudieran contactar con él, tal vez se aliaría con los camaradas de su hermano. Tal vez encontraría un modo de liberarlos.

El juego ahora consistía en hallar el medio para ponerse en contacto con él.

Enviar emails sería inútil: lo último que necesitaban era que sus captores vieran un puñado de mensajes dirigidos a todas las posibles variantes del nombre de Peter Wiggin en todas las redes de correo que se les ocurrieran. Y esa noche Alai les contó la historia de un genio en una botella que apareció en la orilla del mar. Todos lo escucharon con fingido interés, pero comprendieron que la historia real había quedado establecida desde el principio cuando Alai dijo:

—El pescador pensó que tal vez la botella tuviera algún mensaje de un náufrago, pero cuando quitó el tapón, surgió una nube de humo y...

Entonces lo entendieron. Lo que tenían que hacer era enviar un mensaje en una botella, un mensaje que fuera dirigido indiscriminadamente a todo el mundo, pero que sólo el hermano de Ender, Peter, pudiera entender.

Cuando consideraba la cuestión, Petra advirtió que mientras todos esos cerebros privilegiados se esforzaban por contactar con Peter Wiggin, ella podría trabajar en un plan alternativo. Peter Wiggin no era el único que podría ayudarlos desde fuera. Estaba Bean. Y aunque sin duda Bean estaría oculto y tendría mucha menos libertad de movimiento que Peter Wiggin, eso no significaba que no pudiera localizarlo.

Meditó el tema durante una semana, en todos los momentos libres que tuvo, descartando una idea tras otra.

Y de pronto se le ocurrió una que podría burlar a los censores.

Mentalmente elaboró con sumo cuidado el texto de su mensaje, asegurándose de que las palabras eran las adecuadas. Una vez memorizado, calculó el código binario de cada letra en formato estándar de dos bytes, y también lo memorizó. Entonces empezó la parte más difícil. Lo guardó todo en la cabeza, para que nada quedara por escrito ya fuera en papel o tecleado en el ordenador, donde un monitor conectado con las teclas podría informar a sus captores de cuanto escribía.

Mientras tanto, encontró un complejo dibujo en blanco y negro de un dragón en un sitio de la red en Japón y lo guardó como archivo. Cuando finalmente tuvo el mensaje codificado en su mente, sólo tardó unos minutos en manipular el dibujo. Lo añadió como parte de la firma en cada carta que envió. Invirtió tan poco tiempo que no creía que a sus captores les pareciera más que un capricho inofensivo. Si le preguntaban al respecto, diría que había añadido el dibujo en recuerdo de la Escuadra Dragón de Ender en la Escuela de Batalla.

Naturalmente, ya no era solamente el dibujo de un dragón. Ahora tenía un pequeño poema debajo.

Comparte este dragón.
Si lo haces,
afortunado fin
para ellos y para ti.

Y de nuevo, si le preguntaban, diría que las palabras eran sólo un chiste irónico. Si no la creían, borrarían la imagen y tendría que buscar otro sistema.

A partir de ese momento lo envió en todos sus mensajes, incluyendo los enviados a sus compañeros. Ellos también se lo mandaron de vuelta en sus mensajes, así que habían entendido lo que estaba haciendo y la ayudaban. Al principio no tenía forma de saber si sus captores permitían que el mensaje saliera del edificio, pero finalmente empezó a recibirlo en emails del exterior. Una sola mirada le dijo que había tenido éxito: su mensaje codificado seguía dentro de la imagen. No lo habían eliminado.

Ahora sólo era cuestión de que Bean lo viera y lo observara con la suficiente atención para darse cuenta de que había un misterio por resolver.

4

Custodia

A: Graff%peregrinación@colmin.gov
De: Chamrajnagar%Jawaharlal@ifcom.gov
Asunto: Duda

Usted mejor que nadie sabe la necesidad de mantener la independencia de la Flota de las maquinaciones de los políticos. Ése fue mi motivo para rechazar la sugerencia de Locke. No obstante, resulta que estaba equivocado. Nada pone más en peligro la independencia de la Flota que la perspectiva de una nación dominante, sobre todo si, como parece probable, esa nación concreta ha mostrado ya su disposición a apoderarse de la F.I. y usarla para propósitos nacionalistas.

Me temo que me mostré muy brusco con Locke. No me atrevo a escribirle directamente, porque, aunque Locke podría ser de fiar, nunca se sabe qué haría Demóstenes con una carta oficial de disculpas del Polemarca. Por tanto, encárguese de que se le notifique que mi amenaza queda anulada y que le deseo lo mejor.

Aprendo de mis errores. Como uno de los compañeros de Wiggin permanece fuera del control del agresor, la prudencia dicta que el joven Delphiki sea protegido. Como está usted en la Tierra y yo no, le doy el mando de un contingente de la FIM y cualquier otro recurso que necesite, con órdenes cursadas por canales secundarios nivel 6 (naturalmente). Le doy órdenes específicas de que no me revele a mí ni a nadie más qué pasos toma para proteger a Delphiki o a su familia. No debe quedar ningún registro en el sistema de la F.I. o en el de ningún gobierno.

Por cierto, no confío en nadie de la Hegemonía. Siempre supe que era un nido de arribistas, pero la experiencia reciente me demuestra que los arribistas están siendo sustituidos por algo peor: los ideólogos rampantes.

Actúe con rapidez. Parece que estamos al borde de una nueva guerra, o que la Guerra de las ligas no llegó a terminar después de todo.

¿Cuántos días puedes permanecer encerrado, rodeado por guardias, antes de que empieces a sentirte prisionero? Bean nunca sufrió de claustrofobia en la Escuela de Batalla. Ni siquiera en Eros, donde los bajos techos de los túneles de los insectores se cernían sobre ellos como un ascensor que cae por su hueco. Ahora era distinto, encerrado con su familia, harto de recorrer las cuatro habitaciones del apartamento. Bueno, en realidad no las recorría. Le apetecía recorrerlas y en cambio permanecía sentado, controlándose, tratando de pensar en algún modo de recuperar el control sobre su propia vida.

Estar bajo la protección de otro era terrible: nunca le había gustado, aunque ya le había ocurrido en otras ocasiones, cuando Poke lo protegió en las calles de Rotterdam, y luego cuando sor Carlotta lo salvó de una muerte segura al acogerlo bajo su manto y enviarlo a la Escuela de Batalla. Sin embargo, en ambas ocasiones había cosas que podía hacer para asegurarse de que todo iba bien. Ahora la situación era distinta. Sabía que algo iba a salir mal, y no había nada que pudiera hacer para evitarlo.

Los soldados que protegían el apartamento eran todos hombres buenos y leales, Bean no tenía ningún motivo para dudarlo. No iban a traicionarlo. Probablemente. Y la burocracia que mantenía en secreto su situación... sin duda sería una metedura de pata honesta, no una traición consciente, lo que revelaría su paradero a sus enemigos.

Mientras tanto, Bean sólo podía esperar, cercado por sus protectores. Eran la tela que lo sujetaba para la araña. Y no había nada que pudiera hacer para cambiar esa situación. Si Grecia participara en una guerra, habrían puesto a Bean y a Nikolai a trabajar, a urdir planes, a trazar estrategias. Pero cuando se trataba de un asunto de seguridad, no eran más que niños a los que había que proteger y cuidar. No servía de nada que Bean les explicara que su mejor protección era salir de allí, marcharse por su cuenta, labrarse una vida en las calles de cualquier ciudad donde podría ser un niño anónimo, perdido y a salvo. Porque lo miraban y no veían más que a un niño. ¿Y quién escucha a los niños pequeños?

A los niños pequeños hay que cuidarlos.

Unos adultos que no son capaces de hacerlo.

Tenía ganas de lanzar algo por la ventana y saltar detrás.

En cambio, permanecía inmóvil. Leía libros. Entraba en las redes usando uno de sus muchos nombres y navegaba, buscando cualquier fragmento de información que se filtrara por los sistemas de seguridad militar de cada nación, esperando algo que le dijera dónde estaban retenidos Petra y Fly Molo y Vlad y Dumper. Algún país que mostrara signos de un poco más de arrogancia porque pensaban que ahora tenían la mano ganadora. O un país que actuara de manera más cauta y metódica porque por fin había alguien con cerebro dirigiendo su estrategia.

Pero no tenía sentido, porque sabía que por ahí no iba a encontrar nada. La información auténtica nunca llegaba a la red hasta que era demasiado tarde. Alguien lo sabía. Los hechos que necesitaba para encontrar a sus amigos estaban disponibles en media docena de sitios, lo sabía, lo sabía porque así había sido siempre, y los historiadores lo encontrarían y se preguntarían durante miles de páginas: ¿por qué nadie se dio cuenta? ¿Por qué nadie sumó dos y dos? Porque la gente que tenía la información era demasiado obtusa para reconocerla, y la gente que podría haberlo entendido estaba encerrada en un apartamento en un lugar abandonado que ni siquiera los turistas querían visitar ya.

Lo peor de todo era que incluso sus padres le enervaban. Después de una infancia sin padres, lo mejor que le había sucedido fue que sor Carlotta localizara a sus padres biológicos. La guerra terminó, y cuando todos los otros niños volvieron a casa con sus familias, Bean no se quedó atrás y también pudo regresar con su familia. No tenía recuerdos infantiles de ellos, por supuesto. Pero Nikolai sí, y Nikolai hizo que Bean tomara esos recuerdos como si fueran suyos propios.

Sus padres eran buena gente. Nunca le hicieron sentirse como si fuera un intruso, un extranjero, ni siquiera un visitante. Era como si siempre hubiera estado con ellos. Lo apreciaban. Lo querían. Era una sensación extraña y abrumadora estar con gente que no esperaba nada de él excepto su felicidad, que se alegraba sólo con tenerle cerca.

Pero cuando el encierro resulta enloquecedor, no importa cuánto aprecies a alguien, cuánto amor te inspire, lo agradecido que estés por su amabilidad. Te vuelven loco. Todo lo que hacen rechina como una canción desagradable y obsesiva: sólo quieres gritarles que se callen. Por supuesto, no lo haces, porque les quieres y sabes que probablemente tú los estás volviendo también locos a ellos y mientras no haya ninguna esperanza de ser liberado tienes que conservar la calma...

Y entonces por fin llaman a la puerta y la abres y te das cuenta de que algo diferente va a suceder por fin.

Eran el coronel Graff y sor Carlotta. Graff iba vestido de civil, y sor Carlotta llevaba una extravagante peluca pelirroja que la hacía parecer realmente estúpida, pero también bonita.

Toda la familia los reconoció de inmediato, aunque Nikolai nunca había visto antes a sor Carlotta. Pero cuando Bean y su familia se levantaron para saludarlos, Graff alzó una mano para detenerlos y Carlotta se llevó un dedo a los labios. Entraron y cerraron la puerta tras ellos e indicaron por señas a la familia que se reunieran en el cuarto de baño, donde apenas si cabían los seis. Los padres acabaron metiéndose en la bañera mientras Graff colgaba una maquinita de la lámpara del techo. Cuando estuvo en su sitio y la luz roja empezó a parpadear, Graff habló en voz baja.

—Hola —saludó—. Hemos venido a sacarlos de aquí.

—¿Por qué tantas precauciones aquí dentro? —preguntó el padre.

—Porque parte del sistema de seguridad que hay aquí consiste en escuchar todo lo que se dice en este apartamento.

—¿Para protegernos nos espían? —dijo la madre.

—Por supuesto —respondió el padre.

—Ya que todo lo que digamos aquí podría filtrarse al sistema —continuó Graff—, y sin duda saltará fuera, me he traído esta maquinita que oye todos los sonidos que hacemos y produce contrasonidos que los anulan para que les resulte muy difícil oírnos.

—¿Muy difícil? —preguntó Bean.

—Por eso no entraremos en detalles. Sólo les diré lo siguiente: soy el ministro de Colonización, y tenemos una nave que partirá dentro de unos pocos meses. Tiempo suficiente para sacarlos de la Tierra, subir a la LSI y viajar a Eros para el lanzamiento.

Pero mientras lo decía sacudía la cabeza, y sor Carlotta sonreía y sacudía la cabeza también, para que supieran que todo era mentira. Una tapadera.

—Bean y yo hemos estado antes en el espacio, mamá —dijo Nikolai, siguiendo el juego—. No es tan malo.

—Para eso libramos la guerra —continuó Bean—. Los fórmicos querían la Tierra porque es igual que los mundos en los que ya vivían. Así que ahora que han desaparecido, nosotros nos quedamos con sus mundos. Es justo, ¿no creéis?

Naturalmente, sus padres comprendían lo que estaba sucediendo, pero Bean conocía ya lo suficiente a su madre y no se sorprendió de que tuviera que hacer una pregunta completamente inútil y peligrosa sólo para asegurarse.

—Pero en realidad no vamos a... —empezó a decir. La mano del padre le cubrió amablemente la boca.

—Es la única manera de ponernos a salvo —prosiguió—. Cuando vayamos a la velocidad de la luz, a nosotros nos parecerá que pasan un par de años, mientras que en la Tierra pasarán décadas. Para cuando lleguemos al otro planeta, todos los que nos quieren muertos estarán muertos ya.

—Como José y María cuando se llevaron al niño a Egipto —comentó la madre.

—Exactamente.

—Excepto que ellos regresaron a Nazaret.

—Si la Tierra se destruye en alguna estúpida guerra, ya no nos importará, porque seremos parte de un nuevo mundo. Conténtate con esto, Elena. Significa que podremos estar juntos.

Entonces la besó.

—Es hora de irnos, señores Delphiki. Acerquen a los chicos, por favor. —Graff alargó la mano y desconectó el silenciador de la luz del techo.

Los soldados que los esperaban en el pasillo vestían el uniforme de la F.I. No había a la vista ni un solo uniforme griego. Mientras caminaban rápidamente hacia las escaleras (nada de ascensores, nada de puertas que de pronto pudieran abrirse para dejar paso a un enemigo dispuesto a arrojar una granada o unos cuantos miles de proyectiles) Bean vio la manera en que el soldado que abría camino lo controlaba todo, comprobando cada rincón, la luz bajo cada puerta en el pasillo, para que nada pudiera sorprenderlo. Bean vio también cómo se movían los músculos del hombre bajo la ropa, con una especie de fuerza contenida que podía romper la tela como si fuera de papel a la menor presión, porque nada podía contenerlo excepto su autocontrol. Era como si su sudor fuera pura testosterona. Así se suponía que debía ser un hombre. Eso era un soldado.

Yo nunca lo fui, pensó Bean. Trató de imaginarse a sí mismo tal como había sido en la Escuela de Batalla, con aquellos uniformes siempre demasiado grandes para él. Parecía el monito de alguien, disfrazado de humano como diversión, o un bebé al que hubieran vestido con las ropas de su hermano mayor. El hombre que tenía delante, eso era lo que Bean quería ser en el futuro. Pero por mucho que lo intentara, no podía imaginarse de mayor. Siempre tendría que mirar al mundo desde abajo. Podría ser varón, podría ser humano, o al menos humanoide, pero nunca sería varonil. Nadie lo miraría nunca para decir: eso es un hombre.

Pero claro, a este soldado nunca le habían dado órdenes que cambiaron el curso de la historia. Tener un aspecto magnífico con el uniforme no era la única forma de ganarse un lugar en el mundo.

Bajaron tres tramos de escalera y luego se detuvieron un momento para dirigirse a la salida de emergencia mientras dos de los soldados salían y aguardaban la señal de los hombres del helicóptero de la F.I., que esperaba a treinta metros de distancia. La señal llegó. Graff y sor Carlotta abrieron la marcha, a paso rápido, concentrados en el helicóptero. Subieron, se sentaron, se abrocharon el cinturón de seguridad, y el helicóptero se elevó y sobrevoló las aguas.

La madre exigió saber el plan verdadero, pero una vez más Graff cortó toda discusión:

—¡Esperemos a no tener que gritar para poder discutirlo!—exclamó de buen humor.

A la madre no le gustó. En realidad a ninguno de ellos les gustó. Pero sor Carlotta mostraba su mejor sonrisa de monja, como una especie de Virgen en período de prácticas. ¿Cómo no iban a confiar en ella?

Cinco minutos en el aire y se posaron en la cubierta de un submarino. Era grande, con las barras y estrellas estadounidenses, y a Bean se le ocurrió que, puesto que no sabían qué país había secuestrado a los otros niños, ¿cómo podían estar seguros de que no se estaban entregando a sus enemigos?

Cuando entraron en la nave, pudieron ver que aunque la tripulación vestía uniformes americanos, los únicos que llevaban armas eran los soldados de la F.I. que los habían traído y media docena más que los esperaban en el submarino. Ya que el cañón de un arma era lo que otorgaba poder, y las únicas armas a bordo estaban a las órdenes de Graff, Bean se tranquilizó un poco.

—Si intenta decirnos que no podemos hablar aquí... —empezó a decir la madre, pero para su consternación Graff alzó de nuevo una mano y sor Carlotta pidió silencio con un gesto mientras Graff les indicaba que siguieran al soldado por los estrechos pasillos del submarino.

Finalmente los seis se apretujaron una vez más en un espacio diminuto, el camarote del primero de a bordo, y de nuevo esperaron a que Graff colgara su absorbedor de sonidos y lo conectara. Cuando la luz empezó a parpadear, la madre fue la primera en hablar.

—Estoy intentando decidir cómo podemos estar seguros de que no nos están secuestrando como a los demás —dijo secamente.

—Sí, claro —respondió Graff—. Todos fueron secuestrados por un grupo de monjas terroristas, ayudadas por burócratas gordos y viejos.

—Es una broma —dijo el padre, tratando de calmar la ira de la madre.

—Ya lo sé, pero no le veo la gracia. Después de todo lo que hemos pasado, encima tenemos que marcharnos sin decir palabra, sin hacer una sola pregunta, solamente... confiando.

—Lo siento —dijo Graff—. Pero ya confiaban en el gobierno griego cuando estaban allí. Tienen que confiar en alguien, ¿por qué no en nosotros?

—Al menos el ejército griego nos explicaba la situación y fingía que teníamos derecho a tomar decisiones.

A mí y a Nikolai no nos explicaron nada, quiso decir Bean.

—Vamos, niños, nada de peleas —dijo sor Carlotta—. El plan es muy sencillo. El ejército griego continuará vigilando ese edificio de apartamentos como si ustedes siguieran allí, y les llevarán comida y se encargarán de la lavandería. Probablemente eso no engañará a nadie, pero permitirá que el gobierno griego se sienta útil. Mientras tanto, cuatro pasajeros que coinciden con su descripción volarán bajo nombre supuesto a Eros, donde embarcarán en la primera nave colonial. Sólo entonces, cuando la nave haya despegado, se hará el anuncio de que, por su protección, la familia Delphiki ha optado por emigrar permanentemente e iniciar una nueva vida en otro mundo.

—¿Y dónde vamos a estar en realidad? —preguntó el padre.

—No lo sé —respondió sencillamente Graff.

—Ni yo tampoco —intervino sor Carlotta.

La familia de Bean los miró, incrédula.

—Supongo que eso significa que no nos quedaremos en el submarino —dijo Nikolai—, porque entonces sabrían dónde estamos.

—Es una doble estratagema —dijo Bean—. Van a separarnos. Yo iré por un lado, vosotros por otro.

—Ni hablar —dijo el padre.

—Ya hemos sido una familia dividida bastante tiempo —replicó la madre.

—Es la única manera —dijo Bean—. Yo lo sabía ya. Yo... quería que fuese así.

—¿Quieres dejarnos? —preguntó la madre.

—Es a mí a quien quieren matar.

—¡Eso no lo sabemos!

—Pero estamos bastante seguros —adujo Bean—. Si no estoy con vosotros, aunque os encuentren os dejarán en paz.

—Y si estamos divididos —apuntó Nikolai—, el perfil de lo que están buscando cambiará. No será una pareja y dos niños. Ahora será una pareja y un niño. Y una abuela y su nieto. —Nikolai le sonrió a sor Carlotta.

—Esperaba que me tomasen por una tía —sonrió ella.

—¡Habláis como si ya conocierais el plan!

—Era evidente —dijo Nikolai—. Desde el momento en que nos contaron esa tapadera en el cuarto de baño. ¿Por qué si no iba a traer el coronel Graff a sor Carlotta?

—Para mí no fue tan evidente —se lamentó la madre.

—Ni para mí —repuso el padre—. Pero eso es lo que pasa cuando tus dos hijos son brillantes mentes militares.

—¿Cuánto tiempo? —preguntó la madre—. ¿Cuándo acabará? ¿Cuándo recuperaremos a Bean?

—No lo sé —contestó Graff.

—No puede saberlo, mamá —dijo Bean—. Al menos hasta que sepamos quién llevó a cabo los secuestros y por qué. Cuando averigüemos cuál es la amenaza, entonces podremos juzgar si hemos tomado las medidas adecuadas para abandonar nuestro escondite.

La madre se echó a llorar.

—¿Y tú quieres esto, Julian?

Bean la abrazó. No porque sintiera ninguna necesidad personal de hacerlo, sino porque sabía que ella precisaba de ese gesto suyo. Vivir con una familia durante un año no le había dado el complemento de tener respuestas emocionales humanas normales, pero al menos sí le había hecho ser más consciente de cuáles deberían ser. Y tuvo una reacción normal: se sintió un poco culpable porque sólo podía fingir ese sentimiento que la madre necesitaba, en vez de experimentarlo de corazón. Para Bean, esos gestos nunca surgían del corazón. Era un lenguaje que había aprendido demasiado tarde para que acudiera a él de manera natural. Siempre hablaría el lenguaje del corazón con un torpe acento extranjero.

La verdad era que aunque amaba a su familia, estaba ansioso por llegar a un lugar donde pudiera ponerse a trabajar para establecer los contactos que necesitaba a fin de conseguir la información que le llevara a encontrar a sus amigos. Excepto Ender, era el único del grupo que estaba libre. Lo necesitaban, y ya había perdido bastante tiempo.

Así que abrazó a su madre, y ella se aferró a él y lloró. También abrazó a su padre, pero más brevemente; y Nikolai y él tan sólo se dieron puñetazos en el brazo. Todos eran gestos extraños para Bean, pero sabía lo que debían significar para ellos, y los ejecutó como si fueran reales.

El submarino era rápido. Llegaron pronto a puerto: Salónica, supuso Bean, aunque podría tratarse de cualquier puerto comercial del Egeo. El submarino no llegó a entrar en la bahía. Salió a la superficie entre dos barcos que llevaban rumbo paralelo. Sus padres, Nikolai y Graff subieron a un carguero junto con dos de los soldados, que ahora vestían de paisano, como si eso pudiera ocultar la manera marcial en que actuaban. Bean y Carlotta se quedaron atrás. Ninguno de los dos grupos sabría adónde iba el otro. No habría ningún esfuerzo por contactar. Aceptar eso también le había costado trabajo a la madre.

—¿Por qué no puede escribir?

—Nada es más fácil de rastrear que el correo electrónico —explicó el padre—. Aunque usemos falsas identidades, si alguien nos encuentra, y le escribimos regularmente a Julian, verán la pauta y lo localizarán.

La madre lo comprendió entonces. Con la cabeza, aunque no con el corazón.

En el submarino, Bean y Carlotta se sentaron en una diminuta mesa en el comedor.

—¿Bien? —dijo Bean.

—Bien —dijo sor Carlotta.

—¿Adónde vamos?

—No tengo ni idea. Nos trasladarán a otro barco en otro puerto, y nos marcharemos, y yo tengo estas falsas identidades que se supone debemos usar, pero en realidad no tengo ni idea de adónde deberíamos ir a partir de ahí.

—Tenemos que mantenernos en movimiento. Sólo unas cuantas semanas en un solo lugar —dijo Bean—. Y tengo que entrar en las redes con nuevas identidades cada vez que nos mudemos, para que nadie pueda rastrear la pauta.

—¿De verdad crees en serio que alguien catalogará todo el correo electrónico de todo el mundo y seguirá a todos los que se muevan? —preguntó sor Carlotta.

—Sí. Probablemente ya lo hacen, así que es sólo cuestión de efectuar una búsqueda.

—Pero hay miles de millones de emails al día.

—Entonces hará falta esa cantidad de empleados para comprobar todas las direcciones electrónicas en los archivos del servidor central —dijo Bean, sonriendo.

Ella no le devolvió la sonrisa.

—Eres un niñito descarado e irrespetuoso.

—¿Va a dejarme decidir adónde vamos?

—En absoluto. Simplemente estoy esperando a que

tomemos una decisión con la que los dos estemos de acuerdo.

—Oh, ésa sí que es una excusa pobretona para que nos quedemos aquí en el submarino con todos esos hombres guapetones.

—El nivel de tus pullas se ha vuelto aún más burdo que cuando vivías en las calles de Rotterdam —dijo ella, fríamente analítica.

—Es la guerra —respondió Bean—. Cambia a los hombres.

Ella no pudo seguir manteniendo la cara seria. Aunque su risa fue sólo un simple ladrido, y su sonrisa apenas duró un instante más, fue suficiente. Todavía lo apreciaba. Y él, para su sorpresa, aún la apreciaba a ella, aunque habían pasado años desde que vivió con Carlotta mientras lo preparaba para la Escuela de Batalla. Se sorprendió porque, en todo el tiempo que vivió con ella, nunca se había permitido darse cuenta de que la apreciaba. Después de la muerte de Poke, no había estado dispuesto a admitir que apreciara a nadie. Pero ahora sabía la verdad. Apreciaba igualmente a sor Carlotta.

Naturalmente, al cabo de algún tiempo ella le atacaría los nervios también, igual que sus padres. Pero al menos cuando eso sucediera podrían recoger las cosas y ponerse en marcha. No habría soldados manteniéndolos encerrados y apartados de las ventanas.

Y si alguna vez se volvía verdaderamente molesto, Bean podría marcharse por su cuenta. Nunca se lo diría a sor Carlotta, porque eso sólo la preocuparía. Además, ya debía de saberlo. Tenía los datos de todos sus tests. Y esos tests habían sido diseñados para contarlo todo sobre una persona. Vaya, probablemente ella lo conocía mejor de lo que él se conocía a sí mismo.

Naturalmente, él ya sabía eso cuando hizo los tests, así que apenas hubo una sola respuesta sincera en ninguna de las pruebas psicológicas. Cuando las hizo ya sabía suficiente psicología para saber exactamente qué respuestas eran necesarias para mostrar el perfil que lo llevaría a la Escuela de Batalla. Así que en realidad ella no lo conocía por aquellos tests en absoluto.

Pero claro, él no tenía ni idea de cuáles tendrían que haber sido las respuestas de verdad, ni entonces ni ahora. Así que tampoco se conocía mucho mejor a sí mismo.

Y como ella lo había observado, y era sabia a su modo, probablemente sí que lo conocía.

Qué risa. Pensar que un ser humano podía conocer de verdad a otro. Te podías acostumbrar al otro, habituarte tanto que podías decir sus palabras al mismo tiempo, pero nunca sabías por qué las demás personas decían lo que decían o hacían lo que hacían, porque ellos mismos no lo sabían nunca. Nadie comprende a nadie.

Y sin embargo de algún modo vivimos juntos, casi siempre en paz, y hacemos cosas con un promedio de éxitos lo bastante alto para que la gente siga intentándolo. Los seres humanos se casan y un montón de matrimonios salen bien, y tienen hijos y la mayoría de ellos crece para convertirse en personas decentes, y tienen colegios y negocios y fábricas y granjas con resultados aceptables... todo ello sin sospechar siquiera lo que pasa por la cabeza de nadie.

Chapotear, eso es lo que hacen los seres humanos. Ésa era la parte de ser humano que más odiaba Bean.

5

Ambición

A: Locke%espinoza@polnet.gov
De: Graff%%@colmin.gov
Asunto: Corrección

Me piden que le comunique el mensaje de que la amenaza de ser revelado al mundo ha sido totalmente anulada, con disculpas. Tampoco debe alarmarle que su identidad sea ampliamente conocida. Su identidad ya fue descubierta hace algunos años, y aunque son muchas las personas que en esa época estaban bajo mi mando y que saben quién es usted, no se trata de ningún grupo que tenga motivos para violar la confidencialidad ni tan siquiera la intención de hacerlo. La única excepción ha sido ahora rebatida por las circunstancias.

Desde un punto de vista personal, le diré que no dudo de su capacidad para cumplir todas sus ambiciones. Sólo espero que, si ese éxito se produce, escoja imitar a Washington, MacArthur o Augusto en vez de a Napoleón, Alejandro o Hitler.

Colmin

De vez en cuando Peter se sentía abrumado por el deseo de revelar a alguien lo que sucedía de verdad en su vida. Nunca sucumbió, claro, ya que decirlo equivaldría a deshacerla. Pero sobre todo ahora que Valentine se había marchado, era casi insoportable estar allí sentado leyendo una carta del ministro de Colonización y no gritarle a los otros estudiantes de la biblioteca que acudieran a echar un vistazo.

Cuando Valentine y él empezaron a irrumpir en las redes y a colocar mensajes o, en el caso de Valentine, diatribas en alguno de los principales foros políticos, se abrazaban y reían y daban saltitos. Pero Valentine no tardó mucho en recordar cuánto odiaba la mitad de las posturas que se veía obligada a defender en su personalidad de Demóstenes, y la depresión resultante también lo afectaba a él. Peter la echaba de menos, por supuesto, pero no así las discusiones, las quejas por tener que ser la mala de la historia. Ella nunca llegó a comprender que la personalidad de Demóstenes era la más interesante, la más divertida. Bueno, cuando acabara con ella se la devolvería... mucho antes de que Valentine llegara al planeta al que se dirigía junto con Ender. Para entonces ya sabría que incluso en sus peores momentos Demóstenes era un catalizador que provocaba cambios.

Valentine. Qué estúpida había sido al elegir a Ender y el exilio en vez de inclinarse por Peter y la vida. Estúpida por haberse enfadado tanto ante la obvia necesidad de mantener a Ender fuera del planeta. Por su propia seguridad, le dijo Peter, ¿y no lo había demostrado? Si hubiera vuelto a casa como Valentine quería, ahora estaría cautivo en alguna parte, o muerto, dependiendo de si sus captores hubieran conseguido o no hacer que cooperase. Yo tenía razón, Valentine, como siempre he tenido razón respecto a todo. Pero tú prefieres ser amable a tener razón, prefieres ser apreciada a ser poderosa, y prefieres estar en el exilio con el hermano que te adora a compartir el poder con el hermano que te otorgó poder.

Ender ya se había marchado, Valentine. Cuando se lo llevaron a la Escuela de Batalla, fue para no volver nunca a casa: ya no era el precioso Endercito que tú adorabas y mimabas y cuidadas como una madrecita con sus muñecas. Iban a convertirlo en soldado, en asesino... ¿llegaste a ver siquiera el vídeo que mostraron durante el consejo de guerra de Graff? Y si algo llamado Andrew Wiggin volviera a casa, no sería el Ender a quien idealizabas hasta la náusea. Habría sido un soldado dañado, destrozado, inútil, cuya guerra ya había terminado. Presionar para que lo enviaran a una colonia fue lo más amable que pude hacer por nuestro hermano. Nada habría sido más triste que ver cómo en su biografía se incluía la ruina en que se habría convertido su vida aquí en la Tierra, aunque nadie se molestara en secuestrarlo. Como Alejandro, se marchará con un destello de luz brillante y vivirá eternamente en la gloria, en vez de consumirse y morir en la miserable oscuridad para ser lucido en desfiles de vez en cuando. ¡Yo fui el amable!

Buen viaje a los dos. Habríais sido espinas en mi costado, lastre para mi globo, una china en mi zapato.

Pero habría sido divertido enseñarle a Valentine la carta de Graff... ¡de Graff en persona! Aunque ocultara su código privado de acceso, aunque condescendiera al instar a Peter a imitar a los tipos buenos de la historia (como si alguien hubiera planeado jamás crear un imperio efímero como el de Napoleón o el de Hitler), el hecho era que incluso sabiendo que Locke, lejos de ser un anciano estadista que hablara anónimamente desde el retiro, no era más que un aventajado estudiante universitario, Graff seguía pensando que merecía la pena hablar con Peter. Todavía merecía la pena darle consejos, porque Graff sabía que Peter Wiggin importaba ahora e importaría en el futuro. ¡Tienes toda la maldita razón, Graff!

¡Toda la razón! Ender Wiggin tal vez os haya salvado de los insectores, pero yo soy el que va a salvar el culo colectivo de la humanidad de su propia colostomía. Porque los seres humanos siempre han sido más peligrosos para la supervivencia de la especie humana que cualquier otra cosa excepto la destrucción del planeta Tierra, y ahora estamos tomando medidas para evitar esta contingencia al esparcir nuestra semilla (incluyendo al pequeño Ender) a otros mundos. ¿Tiene Graff idea de cuánto me esforcé para que su Ministerio de Colonización viera la luz? ¿Se ha molestado alguien en seguir la pista de la historia de las buenas ideas que se han convertido en leyes para ver cuántas veces la pista conduce a Locke?

Llegaron a consultar conmigo cuando dudaban en ofrecerte el título de Colmin con que tan afectadamente firmas tus emails. Pero no lo sabías, señor ministro. Sin mí, bien podrías firmar tus cartas con estúpidas imágenes de dragones de la suerte, como hacen la mitad de los subnormales de la red hoy en día.

Durante unos minutos le reconcomió la idea de que nadie pudiera conocer la existencia de esa carta excepto Graff y él mismo.

De pronto...

El momento pasó. Su respiración volvió a la normalidad. Su yo más sabio prevaleció. Es mejor no distraerse con las interferencias de la fama personal. A su debido tiempo su nombre sería revelado, y él ocuparía su puesto de autoridad en vez de ser simplemente una influencia. Por ahora, el anonimato le convenía.

Guardó el mensaje de Graff y se quedó mirando la pantalla.

Le temblaba la mano y se la miró como si fuera la mano de otra persona. ¿Qué demonios pasa?, se preguntó. ¿Tanto persigo la fama que recibir una carta de un alto cargo de la Hegemonía me hace temblar como una adolescente en un concierto pop?

No. El analítico realista se hizo cargo de la situación. No temblaba de excitación. Eso, como siempre, era transitorio y ya había desaparecido.

Temblaba de miedo, porque alguien estaba reuniendo un equipo de estrategas. Los mejores alumnos del programa de la Escuela de Batalla, los que eligieron para librar la batalla final en la que debían salvar a la humanidad. Alguien los tenía y pretendía utilizarlos, y tarde o temprano ese alguien sería el rival de Peter y se enfrentaría a él. Peter no sólo tendría que ser más listo que ese rival, sino que todos los niños que había conseguido doblegar a su voluntad.

Peter no había asistido a la Escuela de Batalla. No tenía lo necesario. Por algún motivo u otro, lo apartaron del programa y nunca salió de casa. Así que todos los niños que fueron a la Escuela de Batalla probablemente serían mejores estrategas y tácticos que Peter Wiggin, y el principal rival de Peter por la hegemonía se había rodeado de los mejores de todos.

Excepto Ender, por supuesto. Ender, a quien yo podría haber traído a casa si hubiera tirado de los hilos adecuados y manipulado la opinión pública en el otro sentido. Ender, que era el mejor de todos y podría estar ahora a mi lado. Pero no, lo envié lejos por su propio bien, por su propia seguridad. Y ahora estoy aquí, enfrentándome a la batalla a la que he dedicado toda mi vida, y todo lo que tengo para oponer a lo más granado de la Escuela de Batalla soy... yo.

Le temblaba la mano. ¿Y qué? Estaría loco si no tuviera un poco de miedo.

Pero cuando ese idiota de Chamrajnagar amenazó con descubrirlo y destruir todo el plan, sólo porque era demasiado estúpido para comprender que Demóstenes era necesario para conseguir resultados inalcanzables para la personalidad de Locke, lo pasó fatal durante semanas. Vio cómo secuestraban a los niños de la Escuela de Batalla. Incapaz de hacer nada, de decir nada pertinente. Oh, respondía a las cartas que enviaban algunos, investigó lo suficiente para certificar que sólo Rusia tenía los recursos para ser el responsable. Pero no se atrevió a usar a Demóstenes para exigir que investigaran a la F.I. por su incapacidad para proteger a esos niños. Demóstenes podría hacer conjeturas acerca del Pacto de Varsovia y el secuestro de los niños... pero naturalmente todo el mundo esperaba que Demóstenes dijera eso, ya que era un rusófobo reconocido. Todo porque un almirante cegato, estúpido y engreído había decidido interferir con la única persona en la Tierra que parecía preocuparse por impedir que el mundo recibiera otra visita de Atila el huno. Quiso gritarle a Chamrajnagar: «Yo soy el que escribe ensayos mientras el otro tipo secuestra niños, pero como usted sabe quién soy y no tiene ni idea de quién es él, ¿me detiene a mí?» Eso era tan inteligente como los cabezas cuadradas que le entregaron el gobierno de Alemania a Hitler porque pensaron que les resultaría «útil».

Ahora Chamrajnagar había dado marcha atrás. Enviaba una cobarde disculpa a través de otra persona para evitar que Peter tuviera una carta con su firma. Demasiado tarde. El daño ya estaba hecho. Chamrajnagar no sólo no había hecho nada, sino que también había impedido que Peter tomara cartas en el asunto, y ahora Peter se enfrentaba a un juego de ajedrez donde en su lado del tablero no había más que peones, mientras que el otro jugador tenía una doble dotación de torres, caballos y alfiles.

Así que la mano de Peter temblaba. A veces deseaba no estar tan completa, tan absolutamente solo. ¿Se preguntaba Napoleón, en la soledad de su tienda, qué demonios estaba haciendo al apostarlo todo, una y otra vez, a la habilidad de su ejército para conseguir lo imposible? ¿No deseaba Alejandro de vez en cuando la presencia de otra persona en quien confiar la toma de alguna decisión?

Peter hizo una mueca de desdén. ¿Napoleón? ¿Alejandro? Es el otro tipo quien tiene un establo lleno de sementales para montar, mientras que yo sólo tengo el certificado de la Escuela de Batalla diciendo que poseo el mismo talento militar que, por ejemplo, John F. Kennedy, ese americano que hundió su barco por descuido y recibió una medalla porque su padre tenía dinero e influencias políticas, y luego se convirtió en presidente y realizó toda una sarta ininterrumpida de movimientos estúpidos que nunca le hicieron mucho daño político porque la prensa lo adoraba.

Ése soy yo. Puedo manipular a la prensa. Puedo manejar a la opinión pública, tirar de un hilo y de otro e inyectarle ideas, pero cuando se trata de la guerra (y de guerra se tratará) voy a parecer tan listo como los franceses cuando la guerra relámpago empezó a rodar.

Peter echó una ojeada a la sala de lectura. No era una gran biblioteca. No era una gran facultad. Pero como había ingresado muy joven en la universidad, al ser un alumno dotado y no preocuparle mucho su formación académica, asistía a la rama local de la universidad del estado. Por primera vez envidió a los otros alumnos que cursaban allí sus estudios. Ellos sólo tenían que preocuparse por el siguiente examen, o de conservar su beca, o de sus citas amorosas. Deseó tener una vida como la suya.

Cierto. Tendría que suicidarse si alguna vez le preocupaba lo que dijera algún profesor de un ensayo que escribiera, o lo que pensara alguna chica sobre la ropa que vestía, o si el equipo de fútbol ganaba o perdía.

Cerró los ojos y se acomodó en el asiento. Todas estas dudas eran inútiles. Sabía que nunca pararía hasta que le obligaran a hacerlo. Sabía desde la infancia que iba a cambiar el mundo, si encontraba los hilos adecuados para tirar de ellos. Otros niños pensaban que tendrían que esperar a que crecieran para hacer algo importante, en cambio desde el primer momento Peter supo que no sería así. Nunca podrían haberlo engañado como a Ender para hacerle creer que estaba jugando un juego. Para Peter, el único juego que merecía la pena jugar era el mundo real. El único motivo por el que consiguieron engañar a Ender era porque dejaba que los demás dieran forma a la realidad por él. Un problema que nunca había aquejado a Peter.

Excepto que toda la influencia de Peter sobre el mundo real había sido posible solamente porque podía esconderse tras el anonimato de la red. Había creado un personaje (dos personajes) que podían cambiar el mundo porque nadie sabía que eran niños y, por tanto, ignorables. Pero cuando se trataba de ejércitos y armadas que chocaban en el mundo real, la influencia de los pensadores políticos remitía. A menos que, como Winston Churchill, fueran reconocidos como seres tan sabios y tan certeros que cuando llegara la crisis les entregaran las riendas del poder real. Esto estaba bien para Winston: viejo, gordo y lleno de alcohol, la gente seguía tomándoselo en serio. No obstante, en lo referente a Peter Wiggin, la gente seguía considerándole un niño.

Con todo, Winston Churchill había sido la inspiración para el plan de Peter. Presenta a Locke como si fuese presciente, muy acertado en todo, así cuando empiece la guerra el miedo al enemigo y la confianza en Locke superarían el desprecio por la juventud y permitirían a Peter revelar el rostro que se escondía tras la máscara y, como Winston, ocupar su puesto como líder del bando de los buenos.

Bueno, se había equivocado. No había calculado que Chamrajnagar ya sabía quién era. Peter le escribió como primer paso en una campaña pública para poner a los niños de la Escuela de Batalla bajo la protección de la Flota. No que fueran apartados de sus países natales (nunca esperó que ningún gobierno lo permitiera) pero sí que, cuando alguien actuara contra ellos, se supiera claramente que Locke había hecho sonar la alarma. Pero Chamrajnagar había obligado a Peter a mantener a Locke en silencio, así que aparte de Chamrajnagar y Graff, nadie más sabía que Locke había previsto los secuestros. Había perdido la oportunidad.

Sin embargo, Peter no se rendiría. Sin duda existía algún modo de volver al camino. Y sentado allí en la biblioteca de Greensboro, Carolina del Norte, arrellanado en la silla con los ojos cerrados como cualquier otro estudiante cansado, pensaría en ello.

Sacaron al grupo de Ender de la cama a las 04.00 y los reunieron en el comedor. Nadie explicó nada, y les prohibieron hablar. Así que esperaron durante cinco minutos, diez, veinte. Petra sabía que los demás tenían que estar pensando lo mismo que pensaba ella: los rusos habían descubierto que estaban saboteando sus propios planes de batalla. O tal vez alguien había advertido el mensaje codificado en la imagen del dragón. Fuera lo que fuese, no iba a ser agradable.

Treinta minutos después de que los despertaran, se

abrió la puerta. Dos soldados entraron y se cuadraron. Y entonces, para total sorpresa de Petra, entró un niño no mucho mayor que ellos, de unos doce o trece años. Sin embargo, los soldados lo trataban con respeto y él se movía con la tranquila confianza que confiere la autoridad. Estaba al mando y le encantaba.

¿Lo había visto Petra antes? Creía que no. Sin embargo, él los miraba como si los conociera. Bueno, por supuesto que los conocía: si tenía autoridad en ese lugar, sin duda llevaba semanas observándolos.

Un niño al mando. Tenía que ser un niño de la Escuela de Batalla... ¿por qué, si no, otorgaría ningún gobierno tanto poder a alguien tan joven? Por su edad, tendrían que haber coincidido, pero Petra no lo situaba, pese a tener una excelente memoria.

—No os preocupéis —dijo el niño—. El motivo de que no me conozcáis es que llegué tarde a la Escuela de Batalla, y estuve muy poco tiempo antes de que todos os marcharais a Tácticas. Pero yo sí os conozco. —Sonrió—. ¿O acaso alguno de vosotros me reconoció cuando entré? No os preocupéis, estudiaré el vid más tarde para buscar esa breve expresión de reconocimiento. Porque si alguno de vosotros me reconoció, bueno, entonces sabré algo más sobre vosotros. Sabré que os vi una vez, recortados contra la oscuridad, alejándoos de mí, dándome por muerto.

Al oír estas palabras, Petra comprendió quién era. Lo supo porque Crazy Tom les había hablado de cómo Bean había preparado una trampa para aquel niño que había conocido en Rotterdam, y con la ayuda de otros cuatro niños lo colgaron en un conducto de aire hasta que confesó haber cometido al menos una docena de asesinatos. Lo dejaron allí, entregaron la grabación a los profesores y les dijeron dónde estaba. Aquiles.

El único miembro del *jeesh* de Ender que estaba con Bean ese día era Crazy Tom. Bean nunca habló del tema, y ninguno preguntó. El hecho de que Bean procediera de una vida tan oscura y aterradora que estuviera poblada por monstruos como Aquiles lo convertía en una figura misteriosa. Lo que ninguno de ellos esperaba era encontrarse a Aquiles no en una institución mental o una prisión, sino allí en Rusia, con soldados a sus órdenes y con ellos como prisioneros.

Cuando Aquiles estudiara los vids, era posible que Crazy Tom mostrara que lo había reconocido. Y cuando contó su historia, sin duda vería el reconocimiento en todos sus rostros. Petra no tenía ni idea de lo que esto significaba, pero sabía que no podía ser bueno. Una cosa era segura: ella no iba a dejar que Crazy Tom se enfrentara solo a las consecuencias.

—Todos sabemos quién eres —dijo Petra—. Eres Aquiles. Y nadie te dio por muerto, tal como lo contó Bean. Te dejaron para que te encontraran los profesores, para que te arrestasen y te enviaran de vuelta a la Tierra. A una institución mental, sin duda. Bean incluso nos mostró tu foto. Si alguien te ha reconocido, ha sido por eso.

Aquiles se volvió hacia ella y sonrió.

—Bean nunca hubiese contado esa historia. Nunca hubiese mostrado mi foto.

—Entonces es que no conoces a Bean —replicó Petra. Esperaba que los demás comprendieran que era peligroso admitir que Crazy Tom les había contado la historia. Probablemente sería fatal, con ese demente al mando de las armas. Bean no estaba allí, así que indicar que él había sido la fuente de información no revestía el menor peligro.

—Vaya, que buen equipo —se burló Aquiles—. Os

pasáis señales unos a otros, saboteáis los planes que entregáis y creéis que seremos demasiado estúpidos para darnos cuenta. ¿De verdad creéis que os pondríamos a trabajar en planes de verdad antes de que os convirtiéramos?

Como de costumbre, Petra no pudo permanecer callada, aunque en realidad tampoco quería hablar.

—¿Acaso tratas de identificar cuál de nosotros se siente relegado, para poder convertirlo? —dijo—. Qué chiste... No había nadie fuera del grupo de Ender. El único extraño aquí eres tú.

Sin embargo, sabía perfectamente bien que Carn Carby, Shen, Vlad y Fly Molo se sentían extraños por diversos motivos. Y ella misma también. Sus palabras sólo pretendían instarlos a todos a mantenerse unidos.

—Así que ahora nos divides y empiezas a manipularnos —prosiguió—. Aquiles, conocemos tus intenciones antes de que inicies el primer movimiento.

—No puedes herir mi orgullo porque carezco por completo de él —respondió Aquiles—. Lo único que me preocupa es unir a la humanidad bajo un solo gobierno. Rusia es la única nación, el único pueblo que tiene voluntad de grandeza y poder para respaldarlo. Estáis aquí porque algunos de vosotros podéis ser útiles en ese empeño. Si consideramos que tenéis lo que hace falta, os invitaremos a uniros a nosotros. A los demás os conservaremos hasta que termine la guerra. A los verdaderos perdedores, bueno, os enviaremos a casa con la esperanza de que vuestros gobiernos os usen contra nosotros. —Sonrió—. Vamos, no pongáis esas caras. Sabéis que en casa os estabais volviendo locos. Ni siquiera conocíais a esa gente. Los dejasteis cuando erais tan pequeños que todavía os manchabais los dedos de mierda al limpiaros el culo. ¿Qué saben de vosotros? ¿Qué sabéis de ellos?

Que os dejaron marchar. Yo no tenía familia y la Escuela de Batalla significaba solamente tres comidas al día. En cambio a vosotros os lo quitaron todo. No les debéis nada. Lo que tenéis es vuestra mente. Vuestro talento. Os han marcado para la grandeza. Ganasteis por ellos la guerra contra los insectores. ¿Y os enviaron de vuelta a casa para que vuestros padres pudieran volver a criaros?

Nadie respondió. Petra estaba segura de que todos albergaban tanto desdén hacia ese discurso como ella. Aquiles no sabía nada de ellos. Nunca lograría dividirlos ni ganarse su lealtad. Ellos sabían demasiado sobre él y no les gustaba ser retenidos contra su voluntad.

Aquiles también lo sabía. Petra lo veía en sus ojos, la ira bailando allí al darse cuenta de que sólo sentían desprecio hacia él.

Al menos podía ver el desprecio de ella, porque se volvió hacia Petra y se acercó unos pasos esbozando una amable sonrisa.

—Petra, me alegro de conocerte —dijo—. La chica que dio resultados tan agresivos que tuvieron que comprobar tu ADN para asegurarse de que no eras un varón.

Petra se sintió palidecer. Se suponía que nadie sabía eso. Era una prueba que ordenaron los psiquiatras de la Escuela de Tierra cuando decidieron que su desprecio hacia ellos era un síntoma de disfunción en vez de lo que se merecían por preguntarle aquellas estupideces. Ni siquiera debía de constar en su archivo, pero al parecer existía una copia en alguna parte. Lo cual era, por supuesto, el mensaje que Aquiles pretendía hacerles llegar: lo sabía todo. Y, como efecto secundario, aquello haría que los demás empezaran a preguntarse si en efecto estaba loca.

—Diez de vosotros. Sólo faltan dos de los que participaron en la gloriosa victoria. Ender, el grande, el genio, el custodio del Santo Grial, se marcha a fundar una colonia en alguna parte. Todos tendremos cincuenta años cuando llegue allí, y él seguirá siendo un niño pequeño. Nosotros vamos a hacer historia. Él ya es historia. —Aquiles se rió de su propio chiste.

Petra sabía que burlarse de Ender no daría resultado en ese grupo. Aquiles sin duda asumía que los diez eran segundones, los que deseaban el puesto de Ender y tuvieron que quedarse allí sentados mientras él recibía la gloria. Asumía que todos ardían de envidia, porque él se habría reconcomido vivo en su caso. Pero se equivocaba. No los comprendía en absoluto. Ellos echaban de menos a Ender. Eran su *jeesh*. Y ese idiota creía sinceramente que podría convertirlos en un equipo como había hecho Ender.

—Y luego está Bean —continuó Aquiles—. El más joven de vosotros, cuyas puntuaciones hacían que todos parecierais medio idiotas. Podía daros clases sobre cómo liderar ejércitos, aunque probablemente no lo entenderíais, tan grande es su genio. ¿Dónde estará? ¿Alguien lo echa de menos?

Nadie contestó. Sin embargo, Petra sabía que esta vez el silencio escondía un conjunto distinto de sentimientos. Había un poco de resquemor hacia Bean. No por su brillantez, o al menos nadie admitía eso. Lo que les molestaba era la manera en que asumía su superioridad. Y durante aquella embarazosa temporada antes de que Ender llegara a Eros, cuando Bean fue el comandante en funciones del grupo, para algunos fue duro recibir órdenes del más joven. Así que tal vez Aquiles tenía razón al respecto.

Pero nadie estaba orgulloso de esos sentimientos, y sacarlos a la luz no los haría exactamente amar a Aquiles. Aunque, tal vez lo que quisiera suscitar era vergüenza. Aquiles quizá fuera más listo de lo que creían.

Probablemente no. Estaba tan fuera de contexto al tratar de comprender a ese grupo de prodigios militares que bien podría ponerse un traje de payaso y lanzar globos de agua por el respeto que iba a conseguir.

—Ah, sí, Bean —prosiguió Aquiles—. Lamento informaros que está muerto.

Al parecer esto fue demasiado para Crazy Tom, que bostezó.

—No, no lo está —dijo.

Aquiles parecía divertido.

—¿Crees que sabes más que yo sobre el tema?

—Hemos estado en las redes —dijo Shen—. Lo sabríamos.

—Habéis estado sin contacto con vuestras consolas desde las 22.00. ¿Cómo sabéis qué ha pasado mientras dormíais? —Aquiles consultó su reloj—. Vaya, tienes razón. Bean está vivo ahora mismo. Y le quedan unos cinco minutos o así. Luego... ¡zas! Un cohetito directo a su dormitorio y su linda camita volará por los aires. Ni siquiera hemos tenido que sobornar al gobierno griego para que nos diera su paradero. Nuestros amigos de allí nos han dado la información gratis.

El corazón de Petra dio un vuelco. Si Aquiles podía preparar su secuestro, también podía disponer que asesinaran a Bean. Matar era siempre más fácil que atrapar a alguien con vida.

¿Había advertido ya Bean el mensaje del dragón, lo había descifrado y había transmitido la información? Porque si está muerto, nadie más podrá hacerlo.

Inmediatamente le avergonzó que la noticia de la muerte de Bean la llevara a pensar primero en sí misma. Sin embargo, eso no significaba que no se preocupara por el chico, sino que confiaba tanto en Bean que había puesto en él todas sus esperanzas. Si moría, esas esperanzas morirían con él. No era indecente por parte de ella pensar así.

Decirlo en voz alta, eso sí sería indecente. Pero no se pueden evitar los pensamientos que se te ocurren.

Tal vez Aquiles estaba mintiendo. O tal vez Bean sobreviviría, o lograría escapar. Y si moría, tal vez ya había descifrado el mensaje. Tal vez no lo había hecho. No había nada que Petra pudiera hacer para cambiar el resultado.

—¿Qué, no hay lágrimas? —preguntó Aquiles—. Y yo que pensaba que erais amigos íntimos. Supongo que es cosa de héroes. —Se rió—. Bueno, he acabado con vosotros por ahora. —Se volvió hacia el soldado que custodiaba la puerta—. Hora de viajar.

El soldado salió. Oyeron unas cuantas palabras en ruso y de inmediato entraron dieciséis soldados y se dividieron, una pareja para cada niño.

—Ahora os vamos a separar —anunció Aquiles—. No queremos que nadie empiece a pensar en una operación de rescate. Podréis seguir comunicándoos por email. Queremos que vuestra sinergia creativa continúe. Después de todo, sois las mejores mentes militares que la humanidad ha podido producir en su hora de necesidad. Todos estamos realmente orgullosos de vosotros, y ansiamos ver vuestro mejor trabajo en el futuro cercano.

Uno de los chicos se tiró un pedo.

Aquiles se limitó a sonreír, le hizo un guiño a Petra y se marchó.

Diez minutos después iban todos en vehículos separados, con destino a puntos desconocidos, a algún lugar de las vastas extensiones del país más grande sobre la faz de la Tierra.

SEGUNDA PARTE

ALIANZAS

6

Código

A: Graff%peregrinación@colmin.gov
De: Konstan%Briseida@helstrat.gov
Asunto: Filtración

Su Excelencia, le escribo yo mismo porque fui el más ferviente opositor a su plan de apartar al joven Julian Delphiki de nuestra protección.

Me equivoqué, como ha dejado claro el ataque con misiles al antiguo apartamento, que ha causado la muerte a dos soldados. Seguimos su prudente consejo y comunicaremos que Julian murió en el ataque. Su habitación fue el objetivo anoche y habría muerto en vez de los soldados que dormían allí. Obviamente, la infiltración en nuestro sistema es muy profunda. Ahora no confiamos en nadie. Llegó usted justo a tiempo y lamento haberle retrasado. Mi orgullo por el ejército heleno me cegó.

Verá que después de todo me expreso un poquito en Común, no más discusiones con un verdadero amigo de Grecia. Gracias a usted y no a mí no ha sido destruido un gran recurso nacional.

Si Bean tenía que permanecer oculto, había sitios peores para hacerlo que Araraquara. La ciudad, que recibía su nombre de una especie de loro, se conservaba como una especie de pieza de museo, con calles empedradas y edificios antiguos. No había edificios particularmente bellos ni casas pintorescas: incluso la catedral era bastante sosa y no demasiado antigua, pues había sido terminada en el siglo XX. Con todo, quedaba una sensación de la vida tranquila que antes era habitual en Brasil. El desarrollo que había convertido la cercana Ribeiãro Preto en una gran metrópoli había pasado de largo por Araraquara. Y aunque la gente era bastante moderna (se oía tanto Común como portugués en las calles), Bean se sentía como en casa de una manera que nunca había experimentado en Grecia, donde el deseo de ser muy europeos y muy griegos al mismo tiempo distorsionaba la vida y los espacios públicos.

—No nos servirá de nada sentirnos demasiado cómodos —dijo sor Carlotta—. No podemos quedarnos aquí mucho tiempo.

—Aquiles es el diablo —respondió Bean—, no Dios. No puede llegar a todas partes ni encontrarnos sin algún tipo de prueba.

—No tiene que llegar a todas partes —adujo sor Carlotta—. Sólo saber dónde estamos.

—Su odio hacia nosotros le ciega.

—Su miedo hace que esté mucho más alerta de lo normal.

Bean sonrió: era un antiguo juego entre ambos.

—Tal vez no sea Aquiles quien se ha llevado a los otros niños.

—Tal vez no sea la gravedad lo que nos sujeta a la Tierra, sino más bien una fuerza desconocida con idénticas propiedades.

Entonces también ella sonrió.

Sor Carlotta era una buena compañera de viaje. Tenía sentido del humor, comprendía sus chistes y Bean disfrutaba con los de ella. Pero sobre todo le gustaba pasarse horas y horas en silencio, dedicada a su trabajo mientras él hacía el suyo. Cuando hablaban, desarrollaban una especie de lenguaje oblicuo donde ambos sabían ya todo lo que importaba, de manera que sólo tenían que referirse a ello y el otro lo entendía. Esto no significaba que fueran espíritus afines ni que estuvieran en sintonía, era simplemente que sus vidas sólo se tocaban en unos cuantos puntos clave: estaban ocultándose, estaban aislados de familiares y amigos, y el mismo enemigo los quería muertos. No había nadie con quien chismorrear porque no conocían a nadie. No charlaban porque no compartían ningún interés aparte de los proyectos actuales: tratar de descubrir dónde estaban retenidos los otros niños, tratar de decidir a qué nación servía Aquiles (y que sin duda pronto le serviría a él), y tratar de comprender la forma que estaba tomando el mundo para poder interferir, desviando quizás el curso de la historia para mejor.

Ése era el objetivo de sor Carlotta, al menos, y Bean estaba dispuesto a formar parte de ello, dado que la misma investigación necesaria para los dos primeros proyectos era idéntica a la investigación requerida para el último. No estaba seguro de que le importara la forma de la historia en el futuro.

Se lo dijo a sor Carlotta una vez, y ella se limitó a sonreír.

—¿Es el mundo exterior a ti lo que no te importa, o el futuro en conjunto, incluyendo el tuyo propio?

—¿Por qué debo preocuparme por cuestiones concretas que no me importan?

—Porque si no te preocupa tu propio futuro, no te

importará estar vivo para verlo, y no te tomarías tantas molestias para seguir vivo.

—Soy un mamífero —dijo Bean—. Trato de vivir eternamente, lo quiera o no.

—Eres un hijo de Dios, así que te preocupa lo que le pase a sus hijos, lo admitas o no.

No fue su punzante respuesta lo que le molestó, porque la esperaba: él mismo la había provocado, sin duda (se dijo) porque le gustaba la confirmación de que si había un Dios, entonces Bean le importaba. No, lo que le molestó fue la momentánea oscuridad que asomó a su rostro; una expresión pasajera, apenas revelada, que no habría advertido de no haber conocido tan bien su cara, tan poco proclive a las oscuridades.

Algo que he dicho la ha entristecido. Sin embargo, es una oscuridad que quiere ocultarme. ¿Qué he dicho? ¿Que soy un mamífero? Ella está acostumbrada a mis pullas hacia su religión. ¿Que podría no querer vivir para siempre? Tal vez le preocupa que esté deprimido. ¿Que trate de vivir eternamente, a pesar de mis deseos? Quizá tema que me muera joven. Bueno, para eso estaban en Araraquara: para impedir su muerte prematura. Y la de sor Carlotta también, desde luego. Sin embargo, Bean no dudaba ni por un momento que si le apuntaban con un arma, ella saltaría para colocarse delante y recibir la bala, aunque no comprendía por qué. Él no hubiese hecho lo mismo por ella, ni por nadie. Hubiese tratado de advertirla, o de apartarla del camino, o neutralizar al tirador, cualquier cosa con tal de que ambos tuvieran una razonable posibilidad de sobrevivir. Pero no sacrificaría su propia vida deliberadamente para salvarla.

Tal vez era una actitud típicamente femenina, o tal vez de adulto respecto a los niños. Dar la vida para salvar a otra persona. Sopesar la propia y descubrir que importa menos que la supervivencia de otro. A Bean le resultaba difícil comprender este tipo de actitudes. ¿No debería hacerse cargo el mamífero irracional, y forzarlos a actuar por su propia supervivencia? Bean nunca había intentado suprimir su instinto de conservación, pero dudaba que pudiera hacerlo aunque quisiera. Pero claro, tal vez la gente mayor estaba más dispuesta a renunciar a la vida, pues ya había gastado gran parte del capital inicial. Por supuesto, tenía sentido que los padres se sacrificaran por el bien de los hijos, sobre todo los padres que eran demasiado mayores para tener más descendencia. Sin embargo, sor Carlotta nunca había tenido hijos, y Bean no era el único por el que estaría dispuesta a morir. Se colocaría delante de una bala para salvar a un desconocido. Valoraba su propia vida menos que la de cualquiera, y eso hacía que fuera para él completamente extraña.

Supervivencia no del más apto, sino de mí mismo... ése es el sentido de mi ser. Ése es el motivo final de todas mis acciones. Hubo momentos en que me compadecí, cuando, el único del grupo de Ender, envié a sabiendas a hombres a la muerte, y sentí una profunda pena por ellos. Pero igualmente lo hice, y ellos obedecieron. ¿Habría hecho lo mismo en su lugar, por obedecer una orden? ¿Habría estado dispuesto a morir para salvar a hipotéticas generaciones futuras que nunca conocerían sus nombres?

Bean lo dudaba.

Serviría alegremente a la humanidad si también se servía a sí mismo. Combatir a los fórmicos junto con Ender y los otros niños resultaba del todo coherente, porque salvar a la humanidad implicaba salvar a Bean. Y si seguir con vida en algún lugar del mundo era también una espina en el costado de Aquiles y conseguía que fuera menos cauteloso, menos sabio, y por tanto más fácil de derrotar... bueno, era un añadido agradable que la búsqueda de su supervivencia otorgara a la especie humana la oportunidad de derrotar al monstruo. Y como la mejor manera de sobrevivir sería encontrar a Aquiles y matarlo primero, podría acabar convirtiéndose en uno de los grandes benefactores de la humanidad. Aunque ahora que lo pensaba, no recordaba ni un solo asesino que fuera considerado un héroe por la posteridad. Bruto, tal vez, cuya reputación tuvo sus altibajos. Sin embargo, la mayoría de los asesinos eran despreciados por la historia, probablemente porque los asesinos con éxito tendían a ser aquellos cuyo objetivo no resultaba particularmente peligroso para nadie. Para cuando todo el mundo estaba de acuerdo en que merecía la pena asesinar a un monstruo concreto, el monstruo adquiría demasiado poder y paranoia para impedir que cualquier posibilidad de asesinato se llevara a cabo.

Cuando trató de discutir el tema con sor Carlotta, no llegó a ninguna parte.

—No puedo discutir contigo, así que no sé por qué te molestas. Sólo sé que no te ayudaré a planear su asesinato.

—¿No lo considera defensa propia? —señaló Bean—. ¿Qué es esto, uno de esos estúpidos vids donde el héroe nunca puede matar al malo si no le está apuntando con un arma en ese mismo instante?

—Es mi fe en Cristo —respondió Carlotta—. Ama a tu enemigo, haz el bien a quienes te odian.

—Bueno, ¿dónde nos deja eso? Lo mejor que podríamos hacer por Aquiles sería colgar nuestras direcciones en las redes y esperar a que enviara a alguien a matarnos.

—No seas absurdo. Cristo dijo que fuésemos buenos con nuestros enemigos. A Aquiles no le conviene encontrarnos, porque entonces nos mataría y tendría que responder ante Dios de más asesinatos todavía. Lo mejor que podemos hacer por Aquiles es impedir que nos mate. Y si lo amamos, impediremos que gobierne el mundo mientras estamos en él, ya que un poder semejante sólo aumentaría sus oportunidades para pecar.

—¿Por qué no amamos a los cientos y millones de personas que morirán en las guerras que pretende provocar?

—Los amamos —aseguró Carlotta—. Pero estás confundido, igual que toda esa gente que no comprende el punto de vista de Dios. Sigues pensando que la muerte es lo más terrible que puede sucederle a una persona, cuando para Dios la muerte sólo significa que llegas a casa unos momentos antes de lo previsto. Para Dios, el temible resultado de una vida humana es cuando esa persona abraza el pecado y rechaza la alegría que Dios ofrece. Así, de todos los millones de personas que podrían morir en una guerra, cada pérdida individual es trágica sólo si la vida acaba en pecado.

—Entonces, ¿por qué se toma tantas molestias para mantenerme con vida? —preguntó Bean, pensando que sabía la respuesta.

—Quieres que diga algo que debilite mi tesis —señaló Carlotta—, como decirte que soy humana y por eso quiero impedir tu muerte ahora mismo porque te quiero. Y es cierto: no tengo hijos, pero eres lo más parecido a tener uno, y me dolería enormemente que murieras a manos de ese niño perverso. Sin embargo, Julian Delphiki, el auténtico motivo por el que me esfuerzo tanto para impedir tu muerte es porque, si fallecieras hoy, probablemente irías al infierno.

Para su sorpresa, Bean se molestó por esta respuesta. Comprendía lo suficiente las creencias de Carlotta para haber previsto esta actitud, pero el hecho de que lo expresara con palabras le dolió de todas formas.

—No voy a arrepentirme y bautizarme, así que estoy condenado al infierno, por tanto no importa cuándo muera: estoy condenado.

—Tonterías. Nuestra comprensión de la doctrina no es perfecta, y no importa lo que puedan haber dicho los papas, no creo ni por un momento que Dios vaya a condenar para toda la eternidad a los miles de millones de niños a los que permitió nacer y morir sin ser bautizados. No, me parece probable que vayas al infierno porque, a pesar de tu inteligencia, sigues siendo bastante amoral. Rezo para que antes de morir aprendas que hay leyes más elevadas que trascienden la mera supervivencia, y causas más altas a las que servir. Cuando te entregues a esa causa, mi querido niño, entonces no temeré tu muerte, porque sé que un Dios justo te perdonará no haber reconocido la verdad del cristianismo durante tu vida.

—Es usted una hereje —dijo Bean—. Ninguna de esas doctrinas sería aceptada por un cura.

—Ni siquiera me aceptan a mí —convino Carlotta—. Pero no conozco a nadie que no mantenga dos listas separadas de doctrinas: las que creen creer y las que en realidad intentan cumplir. Yo soy tan sólo una de las pocas que conoce esta diferencia. Tú, muchacho, no.

—Porque no creo en ninguna doctrina.

—Eso —dijo sor Carlotta con exagerado remilgo— es una prueba evidente de mi aseveración. Estás tan convencido de que crees solamente en lo que imaginas que crees, que estás completamente ciego a lo que realmente crees sin imaginar que lo crees.

—Ha nacido usted en el siglo equivocado —dijo Bean—. Podría hacer que Tomás de Aquino se tirara de los pelos. Nietzsche y Derrida la acusarían de ofuscación. Sólo la Inquisición sabría qué hacer con usted: asarla vuelta y vuelta.

—No me digas que has leído a Nietzsche y Derrida. O a santo Tomás, ya puestos.

—No hay que comer todo el bloque para descubrir que no es un pastel de chocolate.

—Niño arrogante e imposible.

—Pero Geppetta, yo no soy un niño de verdad.

—Desde luego no eres una marioneta, ni mi marioneta, ¿sabes? Ahora vete a jugar fuera, estoy ocupada.

Sin embargo, enviarlo a la calle no era un castigo y sor Carlotta lo sabía. Desde el momento en que conectaban sus consolas a las redes, los dos se pasaban casi todo el día encerrados, recopilando información. Carlotta, cuya identidad estaba protegida por cortafuegos del sistema informático del Vaticano, podía continuar con sus antiguas relaciones y por tanto tenía acceso a las mejores fuentes, y sólo tenía que cuidarse de no decir dónde estaba, e incluso guardar en secreto la zona horaria en la que se hallaba. Bean tuvo que crear una nueva identidad partiendo de cero, esconderla tras una doble protección de servidores de correo especializados en el anonimato, e incluso así nunca mantenía una identidad durante más de una semana. Como no entablaba ninguna relación, tampoco podía desarrollar ningún recurso. Cuando necesitaba información específica, tenía que pedirle a Carlotta que le ayudara a encontrarla, y entonces ella tenía que decidir si era algo que pudiera pedir legítimamente, o si el tema en cuestión podía dar una pista de que Bean estaba con ella. La mayor parte de las veces ella decidía que no se atrevía a preguntar, así que Bean estaba lastrado en su investigación. Con todo, compartían la información que podían, y a pesar de sus desventajas, había una que continuaba conservando: la mente que examinaba sus datos era la suya propia. La mente que había obtenido mayor puntuación que nadie en la Escuela de Batalla.

Desgraciadamente, a la verdad no le importaban mucho esas credenciales. Se negaba a rendirse y a revelarse sólo porque advirtiera que estabas destinado a encontrarla tarde o temprano.

Bean no soportaba más que un número limitado de horas de frustración antes de levantarse y salir. Sin embargo, no era sólo para apartarse de su trabajo.

—El clima me gusta —le dijo a sor Carlotta al segundo día, cuando, empapado de sudor, se dirigía a darse la tercera ducha—. Nací para vivir con el calor y la humedad.

Al principio ella había insistido en acompañarlo a todas partes, pero después de unos cuantos días Bean logró persuadirla de varias cosas. Primero, parecía bastante mayor para no tener que ir siempre en compañía de su abuela, *Avó Carlotta*, tal como la llamaba aquí: su tapadera. Segundo, de todas formas ella no podía ofrecerle ninguna protección, ya que no llevaba armas ni tenía habilidades defensivas. Tercero, era él quien sabía vivir en las calles, y aunque Araraquara no era un lugar tan peligroso como las calles de Rotterdam, ya había trazado un centenar de rutas de escape y escondites diferentes, por la costumbre. Cuando Carlotta advirtió que ella necesitaría su protección más que él la suya, cambió de táctica y le permitió salir solo, mientras hiciera cuanto estuviera en su mano para no llamar la atención.

—No puedo impedir que la gente repare en un niño extranjero.

—No pareces tan extranjero —señaló ella—. Los tipos mediterráneos son corrientes por aquí. Trata de no hablar mucho. Que siempre parezca que tienes un encargo que hacer pero nunca que tienes prisa. Pero claro, fuiste tú quien me enseñaste eso para evitar llamar la atención.

Y así estaban las cosas, semanas después de haber llegado a Brasil, recorriendo las calles de Araraquara y preguntándose qué gran causa podría hacer que su vida mereciera la pena a los ojos de Carlotta. Pues a pesar de toda su fe, era su aprobación, no la de Dios, lo que le parecía más deseable, mientras no interfiriera en su proyecto de permanecer con vida. ¿Era suficiente ser una espina en el costado de Aquiles? ¿Suficiente buscar modos de oponerse a él? ¿O había algo más que debería estar haciendo?

En la cima de una de las muchas colinas de Araraquara había una heladería regentada por una familia brasileño-japonesa. La familia llevaba siglos en el negocio, como proclamaba el cartel, y Bean se sintió a la vez conmovido y divertido por este punto, a la luz de lo que había dicho Carlotta. Para esta familia, preparar helados de sabores que servían en un cucurucho o en una copa era la gran causa que les daba continuidad a través de los tiempos. ¿Qué podía ser más trivial que eso? Sin embargo, Bean visitaba el lugar, una y otra vez, porque sus recetas eran realmente deliciosas, y cuando pensaba en cuántas otras personas de los últimos doscientos o trescientos años se habían detenido a disfrutar un momento de aquellos dulces y delicados favores, no podía despreciar esa causa. Ellos ofrecían algo que era verdaderamente bueno y que contribuía a mejorar la vida de sus semejantes. Por supuesto, no era una noble gesta que apareciera en los libros, pero tampoco era algo despreciable. Una persona podía hacer cosas peores que dedicar una gran parte de su vida a una causa como ésa.

Bean ni siquiera estaba seguro de lo que significaba dedicarse a una causa. ¿Comportaba eso entregar a otra persona la capacidad para tomar decisiones? Qué idea tan absurda. Probablemente no habría nadie más inteligente que él en toda la Tierra, y aunque eso no implicaba que fuese incapaz de cometer errores, desde luego significaba que tendría que estar loco para delegar en otra persona que, sin duda, se equivocaría.

No sabía por qué perdía el tiempo con la filosofía sentimentaloide de Carlotta. Sin duda era uno de sus errores: el aspecto humano y emocional de su mentalidad superaba la distanciada e inhumana brillantez que, para su inquietud, sólo a veces controlaba su pensamiento.

La copa de helado estaba vacía: al parecer se lo había comido sin reparar en ello. Esperó que su boca la hubiera saboreado plenamente, porque había comido sin darse cuenta, mientras pensaba.

Bean tiró la copa y continuó su camino. Un ciclista circuló por su lado y Bean vio que todo su cuerpo se sacudía y vibraba al pasar por encima del adoquinado. Así es la vida humana, pensó. Tan revuelta que nunca vemos nada derecho.

Cenaron habichuelas y arroz y tiritas de carne en el restaurante de la *pensão*. Carlotta y él comieron juntos en silencio, escuchando las conversaciones ajenas y el ruido de los platos y cubiertos. Cualquier conversación entre ambos sin duda filtraría algún memorable fragmento de información que podría suscitar preguntas y llamar la atención. Como por ejemplo, por qué una mujer que hablaba como una monja tenía un nieto, o por qué un niño que aparentaba tener seis años hablaba como un profesor de filosofía. Por eso comían en silencio, excepto para hablar del tiempo.

Después de la cena, como siempre, se conectaron a las redes para comprobar su correo. El correo de Carlotta era interesante y real. Todos los corresponsales de Bean, esa semana al menos, pensaban que era una mujer llamada Lettie que trabajaba en su tesina y necesitaba información, pero que carecía de tiempo para iniciar una vida personal y por tanto rechazaba de forma tajante cualquier intento de relación amistosa y privada. Pese a todo ello, no habían logrado encontrar el rastro de Aquiles a partir del comportamiento de alguna nación. Aunque no muchos países disponían de los recursos para secuestrar al *jeesh* de Ender en tan corto espacio de tiempo, entre los que sí los tenían Bean no podía descartar a ninguno porque careciera de la arrogancia o la agresividad o el desprecio a la ley para hacerlo. Vaya, si incluso podía haber sido Brasil... por lo que sabía, sus antiguos compañeros de la guerra Fórmica podrían estar prisioneros en la misma Araraquara. Por las mañanas tal vez oían el ruido del camión de la basura que se llevara la copa de helado que había tirado él hoy.

—No entiendo por qué la gente divulga estas cosas —protestó Carlotta.

—¿Qué? —preguntó Bean, agradecido por la interrupción.

—Oh, estos estúpidos dragones de la buena suerte. Supersticiones. Debe de haber ya más de una docena de dragones distintos.

—Ah, sí —exclamó Bean—. Están por todas partes. Ya ni me fijo en ellos. ¿Por qué dragones, por cierto?

—Creo que éste es el más antiguo. Al menos es el que vi primero, con el poemita —respondió Carlotta—. Si Dante escribiera hoy en día, seguro que reservaría un lugar especial en el infierno para la gente que inició esta moda.

—¿Qué poema?

—«Comparte este dragón —recitó Carlotta—. Si lo haces, afortunado fin, para ellos y para ti.»

—Oh, sí, los dragones siempre auguran un final afortunado. Quiero decir, ¿qué significa el poema? ¿Que morirás siendo afortunado? ¿Qué será una suerte que tengas un final?

Carlotta se echó a reír.

Aburrido con su correspondencia, Bean continuó charlando.

—Los dragones no siempre auguran suerte. En la Escuela de Batalla tuvieron que retirar la Escuadra Dragón debido a la mala suerte que tenía. Hasta que la resucitaron para Ender. Sin duda se la dieron porque la gente pensaba que daba mala suerte e intentaban ponérselo todo en contra.

Entonces se le ocurrió una idea, que lo despertó de su letargo.

—Envíeme esa imagen.

—Apuesto a que ya la tienes en una docena de otras cartas.

—No quiero buscarla. Envíeme ésa.

—¿Sigues siendo esa tal Lettie? ¿No llevas ya dos semanas siendo ella?

—Cinco días.

El mensaje tardó unos minutos en llegarle a través de los desvíos, pero cuando por fin apareció en su correo, Bean observó la imagen con atención.

—¿Se puede saber por qué prestas tanta atención a esa estupidez? —preguntó Carlotta.

Él alzó la cabeza y vio que ella lo estaba mirando.

—No sé. ¿Por qué presta usted atención a la forma en que yo le presto atención? —Le sonrió.

—Porque piensas que importa. Puede que no sea tan inteligente como tú en muchas cuestiones, pero soy mucho más lista que tú cuando se trata de analizarte a ti mismo. Sé cuándo estás intrigado.

—Es por la coincidencia de la imagen de un dragón

con la palabra «fin». Los finales no se consideran afortunados. ¿Por qué no escribieron «vendrá la suerte» o «destino feliz» o algo por el estilo? ¿Por qué «afortunado fin»?

—¿Por qué no?

—Fin. End. Ender. La escuadra de Ender era la Dragón.

—Me parece un poco traído por los pelos.

—Mire el dibujo —indicó Bean—. Justo en el centro, donde la greca es tan complicada... hay una línea alterada. Los puntos no se alinean. Es virtualmente aleatorio.

—A mí me parece un simple error casual.

—Si estuviera usted cautiva con acceso a un ordenador, pero todos los mensajes que enviara fueran escrutados, ¿cómo enviaría un mensaje al exterior?

—No estarás sugiriendo que esto es un mensaje, ¿no?

—No tengo ni idea, pero ahora que lo pienso, creo que merece la pena investigarlo, ¿no le parece?

Bean había insertado ya la imagen del dragón en un programa de imágenes y estaba estudiando los píxeles.

—Sí, esto es aleatorio, toda la línea. No encaja aquí, y no es sólo ruido porque el resto de la imagen sigue completamente intacta excepto esta otra línea parcialmente rota. El ruido estaría distribuido al azar.

—Mira a ver qué es, entonces. Tú eres el genio, yo la monja —dijo sor Carlotta.

Bean pronto tuvo las dos líneas aisladas en un archivo separado y se puso a estudiar la información como código puro. Visto como un código de texto de un byte o dos, no había nada que se pareciera ni remotamente a un lenguaje, pero era normal que fuera así, de lo contrario nunca habría salido al exterior. De manera que si en efecto era un lenguaje, tenía que seguir algún tipo de código.

Durante las siguientes horas Bean escribió programas que le permitieran manipular los datos contenidos en esas líneas. Probó esquemas matemáticos y reinterpretaciones gráficas, pero en el fondo sabía que no se trataba de nada tan complejo: quien lo había creado había tenido que hacerlo sin la ayuda de un ordenador. Tenía que basarse en un sistema relativamente simple, diseñado sólo para impedir que un examen rutinario revelara su contenido.

Por eso siguió intentando reinterpretar el código binario como texto y no tardó en hallar un esquema que parecía prometedor. Código de texto de dos bytes, pero desviado a la derecha una posición para cada carácter, excepto cuando el cambio a la derecha lo hacía corresponder con los dos bytes de memoria, donde se producía un doble salto. De esa forma un carácter real nunca aparecería si alguien repasaba el archivo con un programa visor ordinario.

Cuando usó ese método con la primera línea, apareció como caracteres de texto solamente, cosa que no era probable que sucediera por casualidad. En cambio la otra línea no mostró ninguna pauta inteligible.

Se le ocurrió desviar a la izquierda la otra línea, y también ésa se convirtió en caracteres de texto.

—Ya lo tengo —exclamó—. Y es un mensaje.

—¿Qué dice?

—No tengo ni idea.

Carlotta se levantó y se acercó a mirar.

—Ni siquiera es lenguaje. No está organizado en palabras.

—Eso es deliberado —explicó Bean—. Si aparecieran palabras se adivinaría un mensaje e invitaría a descifrarlo. La manera más fácil para que cualquier aficionado descifre un lenguaje es comprobando la longitud de las palabras y la frecuencia de aparición de ciertas pautas de letras. En el Común, se buscan las agrupaciones de letras que pudieran ser la «a», y «the» y «and» y ese tipo de cosas.

—Y ni siquiera sabes en qué lenguaje está escrito.

—No, pero tiene que ser Común, porque saben que lo envían a alguien que no tiene la clave. Así que tiene que ser descifrable, y eso implica que esté en Común.

—¿Entonces están haciendo que sea fácil y difícil al mismo tiempo?

—Sí. Fácil para mí, difícil para todos los demás.

—Oh, venga ya. ¿Crees que lo escribieron para ti?

—Ender. Dragón. Yo estuve en la Escuadra Dragón, al contrario que la mayoría de ellos. Por otra parte, ¿a quién más podrían escribir? Yo estoy fuera, ellos no. Saben que sólo quedo yo. Y soy la única persona que pueden alcanzar sin descubrirse al mundo.

—¿Teníais alguna especie de código privado?

—En realidad no, pero tenemos una experiencia común, la jerga de la Escuela de Batalla, cosas así. Ya lo verá. Cuando lo descifre, será porque habré reconocido una palabra que nadie más identificaría.

—Si es un mensaje de ellos.

—Lo es —aseguró Bean—. Es lo que yo haría: correr la voz. Este mensaje es como un virus. Va a todas partes e introduce su código en un millón de sitios, pero nadie sabe que es un código porque parece algo que la mayoría de la gente piensa que ya comprende. Es una moda, no un mensaje. Excepto para mí.

—Casi me has convencido.

—Lo descifraré antes de acostarme.

—Eres demasiado pequeño para beber tanto café. Te provocará un aneurisma.

Ella volvió a su correo.

Como las palabras no estaban separadas, Bean tuvo que buscar las otras pautas que podían proporcionarle pistas. Todas las pautas evidentes de dos o tres letras repetidas que no conducían a los consabidos callejones sin salida, lo cual no le sorprendió. Si él hubiera compuesto un mensaje similar, habría quitado todos los artículos, conjunciones, preposiciones y pronombres posibles. No sólo eso, sino que la mayoría de las palabras estarían deliberadamente mal escritas para evitar repeticiones. Otras palabras aparecerían escritas correctamente, aunque estarían pensadas para ser irreconocibles para la mayoría de la gente que no perteneciera al ámbito de la Escuela de Batalla.

En principio, sólo había dos lugares donde el mismo carácter se doblara, uno en cada línea. Eso podría ser el resultado de una palabra que terminaba con la misma letra con la que empezaba otra, pero Bean lo dudaba. En ese mensaje no habrían dejado nada al azar. Partiendo de esta idea escribió un programita que uniera las letras dobles en una sola palabra y, empezando por «aa», le mostrara cuáles podrían ser las palabras de alrededor para ver si alguna parecía plausible. Y empezó con las letras dobles de la línea más corta, porque ese par estaba rodeado por otro par, en una pauta 1221.

Los fracasos obvios, como «xddx» y «pffp», fueron casi inmediatos, pero tuvo que investigar todas las variantes de «abba» y «adda» y «deed» y «effe» para ver cómo afectaban al mensaje. Algunas eran prometedoras y las guardó para explorarlas más tarde.

—¿Por qué está en griego? —preguntó Carlotta.

Ella volvía a observarlo por encima del hombro, aunque Bean no la había oído levantarse y acercarse a él.

—Pasé el mensaje original a caracteres griegos para no distraerme tratando de leer significados en las letras que aún no he descifrado. Las que aparecen en caracteres romanos son aquellas en las que estoy trabajando.

En ese momento, su programa mostró las letras «iggi».

—«Piggies» —sugirió sor Carlotta.

—Tal vez, pero no me suena de nada.

Empezó a buscar en el diccionario palabras que contuvieron las letras «iggi», pero ninguna parecía mejor que «piggies».

—¿Tiene que ser una palabra? —dijo Carlotta.

—Bueno, si es un número entonces me encuentro en un callejón sin salida.

—No, quiero decir, ¿por qué no un nombre?

En ese momento Bean lo comprendió.

—¿Cómo no he caído antes?

Colocó las letras *w* y *n* delante y detrás de «iggi» y entonces extendió el resultado por todo el mensaje, haciendo que el programa indicara con guiones las letras pendientes de descifrar. Las dos líneas decían ahora:

```
---n-------g---n---n---n---i---n---g
-n-n-wiggin--
```

—No parece Común —comentó Carlotta—. Tendría que haber más íes.

—Doy por hecho que el mensaje deja deliberadamente fuera tantas letras como sea posible, sobre todo vocales, para que no parezca que es Común.

—¿Entonces cómo sabrás cuándo lo has descifrado?

—Cuando tenga sentido.

—Es hora de acostarse, aunque ya sé que no te irás a la cama hasta que lo hayas resuelto.

Bean apenas advirtió que ella se retiraba. Estaba ocupado intentando descifrar la otra letra doble. Esta vez fue un trabajo más complicado, porque las letras anteriores y posteriores al doble par eran diferentes. Eso significaba más combinaciones que intentar, y el hecho de poder eliminar la *g*, la *i*, la *n* y la *w* no aceleró demasiado el proceso.

Una vez más, guardó unas cuantas lecturas (más que antes), pero nada le llamó la atención hasta que llegó a «jees». La palabra que usaban los compañeros de Ender en la batalla final para definirse a sí mismos era «jeesh». ¿Podría ser? Era una palabra que desde luego podría utilizarse como bandera.

```
h--n--jeesh-g--en--s-sn—n----si---n---s--g
                -n-n-wiggin---
```

Si aquellas veintisiete letras estaban bien descifradas, sólo le quedaban treinta por resolver. Se frotó los ojos, suspiró y se puso a trabajar.

A mediodía lo despertó el olor a naranjas. Sor Carlotta estaba pelando una naranja mexerica.

—La gente siempre come esta fruta en la calle y escupe la pulpa en la acera. No puedes masticarla lo suficiente para tragarla, pero el zumo es de lo mejor que hayas probado en tu vida.

Bean se levantó de la cama y cogió el gajo que le ofrecía. Ella tenía razón. Carlotta le tendió un cuenco para que escupiera la pulpa.

—Excelente desayuno —aprobó Bean.

—Más bien es el almuerzo —respondió ella. Alzó un papel—. ¿He de suponer que consideras que ésta es la solución?

Era el mensaje que él había imprimido antes de irse a dormir.

```
hlpndrjeeshtgdrenrusbsntun6rmysiz40ntrysbtg
bnfndwigginpr
```

—Ah, sí —dijo Bean—. No imprimí el que tenía las separaciones de palabras.

Tras meterse otro gajo de naranja en la boca, Bean caminó descalzo hasta el ordenador, recuperó el archivo adecuado y lo imprimió. Se lo tendió a Carlotta, escupió pulpa, tomó otra naranja de la bolsa de la compra y empezó a pelarla.

—Bean —dijo ella—. Soy una persona normal y corriente, con capacidad limitada. Entiendo que pone «help»... ¿y aquí dice «Ender»?

Bean sostuvo el papel.

```
hlp ndr jeesh tgdr en rus bsn tun 6 rmy siz 40
n try sbtg
bn fnd wiggin ptr
```

—Han eliminado todas las vocales posibles, y hay faltas de ortografía. Pero lo que dice la primera línea es: «Socorro. El grupo de Ender está junto en Rusia...»

—¿T-g-d-r es «together», juntos? ¿Y escriben «en» como en francés?

—Exactamente —asintió Bean—. Lo entendí y no parece Común. —Siguió interpretando—. Lo siguiente me resultó confuso durante un buen rato, hasta que me di cuenta de que el 6 y el 40 eran números. Casi tenía ya todas las demás letras antes de darme cuenta. Los números importan, pero a partir del contexto no hay manera de sacarlos así que las siguientes palabras están puestas para darle un contexto a los números. Dice: «La escuadra de Bean tenía 6.» Alude a que Ender dividió la Escuadra Dragón en cinco batallones en vez de los cuatro normales, pero luego me nombraron a mí como una especie de añadido, con lo cual se obtiene el número seis. ¿Quién podría saberlo excepto alguien que hubiera estado en la Escuela de Batalla? Sólo alguien como yo podría entender el número y lo mismo ocurre con el siguiente: «Escuadra tamaño 40.» Todo el mundo en la Escuela de Batalla sabía que había cuarenta soldados en cada escuadra. A menos que contaras al comandante, en cuyo caso había cuarenta y uno, aunque esa cifra es trivial.

—¿Cómo lo sabes?

—Porque la siguiente letra es la n de «norte». El mensaje revela su paradero. Saben que están en Rusia, y como al parecer pueden ver el sol o al menos sombras en la pared, y saben la fecha, pueden calcular la latitud apropiada. Seis-cuatro-cero norte. Sesenta y cuatro norte.

—A menos que signifique otra cosa.

—No, el mensaje tenía que ser obvio.

—Para ti.

—Sí, para mí. El resto de esa línea es «intento sabotaje». Interpreto que intentan fastidiar lo que los rusos les están obligando a hacer, así que fingen seguirles la corriente, aunque en realidad están paralizando el avance. Muy astuto ponerlo ahí. El hecho de que un tribunal militar juzgara a Graff después de ganar la guerra Fórmica sugiere que es mejor dejar constancia de que no están colaborando con el enemigo... por si el otro bando acaba venciendo.

—Pero Rusia no está en guerra con nadie.

—El Polemarca era ruso, y las tropas del Pacto de Varsovia estuvieron de su parte durante la guerra de las

Ligas. Recuerde que Rusia fue el país líder antes de que llegaran los insectores y empezaran a destruirlo todo, con lo cual obligaron a la humanidad a unirse bajo el Hegemón y crear la Flota Internacional. Siempre han considerado que les han robado su destino, y ahora que los fórmicos han desaparecido, es lógico que estén ansiosos por volver a la pista. No se consideran los malos, sino el único pueblo con la voluntad y los recursos necesarios para unir al mundo de una manera real y permanente. Según su punto de vista están llevando a cabo una buena acción.

—Es lo que pasa siempre.

—No siempre. Pero sí, para librar una guerra tienes que convencer a tu propio pueblo de que luchas por su defensa, o bien que lo haces porque mereces ganar, o para salvar a otra comunidad. El pueblo ruso responde al mercadillo altruista como cualquier otro.

—¿Y qué dice la otra línea?

—«Bean encuentra a Wiggin Peter.» Sugieren que busque al hermano mayor de Ender; que no se marchó en la nave colonial con Ender y Valentine. Peter ha estado participando en las redes usando la identidad de Locke, y supongo que también ha adoptado la personalidad de Demóstenes, ahora que Valentine se ha marchado.

—¿Lo sabías?

—Sabía muchas cosas —asintió Bean—. Pero lo principal es que tiene usted razón. Aquiles nos está buscando y tiene a todo el resto del *jeesh* de Ender, pero ni siquiera sabe que el hermano de Ender existe, porque en realidad es un detalle que no le importa. Pero usted y yo sabemos que Peter Wiggin habría estado en la Escuela de Batalla de no ser por un pequeño defecto de personalidad. Y por lo que sabemos, ese defecto de personalidad podría ser exactamente lo que hace falta para ser un buen contrincante de Aquiles.

—O tal vez sea exactamente lo que hace falta para

que una victoria de Peter no sea mejor que una victoria de Aquiles, en términos de la cantidad de sufrimiento en el mundo.

—Bueno, no lo sabremos hasta que lo encontremos, ¿no?

—Ya, pero para encontrarlo, tendrías que revelar tu identidad.

—Sí, ¿no es excitante? —Dio un saltito exagerado, como un niño al que llevan al zoo.

—Estás jugando con tu vida.

—Es usted la que quiere que encuentre una causa.

—Peter Wiggin no es una causa, es peligroso. ¿No has oído a Graff hablar de él?

—Sí —dijo Bean—. ¿Cómo cree que me enteré de su existencia?

—¡Pero tal vez no sea mejor que Aquiles!

—Sé varios aspectos en los que ya es mejor que Aquiles. Primero, no intenta matarnos. Segundo, ya dispone de una enorme red de contactos en todo el mundo, algunos de los cuales saben que es un joven, aunque la mayoría no tiene ni idea. Tercero, es ambicioso como Aquiles, pero Aquiles ya se ha hecho con casi todos los otros niños que fueron considerados los comandantes militares más brillantes del mundo, mientras que Peter Wiggin sólo tendrá a uno: a mí. ¿Cree que será tan tonto como para no utilizarme?

—Utilizarte: ésa es la palabra clave, Bean.

—Bueno, ¿no la están utilizando a usted en su causa?

—Por parte de Dios, no de Peter Wiggin.

—Apuesto a que Peter Wiggin envía un montón de mensajes más claros que Dios —señaló Bean—. Y si no me gusta lo que hace, siempre puedo dimitir.

—Con alguien como Peter, no siempre es posible dimitir.

—No puede obligarme a cambiar mi forma de pensar. A menos que sea un genio notablemente tonto, se dará cuenta.

—Me pregunto si Aquiles es consciente de esto, ya que trata de obligar a los otros niños a ofrecerle su inteligencia.

—Exactamente. Entre Peter Wiggin y Aquiles, ¿cuál es la probabilidad de que Wiggin sea peor?

—Oh, es difícil imaginar cómo podría ser posible.

—Entonces empecemos a pensar en un modo de contactar con Locke sin revelar nuestra identidad ni nuestro paradero.

—Voy a necesitar más naranjas antes de que nos marchemos de Brasil —comentó Carlotta.

Sólo entonces se dio cuenta Bean de que entre los dos se habían terminado la bolsa entera.

—Yo también —comentó.

Antes de marcharse, con la bolsa vacía en la mano, Carlotta se detuvo en la puerta.

—Lo has hecho muy bien con ese mensaje, Julian Delphiki.

—Gracias, abuela Carlotta.

Ella se marchó sonriendo.

Bean alzó el papel y lo observó de nuevo. La única parte del mensaje que no había interpretado plenamente para ella era la última palabra. No creía que «ptr» significara Peter. Eso habría sido redundante. «Wiggin» ya bastaba para identificarlo. No, las tres letras del final eran una firma: el mensaje procedía de Petra. Ella podría haber intentado escribir directamente a Peter Wiggin. En cambio había escrito a Bean, codificándolo de un modo que el hermano de Ender no habría entendido nunca.

Ella confía en mí.

Bean sabía que los otros miembros del grupo de Ender le dejaban de lado. No mucho, pero sí un poco. Cuando todos estaban en la Escuela de Mando en Eros, antes de que Ender llegara, los militares nombraron a Bean comandante en funciones en todas sus pruebas de batalla, aunque era el más joven de sus compañeros, más joven incluso que Ender. Sabía que había hecho un buen trabajo, y se ganó su respeto, pero a los demás nunca les gustó recibir órdenes de él y se sintieron claramente aliviados cuando Ender llegó y Bean recuperó el puesto que le correspondía. Nadie le felicitó nunca por su trabajo, excepto Petra.

Petra hizo por él en Eros lo mismo que hizo Nikolai en la Escuela de Batalla: le dirigió una palabra amable de vez en cuando. Bean estaba seguro de que ni Nikolai ni Petra llegaron a comprender la importancia que tuvo para él su casual generosidad y su amistad incondicional. Por azares del destino, Nikolai había resultado ser su hermano. ¿Significaba eso que Petra era su hermana?

En ese momento, Petra recurría a él. Confiaba en que reconociera el mensaje, lo descifrara, y actuara en consecuencia.

En el archivo de la Escuela de Batalla había documentos que aseguraban que Bean no era humano, y él sabía que Graff a veces había pensado lo mismo porque lo había oído decir. Sabía que Carlotta lo amaba, pero amaba más a Jesús, y de todas formas era una persona adulta y lo consideraba un niño. Bean podía confiar en ella, pero Carlotta no podía confiar en él.

En la Tierra, antes de la Escuela de Batalla, la única amistad que Bean tuvo fue una niña llamada Poke, y Aquiles la asesinó apenas unos instantes después de que Bean la dejara, momentos antes de que advirtiera su error y corriera a advertirla y encontrara su cadáver flotando en el

Rhin. Poke murió tratando de salvar a Bean, y lo hizo porque no se podía confiar en que Bean la salvara.

El mensaje de Petra significaba que, después de todo, tal vez tenía otra amiga que lo necesitaba. Y en esta ocasión no le daría la espalda: le tocaba el turno de salvar a su amiga o de morir en el intento. ¿Te parece válida esta causa, sor Carlotta?

7
Revelaciones

A: Demóstenes%Tecumseh@freeamerica.org, Locke%erasmus%polnet.gov
De: Notemolestes@firewall.set
Asunto: Talón de Aquiles

Querido Peter Wiggin:

Un mensaje enviado por los niños secuestrados me confirma que están (o estaban, en el momento del envío) juntos, en Rusia, cerca del paralelo sesenta y cuatro, haciendo todo lo posible por sabotear a quienes intentan explotar sus talentos militares. Como sin duda los separarán y trasladarán frecuentemente, la localización exacta ahora mismo carece de importancia, y estoy seguro de que ya sabías que Rusia es el único país que cuenta con la ambición y los medios necesarios para capturar a todos los miembros del grupo de Ender.

Estoy seguro de que reconoces la imposibilidad de liberar a estos niños por medio de una intervención militar: al menor síntoma de un intento plausible de liberarlos, los matarán para impedir que sean utilizados por el enemigo. Pero tal vez sería posible persuadir al gobierno ruso o a alguno de los que retienen a los niños de que liberarlos es lo mejor para Rusia. Esto podría conseguirse revelando quién es el individuo que con toda seguridad se esconde detrás de esta audaz acción, y gracias a tus dos identidades te hallas en una situación privilegiada para acusarle.

Por tanto te sugiero que investigues un poco sobre el asalto a una institución mental de alta seguridad para criminales en Bélgica durante la Guerra de las ligas, en la que murieron tres guardias y los reclusos fueron liberados. Lograron capturarlos a todos menos a uno, que ingresó posteriormente en la Escuela de Batalla y es la persona que se halla tras los secuestros. Cuando se revele que este psicópata tiene el control de los niños, la noticia causará graves recelos dentro del sistema de mando ruso. Aparte de que les proporcionará un chivo expiatorio si deciden devolver a los niños.

No te molestes tratando de rastrear la identidad de este email. Nunca ha existido ya. Si no puedes deducir quién soy y cómo contactar conmigo para la investigación que vas a hacer, entonces es que no tenemos mucho de qué hablar.

Peter se sintió desfallecer cuando abrió la carta a Demóstenes y vio que también la habían enviado a Locke. El saludo «Querido Peter Wiggin» tan sólo lo confirmó: alguien había descubierto sus identidades aparte de la oficina del Polemarca. Esperó lo peor, algún tipo de chantaje o la demanda de que apoyara tal o cual causa.

Para su sorpresa, el propósito del mensaje era completamente distinto. Procedía de alguien que sostenía haber recibido un mensaje de los niños secuestrados... y le ofrecía una pista sorprendente. Por supuesto, investigó de inmediato los archivos de noticias y encontró el asalto a un hospital mental de alta seguridad en las cercanías de Genk. Descubrir el nombre del recluso que consiguió escapar fue mucho más difícil y requirió que, como Demóstenes, pidiera ayuda a un contacto policíal de Alemania y luego, bajo su identidad de Locke, ayuda adicional de un amigo en el Comité Antisabotaje de la Oficina del Hegemón.

Cuando Peter descubrió el nombre se echó a reír, ya que aparecía en el asunto del propio mensaje. Aquiles, un huérfano rescatado de las calles de Rotterdam por una monja católica que trabajaba para el departamento de búsqueda de la Escuela de Batalla. Lo operaron para curarle una pierna lisiada y luego lo llevaron a la Escuela, donde sólo duró unos cuantos días antes de que uno de los otros estudiantes lo descubriera como asesino en serie, aunque de hecho no llegó a matar a nadie en la Escuela de Batalla.

La lista de víctimas era interesante. Tenía la costumbre de matar a todo aquel que le hiciera sentirse o parecer indefenso o vulnerable, incluyendo a la doctora que le había curado la pierna. Al parecer no era muy agradecido.

Al recopilar la información, Peter comprendió que su corresponsal desconocido tenía razón. Si en efecto este psicópata estaba dirigiendo la operación que utilizaba a los niños para sus planes militares, era casi seguro que los oficiales rusos que trabajaban con él ignoraban su historial criminal. La agencia que había liberado a Aquiles del hospital mental no habría compartido esa información con los militares que esperaban trabajar con él, ya que de lo contrario se habría producido un clamor que habría acabado oyéndose en los niveles más altos del gobierno ruso.

Y aunque el gobierno no moviera un dedo por deshacerse de Aquiles y liberar a los niños, el ejército ruso protegía celosamente su independencia del resto del gobierno, sobre todo de las agencias de inteligencia y trabajos sucios. Existían bastantes posibilidades de que alguno de estos niños consiguiera «escapar» antes de que el gobierno actuara. De hecho, esas acciones no autorizadas podrían obligar al gobierno a hacerlo oficial y pretender que las «primeras liberaciones» habían sido autorizadas.

Por supuesto, siempre era posible que Aquiles matara a uno o más de los niños en cuanto fuera descubierto. Al menos Peter no tendría que enfrentarse a esos niños concretos en batalla. Y ahora que sabía algo sobre Aquiles, Peter estaba en una posición mucho mejor para enfrentarse a él en una lucha cara a cara. Aquiles mataba con sus propias manos. Como eso era una estupidez, y Aquiles no era estúpido, tenía que tratarse de una compulsión irresistible. Las personas con compulsiones irresistibles podían ser enemigos terribles, pero también era posible derrotarlas.

Por primera vez en semanas, Peter sintió un atisbo de esperanza. Éste era el poder que habían conseguido Locke y Demóstenes: la gente que estaba en posesión de información secreta y deseaba hacerla pública, encontraba la forma de hacérsela llegar a Peter sin que él tuviera que pedirla siquiera. Gran parte de su influencia procedía de esta red desorganizada de informadores. No le ofendía que el corresponsal anónimo le estuviera «utilizando». Por lo que a Peter concernía, se estaban utilizando mutuamente. Por otra parte, Peter se había ganado el derecho a conseguir esos regalos tan valiosos.

Además, Peter no era de los que no miran el dentado a caballo regalado. Ya fuese como Locke o como Demóstenes, envió mensajes a amigos y contactos en varias agencias gubernamentales, tratando de confirmar los diversos aspectos de la historia que se disponía a escribir. ¿Podría haber sido llevado a cabo por agentes rusos el asalto a la institución mental? ¿Mostraban los satélites de vigilancia algún tipo de actividad cerca del paralelo sesenta y cuatro que pudiera explicarse por la llegada o la partida de los diez niños secuestrados? ¿Había algo sobre el paradero de Aquiles que contradijera la idea de que estaba al control de toda la operación de secuestro?

Tardó un par de días en conseguir toda la historia. Primero probó con una columna de Demóstenes, pero pronto cayó en la cuenta de que tal vez no lo tomaran muy en serio, debido a la insistencia de Demóstenes en alertar sobre complots rusos. Esto tenía que publicarlo Locke. Y eso sería muy peligroso, porque hasta el momento Locke se había mantenido escrupulosamente al margen y no se había manifestado contra Rusia. Eso haría que descubrir a Aquiles fuera tomado en serio... pero con el grave riesgo de que Locke perdiera algunos de sus mejores contactos en Rusia. No importaba cuánto pudieran despreciar los rusos lo que estaba haciendo su gobierno: la devoción hacia la Madre Rusia era profunda. Había una línea que convenía no cruzar. Para más de la mitad de sus contactos en ese país, publicar el artículo supondría cruzar esa línea.

Y de pronto se le ocurrió la solución evidente. Antes de enviar el artículo a *Aspectos Internacionales*, mandaría copias a sus contactos rusos para adelantarles lo que iba a pasar. Por supuesto, la declaración se difundiría entre los militares rusos e incluso era posible que las repercusiones empezaran antes de que su columna apareciera oficialmente. De esta forma sus contactos sabrían que Locke no intentaba herir a Rusia, sino que les estaba dando la oportunidad de lavar los trapos sucios en casa, o al menos darle un impulso a la historia antes de que echara a correr.

No era un artículo largo, pero daba nombres y abría puertas que otros periodistas podrían seguir. Y lo seguirían, porque desde el primer párrafo era pura dinamita.

> **La mente maestra que se oculta tras los secuestros del «jeesh» de Ender es un asesino en serie llamado Aquiles. Éste fue rescatado de una institución mental durante la Guerra de las ligas para que pusiera su oscuro genio al servicio de la estrategia militar rusa. Ha asesinado repetidas veces con sus propias manos, y ahora diez niños brillantes que una vez salvaron al mundo se hallan completamente a su merced. ¿En qué pensaban los rusos cuando otorgaron poder a este psicópata? ¿O es que ni siquiera ellos estaban al corriente del sangriento historial de Aquiles?**

Allí estaba: en el primer párrafo, junto con la acusación, Locke proporcionaba generosamente el impulso que permitiría al gobierno y los militares rusos zafarse de ese lío.

Tardó veinte minutos en enviar los mensajes individuales a todos sus contactos rusos. En cada mensaje, les advirtió de que sólo tenían veintiséis horas antes de que entregase su columna al editor de *Aspectos Internacionales*. Los supervisores y verificadores de *AI* añadirían otra hora o dos al retraso, pero encontrarían información completa de todo.

Peter pulsó ENVIAR, ENVIAR, ENVIAR.

Entonces se puso a examinar los datos para descubrir cómo le revelaban la identidad de su corresponsal. ¿Otro paciente de la institución mental? Era poco probable: todos habían vuelto a su encierro. ¿Un empleado del hospital? Imposible que alguien así hubiera descubierto quién estaba detrás de Locke y Demóstenes. ¿Algún agente de la ley? Eso parecía más probable, pero pocos nombres de investigadores aparecían en las noticias. Además, ¿cómo podría saber cuál de los investigadores le había dado el soplo? No, su corresponsal había prometido, de hecho, una solución única. Algo en los datos le diría exactamente quién era su informador, y cómo ponerse en contacto con él. Enviar indiscriminadamente emails a los investigadores sólo serviría para que Peter se arriesgara a ser descubierto sin ninguna garantía de que las personas con las que contactara fueran las adecuadas.

Mientras investigaba la identidad de su corresponsal no se produjo ningún tipo de respuesta por parte de sus amigos rusos. Si la historia fuera falsa, o si los militares rusos hubieran estado al corriente de la historia de Aquiles y hubieran querido encubrirla, Peter habría recibido constantes emails instándolo a que no la publicara, luego exigiendo y por fin amenazándolo. Así que el hecho de que nadie le escribiera era la confirmación que necesitaba desde el bando ruso.

Como Demóstenes, era antirruso. Como Locke, se mostraba razonable y justo con todas las naciones. Sin embargo, como Peter, envidiaba el sentido de identidad nacional de los rusos, su cohesión cuando percibían que su país estaba en peligro. Si los estadounidenses tuvieron alguna vez esos poderosos lazos, expiraron mucho antes de que Peter naciera. Ser ruso era la faceta más poderosa de la identidad de una persona. Ser estadounidense era tan relevante como ser rotario: una cuestión muy importante si te elegían para el cargo, pero apenas apreciable para la mayoría de los ciudadanos. Por eso Peter nunca planeaba su futuro pensando en los Estados Unidos de América. Los estadounidenses querían salirse con la suya, pero no demostraban pasión alguna. Demóstenes podía provocar ira y resentimiento, pero al final no conseguía nada. Peter tendría que enraizarse en otra parte. Lástima que Rusia no fuera una opción viable para él. Era una nación con una enorme voluntad de grandeza, junto con el conjunto más extraordinario de líderes estúpidos de la historia, con la posible excepción de los reyes de España. Y Aquiles había llegado allí primero.

Seis horas después de enviar el artículo a sus contactos rusos, pulsó ENVIAR una vez más y lo mandó a su editor. Como esperaba, tres minutos más tarde recibió una respuesta.

`¿Estás seguro?`

A lo cual Peter replicó: «Compruébalo. Mis fuentes lo confirman.»

Luego se acostó.

Despertó casi antes de haberse quedado dormido. No podía haber cerrado el libro y los ojos durante más de un par de minutos antes de darse cuenta de que había estado buscando a su informador en la dirección equivocada. No era uno de los informadores quien le había dado el soplo, sino alguien conectado con la F.I. en los más altos niveles, alguien que sabía que Peter Wiggin era Locke y Demóstenes. Pero no Graff ni Chamrajnagar:

ellos no habrían dejado pistas sobre quiénes eran en realidad. Otra persona, alguien en quien confiaban, tal vez.

Pero nadie de la F.I. había consultado la información sobre la huida de Aquiles. Excepto la monja que encontró a Aquiles en primer lugar.

Releyó el mensaje. ¿Podría haberlo enviado una monja? Tal vez, pero ¿por qué enviar la información de manera tan anónima? ¿Y por qué los niños secuestrados le enviaron un solo mensaje a ella?

¿Había reclutado a alguno?

Peter se levantó de la cama y se dirigió a la consola, donde recuperó toda la información sobre los niños secuestrados. Todos ellos habían llegado a la Escuela de Batalla a través de los procesos normales de pruebas; la monja no había encontrado a ninguno, por lo que ninguno tenía motivos para enviarle mensajes.

¿Qué otra conexión podría haber? Aquiles era un huérfano que deambulaba por las calles de Rotterdam cuando sor Carlotta lo identificó como poseedor de talento militar: no podía tener ninguna conexión familiar. A menos que fuera como el niño griego del grupo de Ender que murió en un ataque con misiles hacía unas cuantas semanas, el supuesto huérfano cuya auténtica familia fue identificada mientras estaba en la Escuela de Batalla.

Huérfano. Muerto en un ataque con misiles. ¿Cómo se llamaba? Julian Delphiki, aunque le llamaban Bean, un nombre que él mismo había elegido cuando era huérfano... ¿dónde?

En Rotterdam. Igual que Aquiles.

No era muy aventurado imaginar que sor Carlotta los había encontrado a los dos. Bean había sido uno de los compañeros de Ender en Eros durante la última batalla. Fue el único al que habían asesinado en vez de secuestrarlo. Todo el mundo daba por sentado que ello se debía a que los militares griegos lo tenían tan bien protegido que los supuestos secuestradores renunciaron y prefirieron impedir que las potencias rivales se aprovecharan de él. Pero ¿y si nunca hubieran pretendido secuestrarlo, porque Aquiles ya lo conocía y, además, Bean sabía demasiado sobre Aquiles?

¿Y si Bean no estuviera muerto? ¿Y si vivía oculto, protegido por la creencia generalizada de su muerte? Era absolutamente creíble que los niños cautivos lo eligieran para enviarle el mensaje, ya que era el único de su grupo, además de Ender, que no estaba prisionero. ¿Y quién más tendría un motivo tan poderoso para intentar liberarlos, junto con la demostrada capacidad mental para idear una estrategia como la que su informador había incluido en su carta?

Paso a paso estaba construyendo un castillo de naipes, pero... cada paso intuitivo parecía absolutamente adecuado. Bean había escrito aquella carta, o mejor dicho, Julian Delphiki. ¿Y cómo iba Peter a contactar con él? Bean podría estar en cualquier parte y no albergaba la menor esperanza de contactar con él, ya que quien estuviera al corriente de que estaba vivo estaría más que dispuesto a fingir que había muerto y se negaría a aceptar un mensaje para él.

Una vez más, la solución tendría que resultar evidente a partir de los datos, y en efecto lo era: sor Carlotta.

Peter tenía un contacto en el Vaticano, un compañero en la guerra de ideas que estallaba de vez en cuando entre los que frecuentaban las discusiones de relaciones internacionales en las redes. En Roma ya era de día, aunque muy temprano. Pero si alguien estaba ya trabajando en Italia, sería un diligente monje del Departamento de Asuntos Exteriores vaticano.

En efecto, quince minutos más tarde llegó una respuesta.

```
El paradero de sor Carlotta está protegido, pero le puedes enviar mensajes. No leeré lo que envíes a través de mí (no se puede trabajar aquí si no sabes mantener los ojos cerrados).
```

Peter compuso su mensaje para Bean y lo envió... a sor Carlotta. Si alguien sabía cómo ponerse en contacto con Julian Delphiki en su escondite, sería la monja que lo había encontrado. Era la única solución posible al desafío que le había proporcionado su informador.

Finalmente volvió a la cama, aunque sabía que no dormiría mucho. Seguro que se despertaría durante la noche y se levantaría para comprobar las redes y ver la reacción a su columna.

¿Y si no le importaba a nadie? ¿Y si no sucedía nada? ¿Y si había comprometido fatal e inútilmente la personalidad de Locke?

Mientras yacía en la cama, diciéndose que podría conciliar el sueño, percibía la respiración de sus padres que dormían al otro lado del pasillo. Resultaba a la vez extraño y reconfortante oírlos. Extraño que pudiera preocuparle que algo que hubiera escrito no causara un incidente internacional, y sin embargo aún vivía en la casa de sus padres, el único hijo que quedaba. Reconfortante porque era un sonido que le acompañaba desde la infancia, aquella tranquilidad de que estaban vivos, cerca de él, y el hecho de que pudiera oírlos significaba que cuando los monstruos lo amenazaran desde los rincones oscuros de la habitación, ellos lo oirían gritar.

Los monstruos habían ido adoptando rostros distintos a lo largo de los años, y se habían escondido en rincones de habitaciones muy lejanas a la suya, pero aquel ruido que procedía del dormitorio de sus padres era la prueba de que el mundo seguía adelante.

Peter no estaba seguro de por qué, pero sabía que la carta que acababa de enviar a Julian Delphiki a través de sor Carlotta y de su amigo en el Vaticano pondría fin a su largo idilio, a sus juegos con los asuntos del mundo mientras su madre le lavaba la ropa. Finalmente se disponía a participar en el juego, no como el frío y distante comentarista Locke o como el apasionado demagogo Demóstenes, meras ficciones electrónicas, sino como Peter Wiggin, un joven de carne y hueso, que podía ser capturado, podía ser dañado, podía ser asesinado.

Si algo debiera haberle mantenido despierto, era ese pensamiento. Sin embargo, se sintió aliviado y relajado. La larga espera llegaba a su fin. Se quedó dormido y no se despertó hasta que su madre lo llamó para desayunar.

Su padre estaba leyendo una copia en papel de las noticias.

—¿Cuáles son los titulares, papá? —preguntó Peter.

—Dicen que los rusos secuestraron a esos niños y los pusieron bajo el control de un conocido asesino. Es difícil de creer, pero parecen saberlo todo sobre ese tal Aquiles, que se escapó de un hospital mental en Bélgica. En qué mundo loco vivimos. Podría haber sido Ender. —Sacudió la cabeza.

Peter advirtió que su madre se envaraba un momento ante la mención del nombre de Ender. Sí, sí, mamá, ya sé que es tu hijito querido y que te apenas cada vez que oyes su nombre. Y también te apenas por tu amada hija Valentine que se ha marchado de la Tierra para nunca más volver, al menos mientras vivas. Pero aún tienes a tu primogénito, tu brillante y guapetón hijo Peter, que está destinado a producir brillantes y hermosos nietos para ti algún día, junto con otras cuantas cosas como, quién sabe, tal vez la paz mundial al unificar la Tierra bajo un solo gobierno. ¿Te consolará eso, aunque sea un poquitín?

No era probable.

—El nombre del asesino es... ¿Aquiles?

—No tiene apellido. Parece una especie de cantante pop o algo por el estilo.

Peter se inquietó. No fue por lo que su padre había dicho, sino porque había estado a punto de corregir la forma en que había pronunciado «Aquiles». Como Peter no podía estar seguro de que ninguno de los noticiarios mencionaran que se pronunciaba con acento francés, ¿cómo le explicaría a su padre que conocía la pronunciación francesa del nombre?

—Rusia lo habrá negado, por supuesto.

El padre volvió a estudiar el periódico.

—Aquí no pone nada.

—Magnífico —dijo Peter—. Tal vez eso significa que es verdad.

—Si fuera verdad, lo negarían. Así son los rusos.

Como si su padre supiera algo de cómo eran los rusos.

Tengo que marcharme de aquí, pensó Peter, y vivir mi propia vida. Estoy en la universidad. Estoy intentando liberar a diez prisioneros que están al otro lado del mundo. Tal vez debería utilizar el dinero que gano como columnista para pagarme un alquiler.

Tal vez debería hacerlo ahora mismo, de manera que si Aquiles averigua quién soy y viene a matarme, no pondré en peligro a mi familia.

Pero mientras daba forma a este pensamiento, Peter sabía que había otro propósito más oscuro oculto en su interior. Tal vez si salgo de aquí volarán la casa cuando no esté, como sin duda hicieron con Julian Delphiki. Creerán que estoy muerto y estaré a salvo durante un tiempo.

¡No, no deseo que mis padres mueran! ¿Qué clase de monstruo desearía eso? No lo quiero.

Pero Peter nunca se mentía a sí mismo, al menos durante mucho tiempo. No deseaba que sus padres murieran, desde luego no de manera violenta en un ataque dirigido contra él. Pero sabía que si eso sucedía, preferiría no estar con ellos en ese momento. Sería mejor, claro, que no hubiera nadie en casa. Pero... yo primero.

Ah, sí. Eso era lo que Valentine odiaba de él, Peter casi se había olvidado. Por eso Ender era el hijo al que todo el mundo amaba. Cierto, Ender acabó con toda una especie de alienígenas, por no mencionar el hecho de que también se cargó a un niño en las duchas de la Escuela de Batalla. Pero claro, no era egoísta como Peter.

—No estás comiendo, Peter —advirtió la madre.

—Lo siento. Hoy espero dos resultados de unos exámenes, y supongo que me he quedado absorto en el tema.

—¿De qué asignatura? —preguntó la madre.

—Historia del mundo.

—¿No es extraño pensar que cuando escriban libros de historia en el futuro, el nombre de tu hermano será mencionado siempre?

—No es extraño —replicó Peter—. Es una de los pequeños inconvenientes que tiene salvar el mundo.

Sin embargo, a pesar de la broma, hizo una promesa mucho más sombría a su madre. Antes de que mueras, mamá, verás que aunque el nombre de Ender aparezca en un par de capítulos, será imposible discutir este siglo o el siguiente sin mencionar mi nombre casi en cada página.

—Tengo que darme prisa —dijo el padre—. Buena suerte con el examen.

—El examen ya lo he hecho, papá. Hoy sólo me van a dar las notas.

—A eso me refería. Buena suerte con las notas.

—Gracias.

Siguió comiendo mientras la madre acompañaba al padre a la puerta y se daban un beso de despedida.

Yo tendré eso algún día, pensó Peter. Alguien que me despida con un beso en la puerta. O tal vez alguien que me ponga una venda sobre los ojos antes de fusilarme. Depende de cómo se desarrollen las cosas.

8

La furgoneta del pan

A: Demóstenes%Tecumseh@freeamerica.org
De: Nopreparado%cincinnatus@anon.set
Asunto: Infosat

Informes por satélite de la muerte de la familia Delphiki: nueve vehículos partieron simultáneamente de enclave en norte de Rusia, latitud 64. Lista codificada de destino adjunta. ¿Dispersión de genios? ¿Estratagema? ¿Cuál será nuestra mejor estrategia, amigo mío? ¿Eliminar o rescatar? ¿Son niños o armas de destrucción masiva? Es difícil de saber. ¿Por qué hizo ese hijo de puta de Locke que se llevaran a Ender? Creo que ahora podríamos utilizarlo. En cuanto a por qué nueve y no diez vehículos: tal vez uno está muerto o enfermo. Tal vez uno se ha cambiado de chaqueta. Tal vez lo han hecho dos y han partido juntos. Todo suposiciones. Sólo veo datos satélite sin pulir, no informes de la red de comunicación. Si tienes otras fuentes al respecto, ¿me informarás de algo?

Custer

Petra sabía que la soledad era el arma que estaban utilizando contra ella. No dejemos que la niña hable con nadie, y cuando por fin aparezca alguien, se sentirá tan agradecida que confesará de plano, creerá mentiras, se hará amiga de su peor enemigo.

Resultaba extraño saber exactamente lo que le estaba haciendo el enemigo y no poder hacer nada para evitar que se salieran con la suya. Como una obra a la que la llevaron sus padres la segunda semana después de su regreso a casa tras la guerra. En el escenario aparecía una niña de cuatro años que preguntaba a su madre por qué su padre no había vuelto a casa todavía. La madre trata de encontrar un modo de decirle que el padre ha muerto en un atentado terrorista azerbaijano: una bomba secundaria contra el personal que trataba de rescatar a los supervivientes de la primera explosión. El padre ha muerto como un héroe, tratando de salvar a un niño atrapado entre los escombros, incluso después de que la policía le gritara que se apartase, que probablemente iba a haber una segunda explosión. La madre se lo cuenta por fin a la niña.

La niña da una furiosa patada contra el suelo y protesta:

—¡Es mi papá! ¡No el papá de ese otro niño!

—Los papás de ese otro niño no estaban allí para ayudarlo —contesta la madre—. Tu padre hizo lo que esperaba que alguien hiciera por ti, si él no pudiera estar allí para ayudarte.

Y la niña empieza a llorar.

—Ahora ya no estará nunca más —dice—. Y no quiero a nadie más. Quiero a mi papá.

Petra vio aquella obra, sabiendo exactamente lo cínica que era. Utilizar a una niña, aprovecharse del anhelo familiar, unirlo a la nobleza y el heroísmo, hacer que los villanos fueran el enemigo ancestral, y que la niña dijera tonterías infantiles e inocentes mientras lloraba... Un ordenador podría haberlo escrito, pero seguía siendo efectivo. Petra lloró a lágrima viva, igual que el resto del público.

Eso era lo que le estaba haciendo el aislamiento, y lo sabía. Fuera lo que fuese que esperaban, probablemente funcionaría. Porque los seres humanos son sólo máquinas, Petra lo sabía, máquinas que hacen lo que tú quieres, si sabes qué hilos hay que mover. Y no importaba lo compleja que pudieran parecer las personas, si las aíslas de la red de relaciones que configuran su personalidad, las comunidades que forman su identidad se verán reducidas a ese conjunto de palancas. No importa cuánto resistan, ni que sepan que están siendo manipuladas. Tarde o temprano, con un poco de tiempo, es posible conseguir que suenen como un piano, cada nota justo donde se espera.

Incluso yo, pensó Petra.

Completamente sola, un día tras otro. Trabajaba con el ordenador, recibía encargos por correo de gente que no daba ningún atisbo de su personalidad. Enviaba mensajes a los otros miembros del grupo de Ender, aunque sabía que también en sus cartas se censuraba todo tipo de referencias personales. Sólo se transmitían datos de un lado a otro. Ahora no había investigaciones en la red. Tenía que enviar sus solicitudes y esperar que la gente que la controlaba filtrara las respuestas. Se sentía muy sola.

Trató de dormir más de lo preciso, pero al parecer le introducían algún tipo de droga en el agua: la mantenían tan excitada que no podía pegar ojo. Así que trató de dejar de jugar a la resistencia pasiva. Siguió la corriente, para convertirse en la máquina que querían que fuese, pretendiendo ante sí misma que sólo fingía ser una máquina, que no acabaría por convertirse en una, aunque por otra parte sabía que se convertiría en aquello que quisieran que fuese.

Y de pronto llegó el día en que la puerta se abrió y entró alguien.

Vlad.

Pertenecía a la Escuadra Dragón. Era más joven que Petra, y un buen tipo, aunque ella no lo conocía a fondo. El vínculo que los unía, sin embargo, era estrecho: Vlad había sido el otro único miembro del grupo de Ender que se vino abajo como Petra y tuvo que retirarse de las batallas durante todo un día. Todo el mundo se mostraba amable con ellos pero los dos lo sabían: eran los débiles, personas que merecían la compasión de los demás. Todos recibieron las mismas medallas y alabanzas, pero Petra sabía que sus medallas significaban menos que las otras, sus alabanzas eran vanas, porque ellos habían desfallecido mientras los otros resistían. Aunque Petra nunca había hablado del tema con Vlad, era consciente de que ambos compartían el mismo conocimiento, porque habían recorrido el mismo túnel largo y oscuro.

Y allí estaba.

—Hola, Petra.

—Hola, Vlad —respondió ella. Le gustó comprobar que aún podía hablar. También le gustó oír la voz de otra persona.

—Supongo que soy el nuevo instrumento de tortura que utilizan contra ti —dijo Vlad con una sonrisa.

Petra comprendió que quería que pareciese un chiste, de lo cual dedujo que no lo era en absoluto.

—¿De veras? Para seguir la tradición, se supone que deberías limitarte a besarme y dejar que otro se encargara de la tortura.

—En realidad no se trata de tortura, sino de la salida.

—¿Salida de qué?

—De la prisión. No es lo que piensas, Petra. La Hegemonía se viene abajo, va a haber una guerra. La cuestión es si la confrontación llevará al mundo al caos o si una nación se alzará sobre las otras. Y si es una nación, ¿cuál debería ser?

—Déjame adivinar. ¿Paraguay?

—Casi —dijo Vlad. Sonrió—. Lo sé, es más fácil para mí. Soy de Belarus, presumimos de ser un país independiente, pero en nuestros corazones no nos importa la idea de que Rusia acabe venciendo. A nadie fuera de Belarus le importa un rábano que no seamos auténticos rusos. Por eso, no fue difícil convencerme. Y tú eres de Armenia, un país que estuvo un montón de años oprimido por Rusia durante la época comunista. Pero Petra, ¿hasta qué punto eres armenia? ¿Qué es bueno para Armenia de todas formas? Éste es el propósito de mi visita, Petra: hacerte comprender que Armenia saldrá beneficiada si Rusia vence. No más sabotajes. Ayúdanos de verdad a prepararnos para la guerra real. Coopera, y Armenia tendrá un lugar especial en el nuevo orden. Trae contigo a todo tu país. Eso no es poca cosa, Petra. Además, si no colaboras, eso tampoco le servirá a nadie, ni a ti ni a Armenia. Nadie se enterará de que fuiste una heroína.

—Parece una amenaza de muerte.

—Parece una amenaza de soledad y oscuridad. No naciste para ser nadie, Petra, sino para brillar. Ésta es una oportunidad para volver a ser una heroína. Sé que piensas que no te importa, pero debes admitir que fue magnífico pertenecer al *jeesh* de Ender.

—Y ahora somos el *jeesh* de como-se-llame. Él compartirá la gloria con nosotros.

—¿Por qué no? Sigue siendo el jefe, no le importa tener héroes que le sirvan.

—Vlad, se asegurará de que nadie sepa que ninguno de nosotros ha existido, y nos matará cuando acabe con nosotros. —No pretendía expresarse tan sinceramente. Sabía que Aquiles acabaría enterándose y que eso garantizaría que su profecía se cumpliese. Pero allí estaba: la palanca funcionó. Se sentía tan agradecida por tener un amigo allí, aunque se hubiese cambiado de bando, que no podía evitar charlar por los codos.

—Bueno, Petra, ¿qué puedo decir? Les aseguré que eras la dura y ya te he explicado cuál es la oferta. Piénsatelo, no hay prisa. Tienes tiempo de sobra para decidir.

—¿Te marchas?

—Ésa es la regla —dijo Vlad al tiempo que se levantaba—. Si dices que no, tengo que irme. Lo siento.

Ella lo vio salir por la puerta. Quiso decir algo descarado y valiente. Quiso insultarlo de algún modo para hacer que se sintiera culpable por echarse en brazos de Aquiles. Sin embargo, sabía que cualquier cosa que dijera sería utilizada en su contra de un modo u otro. Cualquier cosa que dijera revelaría otro hilo a los que tiraban de ellos. Lo que ya había dicho era bastante malo.

Así que guardó silencio mientras la puerta se cerraba. Permaneció tendida en la cama hasta que su ordenador trinó y se acercó hasta él y encontró otro encargo y se puso a trabajar y lo resolvió y lo saboteó como de costumbre y pensó: esto va bastante bien después de todo, no me he desmoronado ni nada por el estilo.

Entonces se acostó y lloró hasta quedarse dormida. Sin embargo, durante unos minutos, justo antes de conciliar el sueño, sintió que Vlad era su mejor amigo y habría hecho cualquier cosa por él, sólo por disfrutar de su compañía.

Rápidamente esa sensación pasó y la asaltó un último y veloz pensamiento: si de verdad fueran tan listos, sabrían cómo me he sentido hace un momento; y Vlad habría entrado y yo habría saltado de la cama para arrojarme en sus brazos y le habría dicho sí, lo haré, colaboraré contigo, gracias por venir a verme, Vlad, gracias.

Habían perdido su oportunidad.

En una ocasión Ender dijo que la mayoría de las victorias se obtienen cuando se sabe aprovechar los errores estúpidos del enemigo, y no por la particular brillantez de un determinado plan. Aquiles era muy listo, pero no perfecto. No lo sabía todo. Tal vez no venciera. Puede que incluso salga de aquí sin morirme.

Por fin en paz, se quedó dormida.

La despertaron en la oscuridad.

—Levántate.

No hubo ningún saludo. Ni siquiera vio quién era. Oyó pasos tras la puerta. Botas. ¿Soldados?

Recordó que había hablado con Vlad y que había rechazado su oferta. Él dijo que no había prisa, que tenía tiempo de sobra para decidir. Sin embargo, allí estaban, despertándola en mitad de la noche. ¿Con qué propósito?

Nadie le puso una mano encima. Se vistió en la oscuridad: no la agobiaron. Si aquello fuese una especie de sesión de tortura o un interrogatorio no habrían esperado a que se vistiera, se habrían asegurado de que se sintiese incómoda, lo más insegura posible.

No quería preguntar nada para no dar muestras de debilidad. Aunque, por otra parte, no hacer ninguna pregunta equivalía a mostrarse demasiado pasivo.

—¿Adónde vamos?

No hubo respuesta. Eso era mala señal. ¿O no? Todo lo que sabía sobre estas situaciones era gracias a los pocos vids de guerra ficticia que había visto en la Escuela de Batalla y unas cuantas películas de espías en Armenia. Ninguna le pareció creíble, sin embargo allí estaba, en una situación real propia de espías, y su única fuente de información sobre lo que cabía esperar eran aquellos estúpidos vids y películas ficticios. ¿Qué pasaba con su superior capacidad para razonar? ¿El talento que le había permitido asistir a la Escuela de Batalla? Al parecer sólo se manifestaba cuando pensaba que estaba jugando en la escuela. En el mundo real, el miedo se asentaba y al final se acaba creyendo en estúpidas historias escritas por personas que no tenían ni idea de cómo funcionaban en realidad esas cosas.

Excepto que la gente que le hacía esto también había visto las mismas tontas películas y vids. Entonces, ¿cómo sabía ella que no estaban modelando sus acciones, actitudes e incluso palabras siguiendo lo que habían visto en las películas? Nadie recibía un curso de formación sobre cómo parecer duro y despiadado al despertar a una adolescente en plena noche. Trató de imaginar el manual de instrucciones. *Si hay que transportarla a otro lugar, díganle que se apresure, que está haciendo esperar a todo el mundo. Si van a torturarla, hagan comentarios sarcásticos diciendo que esperan que haya descansado lo suficiente. Si van a drogarla, díganle que no le dolerá nada, pero ríanse entre dientes para que piense que están mintiendo. Si van a ejecutarla, no digan nada.*

¡Ah, se trata de eso!, se dijo. Ahora sólo te queda esperar lo peor. Asegúrate de que estás lo más cerca posible de dejarte llevar por el pánico.

—Tengo que mear —anunció.

No hubo respuesta.

—Puedo hacerlo aquí. Puedo hacérmelo encima. Puedo hacerlo desnuda. Puedo hacérmelo encima o desnuda allá donde vayamos. Puedo ir goteando por todo el camino. Puedo escribir mi nombre en la nieve. Es más difícil para las chicas, requiere mucha más habilidad atlética, pero también podemos hacerlo.

Siguieron en silencio.

—O pueden dejarme ir al cuarto de baño.

—Está bien.

—¿Qué?

—El cuarto de baño.

El hombre se dirigió a la puerta y ella lo siguió. En efecto, fuera había varios soldados, diez para ser exactos. Se detuvo delante de un fornido soldado y lo miró a la cara.

—Menos mal que te han traído a ti. Si hubieran sido los otros, me habría enfrentado a muerte, pero contigo no tengo más remedio que rendirme. Buen trabajo, soldado.

Se dio la vuelta y se encaminó hacia el cuarto de baño, preguntándose si acababa de ver un leve atisbo de sonrisa en el rostro del soldado. Eso no figuraba en el guión, ¿no? Vaya, un momento. Se suponía que el héroe tenía que ser descarado. Ella estaba siguiendo al pie de la letra el guión. En ese momento comprendió que los comentarios irónicos de los héroes eran una forma de ocultar el miedo. Los héroes parlanchines no son valientes ni están relajados. Intentan no ponerse en ridículo momentos antes de morir.

Llegó al cuarto de baño y, naturalmente, el soldado entró con ella. Pero Petra había estado en la Escuela de Batalla y si hubiera sido tímida habría muerto de infección de orina hacía años. Se bajó las bragas, se sentó en la taza y orinó. El tipo salió por la puerta mucho antes de que terminara.

Había una ventana. Había conductos de aire en el techo. Pero se encontraba en mitad de ninguna parte y no creía que hubiera ningún sitio al que huir. ¿Cómo lo hacían en los vids? Oh, sí. Un amigo colocaba un arma en algún lugar oculto y el héroe la encontraba, la montaba y salía pegando tiros a mansalva. Ése era el problema de su situación. No había amigos.

Tiró de la cadena, se arregló las ropas, se lavó las manos y regresó junto a sus cordiales escoltas.

Salieron al encuentro de una especie de convoy formado por dos limusinas negras y cuatro vehículos de escolta. Vio que dos niñas de su edad y de su mismo color de pelo entraban en cada una de las limusinas. Petra, en cambio, permaneció pegada al edificio, bajo los aleros, hasta que llegó una furgoneta de una panadería. Se montó en la parte de atrás. Ninguno de los guardias la acompañó. En la parte trasera de la furgoneta, había dos hombres vestidos de paisano.

—¿Qué soy, una barra de pan? —preguntó ella.

—Comprendemos que sientes la necesidad de controlar la situación mediante el sarcasmo —dijo uno de los hombres.

—¿Qué, un psiquiatra? Esto es peor que la tortura. ¿Qué ha pasado con la convención de Ginebra?

El psiquiatra sonrió.

—Vuelves a casa, Petra.

—¿Con Dios? ¿O a Armenia?

—En este momento, con ninguno. La situación es todavía... flexible.

—Ya lo creo que ha de ser flexible, si voy a casa a un lugar que no he visto nunca antes.

—Las lealtades todavía no están claras. La rama del gobierno que os secuestró actuaba sin conocimiento del ejército ni del gobierno elegido...

—Al menos eso es lo que dicen.

—Comprendes mi situación perfectamente.

—¿A quiénes son ustedes leales?

—A Rusia.

—¿No es lo que dicen todos?

—Los que entregaron nuestra política exterior y nuestra estrategia militar a un niño maníaco homicida no afirmaban eso.

—¿Son tres acusaciones iguales? —preguntó Petra—. Porque soy culpable de ser una niña. Y homicida también, en opinión de algunos.

—Matar insectores no es homicidio.

—Supongo que fue insecticidio.

El psiquiatra parecía desconcertado. Al parecer no tenía suficiente dominio del Común para comprender un juego de palabras que los niños de nueve años consideraban divertidísimo en la Escuela de Batalla.

La furgoneta arrancó.

—¿Adónde vamos, puesto que no es a casa?

—Vamos a esconderte para librarte de ese niño monstruoso hasta que el alcance de esta conspiración y los responsables sean arrestados.

—O viceversa.

El psiquiatra pareció desconcertado de nuevo. De pronto comprendió a qué se refería.

—Supongo que es posible. Pero claro, yo no soy un hombre importante. ¿Cómo sabrían dónde buscarme?

—Es lo bastante importante para tener hombres a sus órdenes.

—No están a mis órdenes. Todos obedecemos a otra persona.

—¿Y quién es?

—Si, por desgracia, volvieras a caer en manos de Aquiles y sus patrocinadores, no podrás responder a esa pregunta.

—Ya, aunque de todas formas todos estarían muertos antes de que lograran atraparme, así que sus nombres poco importarían, ¿no?

Él la miró de arriba abajo.

—Pareces muy cínica. Estamos arriesgando nuestras vidas para salvarte.

—También están arriesgando la mía.

Él asintió lentamente.

—¿Quieres regresar a tu prisión?

—Sólo quiero señalar que ser secuestrada por segunda vez no es exactamente lo mismo que ser puesta en libertad. Están seguros de que son ustedes lo bastante inteligentes y su gente lo bastante leal para que esto salga bien. Pero si se equivocan, yo podría perder la vida. Así que ya ve: ustedes corren riesgos, pero yo también, y nadie me ha consultado al respecto.

—Lo estoy diciendo ahora.

—Déjeme salir de la furgoneta aquí mismo —dijo Petra—. Correré mis riesgos yo sola.

—No —respondió el psiquiatra.

—Ya veo. Es evidente que sigo siendo una prisionera.

—Estás en custodia preventiva.

—No obstante, ya se ha demostrado que como estratega soy un genio —dijo Petra—. En cambio, usted no. ¿Entonces por qué está a cargo de mí?

Él no supo qué responder.

—Le diré por qué —continuó Petra—. Porque no se trata de salvar a los niños pequeños que fueron robados por el perverso niño malo. Se trata de salvar a la Madre Rusia del oprobio, por eso no basta con que yo esté a salvo: tienen que devolverme a Armenia en las circunstancias adecuadas, con el impulso adecuado, para que la facción del gobierno ruso al que sirven sea exonerada de toda culpa.

—No somos culpables.

—No digo que esté mintiendo, sino que para usted esa cuestión es prioritaria. Porque le aseguro que, viajando en esta furgoneta, espero ser capturada de nuevo por Aquiles y su... ¿cómo los ha llamado? Patrocinadores.

—¿Y por qué supones que eso va a pasar?

—¿Importa por qué?

—Tú eres la experta —señaló el psiquiatra—. Al parecer ya has detectado algún defecto en nuestro plan.

—El defecto salta a la vista. Demasiada gente está al corriente. Las limusinas como señuelo, y los soldados, los escoltas. ¿Está seguro de que ninguno de ellos es un infiltrado? Porque si alguno informa a los patrocinadores de Aquiles, entonces ya saben en qué vehículo estoy de verdad, y adónde nos dirigimos.

—No saben adónde vamos.

—Lo sabrán si el conductor es el infiltrado.

—El conductor no sabe adónde vamos.

—¿Acaso está conduciendo en círculos?

—Conoce el primer punto de encuentro, eso es todo.

Petra sacudió la cabeza.

—Sabía que era estúpido, porque se convirtió en un psiquiatra charlatán, que es como ser ministro de una religión en la que llegas a ser Dios.

El psiquiatra se ruborizó, lo cual complació a Petra. Aunque en efecto era estúpido no le gustó oírlo, pero definitivamente necesitaba que se lo dijeran porque había construido su vida alrededor de la idea de que era listo, y ahora estaba jugando con munición viva. Si se sobreestimaba, acabaría muerto.

—Supongamos que tienes razón, que el conductor sabe adónde vamos en primer lugar, aunque ignore adónde nos dirigimos a partir del primer punto de encuentro. —El psiquiatra se encogió de hombros—. Pero eso no se puede evitar. Hay que confiar en alguien.

—¿Y decidió confiar en este conductor porque...?

El psiquiatra desvió la mirada.

Petra miró al otro hombre.

—Es usted charlatán.

—Estoy pensando —dijo el hombre en su defectuoso Común—, tú volviste locos a los maestros de la Escuela de Batalla con tu charla.

—Ah —dijo Petra—. Es usted el cerebro del chanchullo.

El hombre pareció aturdido, pero también ofendido: no estaba seguro de en qué consistía el insulto, porque probablemente no entendía la palabra «chanchullo», pero sabía que la intención de Petra había sido ofenderlo.

—Petra Arkanian —dijo el psiquiatra—, puesto que tienes razón y en realidad no conozco a fondo al conductor, dime qué debería haber hecho. ¿Tienes un plan mejor que confiar en él?

—Por supuesto —asintió Petra—. Le comunica el punto de encuentro y planea cuidadosamente con él cómo llegar hasta allí.

—Es lo que hice.

—Lo sé. Luego, en el último momento, cuando yo ya estuviera subiendo a la furgoneta, usted toma el volante e indica al conductor que viaje en otra de las limusinas. Y entonces usted se dirige a un lugar completamente diferente. O mejor aún, me lleva al pueblo más cercano y me deja allí para que me las arregle por mí misma.

Una vez más, el psiquiatra desvió la mirada. A Petra le divirtió advertir lo transparente que era su lenguaje corporal. Había supuesto que un psiquiatra sabría disimular sus propias señales.

—Esa gente que te secuestró son una minoría muy reducida —objetó el psiquiatra—, incluso dentro de las organizaciones de inteligencia para las que trabajan. No pueden estar en todas partes.

Petra sacudió la cabeza.

—¿Es usted ruso, le enseñaron la historia de Rusia, y cree que el servicio de inteligencia no puede estar en todas partes y enterarse de todo? ¿Se pasó toda la infancia viendo vids americanos, o qué?

El psiquiatra ya estaba harto. Adoptando su mejor aire profesional, soltó una carga de profundidad.

—Y tú eres una niña que nunca llegó a aprender lo que es el respeto. Puede que seas brillante en tus habilidades innatas, pero eso no significa que comprendas una situación política de la que no sabes nada.

—Ah —dijo Petra—. El famoso argumento de sólo-eres-una-niña, no-tienes-mucha-experiencia.

—Aunque le pongas un nombre eso no significa que no sea cierto.

—Estoy segura de que comprende usted los matices de los discursos políticos y sus maniobras. Pero esto es una operación militar.

—Es una operación política —la corrigió el psiquiatra—. No se ha producido ni un solo disparo.

Una vez más Petra se sorprendió ante la ignorancia del hombre.

—Los disparos se producen cuando las operaciones militares no consiguen sus propósitos a través de maniobras. Toda operación que pretende privar físicamente al enemigo de un elemento valioso es militar.

—Esta operación se planeó para liberar a una niña desagradecida y enviarla a casa con sus papás —replicó el psiquiatra.

—¿Quiere que sea agradecida? Abra la puerta y déjeme salir.

—La discusión se ha acabado. Ahora cállate un rato.

—¿Así es como termina las sesiones con sus pacientes?

—Nunca he dicho que fuera psiquiatra —objetó el psiquiatra.

—Usted tiene formación académica en psiquiatría y ejerció como tal durante un tiempo, porque la gente normal no habla como los psiquiatras cuando intentan tranquilizar a un niño asustado. El hecho de que se metiera en política y cambiara de carrera no significa que no siga siendo el tipo de ingenuo que asiste a la escuela de los médicos brujos y se imagina que es un científico.

El hombre tuvo que esforzarse por contener la ira. Petra disfrutó del momentáneo escalofrío de temor que la recorrió. ¿La abofetearía? No era probable. Como psiquiatra, probablemente echaría mano de su único recurso ilimitado: la arrogancia profesional.

—Los profanos suelen despreciar las ciencias que no comprenden —señaló el psiquiatra.

—Ése es precisamente mi argumento —asintió Petra—. Cuando se trata de operaciones militares, es usted un completo ignorante. Un profano. Un novato. Y yo soy la experta. Y es usted demasiado estúpido para escucharme, ni siquiera ahora.

—Todo está saliendo según lo previsto —dijo el psiquiatra—. Cuando subas al avión de regreso a Armenia te sentirás como una idiota, me pedirás disculpas y me darás las gracias.

Petra esbozó una sonrisa despectiva.

—Ni siquiera ha mirado en la cabina para comprobar que fuese el mismo conductor.

—Si hubieran cambiado al conductor alguien más se habría dado cuenta —adujo el psiquiatra. Pero Petra advirtió que por fin lo había inquietado.

—Ah, sí, se me olvidaba. Confiamos plenamente en que sus amigos conspiradores lo vean todo y no pasen nada por alto, porque, después de todo, ellos no son psiquiatras.

—Yo soy psicólogo.

—Vaya —suspiró Petra—. Eso de admitir que su formación quedó incompleta tiene que haber dolido.

El psicólogo apartó la mirada. ¿Cuál era el término que los psiquiatras de la Escuela de Tierra usaban para esa conducta? ¿Evitación? ¿Negativa? Casi estuvo a punto de preguntárselo, pero decidió dejarlo correr. Y eso que la gente pensaba que no era capaz de mantener la boca cerrada.

Viajaron durante un rato en silencio.

Pero las palabras de Petra debieron de afectar al hombre, porque al cabo de un rato se levantó, se dirigió a la cabina y abrió la puerta que comunicaba la zona de carga con la cabina.

Un disparo ensordecedor resonó en el interior del vehículo, y el psiquiatra cayó hacia atrás. Petra sintió los sesos calientes y las punzantes esquirlas de hueso salpicarle la cara y los brazos. El hombre que estaba sentado frente a ella intentó sacar la pistola que llevaba bajo la chaqueta, pero recibió dos tiros y se desmoronó sin llegar a tocarla.

La puerta de la cabina se abrió del todo y allí apareció Aquiles, con una pistola en la mano, diciéndole algo.

—No te oigo —anunció Petra—. Ni siquiera oigo mi propia voz.

Aquiles se encogió de hombros. Hablando más fuerte y pronunciando las palabras con énfasis, lo intentó de nuevo. Ella se negó a mirarlo.

—No pienso esforzarme para escucharte —dijo—, al menos mientras siga toda manchada de sangre.

Aquiles soltó la pistola (colocándola bien lejos del alcance de Petra) y se quitó la camisa. Con el torso desnudo, se la tendió, y como ella se negó a aceptarla, empezó a limpiarle la cara con la prenda hasta que Petra se la arrancó de las manos y se ocupó ella misma.

El zumbido de sus oídos empezó a remitir.

—Me sorprende que no hayas esperado a matarlos hasta después de haber tenido la oportunidad de decirles lo listo que eres —comentó Petra.

—No era necesario. Tú ya les dijiste lo tontos que fueron —respondió Aquiles.

—Vaya, ¿estabas escuchando?

—Por supuesto: el compartimiento tiene colocados micrófonos. Y también vídeo.

—No tenías por qué matarlos.

—Ese tipo iba a coger su arma.

—Sólo cuando vio que matabas a su colega.

—Vamos, vamos —dijo Aquiles—. Creía que el método de Ender se basaba en el uso preventivo de la fuerza. Me he limitado a seguir las enseñanzas de tu héroe.

—Me sorprende que te encargaras de éste tú mismo —dijo Petra.

—¿A qué te refieres con «éste»?

—Supuse que ibas a impedir los otros rescates.

—Ten en cuenta que llevo meses evaluándoos. ¿Por qué quedarme con los otros, cuando puedo tener a la mejor?

—¿Estás flirteando conmigo? —dijo con todo el desdén que fue capaz de acumular. Esas palabras solían parar los pies a los chicos que se las daban de listos, pero él se limitó a reír.

—Yo no flirteo —aseguró.

—Lo olvidaba. Tú disparas primero, así que luego flirtear no es necesario.

Eso pareció afectarle un poco: lo hizo detenerse un instante y acelerar levísimamente la respiración. Petra pensó que, en efecto, su bocaza iba a ser su perdición. Nunca había visto matar a nadie antes, excepto en las películas y vids. Sólo porque se considerara la protagonista de este vid biográfico en el que estaba atrapada no significaba que estuviera a salvo. Por lo que sabía, Aquiles pretendía matarla a ella también.

¿O no? ¿Podría haber dicho en serio que era la única del grupo con la que iba a quedarse? Vlad se sentiría muy decepcionado.

—¿Por qué me has elegido a mí? —preguntó, cambiando de tema.

—Como te decía, eres la mejor.

—Chorradas. Los ejercicios que hice para ti no eran mejores que los demás.

—Oh, esos planes de batalla sólo servían para manteneros ocupados mientras se realizaban las pruebas de verdad. O, más bien, para que pensarais que nos estabais manteniendo ocupados.

—¿Cuál era la prueba de verdad, ya que al parecer lo he hecho mejor que nadie?

—Tu dibujito del dragón —respondió Aquiles.

Petra fue consciente de que palidecía. Él se dio cuenta y se echó a reír.

—No te preocupes —dijo Aquiles—. No te castigaré. Ésa era la prueba: ver cuál de vosotros conseguía enviar un mensaje al exterior.

—¿Y el premio es tener que quedarme contigo? —replicó con todo el desprecio posible.

—Tu premio es seguir viva.

Ella sintió que el corazón le daba un vuelco.

—Ni siquiera tú matarías a los demás sin ningún motivo.

—Si los matan, hay un motivo. Si hay un motivo, los matarán. No, sospechamos que tu dibujo del dragón tendría significado para alguien. Pero no logramos identificar ningún código en su interior.

—No había ninguno.

—Oh, claro que lo había —dijo Aquiles—. De algún modo introdujiste un código para que alguien lo reconociera y lo descifrara. Lo sé porque las noticias que de pronto han aparecido, provocando toda esta crisis, tenían información específica que era más o menos correcta. Uno de los mensajes que intentasteis enviar logró pasar. Así que volvimos a repasar todos los emails enviados por todos y cada uno de vosotros, y lo único que no pudimos explicar fue tu dibujito del dragón adjunto.

—Si puedes leer un mensaje en eso —dijo Petra—, entonces eres más listo que yo.

—Al contrario. Tú eres más lista que yo, al menos en estrategia y tácticas, como evitar al enemigo mientras te mantienes en contacto cercano con los aliados. Bueno, no tan cercano, ya que tardaron bastante en publicar la información que enviaste.

—Estás apostando al caballo equivocado. No era un mensaje, y por tanto la noticia debieron de obtenerla de alguno de los demás.

Aquiles se echó a reír.

—Eres tan mentirosa como obstinada, ¿eh?

—No miento cuando te digo que si he de seguir viajando con estos cadáveres, voy a vomitar.

Él sonrió.

—Pues vomita.

—Así que tu patología incluye una extraña necesidad de rodearte de muertos —observó Petra—. Será mejor que te andes con cuidado: ya sabes adónde conduce eso. Primero empezarás a citarte con ellos, y un día llevarás un cadáver a casa para presentarlo a tus padres. Ay, que despiste el mío: me olvidaba de que eres huérfano.

—Así que los traigo para presentártelos a ti.

—¿Por qué esperaste tanto para matarlos?

—Quería hacerlo bien, poder disparar a uno mientras estaba en la puerta. Así su cuerpo bloquearía los disparos de respuesta de su compañero. Además, me encantaba ver cómo los destrozabas. Ya sabes, discutir con ellos de la forma en que lo hiciste. Parecía que odiabas a los psiquiatras casi tanto como yo, y eso que ni siquiera has estado nunca en una institución mental. Habría aplaudido de buena gana algunas de tus respuestas, pero entonces me habrían oído.

—¿Quién conduce esta furgoneta? —preguntó Petra, ignorando sus halagos.

—Yo no —dijo Aquiles—. ¿Y tú?

—¿Cuánto tiempo piensas tenerme prisionera?

—El que sea necesario.

—¿El que sea necesario para hacer qué?

—Conquistar el mundo juntos, tú y yo. ¿No te parece romántico? Oh, bueno, será romántico cuando suceda.

—Nunca será romántico —objetó Petra—. No te ayudaré a solucionar tu problema con la caspa, mucho menos a conquistar el mundo.

—Oh, ya verás como acabas cooperando —aseguró Aquiles—. Mataré a todos los miembros del grupo de Ender, uno a uno, hasta que cedas.

—No los tienes. Y no sabes dónde se encuentran. Están a salvo de ti.

Aquiles le dirigió una sonrisa burlona.

—No se puede engañar a la Chica Genio, ¿eh? Pero verás, tendrán que salir a la superficie tarde o temprano, y cuando lo hagan, morirán. Yo no olvido.

—Ésa es una forma de conquistar el mundo —dijo Petra—. Mata a todo el mundo hasta que sólo quedes tú.

—Tu primera misión es descifrar ese mensaje que enviaste.

—¿Qué mensaje?

Aquiles tomó la pistola y le apuntó.

—Si me matas siempre te quedará la duda de si realmente envié un mensaje —dijo Petra.

—Pero al menos no tendré que escuchar tu voz presuntuosa mintiéndome. Eso casi sería un consuelo.

—Pareces olvidar que no participo de forma voluntaria en esta expedición. Si no te gusta escucharme, déjame ir.

—Estás muy segura de ti —señaló Aquiles—. Pero te conozco mejor de lo que tú misma te conoces.

—¿Y qué es lo que crees saber sobre mí?

—Sé que tarde o temprano cederás y me ayudarás.

—Bueno, yo también te conozco mejor de lo que tú mismo te conoces —dijo Petra.

—¿Ah, sí?

—Sé que tarde o temprano acabarás matándome porque siempre lo haces. Así que saltémonos todo este rollo. Mátame ahora y pon fin al suspense.

—No —dijo Aquiles—. Las cosas así son mucho mejor cuando llegan por sorpresa. ¿No te parece? Al menos, es así como lo hace Dios siempre.

—¿Por qué me molesto en hablar contigo?

—Porque te sientes tan sola después de estar confinada todos estos meses que harías cualquier cosa por disfrutar de compañía humana. Incluso hablar conmigo.

Ella odió el hecho de que probablemente Aquiles tuviera razón.

—Compañía humana... por lo visto consideras que encajas con esta descripción.

—Oh, qué dura eres —se burló Aquiles—. Ay, como me duele la herida.

—Tienes sangre en las manos, desde luego.

—Y tú por toda la cara —observó Aquiles—. Vamos, será divertido.

—Y yo que pensaba que no podía haber nada más aburrido que estar confinada en solitario.

—Eres la mejor, Petra. Sólo hay uno que te supere.

—Bean.

—Ender —rectificó Aquiles—. Bean no es nada. Bean está muerto.

Petra guardó silencio mientras Aquiles la estudiaba.

—¿No hay ninguna réplica sarcástica?

—Bean está muerto y tú vivo. No hay justicia en el mundo —replicó Petra.

La furgoneta se detuvo.

—Ya ves —dijo Aquiles—. Gracias a nuestra animada conversación el tiempo ha pasado volando.

Volar. Ella oyó un avión en las alturas. ¿Aterrizaba o despegaba?

—¿Adónde vamos a volar? —preguntó.

—¿Quién dice que vamos a volar a ninguna parte?

—Creo que vamos a salir del país —dijo Petra, expresando las ideas a medida que se le iban ocurriendo—. Creo que te diste cuenta de que ibas a perder tu cómodo trabajo en Rusia, y te largas del país.

—Eres muy lista. Sigues colocando el listón de la inteligencia cada vez más alto.

—Y tú sigues poniendo cada vez más alto el nivel del fracaso.

Él vaciló un instante y luego continuó como si Petra no hubiera dicho nada.

—Van a lanzar a los otros niños contra mí —dijo—. Tú ya los conoces. Sabes cuáles son sus debilidades. Me asesorarás contra ellos.

—Ni hablar.

—Estamos juntos en esto. Soy un buen tipo, ya verás como acabo cayéndote bien.

—Oh, por supuesto. ¿Cómo no ibas a caerme bien?

—Tu mensaje —dijo Aquiles—. Se lo enviaste a Bean, ¿verdad?

—¿Qué mensaje?

—Por eso no crees que esté muerto.

—Creo que está muerto —dijo Petra. Pero sabía que su anterior vacilación la había descubierto.

—O tal vez te preguntas... si recibió el mensaje antes de que yo lo mandara matar, ¿por qué las noticias tardaron tanto tiempo después de su muerte en llegar? Y ésta es la respuesta obvia, Pet: alguien más lo ha descubierto. Alguien más lo ha descifrado. Y eso me fastidia. Así que no me cuentes qué decía el mensaje: pienso descifrarlo yo solo. No ha de ser tan difícil.

—Pan comido —dijo Petra—. Después de todo, soy lo bastante tonta como para terminar siendo prisionera tuya. Tan tonta que nunca le envié a nadie ningún mensaje.

—Pero cuando lo descifre espero no descubrir que has estado contando cosas feas de mí, porque en ese caso tendré que arrancarte la piel a tiras.

—Tienes razón —dijo Petra—. Eres un encanto.

Quince minutos más tarde, estaban en un pequeño jet privado, volando con rumbo sur-sureste. Era un aparato lujoso para su tamaño, y Petra se preguntó si pertenecía a alguno de los servicios de inteligencia o a alguna facción del ejército o quizás a algún señor del crimen. O tal vez a los tres a la vez.

Quería estudiar a Aquiles, observar su rostro, su lenguaje corporal. Pero no quería que él se diera cuenta de que mostraba interés en él, así que miró por la ventanilla, preguntándose si no estaba adoptando la misma actitud que el psicólogo muerto: desviar la mirada para no enfrentarse a la amarga verdad.

Cuando el timbre indicó que podían desabrocharse los cinturones, Petra se levantó y se dirigió al cuarto de baño. Era pequeño, pero comparado con los aseos de los aviones comerciales resultaba comodísimo. Además tenía toallas de algodón y jabón de verdad.

Con una toalla húmeda intentó limpiarse la sangre y los restos orgánicos de la ropa. Tendría que seguir vestida con la misma ropa, pero al menos podría librarse de las manchas visibles. Cuando terminó, la toalla estaba tan sucia que decidió tirarla y buscar otra nueva para lavarse la cara y las manos. Se frotó hasta que la piel de la cara le quedó enrojecida e irritada, pero logró limpiarlo todo. Incluso se enjabonó el pelo y se lo lavó lo mejor que pudo en el diminuto lavabo. Lo más difícil fue enjuagárselo, ya que tuvo que ir echándose vasitos de agua sobre la cabeza.

Durante ese tiempo, no paró de pensar en el hecho de que el psiquiatra había pasado sus últimos quince minutos de vida escuchándola decirle lo estúpido que era y recalcándole lo poco que valía el trabajo que había llevado a cabo. Y, sí, ella tenía razón, como demostró su muerte, pero eso no cambiaba el hecho de que por tendenciosos que fuesen sus motivos, su propósito era salvarla de Aquiles. Había dado la vida en el intento, por mal planeado que pudiera haber estado. Todos los otros rescates salieron bien, y probablemente habían estado tan mal planeados como el suyo. Muchas cuestiones dependían del azar. Todo el mundo era estúpido respecto a algunas cosas. Petra era estúpida en lo referente a lo que le decía a la gente que tenía poder sobre ella: los pinchaba, los retaba a castigarla, y ello a pesar de saber que era una estupidez. ¿Y no era aún más estúpido hacer algo estúpido a conciencia?

¿Cómo la había llamado? Niñita desagradecida.

Me caló bien, desde luego.

Por mal que se sintiera respecto a su muerte, por horrorizada que estuviera por lo que había visto, por asustada que se hallara por encontrarse bajo el control de Aquiles, por solitaria que hubiese estado en las últimas semanas, seguía sin poder llorar. Porque a un nivel más profundo que todos esos sentimientos había algo aún más fuerte. Su mente seguía pensando en formas de comunicar al mundo dónde estaba. Si lo había hecho una vez, lo conseguiría de nuevo, ¿no? Podía sentirse mal, podía ser un miserable espécimen de ser humano, podía estar viviendo una traumática experiencia infantil, pero no pensaba someterse a Aquiles un instante más de lo estrictamente necesario.

El avión dio una brusca sacudida que la lanzó contra el lavabo. Casi cayó encima (no había espacio para caer de bruces), pero no pudo levantarse porque el avión se zambulló en un profundo picado, y durante unos instantes se encontró jadeando porque el aire rico en oxígeno había sido sustituido por el aire frío de los niveles atmosféricos superiores, que la mareaba.

El fuselaje estaba roto. Los habían alcanzado.

A pesar de toda su indomable voluntad de supervivencia, no pudo dejar de pensar: os felicito. Matad a Aquiles ahora, y no importa quién más vaya en el avión, será un gran día para la humanidad.

Pero el avión no tardó en nivelarse, y el aire volvió a ser respirable antes de que pudiera desmayarse. No debían estar a mucha altitud.

Abrió la puerta del cuarto de baño y volvió a la cabina principal.

La puerta lateral estaba parcialmente abierta. A un par de metros se hallaba Aquiles, con el viento azotándole el cabello y las ropas. Posaba, como si supiera la hermosa imagen que ofrecía, allí de pie al borde de la muerte.

Ella se acercó a él sin perder de vista la puerta para asegurarse de que se mantenía bien apartada, y para ver a qué altura estaban. No mucha, comparada con la altitud de crucero, pero más alto que ningún edificio o puente o presa. Si caían del avión, morirían sin ninguna duda.

¿Podría colocarse detrás de él y empujarlo?

Aquiles sonrió ampliamente cuando se acercó.

—¿Qué ha pasado? —gritó Petra por encima del ruido del viento.

—Se me ocurrió pensar que cometí un error al traerte conmigo —respondió él a gritos.

Había abierto la puerta a propósito. La había abierto para ella.

Cuando Petra empezaba a retroceder, Aquiles extendió la mano y la agarró por la muñeca.

La intensidad de su mirada era sobrecogedora. No parecía loco, sino más bien fascinado, casi como si la encontrara sorprendentemente hermosa. Pero por supuesto no era ella. Era el poder que ejercía sobre ella lo que le fascinaba. Era a sí mismo a quien amaba con tanta intensidad.

Petra no trató de zafarse. En cambio, retorció la muñeca para poder agarrarlo también a él.

—Venga, saltemos juntos —gritó—. Sería lo más romántico que podríamos hacer.

Él se inclinó.

—¿Y perdernos toda la historia que vamos a hacer juntos? —dijo. Entonces se echó a reír—. Oh, ya veo, temías que te arrojara del avión. No, Pet, te he agarrado para sujetarte mientras cierras la puerta. No querrás que el viento te lleve volando, ¿no?

—Tengo una idea mejor. Yo te agarro y tú cierras la puerta.

—Pero el que sujeta al otro ha de ser el más fuerte, el más pesado —respondió Aquiles—. Y ése soy yo.

—Entonces dejémosla abierta.

—No podremos volar hasta Kabul con la puerta abierta.

¿Qué significaba el hecho de que le dijera su destino? ¿Que confiaba un poquito en ella? ¿O que no importaba lo que supiera, ya que había decidido que iba a morir?

Entonces se le ocurrió que si él la quería muerta, moriría. Así de sencillo. ¿Entonces por qué preocuparse? Si quería matarla empujándola por la puerta, ¿en qué se diferenciaba de una bala en el cerebro? La muerte era la muerte. Y si no planeaba matarla, la puerta tenía que estar cerrada, y permitir que él la sujetara era el segundo mejor plan.

—¿Hay alguien en la tripulación que pueda hacer esto? —preguntó.

—Sólo está el piloto. ¿Sabes pilotar?

—No pretendo ser quisquillosa, pero abrir la puerta ha sido una auténtica estupidez.

Él le sonrió.

Agarrándose fuerte a su muñeca, Petra se deslizó por la pared hacia la puerta. Sólo estaba parcialmente abierta, pues era de las que funcionan por deslizamiento vertical, así que no tuvo que extender demasiado la mano hacia fuera. Con todo, el frío viento le sacudió el brazo y le dificultaba agarrarse a la manivela de la puerta para colocarla en su sitio. Y mientras lo hacía, simplemente no tuvo fuerzas para superar la resistencia del viento y tirar.

Aquiles se percató de ello, y ahora que la puerta no estaba abierta lo suficiente para que ninguno de los dos cayera arrastrado por el viento, la soltó y la ayudó a tirar de la manivela.

Si empujo en vez de tirar, pensó Petra, el viento me ayudará, y tal vez los dos caigamos.

Hazlo, se dijo. Hazlo. Mátalo. Aunque mueras en el empeño, merece la pena. Es Hitler, Stalin, Genghis Khan, Atila, todos en uno.

Pero tal vez no sirviera de nada. Tal vez el viento no lo absorbiera. Ella podría morir sola, inútilmente. No, tendría que encontrar un modo de destruirlo más tarde, asegurándose de que saldría bien.

Por otra parte, sabía que no estaba preparada para morir. No importaba lo conveniente que pudiera ser para el resto de la humanidad, no importaba cuánto mereciera Aquiles la muerte: ella no sería su verdugo si tenía que dar su propia vida a cambio. Si eso la convertía en una cobarde egoísta, que así fuera.

Tras muchos esfuerzos por fin la puerta superó el umbral de la resistencia del viento y quedó encajada en su sitio. Aquiles tiró de la palanca que la cerraba.

—Viajar contigo es siempre una aventura —dijo Petra.

—No es necesario que grites. Te oigo perfectamente.

—¿Por qué no puedes correr delante de los toros en Pamplona, como cualquier persona autodestructiva?

Él ignoró la pulla.

—Al parecer te valoro más de lo que creía —dijo, como si esta idea lo pillara por sorpresa.

—¿Quieres decir que aún tienes una chispa de humildad? ¿Que tal vez necesites de verdad a otra persona?

De nuevo Aquiles prescindió de sus palabras.

—Estás mejor sin toda esa sangre en la cara.

—Pero nunca seré tan guapa como tú.

—Ésta es mi regla respecto a las armas —dijo Aquiles—. Cuando disparen a alguien, colócate detrás del que dispara. Es mucho menos asqueroso.

—A menos que respondan a los disparos.

Aquiles se echó a reír.

—Pet, yo nunca uso una pistola cuando alguien puede responder.

—Y tienes tan buenos modales que siempre abres la puerta a las señoras.

La sonrisa de Aquiles se desvaneció.

—A veces siento estos impulsos —admitió—, pero no son irresistibles.

—Lástima. Ahí tenías una buena defensa: sólo tenías que alegar locura.

Sus ojos destellaron por un momento. Luego regresó a su asiento.

Ella se maldijo a sí misma. Pincharlo de esta forma, ¿en qué se diferencia de saltar del avión?

Pero claro, tal vez era el hecho de que le hablara sin temor lo que la hacía valiosa.

Tonta, se dijo. No estás preparada para comprender a este niño: no estás lo bastante loca. No trates de adivinar por qué hace lo que hace, o qué siente hacia ti o hacia nadie o hacia nada. Estúdialo para aprender cómo elabora sus planes, sus movimientos más probables; así podrás derrotarlo algún día. Pero no trates de comprender. Si ni siquiera logras comprenderte a ti misma, ¿qué esperanza tienes de comprender a una personalidad tan alterada como la de Aquiles?

No aterrizaron en Kabul, sino en Tashkent, donde repostaron antes de dirigirse a Nueva Delhi.

Así que Aquiles había mentido respecto a su destino. Después de todo no había confiado en ella. Pero mientras no la matara, Petra podía soportar un poco de desconfianza.

9

Comunión con los muertos

A: Carlotta%ágape@vaticano.net/órdenes/hermanas/ind
De: Locke%erasmus@polnet.gov
Asunto: Una respuesta para su amigo muerto

Si sabe quién soy realmente, y si tiene contacto con cierta persona que se supone muerta, por favor informe a esa persona de que he hecho todo lo posible por cumplir las expectativas. Creo que es posible seguir colaborando, pero no a través de intermediarios. Si no tiene ni idea de lo que estoy hablando, entonces por favor infórmeme también de eso, para que pueda reiniciar mi búsqueda.

Bean regresó a casa y descubrió que sor Carlotta había hecho las maletas.

—¿Día de traslado? —preguntó.

Habían acordado que cualquiera de los dos podía decidir cuándo había llegado finalmente el momento de ponerse en marcha, sin tener que defender la decisión ante el otro.

Era la única forma de asegurar que actuaban siguiendo la pista inconsciente de que alguien los perseguía. No querían pasar los últimos momentos de su vida escuchando decir al otro: «¡Sabía que tendríamos que habernos marchado hace tres días!» «¿Bueno, y por qué no lo dijiste?» «Porque no tenía ningún motivo concreto.»

—Nos quedan dos horas para tomar el avión.

—Un momento —dijo Bean—. Si usted decide que nos vamos, yo elijo el destino.

Así era cómo habían decidido mantener sus movimientos de manera aleatoria.

Ella le tendió una copia impresa de un email. Era de Locke.

—Greensboro, Carolina del Norte, en Estados Unidos —señaló.

—Tal vez no esté interpretando bien el mensaje —respondió Bean—, pero no veo ninguna invitación para que lo visitemos.

—No quiere intermediarios. No podemos confiar en que no rastreen su email.

Bean buscó una cerilla y quemó el papel en el fregadero. Luego aplastó las cenizas y las hizo desaparecer por el desagüe.

—¿Qué hay de Petra?

—Todavía sin noticias. Siete de los miembros del grupo de Ender han sido liberados. Los rusos sólo dicen que aún no han descubierto el lugar donde Petra está prisionera.

—Chorradas.

—Lo sé —convino Carlotta—, pero ¿qué podemos hacer si no quieren decírnoslo? Me temo que está muerta, Bean. Tienes que darte cuenta de que es la menos probable que puedan utilizar.

Bean lo sabía, pero no lo creía.

—No conoce a Petra —dijo.

—Tú no conoces a Rusia.

—En todos los países predominan las personas decentes.

—Aquiles basta para desequilibrar toda la situación allá donde vaya.

Bean asintió.

—Racionalmente, tengo que estar de acuerdo con usted. Irracionalmente, espero volver a verla algún día.

—Si no te conociera tan bien, podría interpretar eso como un indicio de tu fe en la resurrección.

Bean recogió su maleta.

—¿He crecido yo, o es que esto es más pequeño?

—La maleta tiene el mismo tamaño —dijo Carlotta.

—Entonces, creo que estoy creciendo.

—Claro que estás creciendo. Mírate los pantalones.

—Sigo llevando los mismos —dijo Bean.

—A eso me refería: mírate los tobillos.

—Vaya.

Ahora se veía más el tobillo que cuando los había comprado.

Bean nunca había visto crecer a un niño, pero le molestaba que en las semanas transcurridas desde que estaba en Araraquara hubiera crecido al menos cinco centímetros. Si esto era la pubertad, ¿dónde estaban los otros cambios que se suponía que debían de acompañarla?

—Te compraremos ropa nueva en Greensboro —dijo sor Carlotta.

Greensboro.

—El pueblo donde vivía Ender.

—Sólo estuvo de visita allí una vez. Su familia se trasladó después de que se marchara a la Escuela de Batalla.

—Ah, sí. Creció en la gran ciudad, como yo.

Sor Carlotta soltó una carcajada.

—De eso, nada.

—¿Se refiere a que no tuvo que pelear con otros niños para subsistir?

—Tenía comida de sobra —dijo sor Carlotta—. Y a pesar de ello, mató allí por primera vez.

—No se le olvida, ¿eh?

—Cuando tuviste a Aquiles en tu poder, no lo mataste.

A Bean no le gustaba oír que lo compararan con Ender de esa forma. Sobre todo cuando la comparación dejaba a Ender en desventaja.

—Sor Carlotta, ahora mismo tendríamos muchos menos problemas si lo hubiese matado.

—Mostraste piedad. Le ofreciste la otra mejilla. Le diste la oportunidad de hacer algo digno con su vida.

—Me aseguré de que lo encerraran en una institución mental.

—¿Tan decidido estás a creer en tu propia falta de virtud?

—Sí —dijo Bean—. Prefiero la verdad a las mentiras.

—Ahí lo tienes —replicó sor Carlotta—. Otra virtud más que añadir a mi lista.

Bean se rió a su pesar.

—Me alegro de caerle bien —dijo.

—¿Tienes miedo de conocerlo?

—¿A quién?

—Al hermano de Ender.

—No tengo miedo.

—¿Cómo te sientes, entonces?

—Escéptico.

—En ese email se mostraba humilde —observó sor Carlotta—. No estaba seguro de haber llegado a la conclusión correcta.

—Menuda idea: el humilde Hegemón.

—Todavía no es Hegemón.

—Logró que liberaran a siete miembros del grupo de Ender con sólo publicar una columna. Tiene influencia y ambición. El hecho de descubrir ahora que puede ser humilde... bueno, es demasiado.

—Puedes burlarte todo lo que quieras. Salgamos a buscar un taxi.

No había asuntos de última hora que resolver. Lo habían pagado todo en metálico, no debían nada a nadie. Podían marcharse.

Vivían con el dinero de las cuentas que Graff les había dejado preparadas. En la cuenta que Bean utilizaba no había ninguna pista que indicara que pertenecía a Julian Delphiki. Recibía su salario militar, incluyendo sus bonificaciones de combate y de retiro. La F.I. había concedido a todos los miembros del grupo de Ender abundantes fondos que no podrían tocar hasta que fueran mayores de edad. Los bonos y la paga acumulada eran sólo para ir tirando durante la infancia. Graff le había asegurado que no se quedaría sin dinero mientras anduviera escondiéndose.

Los fondos de sor Carlotta procedían del Vaticano. Allí una persona sabía lo que estaba haciendo. También ella disponía de dinero suficiente para cubrir sus necesidades. Ninguno de los dos tenía el temperamento necesario para aprovecharse de la situación. Gastaban poco, sor Carlotta porque no quería nada más, Bean porque sabía que cualquier tipo de extravagancia o exceso los marcaría en la memoria de la gente. Siempre tenía que parecer un niño que hacía encargos para su abuela, no un héroe de guerra en tamaño reducido que vivía de su propia paga.

Sus pasaportes tampoco causaban ningún problema. Una vez más, Graff se sirvió de sus influencias. Dado el aspecto que tenían (ambos procedían de antepasados mediterráneos) llevaban pasaportes de Cataluña. Carlotta conocía bien Barcelona, y el catalán era el idioma de su infancia. Apenas lo hablaba ahora, pero no importaba: casi nadie lo hacía. Y nadie se sorprendería de que su nieto no supiera hablarlo. Además, ¿a cuántos catalanes encontrarían en sus viajes? ¿Quién intentaría poner a prueba su historia? Si alguien husmeaba demasiado, simplemente se trasladarían a otra ciudad, a otro país.

Aterrizaron en Miami, luego en Atlanta, después en Greensboro. Estaban agotados y esa noche durmieron en el hotel del aeropuerto. Al día siguiente conectaron con las redes e imprimieron guías sobre el sistema de autobuses del condado. Era un sistema bastante moderno, circunvalado y eléctrico, Bean no acababa de entender el mapa.

—¿Por qué no pasa por aquí ninguno de los autobuses? —preguntó.

—Ésos son los barrios de los ricos.

—¿Viven todos juntos en un sitio?

—Se sienten más seguros —asintió Carlotta—. Y al vivir tan cerca unos de otros, hay más posibilidades de que sus hijos se casen con los descendientes de otras familias ricas.

—Pero ¿por qué no quieren autobuses?

—Pueden permitirse vehículos individuales que les proporcionan más libertad para elegir su propio horario y les sirven para demostrar a todo el mundo lo ricos que son.

—Sigue pareciéndome una estupidez —dijo Bean—. Fíjese hasta dónde tienen que llegar los autobuses para no pasar por ahí.

—A los ricos no les gusta que sus calles estén circunvaladas para mantener un sistema de autobuses.

—¿Y qué? —preguntó Bean.

Sor Carlotta se echó a reír.

—Bean, ¿no hay bastante estupidez también en el ejército?

—Pero a la larga, el tipo que gana las batallas llega a tomar las decisiones.

—Bueno, esos ricos o sus antepasados ganaron las batallas económicas. Así que ahora se salen con la suya y pueden tomar decisiones.

—A veces me da la impresión de que no sé nada.

—Has pasado la mitad de tu vida en un tubo en el espacio, y antes viviste en las calles de Rotterdam.

—He vivido en Grecia con mi familia y también en Araraquara. Debería haber deducido todo esto.

—Eso era Grecia, y Brasil. Esto es Estados Unidos.

—¿Así que el dinero manda en Estados Unidos pero no en otros sitios?

—No, Bean, el dinero manda casi en todas partes. Pero culturas distintas tienen formas diferentes de mostrarlo. En Araraquara, por ejemplo, se aseguraban de que las líneas de los tranvías llegaran a los barrios ricos. ¿Por qué? Para que los criados pudieran ir al trabajo. En Estados Unidos, tienen más miedo de que los criminales se acerquen a ellos para robarles, así que el signo de su posición es asegurarse de que la única forma de alcanzarlos sea en coche privado o a pie.

—A veces echo de menos la Escuela de Batalla.

—Eso es porque en la Escuela de Batalla tú eras uno de los más ricos en la única moneda que importaba.

Bean reflexionó al respecto. En cuanto los otros advirtieron que, a pesar de su juventud y de su pequeño tamaño, podía superarlos en casi todas las habilidades, eso le otorgó una especie de poder. Todo el mundo le reconocía. Incluso aquellos que se burlaban de él tuvieron que mostrarle su respeto a regañadientes. Pero...

—No siempre me salí con la mía.

—Graff me contó algunas de las cosas escandalosas que hiciste —dijo Carlotta—. Meterte en los conductos de aire para escuchar conversaciones ajenas. Colarte en el sistema informático.

—A pesar de todo, me pillaron.

—Pero tardaron su tiempo. ¿Y te castigaron? No. ¿Por qué? Porque eras rico.

—El dinero y el talento no son siempre lo mismo.

—Eso es porque puedes heredar el dinero que ganaron tus antepasados —dijo sor Carlotta—. Y todo el mundo reconoce el valor del dinero, mientras que sólo unos pocos grupos selectos saben reconocer el valor del talento.

—¿Dónde vive Peter?

Ella tenía la dirección de todas las familias Wiggin. No había muchas: por lo general el apellido se escribía con una s al final.

—Aunque no creo que eso nos ayude —objetó sor Carlotta—. No vamos a entrevistarnos con él en su casa.

—¿Por qué no?

—Porque no sabemos si sus padres están al corriente de sus actividades. Graff estaba convencido de que no sabían nada. Si dos desconocidos se presentaran de improviso en su casa, empezarían a preguntarse qué está haciendo su hijo en las redes.

—¿Dónde, entonces?

—Es posible que esté en la escuela secundaria, pero dada su inteligencia, seguro que está en la universidad. —Accedía a la información mientras hablaba—. Facultades, facultades, facultades... Hay montones en la ciudad. Las más grandes primero, donde le resulte más fácil pasar desapercibido...

—¿Por qué habría de pasar desapercibido? Nadie sabe quién es.

—Pero no quiere que nadie se dé cuenta de que no estudia nada. Tiene que parecer un chico corriente de su edad. Debería pasar el tiempo libre con sus amigos, o con chicas, o persiguiendo chicas con sus amigos. O con sus amigos, intentando distraerse del hecho de que las chicas no les hacen caso.

—Para ser una monja, sabe usted mucho del tema.

—No nací siendo monja.

—Pero nació siendo chica.

—Y nadie observa mejor las conductas del varón adolescente que la mujer adolescente.

—¿Qué le hace pensar que no se dedica a ese tipo de actividades?

—Ser Locke y Demóstenes es un trabajo a tiempo completo.

—Entonces, ¿por qué supone que está en la universidad?

—Porque si se quedara en casa todo el día, leyendo y escribiendo emails, sus padres se preocuparían.

Bean no entendía qué podía preocupar a unos padres. Sólo conocía a los suyos desde que terminó la guerra, y nunca habían encontrado nada grave que criticarle. O tal vez nunca sintieron que de verdad fuera hijo suyo. Tampoco criticaban mucho a Nikolai. Pero sí más que a Bean. Simplemente no habían estado juntos el tiempo suficiente para que se sintieran tan cómodos, tan paternales, con su nuevo hijo Julian.

—Me pregunto cómo les irá a mis padres.

—Si algo fuera mal, ya nos habríamos enterado.

—Lo sé, pero eso no significa que no pueda preocuparme.

Ella no respondió, sino que siguió trabajando en su consola, recuperando nuevas páginas en la pantalla.

—Aquí está —dijo—. Un estudiante no residente.

No hay dirección, sólo el correo electrónico y un buzón en el campus.

—¿Y su horario de clases?

—Eso no lo cuelgan en la red.

Bean se echó a reír.

—¿Y eso es un problema?

—No, Bean, no entres en su sistema. No se me ocurre una forma mejor de llamar la atención que pisar alguna trampa y disparar a algún topo para que te siga.

—A mí no me sigue ningún topo.

—Nunca se les ve.

—Es sólo una facultad, no una agencia de espionaje.

—A veces la gente que tiene menos que robar son los que más se preocupan por dar la sensación de que tienen grandes tesoros ocultos.

—¿Eso lo ha sacado de la Biblia?

—No, de la observación.

—¿Qué hacemos entonces?

—Tienes la voz demasiado infantil —dijo sor Carlotta—. Yo me encargaré del teléfono.

Consiguió contactar con el responsable de la administración de la universidad.

—Ese chico tan amable me ayudó a cargar todas mis cosas después de que la rueda de mi carrito se rompiera, y si estas llaves son suyas me gustaría devolvérselas ahora mismo, antes de que se preocupe. No, no las enviaré por correo, ¿cómo puede ser eso «ahora mismo»? Si son sus llaves, se alegrará de que usted me diga dónde están sus clases, y si no son suyas, ¿entonces qué daño puede hacer...? Muy bien, esperaré.

Sor Carlotta se tumbó en la cama y Bean se rió de ella.

—¿Cómo es posible que una monja mienta tan bien?

Ella pulsó el botón de SILENCIO.

—Decir cualquier cosa a un burócrata para que

lleve a cabo su trabajo de forma competente no es mentir.

—Pero si hiciera bien su trabajo, no le daría ninguna información sobre Peter.

—Si hiciera bien su trabajo, entendería el sentido de las reglas y comprendería cuándo es necesario hacer una excepción.

—La gente que entiende el sentido de las reglas no se convierte en burócrata —objetó Bean—. Eso es algo que aprendí muy rápido en la Escuela de Batalla.

—Exactamente. Así que tengo que contarle la historia que le ayude a superar su problema. —Bruscamente devolvió su atención al teléfono—. Oh, qué amable. Bien, muchas gracias. Lo veré allí.

Colgó el teléfono y se echó a reír.

—Bueno, después de todo, el secretario le mandó un email. Su consola estaba conectada, admitió que había perdido las llaves, y quiere reunirse con la amable ancianita en el Ñam-Ñam.

—¿Qué es eso? —preguntó Bean.

—No tengo la menor idea, pero por la forma en que lo dijo, supuse que si yo fuera una anciana que vive cerca del campus, lo sabría. —Se internó en el directorio de la ciudad—. Oh, es un restaurante cerca del campus. Bueno, ya está. Vamos a conocer al niño que quiere ser rey.

—Espere un momento. No podemos ir allí directamente.

—¿Por qué no?

—Tenemos que buscar unas llaves.

Sor Carlotta lo miró como si estuviera loco.

—Todo eso de las llaves sólo es una excusa, Bean.

—El de administración sabe que va a ver usted a Peter Wiggin para devolverle unas llaves. ¿Y si por casualidad va a comer al Ñam-Ñam? ¿Y si nos ve con Peter, y nadie da ninguna llave a nadie?

—No tenemos mucho tiempo.

—Muy bien, se me ocurre una idea mejor. Llegue toda apurada y dígale que en la prisa por ir a verlo se olvidó de traer las llaves; así tendrá que volver a casa con usted.

—Estás hecho todo un experto, Bean.

—Engañar forma parte de mi naturaleza.

El autobús llegó a tiempo y circuló con rapidez, pues era una hora tranquila, y pronto estuvieron en el campus. Bean era hábil traduciendo mapas en el terreno real, así que los guió hasta el Ñam-Ñam.

El lugar parecía un chiringuito, o más bien intentaba parecer un chiringuito de una época anterior. Sólo que en realidad era un local viejo y mal cuidado, así que era un chiringuito que intentaba parecer un restaurante bonito decorado para que pareciera un chiringuito. Muy complicado e irónico, decidió Bean, recordando lo que solía decir su padre sobre un restaurante que había cerca de su casa en Creta: Abandonad todo apetito, los que entréis aquí.

La comida parecía la típica de todas partes, más preocupada por las grasas y los dulces que por el sabor o la nutrición. Pero Bean no tenía manías. Había comidas que le gustaban más que otras, y reconocía la diferencia entre la buena cocina y un bocadillo, pero después de las calles de Rotterdam y de haber pasado tantos años en el espacio subsistiendo a base de comida liofilizada y procesada, cualquier cosa que contuviera calorías y nutrientes le valía. Sin embargo, cometió el error de pedir helado. Acababa de llegar de Araraquara, donde el sorbete era memorable, y el estadounidense le pareció demasiado graso, los sabores demasiado dulces.

—Mmm, *deliciosa* —exclamó Bean.

—*Fecha a boquinha, menino* —respondió ella—. *E não fala português aqui.*

—No quería criticar el helado en un idioma que comprendieran.

—¿No te hace más paciente el recuerdo de haber pasado hambre?

—¿Todo tiene que ser una cuestión moral?

—Escribí mi tesina sobre santo Tomás de Aquino y Tillich —dijo sor Carlotta—. Todas las cuestiones son filosóficas.

—En ese caso, todas las respuestas son ininteligibles.

—Y tú ni siquiera estás en secundaria.

Un joven alto se sentó junto a Bean.

—Lamento haber llegado tarde —dijo—. ¿Tiene usted mis llaves?

—Ay, no sabes cuánto lo siento —respondió sor Carlotta—. He venido hasta aquí y al llegar me he dado cuenta de que me las había dejado en casa. Déjame invitarte a un helado y luego, si quieres, puedes acompañarme a casa a recogerlas.

Bean miró el rostro de Peter de perfil. El parecido con Ender era evidente, pero no lo suficiente para confundirlos.

Así que ése era el chico que había potenciado el alto el fuego que había acabado con la guerra de las Ligas. El chico que quiere ser Hegemón. Guapo, pero no al estilo de las estrellas de cine... la gente confiaría en él. Bean había estudiado los vids de Hitler y Stalin. La diferencia era palpable: Stalin nunca tuvo que ser elegido; Hitler, sí. Incluso con aquel estúpido bigotito, la mirada de Hitler traslucía la habilidad para ver dentro de la persona, la sensación de que dijese lo que dijera, dondequiera que mirara, estaba hablando al individuo, lo miraba, se preocupaba por él. En cambio Stalin parecía el mentiroso que era. Peter pertenecía definitivamente a la categoría de los carismáticos, como Hitler.

Tal vez era una comparación injusta, pero quienes ansiaban el poder suscitaban esos pensamientos. Y lo peor era ver la forma en que sor Carlotta le seguía la corriente. Cierto, estaba representando un papel, pero cuando le hablaba, cuando aquella mirada se clavaba en ella, se componía un poco, se embobaba. No es que se comportara como una tonta, pero era consciente de su presencia con una intensidad que a Bean no le gustaba. Peter tenía el don del seductor. Peligroso.

—La acompañaré a casa —dijo Peter—. No tengo hambre. ¿Han pagado ya?

—Claro —asintió sor Carlotta—. Por cierto, éste es mi nieto. Delfino.

Peter se volvió a mirar a Bean por primera vez, aunque Bean estaba bastante seguro de que Peter lo había calibrado a conciencia antes de sentarse.

—Qué mono —dijo—. ¿Qué edad tiene? ¿Ya va al colegio?

—Soy pequeño —intervino Bean alegremente—, pero al menos no soy un yelda.

—Todos esos vids de la vida en la Escuela de Batalla —dijo Peter—. Incluso los niños pequeños imitan esa estúpida jerga políglota.

—Vamos, chicos, tenéis que llevaros bien. Insisto en ello. —Sor Carlotta se encaminó a la puerta—. Mi nieto visita este país por primera vez, joven, por eso no entiende los giros estadounidenses.

—Sí que los entiendo —intervino Bean, tratando de parecer un niño petulante, cosa que le resultó bastante fácil, ya que estaba verdaderamente molesto.

—Habla inglés muy bien, pero le aconsejo que le dé

la mano para cruzar la calle: los tranvías del campus pasan a toda velocidad, como si esto fuera Daytona.

Bean puso los ojos en blanco y tuvo que soportar que Carlotta le tomara de la mano para cruzar la calle. Era evidente que Peter pretendía provocarlo, pero ¿por qué? Sin duda no era tan mezquino como para pensar que humillar a Bean le concedería alguna ventaja. Tal vez le complacía que los demás se sintieran insignificantes.

Por fin salieron del campus y dieron suficientes vueltas y desvíos para asegurarse de que nadie los seguía.

—Así que eres el gran Julian Delphiki —dijo Peter.

—Y tú eres Locke. Van a proponerte como Hegemón cuando el mandato de Sakata expire. Lástima que sólo seas virtual.

—Estoy pensando en revelarme pronto al público —dijo Peter.

—Ah, por eso la cirugía plástica te dejó tan guapo.

—¿Este viejo rostro? —dijo Peter—. Sólo lo llevo cuando no me importa mi aspecto.

—Chicos —interrumpió sor Carlotta—. ¿Es necesario que os comportéis como chimpancés?

Peter se rió sin dar la menor importancia al asunto.

—Vamos, abuela, sólo estábamos jugando. ¿Podemos ir todavía al cine?

—A la cama sin cenar, los dos.

Bean ya estaba harto.

—¿Dónde está Petra? —exigió.

Peter lo miró como si estuviera loco.

—Yo no la tengo.

—Tienes tus recursos —dijo Bean—. Sabes más de lo que me cuentas.

—Tú también sabes más de lo que admites saber. Creí que íbamos a confiar el uno en el otro, y que luego abriríamos las compuertas de la sabiduría.

—¿Está muerta? —dijo Bean, que no quería desviarse de la conversación.

Peter comprobó su reloj.

—En este momento, no lo sé.

Bean dejó de caminar. Disgustado, se volvió hacia sor Carlotta.

—Hemos hecho el viaje en balde —dijo—, y hemos arriesgado nuestras vidas para nada.

—¿Estás seguro?

Bean miró a Peter, que parecía verdaderamente divertido.

—Quiere ser Hegemón, pero no es nada.

Bean se marchó. Había memorizado la ruta, por supuesto, y sabía llegar a la estación de autobuses sin la ayuda de Carlotta. Descubrir la ruta del autobús lo distraería de la amarga decepción de averiguar que Peter era un idiota engreído.

Nadie lo llamó, y desde luego no volvió la vista atrás.

Bean no tomó el autobús que llevaba al hotel, sino el que pasaba más cerca de la escuela a la que probablemente habían asistido Peter y Valentine. Si Ender hubiera crecido en ese lugar, ¿habría ido al colegio en el pueblo en lugar de asistir a una escuela en la ciudad? Toda su vida podría haber transcurrido de forma diferente. Tal vez nunca habría matado, tal vez no se habría enfrentado a ningún matón como Stilson, que emboscó a Ender con su banda y acabó pagándolo con la vida. Y si Ender no hubiera demostrado su brutal eficacia en el combate, su determinación por vencer sin escrúpulos ni vacilaciones, ¿lo habrían aceptado en el programa de la Escuela de Batalla?

Bean había estado presente la segunda vez que Ender mató, una situación muy parecida a la primera. Ender (solo, en inferioridad numérica, rodeado) se enzarzó en un combate hombre a hombre y luego destruyó a su enemigo para que no pudiera producirse ninguna nueva lucha. Cierto que había estrategas militares que enseñaban ese principio de la guerra, pero Ender lo sabía de forma instintiva, a la edad de cinco años.

Yo también sabía cosas a esa edad, pensó Bean. E incluso siendo más joven. No sabía matar, eso estaba más allá de mis facultades, era demasiado pequeño. Pero sabía vivir, un arduo empeño.

Para mí fue duro, pero no para Ender. Bean caminó por los barrios de casas viejas y modestas e incluso casas nuevas aún más modestas, pero para él todas eran milagros. No es que hubiera tenido muchas oportunidades, al vivir con su familia en Grecia después de la guerra, de ver cómo crecían la mayoría de los niños. ¿Cuánto del carácter de un niño procede del lugar donde creció, de la gente, de la familia, de los amigos? ¿Cuánto era innato en él? ¿Podía un ambiente tan duro como el de Rotterdam convertir a un niño en un genio militar? ¿Podía un lugar más tranquilo como Greensboro impedir que el genio de otro se manifestara?

Yo tenía más talento innato para la guerra que Ender, pero él era mejor comandante. ¿Era porque Ender creció en un lugar en el que no había de preocuparse por encontrar comida, donde la gente lo alababa y lo protegía? Crecí en un sitio donde al encontrar un simple mendrugo tenía que preocuparme de que otro niño de la calle no me matara para arrebatármelo. ¿No debería eso haberme convertido en el que luchara más desesperadamente, y a Ender en el que se contuviera?

No es el ambiente. Dos personas en situaciones idénticas nunca tomarían exactamente las mismas decisiones.

Ender es quien es, y yo soy quien soy. Estaba en él destruir a los fórmicos. Estaba en mí seguir vivo.

¿Y qué hay en mí ahora? Soy un comandante sin ejército. Tengo una misión que cumplir, pero ningún conocimiento sobre cómo hacerlo. Petra, si sigue viva, corre un tremendo peligro, y cuenta conmigo para que la libere. Los demás están todos libres. Sólo ella permanece oculta. ¿Qué le ha hecho Aquiles? No permitiré que Petra termine como Poke.

Ahí estaba: la diferencia entre Ender y Bean. Ender había salido invicto de su más amarga batalla de la infancia, había hecho lo necesario. En cambio Bean ni siquiera se había dado cuenta del peligro que corría su amiga Poke hasta que fue demasiado tarde. Si hubiera visto a tiempo lo inmediato que era el peligro, podría haberla advertido, podría haberla ayudado. Podría haberla salvado. En cambio, arrojaron su cuerpo al Rhin, para que lo encontraran flotando como la basura de los muelles.

Y ahora sucedía de nuevo.

Bean se detuvo delante de la casa de los Wiggin. Ender nunca la había visto, y no habían enseñado ninguna foto de la casa en el juicio. Sin embargo, era exactamente como Bean esperaba: un árbol en el patio delantero, con cuñas de madera clavadas en el tronco para formar una escalera que conducía a una plataforma situada entre las ramas. Un jardín pequeño y bien cuidado. Un lugar de paz y solaz. Algo que Ender no había tenido nunca. No obstante, Peter y Valentine habían vivido allí.

¿Dónde está el jardín de Petra? Y ya puestos, ¿dónde está el mío?

Bean sabía que estaba siendo irracional. Si Ender hubiera regresado a la Tierra, también él estaría ahora oculto... suponiendo que Aquiles o cualquier otro no lo hubiera asesinado sin más. Y tal como estaban las cosas, no podía dejar de preguntarse si Ender no preferiría vivir como Bean, en la Tierra, escondido, que donde estaba ahora, en el espacio, dirigiéndose a otro mundo y a una vida de exilio permanente.

Una mujer salió a la puerta de la casa. ¿La señora Wiggin?

—¿Te has perdido? —preguntó.

Bean advirtió que en su decepción (no, más bien desesperación) había olvidado toda precaución. La casa podía estar vigilada. Aunque no fuera así, la señora Wiggin tal vez lo recordaría: un niño pequeño que aparecía delante de su casa en horas de clase.

—¿Es aquí donde vive la familia de Ender Wiggin?

El rostro de la mujer se ensombreció, apenas momentáneamente, pero Bean vio que su expresión se suavizaba antes de que su sonrisa regresara.

—Sí —respondió—. Pero no creció aquí y no tenemos servicio de visitas guiadas.

Por razones que Bean no pudo comprender, por impulso, dijo:

—Estuve con él en la última batalla. Luché a sus órdenes.

La sonrisa de ella volvió a cambiar, apartándose de la mera cortesía y amabilidad, para parecerse a algo a medio camino entre el afecto y el dolor.

—Ya —dijo—. Un veterano.

En ese momento el afecto desapareció y fue sustituido por la preocupación.

—Conozco las caras de todos los compañeros de Ender en aquella última batalla. Tú eres el que está muerto: Julian Delphiki.

Su tapadera desapareció de un plumazo, y él mismo había tenido la culpa, al decirle que había estado en el grupo de Ender. ¿En qué estaba pensando? Sólo eran once.

—Obviamente, hay alguien que quiere matarme —dijo—. Si le dice a alguien que he venido aquí, le ayudará a hacerlo.

—Guardaré el secreto, pero ha sido una temeridad por tu parte venir aquí.

—Tenía que ver —replicó él, preguntándose si eso podía ser la verdadera explicación.

Ella no se extrañó.

—Eso es absurdo —dijo—. No habrías arriesgado tu vida para venir aquí sin un motivo concreto. —De pronto se le ocurrió—. Peter no está en casa ahora mismo.

—Lo sé. He estado con él en la universidad.

Entonces Bean se dio cuenta: no había ningún motivo para que ella pensara que venía a ver a Peter, a menos que tuviera alguna idea de lo que su hijo estaba haciendo.

—Lo sabe —dijo.

Ella cerró los ojos, súbitamente consciente de haber revelado más de lo que deseaba.

—O los dos somos muy tontos —observó—, o debemos de haber confiado el uno en el otro de inmediato, para bajar la guardia de esta forma.

—Sólo somos tontos si no se puede confiar en el otro —replicó Bean.

—Lo averiguaremos, ¿no? —Entonces ella sonrió—. No tiene sentido que te quedes ahí plantado en la calle, para que la gente se pregunte por qué un niño de tu edad no está en clase.

Él la siguió hasta la entrada, en dirección a una puerta que sin duda Ender había ansiado ver. Sin embargo, él nunca regresó a casa. Como Bonzo, la otra baja de la guerra. Bonzo, muerto; Ender, desaparecido en combate; y ahora Bean recorría el camino hasta la casa de

Ender. Sólo que no se trataba de una visita sentimental a una familia llorosa. Ahora era una guerra distinta, pero guerra al fin y al cabo, y ella tenía otro hijo que corría peligro.

Se suponía que no tenía constancia de lo que Peter estaba haciendo. ¿No era por eso por lo que Peter tenía que camuflar sus actividades y fingía ser un simple estudiante?

Le preparó un bocadillo sin preguntarle siquiera, como si asumiera que por ser niño debía de tener hambre. Le ofreció nada menos que el tópico estadounidense: mantequilla de cacahuete en pan blanco. ¿Había preparado esos bocadillos para Ender?

—Le echo de menos —dijo Bean, porque sabía que eso haría que ella lo apreciase.

—Si hubiera estado aquí —comentó la señora Wiggin—, probablemente lo habrían matado. Cuando leí lo que... Locke... había escrito sobre ese niño de Rotterdam, pensé que nunca habría permitido que Ender viviera. Tú también lo conociste, ¿verdad? ¿Cómo se llama?

—Aquiles.

—Te estás escondiendo. Pero pareces tan joven.

—Viajo con una monja, sor Carlotta. Decimos que somos abuela y nieto.

—Me alegra que no estés solo.

—Tampoco lo está Ender.

Los ojos de la mujer se llenaron de lágrimas.

—Supongo que necesitaba a Valentine más que nosotros.

Por impulso (de nuevo un acto impulsivo en vez de una decisión calculada) Bean extendió la mano y la colocó sobre la de ella. La madre le sonrió.

El momento pasó. Bean advirtió de nuevo lo peligroso que era estar allí. ¿Y si la casa estaba sometida a vigilancia? La F.I. conocía las actividades de Peter... ¿y si estaban controlando la casa?

—Debería irme —dijo Bean.

—Me alegro de que hayas venido. Tenía muchas ganas de hablar con alguien que conociera a Ender sin sentir envidia de él.

—Todos sentíamos envidia —confesó Bean—. Pero también sabíamos que era el mejor de todos.

—¿Acaso existe otro motivo para sentir envidia?

Bean se echó a reír.

—Bueno, cuando envidias a alguien te dices a ti mismo que al fin y al cabo no es tan hábil.

—¿Entonces... los otros niños envidiaban sus habilidades? —preguntó la señora Wiggin—. ¿O sólo el reconocimiento que recibía?

A Bean no le gustó la pregunta, pero en ese momento recordó quién la estaba formulando.

—Debería volver la pregunta hacia usted. ¿Envidiaba Peter sus habilidades? ¿O sólo el reconocimiento?

Ella vaciló. Bean sabía que la lealtad familiar actuaba en su contra.

—No es una pregunta tonta —dijo—. No sé hasta que punto está al corriente de las actividades de Peter.

—Leemos todo lo que publica —contestó la señora Wiggin—. Y luego nos cuidamos mucho de comportarnos como si no tuviéramos ni idea de lo que está pasando en el mundo.

—Estoy tratando de decidir si debo unirme a Peter, y no sé cómo calibrarlo. No sé hasta qué punto confiar en él.

—Ojalá pudiera ayudarte. Peter marcha al ritmo de otro tambor. Nunca he podido seguirle el ritmo.

—¿No le quiere? —preguntó Bean, sabiendo que era

demasiado brusco, pero sabiendo también que no iba a tener muchas oportunidades como ésta para hablar con la madre de un aliado potencial... o un rival.

—Lo quiero —respondió la señora Wiggin—. No nos muestra mucho de sí mismo, pero me parece justo: nosotros tampoco mostramos a nuestros hijos mucho de nosotros mismos.

—¿Por qué no? —preguntó Bean. Estaba pensando en la franqueza de sus padres, en la forma en que conocían a Nikolai, y Nikolai a ellos. La sinceridad con que hablaban entre sí lo había dejado casi boquiabierto. Era evidente que la familia Wiggin no tenía esa costumbre.

—Es muy complicado.

—Lo que quiere decir que no es asunto mío.

—Al contrario. Sé que es asunto tuyo. —Ella suspiró y se echó hacia atrás en su asiento—. Vamos, no finjamos que esto es sólo una conversación trivial. Has venido para averiguar cosas sobre Peter. La respuesta fácil es decirte simplemente que no sabemos nada. Él nunca cuenta a la gente nada que quiera saber, a menos que le resulte útil que lo sepan los demás.

—¿Y la respuesta difícil?

—Nos hemos estado escondiendo de nuestros hijos, casi desde el principio —admitió la señora Wiggin—. Apenas pudimos sentirnos sorprendidos o dolidos cuando aprendieron desde muy temprana edad a guardar secretos.

—¿Qué les ocultaron?

—¿No se lo dijimos a nuestros hijos, y debería revelártelo a ti? —No obstante, respondió de inmediato a su propia pregunta—. Si Valentine y Ender estuvieran aquí, creo que hablaríamos con ellos. Incluso intenté explicarle algo de todo esto a Valentine antes de que se marchara para reunirse con Ender en... el espacio. Lo hice muy mal, porque nunca lo había expresado antes con palabras. Déjame que empiece diciendo que íbamos a tener un tercer hijo de todas formas, aunque la F.I. no nos lo hubiera pedido.

Donde había crecido Bean, las leyes de población no significaban gran cosa: las calles de Rotterdam estaban llenas de gente de sobra y todos sabían perfectamente que por ley ninguno de ellos debería haber nacido, pero cuando tienes hambre es difícil que te importe si vas a asistir a los mejores colegios o no. Con todo, cuando las leyes fueron abolidas, se informó sobre ellas y por eso comprendía el significado de la decisión de tener un tercer hijo.

—¿Por qué iban a hacer eso? —preguntó Bean—. Hubiese perjudicado a todos sus hijos. Hubiese acabado con sus carreras.

—Tuvimos mucho cuidado de no tener carreras —dijo la señora Wiggin—. No tuvimos carreras que nos molestara perder. Decidimos tener simples trabajos. Verás, somos gente religiosa.

—Hay mucha gente religiosa en el mundo.

—Pero no en Estados Unidos. Al menos no de la clase de fanático que hace algo tan egoísta y antisocial como tener más de dos hijos, sólo debido a unas ideas religiosas erróneas. Y cuando Peter dio resultados tan altos en las pruebas siendo sólo un bebé, y empezaron a estudiarlo... bueno, para nosotros fue un desastre. Teníamos la esperanza de ser... sencillos. De desaparecer. Somos gente muy lista, ¿sabes?

—Me preguntaba por qué los padres de semejantes genios no tenían carreras propias —dijo Bean—. O al menos algún tipo de renombre en la comunidad intelectual.

—Comunidad intelectual —dijo la señora Wiggin con desdén—. La comunidad intelectual de Estados Unidos nunca ha sido muy brillante. Ni honrada. Todos son unos borregos que siguen la moda intelectual de la época, sea cual fuere. Exigen que todo el mundo siga sus dictados. Todo el mundo tiene que ser abierto y tolerante con las ideas que creen, pero que Dios prohíba que alguna vez concedan, aunque sea por un momento, que alguien que no esté de acuerdo con ellos pueda tener algo de razón.

Parecía amargada.

—Parezco amargada —dijo.

—Ha vivido usted su vida —observó Bean—. Así que piensa que son más listos que la gente lista.

Ella se retractó un poco.

—Bueno, ése es el tipo de comentario que explica por qué nunca discutimos nuestra fe con nadie.

—No pretendía que sonara como un ataque —aseguró Bean—. Yo creo que soy más listo que cualquier otra persona que haya conocido, porque lo soy. Tendría que ser más tonto de lo que soy para no saberlo. Ustedes creen sinceramente en su religión, y lamentan tener que ocultarla a los demás. Eso es todo lo que decía.

—No religión, sino religiones —puntualizó ella—. Mi marido y yo ni siquiera compartimos la misma doctrina. Tener una gran familia que obedeciera a Dios, eso fue casi lo único en lo que estuvimos de acuerdo. E incluso en eso, ambos teníamos elaboradas justificaciones intelectuales para nuestra decisión de desafiar la ley. Para empezar, no pensábamos que fuera a perjudicar a nuestros hijos. Pretendíamos criarlos en la fe, como creyentes.

—Entonces, ¿por qué no lo hicieron?

—Porque después de todo somos cobardes. Con la F.I. vigilando, habríamos tenido una interferencia constante. Ellos habrían intervenido para asegurarse de que no les enseñábamos a nuestros hijos nada que les impidiera llevar a cabo la misión que Ender acabó cumpliendo. Fue entonces cuando empezamos a ocultar nuestra fe. No a nuestros hijos, sino a la gente de la Escuela de Batalla. Nos sentimos muy aliviados cuando retiraron el monitor de Peter y luego el de Valentine, y creímos que allí terminaba todo. Íbamos a mudarnos a un lugar donde no llamáramos la atención, y tener un tercer hijo, y un cuarto, tantos como pudiéramos antes de que nos arrestaran. Pero entonces llegaron y nos pidieron que tuviéramos un tercer hijo. Así que no tuvimos que mudarnos. ¿Ves? Fuimos perezosos y estábamos asustados. Si la Escuela de Batalla iba a proporcionarnos una tapadera para permitirnos tener un hijo más, ¿entonces por qué no aceptarla?

—Pero se llevaron a Ender.

—Y para cuando lo hicieron, ya fue demasiado tarde para criar a Peter y a Valentine en nuestra fe. Si no enseñas a los niños cuando son pequeños, nunca se les queda dentro. Tienes que esperar que la encuentren más tarde, por su cuenta. No puede proceder de los padres, si no empiezas en la primera infancia.

—Adoctrinarlos.

—Eso es lo que significa ser padres —asintió la señora Wiggin—. Adoctrinar a tus hijos en las pautas sociales en las que quieres que vivan. Los intelectuales no tienen ningún reparo a la hora de servirse de los colegios para adoctrinar a nuestros hijos en sus locuras.

—No pretendía provocarla —dijo Bean.

—Sin embargo, usas palabras que implican crítica.

—Lo siento.

—Eres todavía un niño. No importa lo inteligente que seas, aún asimilas un montón de actitudes de la clase dirigente. No me gusta, pero ahí está. Cuando se llevaron a Ender, y finalmente pudimos vivir sin el escrutinio constante de cada palabra que decíamos a nuestros hijos, nos dimos cuenta de que Peter estaba ya completamente adoctrinado en la locura de los colegios. Nunca nos habría seguido en nuestro plan original: nos habría denunciado y lo habríamos perdido. ¿Rechaza uno a su primogénito para dar a luz a un cuarto o un quinto o un sexto hijo? A veces Peter parecía no tener conciencia. Si alguna vez alguien necesitó creer en Dios, fue Peter, y no lo hizo.

—Probablemente no lo habría hecho de todas formas —apuntó Bean.

—No lo conoces. Vive por el orgullo. Si lo hubiéramos hecho sentirse orgulloso de ser creyente en secreto, habría sido valiente en ese empeño. En cambio... no lo es.

—¿Entonces nunca trataron de convertirlo a sus creencias?

—¿A cuáles? —preguntó la señora Wiggin—. Siempre habíamos pensado que el principal conflicto de nuestra familia sería qué religión enseñarles, la de mi esposo o la mía. En cambio, tuvimos que vigilar a Peter y enseñarle modos de ayudarle a encontrar la... decencia. No, algo mucho más importante que eso: la integridad, el honor. Lo vigilamos como la Escuela de Batalla los había vigilado a los tres. Tuvimos que recurrir a toda nuestra paciencia para no intervenir cuando obligó a Valentine a convertirse en Demóstenes. Era tan contrario a su espíritu... Pero pronto vimos que no la cambiaba, que su nobleza de corazón era, si acaso, más fuerte ante el control de Peter a través de la resistencia.

—¿No intentaron simplemente impedirle seguir adelante?

Ella se rió.

—Oh, y se supone que tú eres el listo. ¿Podrían haber impedido que tú hicieras algo? Ten en cuenta que Peter no consiguió entrar en la Escuela de Batalla porque era demasiado ambicioso, demasiado rebelde, incapaz de cumplir misiones y seguir órdenes. ¿Cómo íbamos nosotros a influenciarlo prohibiéndole determinadas acciones o bloqueándole el paso?

—Claro, ya entiendo —asintió Bean—. Pero ¿no hicieron nada al respecto?

—Le enseñamos lo mejor que pudimos... comentarios en las comidas, etc. Pero era evidente que nos dejaba de lado y que despreciaba nuestras opiniones. No ayudó en nada que intentáramos ocultarle que conocíamos todo lo que había escrito como Locke, nuestras conversaciones en realidad eran... abstractas. Aburridas, supongo. Y no teníamos esas credenciales intelectuales. ¿Por qué iba a respetarnos? No obstante, escuchaba nuestras ideas sobre la nobleza, el bien y el honor. Y si llegó a creernos o simplemente encontró dentro de sí mismo esas virtudes, lo hemos visto crecer. Y ahora... me preguntas si puedes confiar en él, y yo no puedo contestarte, porque... ¿confiar en él para que haga qué? ¿Para que actúe como tú quieres? En absoluto. ¿Para que actúe según una pauta predecible? Ni mucho menos. Pero hemos visto rastros de ese honor. Le hemos visto dar pasos muy difíciles, pero en los que parecía creer de verdad. Naturalmente, puede haberlo hecho sólo para que parezca que Locke es virtuoso y admirable. ¿Cómo podemos saberlo, si no vamos a preguntárselo?

—Entonces la situación es ésta: no pueden hablarle sobre lo que les importa, porque saben que los despreciará, y él no puede hablarles sobre lo que le importa, porque nunca le han demostrado que son capaces de comprender lo que él piensa.

Las lágrimas asomaron a los ojos de la mujer.

—A veces echo mucho de menos a Valentine, su maravillosa honradez y bondad.

—¿Entonces ella le dijo que era Demóstenes?

—No —contestó la señora Wiggin—. Fue lo bastante lista para saber que si revelaba el secreto de Peter, separaría a la familia para siempre. No, nos lo ocultó. Pero se aseguró de que supiéramos qué clase de persona era Peter. Y respecto a todo lo demás en su vida, todo lo que Peter le dejó para decidir por sí misma, nos lo contó, y nos escuchaba también, le preocupaba lo que pensábamos.

—¿Entonces le hablaron de sus creencias?

—No le hablamos sobre nuestra fe, pero le enseñamos los resultados de esa fe. Lo hicimos lo mejor que pudimos.

—No me cabe duda.

—No soy estúpida. Sé que nos desprecias, igual que sabemos que Peter nos desprecia.

—No les desprecio.

—Me han mentido lo suficiente para reconocer una mentira.

—No los desprecio por... no los desprecio en absoluto —aseguró Bean—. Pero tienen que ver que la forma en que todos se ocultan unos de otros: Peter ha crecido en una familia donde nadie dice a nadie nada de lo que importa... eso no me da motivos para confiar en él. Estoy a punto de poner mi vida en sus manos y ahora descubro que en toda su existencia nunca ha tenido una relación sincera con nadie.

La señora Wiggin le dirigió una mirada fría y distante.

—Veo que te he proporcionado información útil. Tal vez deberías marcharte ahora.

—No los estoy juzgando.

—No seas absurdo, por supuesto que sí.

—No los estoy condenando, entonces.

—No me hagas reír. Nos condenas, ¿y sabes qué?

Estoy de acuerdo con tu veredicto. Yo también nos condeno. Queríamos cumplir la voluntad de Dios y hemos acabado dañando al único hijo que nos queda. Está decidido a dejar su impronta en el mundo. Pero ¿qué tipo de huella será?

—Una huella indeleble —contestó Bean—. Siempre que Aquiles no lo destruya primero.

—Hemos hecho algunas cosas bien —dijo la señora Wiggin—. Le dimos la libertad de poner a prueba sus propias habilidades. Podríamos haberle impedido publicar, ya sabes. Cree que esquivó nuestro control, pero sólo porque nos hicimos los tontos. ¿Cuántos padres habrían dejado que su hijo adolescente se involucrara en los asuntos del mundo? Cuando escribió en contra... en contra de que Ender volviera a casa, no sabes lo duro que fue para mí no arrancarle esos ojos arrogantes...

Por primera vez, Bean intuyó parte de la furia y la frustración que ella debía de haber soportado. Pensó: Esto es lo que siente la madre de Peter hacia él. Tal vez ser huérfano no sea tan malo.

—Pero no lo hice, ¿no?

—¿No hizo qué?

—No lo detuve. Y resultó que tenía razón. Porque si Ender estuviera aquí en la Tierra, estaría muerto, o habría sido uno de los niños secuestrados, o estaría escondiéndose como tú. Sin embargo... Ender es su hermano, y lo exilió para siempre de la Tierra. Y no pude evitar recordar las terribles amenazas que hizo cuando Ender era todavía pequeño y vivía con nosotros. Le dijo a Ender y Valentine que algún día mataría a Ender y que fingiría que había sido un accidente.

—Ender no está muerto.

—Mi marido y yo nos hemos preguntado, en las oscuras noches en que tratamos de entender lo que le ha sucedido a nuestra familia, a todos nuestros sueños, nos hemos preguntado si Peter exilió a Ender porque lo amaba y sabía los peligros a los que se enfrentaba si regresaba a la Tierra. O si tal vez lo exilió porque temía que si Ender volvía a casa acabaría matándolo, como había amenazado... así que exiliar a Ender podría considerarse una especie, no sé, de autocontrol elemental. De todas formas, pese al egoísmo que revela su acción, sigue mostrando una especie de vago respeto por la decencia. Eso sería un progreso.

—O tal vez nada de eso.

—O tal vez Dios nos guía en esto, y Dios te ha traído aquí.

—Eso dice sor Carlotta.

—Puede que tenga razón.

—No me importa demasiado —replicó Bean—. Si hay un Dios, creo que no es muy competente en su trabajo.

—Tal vez no entiendes cuál es su trabajo.

—Créame, sor Carlotta es el equivalente monjil a un jesuita. No entremos en sofismas: me ha entrenado una experta y, como dice, usted no tiene práctica.

—Julian Delphiki —dijo la señora Wiggin—. Cuando te vi en la acera supe que no sólo podía, sino que tenía que contarte cosas que no he confesado más que a mi marido, y algunas ni siquiera a él. Si mi forma de encarar la maternidad no te suscita gran respeto, por favor, recuerda que lo que sabes lo sabes porque yo te lo he dicho, y te lo he dicho porque creo que algún día el futuro de Peter puede depender de que preveas sus acciones y sepas cómo ayudarle. O tal vez el futuro de Peter como ser humano decente dependa de que él te ayude a ti. Así que he desnudado mi corazón ante ti, por el bien de Peter, y me enfrento a tu desprecio, Julian Delphiki, también por el bien de Peter. Así que no pongas defectos al amor que me inspira mi hijo. Aunque él piense que no le importa, creció con unos padres que lo aman y han hecho por él cuanto han podido, incluso mentirle sobre lo que creemos, lo que sabemos, para que pueda avanzar por su mundo como Alejandro, hasta alcanzar valientemente los confines de la tierra, con la completa libertad que produce tener unos padres demasiado estúpidos para detenerlo. Hasta que tengas un hijo y te sacrifiques por ese hijo y conviertas tu vida en un despojo, no te atrevas a juzgarme a mí y a lo que he hecho.

—No la estoy juzgando —declaró Bean—. De verdad que no. Como ha dicho usted misma, sólo intento comprender a Peter.

—Bien, ¿sabes qué pienso? Pienso que has estado haciendo las preguntas equivocadas. «¿Puedo confiar en él?» —lo imitó, despectiva—. El hecho de que confíes o desconfíes de alguien tiene más que ver con el tipo de persona que eres tú que con el tipo de persona que sea él. La pregunta que deberías formular es: ¿de verdad quiero que Peter Wiggin gobierne el mundo? Porque si lo ayudas y logra sobrevivir a todo esto, así es como terminará. No se detendrá hasta que lo consiga. Y quemará tu futuro junto con el de todos los demás, si eso le ayuda a conseguir su objetivo. Así que pregúntate a ti mismo, ¿será el mundo un lugar mejor si el Hegemón es Peter Wiggin, en lugar de una figura benigna y decorativa como el sapo ineficaz que ahora ostenta el cargo? Y me refiero a Peter Wiggin como el Hegemón que dé forma a este mundo a su capricho.

—Está usted asumiendo que me preocupa que el mundo sea un lugar mejor —dijo Bean—. ¿Y si sólo me preocupa mi propia supervivencia o mi progreso? Entonces la única pregunta que importaría es: ¿puedo usar a Peter para llevar a cabo mis propios planes?

Ella se echó a reír y sacudió la cabeza.

—¿Eso crees acerca de ti mismo? Bueno, eres un niño.

—Perdóneme, pero ¿he pretendido alguna vez ser otra cosa?

—Pretendes ser una persona de un valor tan enorme que puedes hablar de «aliarte» con Peter Wiggin como si trajeras ejércitos contigo.

—No traigo ejércitos, pero sí la victoria para el ejército que me ofrezca.

—¿Habría sido Ender como tú, si hubiera regresado a casa? ¿Arrogante? ¿Distante?

—En absoluto —respondió Bean—. Pero yo nunca he matado a nadie.

—Excepto a los insectores.

—¿Por qué estamos enfrentados?

—Te lo he contado todo respecto a mi hijo, a mi familia, y tú no me has dado nada a cambio. Excepto... tu desdén.

—No desdeño a nadie —objetó Bean—. Me cae usted bien.

—Oh, muchas gracias.

—Puedo ver en usted a la madre de Ender Wiggin. Usted entiende a Peter de la forma en que Ender entendía a sus soldados. Y es lo bastante atrevida para actuar al instante cuando se presenta la oportunidad. Me presento en su puerta y me ofrece todo esto. No, señora, no la desprecio en absoluto. ¿Y sabe qué me parece? Me parece que, quizá sin que usted misma lo advierta, cree usted en Peter por completo. Quiere que tenga éxito. Considera que debería gobernar el mundo. Y me ha contado todo esto, no porque yo sea un niñito agradable, sino porque piensa que al contármelo está contribuyendo a que a Peter se acerque mucho más a la victoria final.

Ella sacudió la cabeza.

—No todo el mundo piensa como un soldado.

—Casi nadie lo hace —admitió Bean—. Y muy pocos soldados lo hacen, por cierto.

—Déjame decirte una cosa, Julian Delphiki. No tuviste padres, así que alguien debe decírtelo. ¿Sabes qué es lo que más temo? Que Peter persiga esas ambiciones suyas de manera tan implacable que no tenga vida propia.

—¿Conquistar el mundo no es una vida?

—Alejandro Magno acecha en mis pesadillas —dijo la señora Wiggin—. Todas sus conquistas, sus victorias, sus grandes logros... fueron los actos de un muchacho adolescente. Cuanto le llegó la hora de casarse, de tener un hijo, fue demasiado tarde. Murió en mitad de todo ello. Y es poco probable que llegara a hacer un buen trabajo. Ya era demasiado poderoso antes de que intentara siquiera encontrar el amor. Eso es lo que temo que le pase a Peter.

—¿Amor? ¿A eso se reduce todo?

—No, no sólo al amor. Estoy hablando del ciclo de la vida. Estoy hablando de encontrar a una criatura extraña y decidir casarte con ella y quedarte con ella para siempre, no importa que os gustéis o no dentro de unos pocos años. ¿Y por qué harás todo esto? Para tener hijos juntos, tratar de mantenerlos vivos y enseñarles lo que necesitan saber para que un día ellos tengan hijos, y mantengan el movimiento en marcha. Y nunca trazarás una línea de seguridad hasta que tengas nietos, un buen puñado de ellos, porque así sabrás que tu linaje no se perderá, que tu linaje continuará. Egoísta, ¿verdad? Pero no es egoísmo, ése es el propósito de la vida. Es lo único que produce felicidad. Todas las otras cosas (victorias, logros, honores, causas) sólo conceden destellos momentáneos de placer. Pero unirte a otra persona y a los hijos que tienes con ella, eso es la vida. Y no puedes hacerlo si tu vida está centrada en tus ambiciones. Nunca serás feliz. Nunca tendrás suficiente, aunque gobiernes el mundo.

—¿Me lo está diciendo a mí? ¿O se lo está diciendo a Peter?

—Te estoy diciendo lo que quiero de verdad para Peter —replicó la señora Wiggin—. Pero si eres la décima parte de listo de lo que supones, te aplicarás el cuento, de lo contrario nunca conocerás la verdadera alegría en esta vida.

—Disculpe si me estoy perdiendo algo, pero por lo que veo, casarse y tener hijos no le ha producido a usted más que penas. Ha perdido a Ender, ha perdido a Valentine, y se pasa la vida fastidiada por Peter o preocupada por él.

—Así es —asintió ella—. Ahora lo vas entendiendo.

—¿Y dónde está la alegría? Eso es lo que no comprendo.

—La pena es la alegría. Tengo a alguien por quien sufrir. ¿A quién tienes tú?

La intensidad de la conversación era tal que Bean no tenía ninguna barrera preparada para bloquear la fuerza de aquellas palabras, que sacudieron algo en su interior. Todos los recuerdos de la gente que había amado... a pesar del hecho de que se negaba a querer a nadie. Poke. Nikolai. Sor Carlotta. Ender. Sus padres, cuando por fin los conoció.

—Tengo a alguien por quien sufrir.

—Eso crees tú—dijo la señora Wiggin—. Todo el mundo lo cree, hasta que aceptan a un niño en su corazón. Sólo entonces sabrás lo que es ser rehén del amor, que la vida de otra persona importe más que la tuya propia.

—Tal vez sé más de lo que usted imagina.

—Tal vez no sabes nada de nada.

Se miraron en silencio. Bean ni siquiera estaba seguro de que hubieran estado discutiendo. A pesar del calor de la conversación, no podía dejar de sentir que acababa de recibir una fuerte dosis de la fe que ella y su marido compartían.

O tal vez era realmente la verdad objetiva, y simplemente no podría entenderla porque no estaba casado.

Y nunca lo estaría. Si había alguien cuya vida garantizaba casi del todo que sería un padre terrible, ése era Bean. Sin haberlo expresado nunca en voz alta, siempre había sabido que no se casaría nunca, que no tendría hijos.

Pero las palabras de la señora Wiggin habían tenido este efecto: por primera vez en su vida, Bean casi deseó que no fuera así.

En aquel silencio, Bean advirtió que la puerta se abría y oyó las voces de Peter y sor Carlotta. De inmediato se pusieron en pie, sintiéndose culpables, como si los hubieran pillado en medio de un encuentro clandestino. Cosa que, en cierto modo, habían hecho.

—Mamá, he conocido a una turista —anunció Peter cuando entró en la habitación.

Bean oyó el principio de la mentira de Peter extenderse como un golpe en la cara, pues era consciente de que la persona a la que Peter estaba mintiendo sabía que su historia era falsa, pese a lo cual mentiría a su vez y fingiría creerla.

Sin embargo, esta vez la mentira fue cortada de raíz.

—Sor Carlotta —dijo la señora Wiggin—, Julian me ha hablado mucho de usted. Dice que es usted la única monja jesuita del mundo.

Peter y sor Carlotta se miraron aturdidos. ¿Qué estaba haciendo Bean allí? Casi se echó a reír ante su consternación, en parte porque él mismo no podría haber respondido a esa pregunta.

—Vino aquí como un peregrino a un altar —respondió la señora Wiggin—. Y de forma muy valiente me descubrió quién era. Peter, debes tener mucho cuidado en no revelar a nadie que éste es uno de los compañeros de Ender. Julian Delphiki. No murió en esa explosión, después de todo. ¿No es maravilloso? Debemos hacer que se sienta como en casa, por bien de Ender, pero todavía corre peligro, así que su identidad tiene que ser un secreto.

—Por supuesto, mamá —dijo Peter. Miró a Bean, pero sus ojos no traicionaron sus verdaderos sentimientos. Eran como los fríos ojos de un rinoceronte, ilegibles, aunque encubrían un enorme peligro.

Sor Carlotta, sin embargo, estaba escandalizada.

—¿Después de todas nuestras precauciones vas y lo sueltas tan campante? Esta casa tiene que estar vigilada.

—Hemos mantenido una buena conversación —dijo Bean—. Eso no es posible con mentiras de por medio.

—Has arriesgado mi vida, ¿sabes? —le riñó sor Carlotta.

La señora Wiggin le tocó el brazo.

—Se quedarán con nosotros, ¿verdad? Tenemos una habitación para invitados.

—Imposible—respondió Bean—. Ella tiene razón. Venir aquí nos ha comprometido a ambos. Probablemente cogeremos un avión para salir de Greensboro mañana por la mañana.

Miró a sor Carlotta, sabiendo que ella comprendía que estaba diciendo que en realidad tendrían que marcharse en tren. O en autobús pasado mañana. O alquilar un apartamento bajo nombres falsos para quedarse una semana. Las mentiras habían empezado de nuevo, por mor de la seguridad.

—¿Se quedarán al menos a cenar? —preguntó la señora Wiggin—. Me gustaría que conocieran a mi marido. Sin duda se sentirá tan intrigado como yo por conocer a un niño muerto tan famoso.

Bean vio que la mirada de Peter se ensombrecía y comprendió por qué: para Peter, una cena con sus padres sería un agotador ejercicio social donde no se podía decir nada importante. ¿No serían todas sus vidas más sencillas si pudieran contarse unos a otros la verdad? Pero la señora Wiggin había dicho que Peter necesitaba sentir que volaba solo. Si supiera que sus padres conocían sus actividades secretas, al parecer eso lo infantilizaría. Aunque si realmente fuera el tipo de hombre que podía gobernar el mundo, sin duda podría enfrentarse a saber que sus padres conocían sus secretos.

No es mi decisión. He dado mi palabra.

—Nos encantará —dijo Bean—. Aunque corremos el peligro de que vuelen la casa porque estamos dentro.

—Entonces comeremos fuera —resolvió la señora Wiggin—. ¿Ves qué fácil? Si van a volar algo, que sea un restaurante, que sin duda tendrá un seguro.

Bean se echó a reír, pero Peter no.

Porque no sabe cuánto sabe ella, advirtió Bean, y por tanto supone que su comentario es una estupidez en lugar de una ironía.

—Que no sea comida italiana —pidió sor Carlotta.

—Oh, por supuesto que no —respondió la señora Wiggin—. Nunca ha habido un restaurante italiano decente en Greensboro.

Con eso, la conversación pasó a temas más triviales y seguros. Bean sintió cierto placer al ver que Peter se reconcomía por la total pérdida de tiempo que suponía aquella charla. Ahora sé más cosas de tu madre que tú mismo, pensó Bean. Y también la respeto más.

Sin embargo, es a ti a quien ama.

Bean se molestó al advertir que su propio corazón albergaba envidia. Nadie es inmune a esas mezquinas emociones humanas, y él lo sabía. Pero de algún modo tenía que aprender a distinguir entre las observaciones auténticas y lo que su envidia le dictaba. Peter tenía que aprender lo mismo. La confianza que Bean había entregado tan fácilmente a la señora Wiggin tendría que ser ganada en un largo proceso entre él y Peter. ¿Por qué?

Porque eran muy parecidos. Porque eran rivales naturales. Porque podían ser enemigos mortales.

¿Igual que fui el segundo a los ojos de Ender, es un segundo Aquiles a los míos? Si no hubiera ningún Aquiles en el mundo, ¿consideraría a Peter el mal que debo destruir?

Y si derrotamos a Aquiles juntos, ¿tendremos luego que enfrentarnos el uno al otro, para deshacer todos nuestros triunfos, para destruir todo lo que hayamos construido?

10

Hermanos de armas

A: RusFriend%BabaYaga@MosPub.net
De: VladDragon%slavnet.com
Asunto: Fidelidad

Dejemos una cosa clara. Nunca me «uní» a Aquiles. Tal como yo lo veía, Aquiles hablaba en nombre de la Madre Rusia. Accedí a servir a la Madre Rusia, y es una decisión que no lamenté en su momento ni lamento ahora. Creo que las divisiones artificiales entre los pueblos de la Gran Eslavia sólo sirven para impedirnos desarrollar nuestro potencial en el mundo. En el caos que se ha producido tras el descubrimiento de la verdadera naturaleza de Aquiles, me alegraría tener la oportunidad de ser útil. Las cosas que aprendí en la Escuela de Batalla podrían ser decisivas para el futuro de nuestro pueblo. Si mi relación con Aquiles me impide ser útil, que así sea. Pero sería una lástima que todos sufriéramos un último acto de sabotaje por parte de ese psicópata. Es precisamente ahora cuando soy más necesario. La Madre Rusia no encontrará ningún hijo más leal que yo.

Para Peter, la cena en Leblon con sus padres, Bean y Carlotta consistió en largos períodos de total aburrimiento interrumpidos por cortos momentos de puro pánico. Nada de lo que decían ninguno de ellos revestía el menor interés. Como Bean se hacía pasar por un turista que visitaba el altar de Ender, sólo se podía hablar de Ender, Ender, Ender. Pero inevitablemente la conversación rozaba temas que eran altamente conflictivos, cuestiones que podrían revelar lo que Peter estaba haciendo de verdad y el papel que Bean podría acabar desempeñando.

Lo peor fue cuando sor Carlotta (quien, monja o no, sabía ser una zorra maliciosa cuando se lo proponía) empezó a sondear a Peter sobre los cursos en la UNCG, aunque sabía de sobras que sus estudios no eran más que una tapadera para asuntos más importantes.

—Me sorprende, supongo, que dediques tu tiempo a unos estudios académicos cuando es evidente que tus capacidades podrían ser usadas en un campo más amplio.

—Necesito el título, como cualquier otra persona —dijo Peter, incómodo.

—Pero ¿por qué no estudias alguna carrera que te prepare para desempeñar un papel en el gran escenario del mundo?

Irónicamente, fue Bean quien lo rescató.

—Vamos, abuela —dijo—. Un hombre con la capacidad de Peter Wiggin está preparado para hacer lo que quiera y cuando quiera. Los estudios académicos son un simple trámite para él. Sólo lo hace para demostrar a los demás que puede vivir según las reglas cuando hace falta. ¿Verdad, Peter?

—Más o menos —dijo Peter—. Estoy aún menos interesado en mis estudios que todos vosotros, y eso que no deberían interesaros en absoluto.

—Bueno, si tanto te aburren, ¿por qué estamos pagando tu formación? —preguntó el padre.

—No se la pagamos —le recordó la madre—. Peter tiene una buena beca que le paga los estudios.

—Entonces están tirando su dinero, ¿no?

—No: ya tienen lo que quieren —intervino Bean—. Durante el resto de su vida, consiga Peter lo que consiga, se mencionará que estudió en la UNCG. Para ellos Peter será un anuncio ambulante. Yo diría que es una buena inversión, ¿no?

El chico había empleado el tipo de lenguaje que entendía el padre: Peter tenía que reconocer que Bean conectaba con su público cuando hablaba. Con todo, le molestaba que hubiera calado tan fácilmente el tipo de idiotas que eran sus padres, y lo fácilmente que podían dejarse engatusar. Era como si, al sacarle a Peter las castañas del fuego, Bean le estuviera restregando por la cara que todavía era un niño que vivía en casa, mientras que él trataba con la vida de forma más directa. Aquello irritaba a Peter aún más.

Al final de la velada, cuando ya habían salido del restaurante brasileño y se encaminaban hacia la estación de Market/Holden, Bean dejó caer la bomba.

—Ya que nos hemos puesto en peligro aquí, tenemos que volver a ocultarnos de inmediato. ¿Lo saben, verdad?

Los padres de Peter emitieron ruiditos de compasión.

—Me estaba preguntando por qué no viene Peter con nosotros, y así sale de Greensboro durante una temporada —prosiguió Bean—. ¿Te gustaría, Peter? ¿Tienes pasaporte?

—No, no tiene —respondió la madre, exactamente al mismo tiempo que Peter decía.

—Claro que tengo.

—¿Lo tienes? —se extrañó la madre.

—Por si acaso —aclaró Peter. No añadió: tengo seis pasaportes de cuatro países, por cierto, y diez identidades bancarias distintas con fondos de mis escritos.

—Pero estás en mitad del semestre —objetó el padre.

—Puedo tomarme unas vacaciones cuando quiera. Parece interesante. ¿Adónde vais?

—No lo sabemos —dijo Bean—. No lo decidiremos hasta el último minuto. Pero podemos enviarles un email y decirles dónde estamos.

—Las direcciones del campus no son seguras —objetó el padre.

—Ningún email es realmente seguro, ¿no? —señaló la madre.

—Será un mensaje codificado —dijo Bean—. Por supuesto.

—No me parece muy sensato —protestó el padre—. Tú piensas que tus estudios son un simple trámite, Peter, pero la verdad es que necesitas ese título para hacerte un lugar en la vida. Tienes que fijarte una meta a largo plazo y cumplirla, Peter. Si tu historial muestra que te educaste a trancas y barrancas, a las mejores empresas no les gustará.

—¿Qué futuro crees que voy a perseguir? —preguntó Peter, molesto—. ¿Algún tipo de aburrido *bob* corporativo?

—Me molesta que uses ese argot de la Escuela de Batalla —dijo el padre—. No fuiste allí, y hace que hables como si fueras un adolescente atontado.

—No sé qué decir —intervino Bean, antes de que Peter metiera la pata—. Yo estuve allí, y creo que esas cosas son sólo parte del lenguaje. Quiero decir que la palabra «guai» fue una vez jerga, ¿no? Pero acabó introduciéndose en la lengua y la gente la utiliza.

—Hace que parezca un crío —insistió el padre, pero fue sólo una observación final, su patética necesidad de pronunciar la última palabra.

Peter no dijo nada, pero no agradeció que Bean lo defendiera. Al contrario, el chico parecía realmente fastidiado: consideraba que Bean creía que podía inmiscuirse en su vida e intervenir ante sus padres como una especie de salvador. Aquello disminuía a Peter ante sus propios ojos. Los que le escribían o leían su obra como Locke o Demóstenes jamás se mostraban condescendientes con él, porque no sabían que era un muchacho. Pero la manera en que Bean actuaba era una advertencia de lo que se avecinaba. Si Peter hacía público su verdadero nombre, inmediatamente tendría que empezar a soportar esa condescendencia. Gente que antes temblaba ante la idea de caer bajo el escrutinio de Demóstenes, gente que antes había buscado ansiosamente la aprobación de Locke, se burlaría de cualquier opinión de Peter, arguyendo: «Claro, es normal que un niño piense eso» o, más amable pero no menos devastadoramente: «Cuando adquiera más experiencia, llegará a ver que...» Los adultos siempre recurrían a esos tópicos. Como si la experiencia guardara alguna relación con el aumento de la sabiduría; como si la mayor parte de la estupidez del mundo no fuera provocada por los adultos.

Además, Peter no podía dejar de sentir que a Bean le encantaba tenerlo en esa situación de desventaja. ¿Por qué había acudido a su casa la pequeña comadreja? Oh, perdón, a la casa de Ender, por supuesto. Pero sabía que era la casa de Peter, y cuando él llegó y se lo encontró allí sentado hablando con su madre, fue como pillar a un ladrón con las manos en la masa. Bean le había caído mal desde el principio... sobre todo después de la manera petulante en que se había marchado porque Peter no había respondido de inmediato a la pregunta que había formulado. Sí, Peter lo había mortificado un poco, y había un elemento de condescendencia en ello: jugar con el niño pequeño antes de decirle lo que quería saber. Pero el desquite de Bean había sido exagerado. Sobre todo esa miserable cena.

Sin embargo...

Bean era verdadero. Lo mejor que había producido la Escuela de Batalla. Peter podía utilizarlo. Peter podía incluso necesitarlo, precisamente porque no podía permitirse salir a la opinión pública. Bean tenía credibilidad a pesar de su corta edad, porque había luchado en la guerra. Podía hacer cosas en vez de tirar de los hilos o tratar de manipular decisiones gubernamentales influyendo en la opinión pública. Si Peter pudiera asegurarse algún tipo de alianza con él, eso tal vez compensaría su impotencia. Si Bean no fuera tan insufriblemente pedante...

No puedo dejar que mis sentimientos personales interfieran en mi trabajo.

—Voy a deciros una cosa. Mamá, papá, tenéis cosas que hacer mañana, pero mi primera clase no es hasta mediodía. ¿Por qué no les acompaño a dondequiera que se alojen y hablo sobre la posibilidad de compartir su viaje?

—No quiero que te marches y dejes a tu madre preocupada por ti —advirtió el padre—. Creo que todos hemos visto con gran claridad que el joven Delphiki aquí presente es un imán para los problemas, y considero que tu madre ya ha perdido a suficientes hijos sin tener que preocuparse de que a ti te ocurra algo peor.

A Peter siempre le hacía rechinar los dientes la manera en que su padre solía hablar siempre como si sólo fuera su madre quien estaba preocupada, como si sólo a ella le importara lo que pudiera ocurrirle. Y si era cierto (¿quién podía decirlo, con su padre?), eso era aún peor.

O bien a su padre no le importaba lo que le sucediera a Peter, o le importaba pero eran tan idiota que no podía admitirlo.

—No me marcharé de la ciudad sin pedirle permiso a mamaíta —prometió Peter.

—No seas sarcástico.

—Querido —intervino la madre—, Peter no tiene cinco años para que le reprendas delante de nuestros invitados.

Lo cual, naturalmente, hizo que pareciera que tenía seis años. Gracias por tu ayuda, mamá.

—¿No son complicadas las familias? —dijo sor Carlotta.

Oh, gracias, santa zorra, dijo Peter para sí. Bean y tú sois los que habéis complicado la situación, y ahora haces comentarios capciosos sobre cómo se vive mejor sin conexiones, como vosotros. Bueno, estos padres son mi tapadera. No los escogí, pero tengo que utilizarlos. Y al burlarte de mi situación no haces más que demostrar tu ignorancia. Y, probablemente, tu envidia, al ver que nunca vas a tener hijos ni echar un polvo en toda tu vida, señora de Jesús.

—El pobre Peter ha tenido lo peor de ambos mundos —explicó la madre—. Es el mayor, así que siempre se esperó de él lo máximo, y sin embargo es el último de nuestros hijos en marcharse de casa, lo cual significa que también se le mima más de lo que puede soportar. Es horrible comprobar que los padres son simples seres humanos que cometen errores constantemente. Creo que a veces Peter desearía que lo hubieran educado unos robots.

Lo cual hizo que Peter quisiera tenderse directamente en la acera y pasar el resto de su vida como un bloque invisible de asfalto. Converso con espías y oficiales militares, con líderes políticos y brokers del poder... ¡y mi madre sigue teniendo el poder de humillarme a voluntad!

—Haz lo que quieras —dijo el padre—. No es que seas menor de edad. No podemos detenerte.

—Nunca pudimos impedir que hiciera lo que quería, ni siquiera cuando era menor —adujo la madre.

En efecto, pensó Peter.

—La maldición de tener hijos que son más listos que tú —dijo el padre— es que piensan que su proceso racional superior es suficiente para compensar su falta de experiencia.

Si yo fuera un mocoso como Bean, ese comentario habría sido la gota que colma el vaso. Me habría marchado ahora mismo y no volvería a casa en una semana, o nunca. Pero no soy un niño y puedo controlar mis resentimientos personales y hacer lo que sea preciso. No voy a descubrir mi camuflaje por una rabieta.

Al mismo tiempo, no se me puede reprochar que me pregunte si no hay ninguna posibilidad de que a mi padre le dé un infarto cerebral y se quede mudo para siempre.

Llegaron a la estación. Tras despedirse, sus padres tomaron el autobús que los llevaría al norte, a casa, y Peter subió con Bean y Carlotta a otro autobús con dirección este.

Como Peter había supuesto, se bajaron en la primera parada y cruzaron la calle para esperar el autobús que circulaba en dirección oeste. Realmente habían convertido su paranoia en una religión.

Incluso cuando volvieron al hotel del aeropuerto, no entraron en el edificio: se acercaron al centro comercial que antiguamente había sido un aparcamiento, cuando la gente llegaba en coche hasta el aeropuerto.

—Aunque tengan micrófonos en el centro comercial —dijo Bean—, dudo que puedan permitirse tener personal suficiente para oír todo lo que la gente dice.

—Si tienen micros en vuestra habitación —dijo Peter—, eso significa que ya os han localizado.

—Los hoteles colocan por rutina micros en sus habitaciones —replicó Bean—. Para pillar a vándalos y criminales en el acto. Es una comprobación por ordenador, pero nada impide que los empleados la escuchen.

—Estamos en Estados Unidos.

—Pasas demasiado tiempo preocupándote por los asuntos globales —dijo Bean—. Si alguna vez necesitas esconderte, no tendrás ni idea de cómo sobrevivir.

—Tú me invitaste a unirme a vosotros. ¿A qué ha venido esa tontería? No voy a ir a ninguna parte. Tengo demasiado trabajo que hacer.

—Ah, sí —dijo Bean—. Tirar de los hilos del mundo desde detrás de un telón. El problema es que el mundo está a punto de pasar de la política a la guerra, y van a cortar tus hilos.

—Sigue siendo política.

—Pero las decisiones se tomarán en el campo de batalla, no en las salas de reuniones.

—Lo sé —cedió Peter—. Por eso deberíamos trabajar juntos.

—No veo por qué. Yo sólo te pedí una cosa, información sobre el paradero de Petra, y tú me diste largas. No parece que quieras un aliado, sino más bien un cliente.

—Chicos —intervino sor Carlotta—. Estas peleas no facilitan las cosas.

—Si va a funcionar, va a ser como Bean y yo decidamos entre los dos.

Sor Carlotta se detuvo en seco, agarró a Peter por el hombro, y lo atrajo hacia sí.

—Entiende esto ahora mismo, jovencito arrogante. No eres la única persona inteligente del mundo, y distas mucho de ser el único que cree que tira de los hilos. Hasta que tengas el valor de salir de detrás del velo de esas personalidades falsas, no tienes mucho que ofrecer a los que ya estamos trabajando en el mundo real.

—No vuelva a tocarme así.

—Oh, ¿el personaje es sagrado? —dijo sor Carlotta—. Realmente vives en el Planeta Peter, ¿no?

Bean la interrumpió antes de que Peter pudiera responderle con acritud.

—Mira, te hemos dado todo lo que teníamos sobre el grupo de Ender, sin cortapisas.

—Y lo he utilizado. He sacado de allí a la mayoría, y bastante rápido además.

—Pero no a la que envió el mensaje —señaló Bean—. Quiero a Petra.

—Y yo quiero la paz mundial. Piensas a una escala demasiado reducida.

—Puede que piense demasiado a lo grande para ti, pero tú piensas a una escala demasiado reducida para mí. Juegas con tus ordenadores, haciendo malabarismos con historias de un lado a otro... bueno, mi amiga confió en mí y me pidió ayuda. Está en manos de un psicópata asesino y aparte de mí no tiene a nadie que se preocupe por lo que pueda pasarle.

—Tiene a su familia —murmuró sor Carlotta. A Peter le gustó ver que también corregía a Bean. Una zorra polivalente.

—Quieres salvar al mundo, pero vas a tener que hacerlo batalla a batalla, país a país. Y necesitas a gente como yo, que se ensucie las manos —dijo Bean.

—Oh, ahórrame tus delirios. Sólo eres un niñito que se esconde.

—Soy un general entre ejércitos —precisó Bean—. Si no lo fuera, no estarías hablando conmigo.

—Y quieres un ejército para rescatar a Petra.

—¿Entonces está viva?

—¿Cómo quieres que lo sepa?

—No sé cómo. Pero sabes más de lo que me estás diciendo, y si no me dices lo que sabes, ahora mismo, niñato arrogante, te dejaré aquí jugando con tus redes, y me iré a buscar a alguien que no tenga miedo de salir de la casa de mamá y correr algunos riesgos.

Por un momento, Peter estuvo a punto de dejarse cegar por la furia.

De pronto se calmó y se obligó a distanciarse de la situación. ¿Qué le estaba mostrando Bean? Que se preocupaba más por la lealtad personal que por la estrategia a largo plazo. Eso era peligroso, pero no fatal. Y saber que Bean tenía otras prioridades que no eran mejorar su situación personal le daba una ventaja a Peter.

—Lo que sé sobre Petra, es que cuando Aquiles desapareció también desapareció ella. Según las fuentes de que dispongo en Rusia, el único equipo liberador que fue interceptado fue el que iba a rescatarla. El conductor, un guardaespaldas y el jefe del equipo fueron abatidos a tiros. No había ninguna prueba de que Petra estuviera herida, aunque saben que estuvo presente en uno de los asesinatos.

—¿Cómo lo saben?

—La dispersión de los restos encefálicos de una cabeza alcanzada por un disparo fue bloqueada por una silueta de aproximadamente su tamaño dentro de la furgoneta. La sangre del hombre la cubrió. Pero no había sangre de su cuerpo.

—Saben algo más que eso.

—Un pequeño jet privado, que en el pasado perteneció a un señor del crimen pero que posteriormente fue confiscado y utilizado por el servicio de inteligencia que empleó a Aquiles, despegó de un aeródromo cercano y se dirigió, tras repostar, a la India. Un trabajador de mantenimiento del aeropuerto dijo que le pareció un viaje de luna de miel. Sólo el piloto y la parejita joven, sin ningún de equipaje.

—Así que Aquiles la tiene —concluyó Bean.

—En la India —añadió sor Carlotta.

—Y mis fuentes en la India se han silenciado —informó Peter.

—¿Muertos?

—No, sólo cuidadosos. El país más poblado de la Tierra. Antiguas enemistades. Cierto resentimiento por ser tratado como un país de segunda por todo el mundo.

—El Polemarca es indio —dijo Bean.

—Y hay motivos para creer que ha estado pasando datos de la F.I. a los militares indios —dijo Peter—. Nada que pueda ser demostrado, pero Chamrajnagar no es tan desinteresado como pretende ser.

—Así que piensas que Aquiles puede ser justo lo que la India quiere para que los ayude a lanzar una guerra.

—No —dijo Peter—. Creo que la India puede ser justo lo que Aquiles quiere para que le ayude a lanzar un imperio. Petra es lo que ellos quieren para que los ayude a lanzar una guerra.

—Entonces Petra es el pasaporte que Aquiles utilizó para conseguir una posición de poder en la India.

—Es lo que deduzco. Es todo lo que sé, y sólo puedo hacer conjeturas. Pero también puedo decirte que tus posibilidades de llegar allí y rescatarla son nulas.

—Perdóname, pero no sabes qué soy capaz de hacer.

—Cuando se trata de recopilar información —dijo Peter—, los indios no están en la misma liga que los rusos. Creo que tu paranoia ya no es necesaria. Aquiles no está en posición de hacerte nada ahora mismo.

—El hecho de que Aquiles esté en la India no significa que esté limitado a saber sólo lo que los servicios de inteligencia indios puedan averiguar por él.

—La agencia que le ha estado ayudando en Rusia ha sido desmantelada y es probable que la clausuren.

—Conozco a Aquiles —dijo Bean—, y puedo asegurarte que si realmente está en la India, trabajando para ellos, entonces no cabe la menor duda de que ya los ha traicionado y tiene conexiones y puestos preparados en al menos otros tres lugares. Y al menos uno de ellos tendrá un servicio de inteligencia con un excelente alcance mundial. Si cometes el error de pensar que Aquiles está limitado por fronteras y lealtades, te destruirá.

Peter miró a Bean. Ya sabía todo eso, quiso decir. Pero sería una mentira. No conocía tanto a Aquiles, excepto en el sentido abstracto que le aconsejaba no subestimar nunca a un oponente. Bean conocía a Aquiles mejor que él.

—Gracias —dijo Peter—. No lo había tenido eso en cuenta.

—Lo sé —replicó Bean fríamente—. Es uno de los motivos por los que pienso que estás abocado al fracaso. Crees que sabes más de lo que realmente sabes.

—Pero escucho. Y aprendo. ¿Y tú?

Sor Carlotta se echó a reír.

—Creo que los dos chicos más arrogantes del mundo se han conocido por fin, y no les gusta mucho lo que ven.

Ninguno de los dos se dignó mirarla.

—La verdad es que sí me gusta lo que veo —dijo Peter.

—Ojalá pudiera decir lo mismo.

—Sigamos caminando. Llevamos de pie quietos en este sitio demasiado tiempo.

—Al menos se le está contagiando nuestra paranoia —observó sor Carlotta.

—¿Cuándo hará la India su movimiento? —preguntó Peter—. Lo más evidente sería entrar en guerra con Pakistán.

—¿Otra vez? —dijo Bean—. Pakistán sería un bocado imposible de digerir. Intentar mantener a los musulmanes bajo control impediría a la India nuevas expansiones. Una guerra terrorista que reduciría la vieja lucha contra los sijs a la altura de una fiesta infantil.

—Pero no pueden avanzar hacia otro sitio mientras tengan a Pakistán preparado para clavarle una daga por la espalda.

Bean sonrió.

—¿Birmania? Pero ¿merece la pena?

—Está en el camino de presas más valiosas, si China no se opone —dijo Peter—. Pero ¿no estás ignorando el problema de Pakistán?

—Molotov y Ribbentrop —dijo Bean.

Los hombres que negociaron el pacto de no agresión entre Rusia y Alemania en los años treinta del siglo XX, el pacto en el que se repartieron Polonia y que liberó a Alemania para provocar la Segunda Guerra Mundial.

—Creo que tendremos que ir más al fondo que eso —observó Peter—. Creo que, en algún nivel, tendrá que producirse una alianza.

—¿Y si la India le ofrece a Pakistán vía libre contra Irán? Pueden ir a por el petróleo. La India queda libre para dirigirse hacia el este. Para barrer los países que llevan tiempo bajo su influencia cultural. Birmania. Tailandia. Ningún país musulmán, para que la conciencia de Pakistán quede limpia.

—¿Y China se va a quedar sentada mirando?

—Es posible, si la India les entrega Vietnam —dijo Bean—. El mundo está maduro para que las grandes potencias se lo dividan. La India quiere participar en el banquete. Si Aquiles dirige su estrategia, si Chamrajnagar les suministra información, si Petra está al mando de sus ejércitos, podrán jugar en el gran escenario. Y entonces, cuando Pakistán se haya agotado luchando contra Irán...

La inevitable traición. Siempre que Pakistán no golpeara primero.

—Es una predicción demasiado remota ahora mismo —dijo Peter.

—Pero éste es el razonamiento de Aquiles: siempre va dos traiciones por delante. Estaba utilizando a Rusia, pero tal vez ya tenía preparado el trato con la India. ¿Por qué no? A la larga, el mundo entero es la cola, y la India el perro.

Más importante que las conclusiones particulares de Bean era que el pequeño tenía buen ojo. Carecía de información detallada, por supuesto (¿cómo podría conseguirla?), pero sabía interpretar la imagen general. Pensaba como tenía que pensar un estratega global.

Merecía la pena hablar con él.

—Bueno, Bean —dijo Peter—, tengo un problema. Creo que puedo colocarte en un puesto que ayude a bloquear a Aquiles. Pero no puedo fiarme de que no cometas alguna estupidez.

—No montaré una operación para rescatar a Petra hasta que sepa que tendrá éxito.

—Eso es una tontería. Nunca se sabe si una operación militar tendrá éxito. Además no es eso lo que me preocupa. Estoy seguro de que si montaras un rescate, estaría bien planeado y bien ejecutado.

—¿Entonces qué te preocupa de mí?

—Que das por hecho que Petra quiere ser rescatada.

—Por supuesto.

—Aquiles es un seductor nato —dijo Peter—. He leído sus archivos, su historia. Ese niño tiene al parecer una voz de oro. Hace que la gente confíe en él... incluso la gente que sabe que es una serpiente. Piensan: a mí no me traicionará, porque somos íntimos.

—Y luego los mata. Lo sé —asintió Bean.

—Pero ¿lo sabe Petra? Ella no ha leído su archivo. No lo conoció en las calles de Rotterdam. Ni siquiera lo conoció en el breve tiempo que pasó en la Escuela de Batalla.

—Lo conoce ahora.

—¿Estás seguro de eso?

—Te prometo que no intentaré rescatarla hasta que me haya puesto en contacto con ella.

Peter reflexionó durante un instante.

—Podría traicionarte.

—No.

—Si confías tanto en la gente acabarán matándote —dijo Peter—. No quiero que me arrastres contigo al fondo.

—Lo interpretas al revés. No me fío de nadie, excepto para hacer lo que ellos piensan que es necesario. Lo que piensan que deben hacer. Pero conozco a Petra, y sé qué tipo de cosas considerará necesarias. Confío en mí, no en ella.

—Y no puede arrastrarte al fondo, porque no estás arriba —intervino sor Carlotta.

Peter la miró, sin esforzarse por ocultar su desdén.

—Estoy donde estoy —puntualizó—. Y no es en lo más hondo.

—Locke está donde está —aclaró Carlotta—. Y también Demóstenes. Pero Peter Wiggin no está en ninguna parte. Peter Wiggin no es nada.

—¿Cuál es su problema? —replicó Peter—. ¿Le molesta que su pequeña marioneta esté cortando unos cuantos de los hilos de los que usted tira?

—No hay ningún hilo. Y al parecer eres demasiado estúpido para darte cuenta de que soy yo quien cree en lo que estás haciendo, no Bean. A él no podría importarle menos quién gobierna el mundo. Pero a mí sí. Arrogante y condescendiente como eres, ya he decidido que si alguien va a detener a Aquiles eres tú. Pero te debilita el hecho de que se te puede chantajear con la amenaza de descubrirte. Chamrajnagar sabe quién eres, y está suministrando información a la India. ¿Supones por un momento que Aquiles no averiguará, y pronto, si no ya, exactamente quién está detrás de Locke? ¿El que hizo que lo expulsaran a patadas de Rusia? ¿De verdad crees que no está ya elaborando planes para matarte?

Peter se ruborizó. Que esta monja le dijera lo que tendría que haber advertido por sí mismo era humillante. Sin embargo, ella tenía razón: no estaba acostumbrado a pensar en el peligro físico.

—Por eso queríamos que vinieras con nosotros —dijo Bean.

—Tu tapadera ya no sirve.

—En el momento en que se descubra que soy un chaval —dijo Peter Wiggin—, la mayoría de mis fuentes se secarán.

—No —replicó sor Carlotta—. Todo depende de cómo se revele.

—¿Cree que no he pensado en esta cuestión un millón de veces? Hasta que no sea lo bastante mayor...

—No. Piensa un momento, Peter. Los gobiernos del mundo acaban de pasar por una situación desagradable por causa de diez niños a los que quieren como comandantes de sus ejércitos. Tú eres el hermano mayor del mejor de todos ellos. Tu juventud es un elemento positivo. Y si controlas la manera en que se divulgue esa información, en vez de dejar que alguien te descubra...

—Será un escándalo —dijo Peter—. No importa cómo se haga pública mi identidad, habrá un montón de comentarios, y luego seré agua pasada... sólo que me habrán despedido de la mayoría de los sitios donde escribo. La gente no me devolverá las llamadas ni contestará a mi correo. Entonces seré de verdad un estudiante universitario.

—Eso parece algo que decidiste hace años —dijo sor Carlotta— y no has vuelto a examinar con frialdad desde entonces.

—Ya que hoy parece ser el día de digámosle-a-Peter-que-es-estúpido, oigamos su plan.

Sor Carlotta sonrió a Bean.

—Bueno, me equivocaba. Resulta que sí sabe escuchar.

—Ya se lo dije —comentó Bean.

Peter sospechó que este pequeño diálogo estaba pensado simplemente para hacerle creer que Bean estaba de su parte.

—Cuénteme su plan y sáltese la parte del peloteo.

—El mandato del actual Hegemón expirará dentro de unos ocho meses —empezó sor Carlotta—. Hagamos que varias personas influyentes empiecen a barajar el nombre de Locke como sustituto.

—¿Ése es su plan? El cargo de Hegemón no vale nada.

—Te equivocas. El cargo sí que vale: tendrá que ser tuyo para que puedas ser el líder legítimo del mundo contra la amenaza de Aquiles. Pero eso será más tarde. Ahora mismo, haremos sonar el nombre de Locke, pero no para aspirar realmente al puesto, sino para proporcionarte una excusa que te permita anunciar públicamente, como Locke, que no puedes ser considerado para tal cargo porque, después de todo, sólo eres un adolescente. Tú mismo revelarás al mundo que eres el hermano mayor de Ender Wiggin, que Valentine y tú trabajasteis durante años para mantener unida la Liga y para preparar la Guerra de las ligas de modo que la victoria de vuestro hermano menor no llevara a la autodestrucción de la humanidad. Aunque sigues siendo demasiado joven para ocupar un cargo de confianza pública. ¿Entiendes el truco? De esta forma tu anuncio no será una confesión ni un escándalo, sino un ejemplo más de tu nobleza al situar los intereses de la paz mundial y el buen orden por encima de tu ambición personal.

—Seguiré perdiendo algunos de mis contactos.

—Pero no muchos. La noticia será positiva y te proporcionará el impulso adecuado. Todos estos años, Locke ha sido el hermano del genio Ender Wiggin. Un prodigio.

—Y no hay tiempo que perder —intervino Bean—. Tienes que hacerlo antes de que Aquiles pueda golpear. Porque te descubrirá dentro de unos pocos meses.

—Semanas —precisó sor Carlotta.

Peter estaba furioso consigo mismo.

—¿Por qué no me di cuenta de algo tan evidente?

—Llevas haciendo lo mismo durante años —dijo Bean—. Tenías una pauta que funcionaba. Pero Aquiles lo ha cambiado todo. Nunca has tenido a nadie apuntándote con un arma antes. Lo que importa no es que no lo vieras por ti mismo. Lo que importa es que cuando te lo hemos señalado, has estado dispuesto a escucharlo.

—¿Así que he aprobado vuestro pequeño examen? —dijo Peter en tono desagradable.

—Igual que yo espero haber aprobado el tuyo. Si vamos a trabajar juntos, tendremos que ser sinceros el uno con el otro. Ahora sé que me escucharás. En cuanto a si yo te escucharé a ti, tendrás que confiar en mi palabra, aunque es evidente que la escucho a ella, ¿no?

Peter se sentía paralizado de temor. Ellos tenían razón: el momento había llegado, la antigua pauta se había acabado. Y era aterrador. Porque ahora tenía que arriesgarlo todo, y podía fracasar.

Pero si no actuaba ahora, si no lo arriesgaba todo, fracasaría con toda certeza. La presencia de Aquiles en la ecuación lo hacía inevitable.

—¿Entonces cómo pondremos en marcha esta bola de nieve para que yo pueda rechazar el honor de ser candidato a la Hegemonía?

—Oh, eso es fácil —dijo sor Carlotta—. Si das tu aprobación, mañana aparecerán noticias acerca de que una fuente muy bien situada en el Vaticano confirma que el nombre de Locke está sonando como posible sucesor cuando expire el mandato del actual Hegemón.

—Y luego —prosiguió Bean—, un oficial muy importante de la Hegemonía (el ministro de Colonización, para ser exactos, aunque nadie lo dirá) será citado por haber dicho que Locke no es sólo un buen candidato, sino el mejor candidato, y tal vez el único, y que con el apoyo del Vaticano opina que Locke es el favorito.

—Ya lo tenías todo planeado —advirtió Peter.

—No. Simplemente, las dos únicas personas que conocemos son mi amigo del Vaticano y nuestro buen amigo el ex coronel Graff.

—Como ves, estamos comprometiendo todos nuestros recursos —admitió Bean—, pero con eso bastará. Mañana mismo, cuando esas historias empiecen a circular, prepárate para responder en las redes a la mañana siguiente. Justo cuando todo el mundo esté ofreciendo sus primeras reacciones a tu nueva situación como favorito en la carrera, el mundo leerá tu anuncio de que rehúsas ser considerado para el cargo porque tu juventud te dificultaría desempeñar la autoridad que el puesto de Hegemón requiere.

—Y eso te proporcionará la autoridad moral para ser aceptado como Hegemón cuando llegue el momento —dijo sor Carlotta.

—Al rechazar el cargo, aumentan las probabilidades de que lo consiga.

—No en tiempo de paz —advirtió Carlotta—. Rechazar un cargo en tiempo de paz te deja fuera de la carrera. Pero va a estallar una guerra. Y entonces el tipo que sacrificó su propia ambición por el bien mundial será mejor visto, sobre todo si su apellido es Wiggin.

¿Tienen que seguir mencionando el hecho de que mi relación con Ender es más importante que mis años de trabajo?

—No te opones a que utilicemos la conexión familiar, ¿verdad? —preguntó Bean.

—Haré lo que sea necesario, y utilizaré lo que funcione. Pero... ¿tiene que ser mañana?

—Aquiles llegó ayer a la India, ¿no? Cada día que pase será un día más para que él tenga oportunidad para descubrirte. ¿Crees que esperará? Tú lo descubriste a él. Estará ansioso por desquitarse, y Chamrajnagar no se lo pensará dos veces antes de revelárselo, ¿no?

—Así es —asintió Peter—. Chamrajnagar ya me ha demostrado lo que siente hacia mí. No moverá un dedo para protegerme.

—Entonces aquí estamos una vez más —dijo Bean—. Te damos algo, y tú vas a utilizarlo. ¿Vas a ayudarme? ¿Cómo puedo ocupar un puesto donde tenga soldados que entrenar y comandar? Además de regresar a Grecia, quiero decir.

—No, a Grecia no. No te servirán de nada, y acabarán haciendo sólo lo que Rusia permita. No tendrás libertad de acción.

—¿Dónde entonces? —dijo sor Carlotta—. ¿Dónde tienes influencia?

—Con toda modestia, en este momento tengo influencia en todas partes. Pasado mañana tal vez no tenga influencia en ningún sitio.

—Entonces hemos de actuar ahora mismo —resolvió Bean—. ¿Dónde?

—Tailandia. Birmania no tiene ninguna esperanza de resistir un ataque indio, ni de forjar una alianza medianamente poderosa. En cambio Tailandia es históricamente el líder del Sureste asiático, la única nación que nunca fue colonizada, el líder natural de los pueblos de habla tai en las naciones circundantes. Y dispone de un ejército fuerte.

—Pero no hablo el idioma.

—No será un problema. Los tailandeses son multilingües desde hace siglos, y tienen una larga tradición de permitir que extranjeros ocupen puestos de poder e influencia en su gobierno, mientras se mantengan leales a los intereses de Tailandia. Tienes que entregarte de corazón. Tienen que confiar en ti. Pero parece bastante claro que sabes ser leal.

—En absoluto —dijo Bean—. Soy completamente egoísta: me limito a sobrevivir.

—De acuerdo, pero sobrevives manteniéndote absolutamente leal a las pocas personas de las que dependes. He leído tanto sobre ti como sobre Aquiles.

—Lo que escribieron sobre mí refleja las fantasías de los periodistas.

—No estoy hablando de las noticias —dijo Peter—. Leí los informes de Carlotta a la F.I. sobre tu infancia en Rotterdam.

Los dos se detuvieron. Ah, ¿te he sorprendido? Peter no pudo dejar de complacerse por haber demostrado que también él tenía algunos datos sobre ellos.

—Esos informes eran confidenciales —dijo Carlotta—. No debería existir ninguna copia.

—Ah, pero ¿confidenciales para quién? No hay secretos para la gente que tiene los amigos adecuados.

—Yo no he leído esos informes —dijo Bean.

Carlotta observó a Peter.

—Parte de esa información es inútil, excepto para destruir —dijo.

Y ahora Peter se preguntó qué secretos guardaba ella sobre Bean. Porque cuando hablaba de informes aludía a un artículo que había en el expediente de Aquiles, que se refería a un par de informes sobre la vida en las calles de Rotterdam. Los comentarios sobre Bean eran secundarios.

No había leído los informes auténticos, pero de inmediato deseó hacerlo, porque estaba claro que había algo que Carlotta no quería que Bean supiera.

Bean también fue consciente de la situación.

—¿Qué hay en esos informes que no quiere que Peter me revele? —exigió Bean.

—Debía convencer a la gente de la Escuela de Batalla de que era imparcial contigo —respondió sor Carlotta—. Así que tuve que hacer declaraciones negativas para que creyeran también las positivas.

—¿Cree que eso heriría mis sentimientos?

—Sí, lo creo. Porque aunque comprendas el motivo por el que dije esas cosas, nunca olvidarás que las dije.

—No pueden ser peor de lo que imagino.

—No es cuestión de que sean malas o peores. No pueden ser demasiado malas o no habrías entrado en la Escuela de Batalla, ¿no? Eras demasiado joven y no creyeron en las calificaciones de tus pruebas, y pensaron que no habría tiempo para entrenarte a menos que realmente fueras... lo que dije. No quiero que guardes mis palabras en tu memoria. Y si tienes un mínimo de sentido común, Bean, nunca las leerás.

—Magnífico —protestó Bean—. Me ha puesto verde la persona en quien más confío, y lo que dice es tan malo que me pide que no trate de averiguarlo.

—Ya basta de tonterías —dijo Peter—. Todos hemos soportado golpes desagradables hoy, pero hemos iniciado una alianza, ¿no? Vosotros actuaréis en mi favor esta noche, haciendo rodar esa bola de nieve para que pueda revelarme al mundo. Y yo tengo que situarte en Tailandia, en un puesto de confianza e influencia, antes de descubrir al mundo que soy un adolescente. ¿Cuál de nosotros conseguirá dormir primero?

—Yo —dijo sor Carlotta—. Porque no tengo ningún pecado sobre mi conciencia.

—Chorradas —dijo Bean—. Tiene todos los pecados del mundo en su mente.

—Me confundes con otra persona.

A Peter su discusión le pareció una broma familiar: viejos chistes, repetidos porque eran cómodos.

¿Por qué no pasaba esto en su familia? Peter había discutido muchas veces con Valentine, pero ella nunca se había abierto a él ni le había seguido la corriente. Siempre lo evitaba, incluso lo temía. Y de sus padres no podía esperar nada parecido. No había un intercambio de bromas, no había chistes ni recuerdos compartidos.

Tal vez sea cierto que me han criado unos robots, pensó Peter.

—Di a tus padres que nos ha encantado la cena —dijo Bean.

—A casa a dormir —ordenó sor Carlotta.

—No vais a dormir en el hotel esta noche, ¿verdad? —preguntó Peter—. Vais a marcharos.

—Te enviaremos un email para que te pongas en contacto con nosotros.

—Ya sabes que tendrás que marcharte de Greensboro —dijo sor Carlotta—. Cuando reveles tu identidad, Aquiles sabrá dónde estás. Y aunque la India no tenga ningún motivo para asesinarte, Aquiles sí. Mata a todo aquel que lo ha visto en posición de indefensión, y tú lo pusiste en esa situación: eres hombre muerto.

Peter pensó en el intento de asesinato que había sufrido Bean.

—No tuvo ningún inconveniente en acabar con tus padres para matarte a ti, ¿no? —preguntó.

—Tal vez deberías contar a tus padres quién eres antes de que lo lean en las redes —dijo Bean—. Y luego ayudarlos a salir de la ciudad.

—En algún momento tendremos que dejar de escondernos de Aquiles y enfrentarnos abiertamente a él.

—No hasta que encuentres un gobierno que esté dispuesto a proteger tu vida —dijo Bean—. Hasta entonces, permanece oculto. Y que tus padres también lo hagan.

—Dudo de que mis padres me crean cuando les diga que soy Locke. ¿Qué padres lo harían? Probablemente pensarán que deliro.

—Confía en ellos —aconsejó Bean—. Pareces convencido de que son estúpidos, pero puedo asegurarte que no lo son, o al menos tu madre no lo es. Tu inteligencia viene de alguna parte. Lo aceptarán.

Así, cuando Peter llegó a casa a las diez, se dirigió a la habitación de sus padres y llamó a la puerta.

—¿Qué pasa? —preguntó el padre.

—¿Estáis despiertos?

—Pasa —dijo la madre.

Primero charlaron durante unos minutos sobre la cena, sor Carlotta y aquel simpático Julian Delphiki; sobre lo insólito de que un niño tan joven pudiera haber hecho tantas cosas en su corta vida. Y siguieron así hasta que Peter los interrumpió.

—Tengo que contaros una cosa —dijo—. Mañana, unos amigos de Bean y Carlotta van a iniciar un movimiento falso para hacer que Locke sea propuesto como Hegemón. ¿Sabéis quién es Locke? ¿El analista político?

Ellos asintieron.

—Y a la mañana siguiente —continuó Peter—, Locke va a hacer pública una declaración en la que declinará semejante honor porque es sólo un adolescente que vive en Greensboro, Carolina del Norte.

—¿Sí? —dijo el padre.

¿De verdad que no lo entendían?

—Soy yo, papá. Yo soy Locke.

El padre y la madre se miraron y Peter esperó que dijeran algo estúpido.

—¿Vas a decirles también que Valentine era Demóstenes? —preguntó la madre.

Por un instante Peter pensó que lo decía como un chiste, que para ella lo único que resultaba más absurdo que imaginar que Peter era Locke sería que Valentine fuera Demóstenes.

Entonces advirtió que en realidad no se trataba de una pregunta irónica. Era un punto importante, y necesitaba atenderlo: la contradicción entre Locke y Demóstenes tenía que ser resuelta, o habría algo que Chamrajnagar y Aquiles podrían descubrir. Por eso era importante responsabilizar a Valentine de Demóstenes desde el principio.

Pero no tan importante para él como el hecho de que su madre lo supiera.

—¿Desde cuándo lo sabéis? —preguntó.

—Estamos muy orgullosos de lo que has conseguido —dijo el padre.

—Tan orgullosos como de Ender —añadió la madre.

Peter casi se tambaleó por el golpe emocional. Acababan de decirle lo que más había querido oír en toda su vida, sin que jamás hubiera llegado a admitirlo. Los ojos se le llenaron de lágrimas.

—Gracias —murmuró. Entonces cerró la puerta y corrió a su habitación. De algún modo, quince minutos más tarde, consiguió recuperar el control de sus emociones para escribir las cartas que debía enviar a Tailandia y redactar su declaración al mundo.

Lo sabían. Y lejos de pensar que era un segundón, una decepción, estaban tan orgullosos de él como de Ender.

Todo su mundo estaba a punto de cambiar, su vida quedaría transformada, podría perderlo todo, podría ganarlo todo. Pero el único sentimiento que le embargó esa noche, cuando finalmente se acostó y se quedó dormido, fue una completa y estúpida felicidad.

Tercera parte

MANIOBRAS

11

Bangkok

Colgado en el Foro de Historia Militar
por HéctorVictorioso@firewall.net
Asunto: ¿Quién recuerda a Briseida?

Cuando leo la Ilíada, veo lo mismo que todo el mundo: la poesía, por supuesto, y la información sobre la guerra en la edad del bronce. Pero también veo algo más. Es posible que fuera Helena quien puso en marcha a mil barcos, pero también es cierto que fue Briseida quien estuvo a punto de hacerlos naufragar. Era una cautiva sin ningún poder, una esclava, y sin embargo Aquiles estuvo a punto de romper la alianza griega porque la quería.

El misterio que me intriga es: ¿Era extraordinariamente hermosa? ¿O era su inteligencia lo que Aquiles codiciaba? No, en serio: ¿Habría sido feliz durante mucho tiempo como esclava de Aquiles? ¿Se habría entregado a él voluntariamente? ¿O siguió siendo una esclava hosca y renuente?

No es que a Aquiles le hubiera importado demasiado: habría utilizado a su cautiva igualmente, sin preocuparse por sus sentimientos. Pero uno imagina a Briseida tomando nota sobre la historia del talón de Aquiles y transmitiendo esa información a alguien detrás de las murallas de Troya...

¡Briseida, ojalá tuviera yo noticias tuyas!

Héctor Victorioso

Bean se divertía dejando mensajes para Petra en todos los foros que visitaba... si estaba viva, si Aquiles le permitía navegar por las redes, si se daba cuenta de que un tema con el título «¿Quién recuerda a Briseida?» era una referencia a ella, y si era libre para responder tal como su mensaje pedía. La llamó por otros nombres de mujeres relacionadas con líderes militares: Ginebra, Josefina, Roxana... incluso Barsina, la esposa persa de Alejandro que Roxana ordenó asesinar poco después de la muerte de aquél. Y él firmaba con el nombre de un rival o sucesor: Mordred, Héctor, Wellington, Casandros.

Dio el peligroso paso de permitir que todas esas identidades continuaran existiendo, aunque cada una sólo consistía en una orden que enviaba a otra identidad anónima que guardaba todo el correo recibido como mensajes codificados en una lista abierta sin protocolos de seguimiento. Así podía visitar y leer las respuestas sin dejar rastro. Aunque era posible penetrar los cortafuegos y romper los protocolos.

Podía permitirse ser un poco más descuidado con estas identidades online, aunque sólo fuera porque su paradero en el mundo real era ahora conocido por gente cuya lealtad no podía evaluar. ¿Quién se preocupa por el quinto cerrojo de la puerta trasera cuando la puerta principal está abierta de par en par?

En Bangkok le dieron una cordial bienvenida. El general Naresuan le prometió que nadie conocería su identidad real, que le daría soldados para entrenar y servicios secretos para analizar, y que le pedirían consejo mientras los militares tailandeses se preparaban para cualquier contingencia futura.

—Nos estamos tomando muy en serio la afirmación de Locke de que la India será pronto una amenaza para la seguridad tailandesa, y por supuesto querremos que nos ayudes a preparar planes de contingencia.

Qué amables eran todos. Bean y Carlotta se instalaron en un apartamento para generales en una base militar, les concedieron privilegios ilimitados en lo referente a comidas y compras, y luego... prescindieron de ellos.

Nadie les llamó. Nadie acudió a ellos para consultar. El servicio secreto prometido no llegó. Los soldados prometidos nunca fueron asignados.

Bean sabía que no debía preguntar siquiera: las promesas no se olvidaban. Si preguntaba, Naresuan se sentiría avergonzado, o desafiado, lo cual no serviría de nada. Era evidente que había sucedido algo, pero Bean sólo podía hacer cábalas al respecto.

Al principio, por supuesto, temió que Aquiles hubiera llegado de algún modo al gobierno tailandés, que sus agentes supieran exactamente dónde estaba Bean, que su muerte fuera inminente.

Por eso hizo que Carlotta se marchara.

No fue una escena agradable.

—Deberías acompañarme —dijo ella—. No te detendrán. Márchate.

—No pienso marcharme. Lo que haya salido mal es probablemente cosa de política local. Aquí hay una persona a quien no le gusta tenerme cerca... probablemente el propio Naresuan, tal vez alguien más.

—Si tú te sientes lo bastante seguro para quedarte, entonces no hay motivos para que me vaya yo.

—Aquí no puede hacerse pasar por mi abuela. El hecho de tener una guardiana me debilita.

—Ahórrame la escenita —dijo Carlotta—. Sé que hay motivos por los que estarías mejor sin mí, y también sé que hay formas en las que podría serte de gran ayuda.

—Si Aquiles sabe ya dónde estoy, entonces su infiltración en Bangkok es tal que no podré escapar —objetó Bean—. En cambio usted sí. La información de que una mujer mayor me acompaña no le habrá llegado todavía, pero lo hará pronto, y desea verla muerta tanto como quiere matarme a mí. No quiero tener que preocuparme por usted.

—Me iré —accedió Carlotta—. Pero ¿cómo te escribo, si nunca tienes la misma dirección?

Le dio el nombre de su carpeta en la lista que usaba, y la clave de codificación. Ella la memorizó.

—Una cosa más —añadió Bean—. En Greensboro, Peter dijo algo sobre los informes que había leído.

—Creo que estaba mintiendo.

—Al margen de si los leyó o no, por la reacción que usted tuvo creo que efectivamente existieron esos informes, y usted no quiere que yo los lea.

—Existieron, y no quiero.

—Ése es el otro motivo por el que quiero que se marche.

En el rostro de Carlotta apareció una expresión feroz.

—¿Por qué no confías en mí cuando te digo que no hay nada en esos informes que necesites saber por ahora?

—Necesito saberlo todo sobre mí mismo, tanto mis fuerzas como mis debilidades. Usted sabe cosas sobre mí que le reveló a Graff y no me ha contado a mí. Sigue sin contármelas. Considera que es mi dueña, capaz de tomar decisiones por mí. Eso significa que no somos compañeros, después de todo.

—Muy bien —suspiró Carlotta—. Actúo siguiendo lo que creo que es mejor para ti, pero comprendo que no compartas mi opinión.

Le hablaba con frialdad, pero Bean la conocía lo suficiente para reconocer que no era furia lo que estaba controlando, sino pena y frustración. Por su propio bien tenía que conseguir que se marchara e impedir que estuviera en contacto con él hasta que averiguara qué sucedía en Bangkok. La excusa de los informes hizo que estuviera dispuesta a marcharse. Y él estaba molesto de verdad.

Quince minutos más tarde salió para dirigirse al aeropuerto. Al cabo de nueve horas Bean encontró un mensaje en su lista codificada: ella estaba en Manila, donde podría desaparecer dentro de los grupos católicos que había allí. Ni una sola palabra sobre su discusión, si había sido eso, sólo una breve referencia a la «confesión de Locke», como la llamaban los periodistas. «Pobre Peter —escribió Carlotta—. Lleva tanto tiempo escondiéndose que le resultará difícil acostumbrarse a enfrentar las consecuencias de sus palabras.»

A su dirección segura del Vaticano, Bean respondió: «Espero que Peter sea listo y se marche de Greensboro. Lo que necesita ahora mismo es un país pequeño que dirigir, para obtener experiencia política y administrativa. O al menos el departamento de aguas de una ciudad.»

Y lo que yo necesito, pensó, son soldados a mis órdenes. Para eso vine aquí.

El silencio se prolongó durante semanas después de la partida de Carlotta. Sin embargo, pronto quedó claro que lo que estaba sucediendo no tenía nada que ver con Aquiles, o Bean estaría ya muerto. Tampoco podía guardar relación con el hecho de que Locke fuera Peter Wiggin: el asunto ya había empezado a enfriarse antes de que Peter publicara su declaración.

Bean se entretuvo con todo aquello que le pareció importante. Aunque no tenía acceso a mapas militares, podía acceder a los mapas tomados por satélite del terreno situado entre la India y el corazón de Tailandia: el país montañoso al norte y este de Birmania, la costa del océano Índico. La India tenía una flota importante: ¿y si intentaban tomar el estrecho de Malaca y golpear el corazón de Tailandia desde el golfo? Había que estar preparado para cualquier eventualidad.

En las redes estaba disponible parte de la información sobre la composición de los ejércitos indios y tailandeses. Tailandia contaba con una poderosa fuerza aérea: si lograban proteger sus bases, tendrían la posibilidad de conseguir el dominio aéreo. Por tanto sería esencial contar con la capacidad de trazar pistas de emergencia en mil lugares distintos, una hazaña de ingeniería que bien podía estar al alcance de los militares tailandeses... si se les entrenaba ahora y repartían equipos, combustible y repuestos por todo el país. Eso, junto con minas, sería la mejor protección contra un desembarco en la costa.

El otro punto débil para la India serían las líneas de suministro y los frentes. Como la estrategia militar india dependería inevitablemente de lanzar enormes e irresistibles ejércitos contra el enemigo, la defensa era mantener a esos ejércitos hambrientos y acosados constantemente desde el aire y por parte de fuerzas guerrilleras. Y si, como era posible, el ejército indio llegaba a la fértil llanura de Chao Phraya o la meseta de Aoray, tenían que encontrar la tierra completamente baldía, los suministros de comida dispersos y ocultos, aquellos que no fueran destruidos.

Era una estrategia brutal, porque el pueblo tailandés sufriría junto con el ejército indio: de hecho, los civiles sufrirían más. Así que había que prepararlo todo para que la destrucción sólo se produjera en el último minuto. Y, en la medida de lo posible, tenían que poder evacuar a las mujeres y los niños a zonas alejadas o incluso a campamentos en Laos y Camboya. No es que las fronteras pudieran detener al ejército indio, pero tal vez el terreno lo hiciera. Tener muchos objetivos aislados obligaría a los indios a dividir sus fuerzas. Entonces, y sólo entonces, tendría sentido que los militares tailandeses atacaran a pequeñas porciones del ejército indio en asaltos en los que golpearan y huyeran, o, donde fuera posible, en batallas campales donde el bando tailandés estuviera en igualdad numérica y contara con apoyo aéreo.

Naturalmente, por lo que Bean sabía, ésta era ya la táctica militar tailandesa, de manera que si planteaba estas sugerencias tan sólo conseguiría molestarlos, o hacerles sentir que los despreciaba.

Así que redactó su informe con muchísimo cuidado. Montones de frases como: «Sin duda ya tienen esto planeado», y «como estoy seguro de que ya esperaban». Por supuesto, incluso esas frases podían jugar en su contra si no habían pensado en nada de eso: parecería condescendiente. No obstante, debía hacer algo para romper el silencio.

Leyó el informe una y otra vez, revisándolo continuamente. Esperó varios días antes de enviarlo para examinarlo desde una nueva perspectiva. Por fin, convencido de que era tan retóricamente inofensivo como era posible, lo mandó por email a la oficina del chakri, el comandante militar supremo. Era la manera más pública y potencialmente embarazosa en que podía enviar el informe, ya que el correo a esa dirección era inevitablemente clasificado y leído por sus ayudantes. Incluso imprimirlo y entregarlo en mano habría sido más sutil. Pero la idea era precisamente agitar las aguas; si Naresuan hubiese querido que fuera sutil, le habría dado una dirección privada de email a la que escribirle.

Quince minutos después de que enviara el informe, la puerta se abrió sin ningún tipo de protocolo y entraron cuatro policías militares.

—Acompáñenos, señor —ordenó el sargento al mando.

Bean sabía que no debía retrasarse ni hacer preguntas. Esos hombres se limitaban a cumplir órdenes, y Bean descubriría cuáles eran si esperaba a ver qué hacían.

No lo condujeron al despacho del chakri, sino a uno de los edificios que habían levantado en los antiguos terrenos de desfiles: los militares tailandeses habían renunciado hacía muy poco a la instrucción como parte del entrenamiento de los soldados y el despliegue del poder militar. Sólo trescientos años después de que la Guerra Civil estadounidense demostrara que los días de marchar en formación en la batalla habían terminado. Para las organizaciones militares, era el lapso habitual. A veces Bean casi esperaba que algún ejército decidiera entrenar a sus soldados a combatir a caballo y con sables.

No había ninguna identificación, ningún número siquiera, en la puerta a la que lo condujeron. Y cuando entró, ninguno de los militares administrativos que allí había levantó la mirada para verlo. A tenor de su actitud, su llegada era a la vez algo esperado e insignificante, lo cual significaba, por supuesto, que era muy importante, de lo contrario no se habrían esforzado tanto en no reparar en él.

Lo condujeron a la puerta de un despacho, que el sargento abrió. Bean entró; no así el policía militar. La puerta se cerró tras Bean.

Sentado a la mesa había un comandante. Era un rango muy alto para ocuparse de una mesa de recepción, pero aquel día, al menos, ése parecía ser el deber del hombre. Pulsó el botón de un intercomunicador.

—Ha llegado el paquete —anunció.

—Que pase.

La voz que respondió parecía joven, tan joven que Bean comprendió la situación de inmediato.

Por supuesto. Tailandia había contribuido con su parte de genios militares a la Escuela de Batalla. Y aunque ninguno de los miembros del grupo de Ender era tailandés, el país, como muchos otros del este y el sur de Asia, estaba muy bien representado en la Escuela de Batalla.

Incluso hubo tres soldados tailandeses que combatieron con Bean en la Escuadra Dragón. Bean recordaba muy bien a todos los niños de esa escuadra, además de su expediente completo, ya que fue él quien escribió la lista de soldados que iban a componer la escuadra de Ender. Ya que la mayoría de los países parecían valorar a sus graduados de la Escuela de Batalla según su cercanía a Ender Wiggin, era muy probable que uno de aquellos tres hubiera conseguido un puesto de influencia y fuera capaz de interceptar rápidamente un informe al chakri. Y de los tres, el que Bean esperaba ver en el puesto más destacado, desempeñando el papel más agresivo, era...

Surrey. Suriyawong. «Surly», el serio, como lo llamaban a sus espaldas, porque siempre parecía fastidiado por algo.

Y allí estaba, de pie detrás de una mesa cubierta de mapas.

Para su sorpresa, Bean descubrió que era casi tan alto como Suriyawong. Surrey no era muy corpulento, pero en la Escuela de Batalla todos habían superado a Bean en tamaño. Ahora el pequeñín los estaba alcanzando. Al final tal vez resultaría que no sería un renacuajo toda la vida. Un pensamiento esperanzador.

Sin embargo, no había nada esperanzador en la actitud de Surrey.

—Así que las potencias coloniales han decidido usar a la India y Tailandia para librar sus guerras —dijo.

Bean comprendió de inmediato qué era lo que le molestaba a Suriyawong. Aquiles era valón belga de nacimiento, y Bean era griego.

—Sí, por supuesto —respondió—. Bélgica y Grecia estaban destinadas a dirimir sus diferencias ancestrales en los campos de batalla de Birmania.

—El hecho de que estuvieras en el grupo de Ender no significa que comprendas la situación política de Tailandia.

—Mi informe estaba redactado para mostrar lo limitado que es mi conocimiento, porque el chakri Naresuan no me ha proporcionado el acceso al servicio secreto que me prometió cuando llegué.

—Si alguna vez necesitamos tu consejo, te proporcionaremos información.

—Si sólo me proporcionáis la información que pensáis que necesito, entonces mi consejo sólo consistirá en deciros lo que ya sabéis, de manera que bien podría irme ahora mismo a casa.

—Sí —convino Suriyawong—. Eso sería lo mejor.

—Suriyawong, en realidad no me conoces.

—Sé que siempre has sido un mocoso engreído que tenía que quedar por encima de todos los demás.

—Era más listo que todos los demás. Tengo los resultados de las pruebas que lo demuestran. ¿Y qué? Eso no significó que me nombraran comandante de la Escuadra Dragón. No significó que Ender me nombrara jefe de batallón. Sé lo poco que importa ser listo, comparado con ser un buen comandante. También soy consciente de lo ignorante que soy aquí en Tailandia. No he venido porque creyera que Tailandia no pudiera prescindir de mi brillante mente para llevaros a la batalla. He venido porque el humano más peligroso del planeta está dirigiendo la función en la India y, según mis mejores cálculos, Tailandia será su principal objetivo. He venido porque si queremos impedir que Aquiles extienda su tiranía por el mundo, es aquí donde hay que hacerlo. Y pensé, como George Washington en la revolución americana, que os vendría bien un Lafayette o un Steuben para ayudaros en la causa.

—Si tu estúpido informe fue un ejemplo de tu «ayuda», puedes marcharte ahora mismo.

—¿Así que ya tenéis la capacidad para crear pistas de aterrizaje en el tiempo en que un caza está en el aire? ¿Para que puedan aterrizar en una franja que no existía cuando despegaron?

—Ésa es una idea interesante y vamos a hacer que los ingenieros la examinen y evalúen si es posible llevarla a cabo.

Bean asintió.

—Bien. Eso me dice todo lo que necesitaba saber. Me quedaré.

—¡No, no te quedarás!

—Me quedaré porque, por mucho que te fastidie mi presencia aquí, sigues reconociendo una buena idea cuando la oyes, y la pones en práctica. No eres idiota, y por tanto merece la pena trabajar contigo.

Suriyawong golpeó la mesa y se inclinó sobre ella, furioso.

—Condescendiente cretino, no soy tu lacayo.

Bean le respondió sin alterarse.

—Suriyawong, no quiero tu puesto. No quiero tomar las riendas del país, sólo aspiro a ser útil. ¿Por qué no me utilizas como lo hacía Ender? Dame unos cuantos soldados para entrenar. Déjame idear planes descabellados y calcular cómo llevarlos a cabo. Déjame estar preparado de modo que cuando la guerra estalle, y haya algo imposible que tengas que hacer, puedas llamarme y decir: Bean, necesito que hagas algo para retrasar a este ejército durante un día, y no tengo soldados cerca. Y yo diré: ¿Obtienen el agua de algún río? Bien, entonces vamos a hacer que todo su ejército al completo padezca disentería durante una semana. Eso debería detenerlos. Y llegaré allí, meteré en el agua un bioagente, sortearé su sistema de purificación de aguas y me largaré. ¿O ya tienes un equipo preparado para intoxicar el agua y provocar diarrea?

Suriyawong mantuvo su expresión de fría furia durante unos instantes, y luego se echó a reír.

—Vamos, Bean, ¿te inventas todo eso sobre la marcha, o ya habías planeado una operación así?

—Me lo acabo de inventar —dijo Bean—. Pero es una idea divertida, ¿no te parece? La disentería ha cambiado el curso de la historia más de una vez.

—Todos los países vacunan a sus ejércitos contra los bioagentes conocidos. Y no hay manera de impedir los daños colaterales corriente abajo.

—Pero sin duda Tailandia tiene un buen sistema de investigación, ¿no?

—Puramente defensiva —respondió Suriyawong. Entonces sonrió y se sentó—. Siéntate, siéntate. ¿De verdad te conformas con un puesto secundario?

—No sólo me contento, sino que lo deseo —aseguró Bean—. Si Aquiles supiera que estoy aquí, encontraría un modo de asesinarme. Lo último que necesito es llamar la atención: hasta que entremos en combate, y entonces será un buen golpe psicológico para que Aquiles se dé cuenta de que yo dirijo las cosas. No será verdad, pero es posible que lo vuelva aún más loco creer que se está enfrentando a mí. Lo he vencido antes y me teme.

—No trataba de defender mi propia posición —aseguró Suriyawong. Bean entendió que esto significaba que por supuesto era su posición lo que estaba protegiendo—. Pero Tailandia mantuvo su independencia cuando todos los otros países de la zona eran gobernados por los europeos. Estamos muy orgullosos de haber dejado a los extranjeros al margen.

—Sin embargo, Tailandia también tiene fama por haber dejado entrar a los extranjeros... y haberlos utilizado de manera efectiva.

—Mientras supieron cuál era su lugar.

—Dame un lugar, y yo me acordaré de quedarme en él —dijo Bean.

—¿Con qué clase de contingente planeas trabajar?

Lo que Bean pedía no era un número grande de hombres, pero sí que pertenecieran a todos los cuerpos del ejército. Sólo dos cazabombarderos, dos acorazados, unos cuantos ingenieros, un par de vehículos acorazados ligeros con un par de cientos de soldados y suficientes helicópteros para transportarlo todo menos los barcos y los aviones.

—Y el poder para solicitar lo que se me vaya ocurriendo. Barcos de remos, por ejemplo. Explosivos para que podamos entrenarnos para destruir montañas y puentes. Lo que se me ocurra.

—Pero no entrarás en combarte sin permiso.

—¿Permiso de quién?

—Permiso mío.

—Tú no eres el chakri.

—El chakri existe para concederme todo lo que pida. La planificación está enteramente en mis manos.

—Me alegra saber quién es el mandamás. —Bean se levantó—. Por cierto, a Ender le fui mucho más útil cuando tuve acceso a todo lo que él sabía.

—Ni en sueños —replicó Suriyawong.

Bean esbozó una mueca.

—Estoy soñando con buenos mapas y en una valoración fiable de la actual situación del ejército tailandés.

Suriyawong meditó la cuestión durante un buen rato.

—¿Cuántos soldados vas a mandar a la batalla con los ojos vendados? —preguntó Bean—. Espero ser el único.

—Hasta que esté seguro de que eres realmente mi soldado, la venda permanecerá en su sitio. Pero... te concedo los mapas.

—Gracias —dijo Bean.

Sabía qué era lo que temía Suriyawong: que Bean usara la información para elaborar estrategias alternativas y persuadir al chakri de que haría mejor el trabajo de estratega jefe que Suriyawong. Era evidente que Suriyawong no contaba con el poder absoluto, ni mucho menos. El chakri Naresuan podría confiar en él y obviamente había delegado en él gran parte de su responsabilidad, pero la autoridad continuaba en manos de Naresuan, y Suriyawong debía plegarse a sus caprichos. Eso era lo que Suriyawong temía de Bean: que llegara a sustituirlo.

Pronto descubriría que a Bean no le interesaban las intrigas cortesanas. Si no recordaba mal, Suriyawong pertenecía a la familia real, aunque los últimos reyes polígamos de Siam habían tenido tantos hijos que era difícil imaginar que hubiera muchos tailandeses que no fueran de sangre real en un grado u otro. Chulalongkorn había establecido el principio, hacía siglos, de que los príncipes tenían un deber al que servir, pero no derecho a los altos cargos. La vida de Suriyawong pertenecía a Tailandia como asunto de honor, pero mantendría su cargo en el ejército mientras sus superiores lo consideraran el más competente para el puesto.

Ahora que Bean sabía quién lo había estado manteniendo al margen, sería muy sencillo destruir a Surrey y ocupar su lugar. Después de todo, Suriyawong tenía la responsabilidad de cumplir las promesas que Naresuan le había hecho a Bean, y en cambio había desobedecido deliberadamente las órdenes del chakri. Todo lo que Bean tenía que hacer era usar un atajo (alguna conexión de Peter, probablemente) para informar a Naresuan de que Suriyawong le había impedido conseguir lo que necesitaba, y habría una investigación y se plantarían las primeras semillas de la duda acerca de Suriyawong.

Sin embargo, Bean no deseaba el puesto de Suriyawong. Lo que quería era una fuerza de choque que pudiera entrenar para que actuara de manera tan hábil, tan llena de recursos, tan brillante, que cuando entrara en contacto con Petra y descubriera dónde se hallaba, pudiera ir allí y sacarla con vida. Con el permiso de Surly o sin él. Ayudaría a los militares tailandeses cuanto pudiera, pero Bean tenía sus propios objetivos, y no tenían nada que ver con labrarse una carrera en Bangkok.

—Una última cosa —dijo Bean—. Necesito tener un nombre, algo que no sugiera que soy un niño extranjero, eso podría bastar para alertar a Aquiles de mi personalidad.

—¿Has pensado algún nombre? ¿Qué tal Süa? Significa «tigre».

—Tengo un nombre mejor. Borommakot.

Suriyawong pareció aturdido, hasta que recordó el nombre de la historia de Ayudhya, la antigua ciudad-estado tai de la cual Siam era sucesora.

—Ése fue el apodo del arribista que le robó el trono a Aphai, el sucesor legítimo.

—Estaba pensando sólo en lo que significa el nombre. «En la urna. Evita la cremación.» —Bean sonrió—. En lo que respecta a Aquiles, soy un cadáver ambulante.

Suriyawong se relajó.

—Como quieras. Pensaba que como extranjero agradecerías llevar un nombre más corto.

—¿Por qué? Yo no tengo que pronunciarlo.

—Pero deberás firmar.

—No voy a dar órdenes por escrito, y la única persona a la que presentaré mis informes serás tú. Además, es divertido decir Borommakot.

—Conoces tu historia tai.

—En la Escuela de Batalla, me fascinaba Tailandia —dijo Bean—. Una nación de supervivientes. Los antiguos tailandeses consiguieron apoderarse de las vastas extensiones del imperio camboyano y extenderse por todo el Sureste asiático, y sin que nadie lo advirtiera. Birmania los conquistó y emergieron más poderosos que nunca. Cuando otros países cayeron bajo el dominio europeo, Tailandia consiguió expandir sus fronteras durante muchísimo tiempo, cosa sorprendente, e incluso cuando perdió Camboya y Laos, se mantuvo en su sitio. Creo que Aquiles descubrirá lo mismo que todo el mundo: los tailandeses no son fáciles de conquistar, y, una vez conquistados, no son fáciles de gobernar.

—Entonces conoces algo del alma tailandesa —dijo

Suriyawong—. Pero no importa cuánto tiempo nos estudies, nunca serás uno de nosotros.

—Te equivocas. Ya soy uno de vosotros. Un superviviente, un hombre libre a toda costa.

Suriyawong se lo tomó en serio.

—Entonces, de un hombre libre a otro, te doy la bienvenida al servicio de Tailandia.

Se despidieron amistosamente, y al atardecer Bean vio que Suriyawong mantenía su palabra. Le proporcionaron una lista de soldados: cuatro compañías ya existentes de cincuenta hombres con buen historial, así que no le daban las sobras. Y tendría sus helicópteros, sus aviones, sus naves para entrenar.

Tendría que haber estado nervioso, al prepararse para enfrentarse a soldados que sin duda se mostrarían escépticos respecto a su capacidad para comandarlos. Pero había estado en esa situación antes, en la Escuela de Batalla. Se ganaría a esos soldados de la manera más sencilla de todas. Nada de halagos, ni favores, ni amiguismos. Se ganaría su lealtad demostrándoles que sabía qué hacer con un ejército, y así tendrían la confianza de que cuando entraran en batalla sus vidas no se desperdiciarían en una empresa condenada de antemano. Les diría, desde el principio: «Nunca os conduciré a la acción a menos que sepa que podemos vencer. Vuestro trabajo es convertiros en una fuerza de choque tan brillante que no haya ninguna acción a la que yo no pueda guiaros. No estamos en esto por la gloria. Estamos en esto para destruir a los enemigos de Tailandia de todas las formas posibles.»

Pronto se acostumbrarían a que un niñito griego fuera su comandante.

12

Islamabad

A: GuillaumeLeBon%Égalité@Haití.gov
De: Locke%Erasmus@polnet.gov
Asunto: Términos de consulta

Señor LeBon, comprendo lo difícil que le ha resultado ponerse en contacto conmigo. Creo que podría ofrecerle puntos de vista y consejos dignos, y más concretamente, creo que está usted decidido a actuar con valor en beneficio del pueblo que gobierna. Por tanto, cualquier sugerencia que yo haga tendría una excelente oportunidad de ser llevada a la práctica.

No obstante, los términos que usted me propone son inaceptables. No iré a Haití amparado en la oscuridad de la noche o disfrazado de turista o estudiante para que nadie descubra que está usted asesorado por un adolescente estadounidense.

Sigo siendo autor de todas y cada una de las palabras escritas por Locke, y es como esa figura mundialmente conocida, cuyo nombre aparece en las propuestas que pusieron fin a la Guerra de las ligas, como acudiré abiertamente a ofrecerle mis servicios. Si mi anterior reputación no bastara para que me invite sin subterfugios, entonces el hecho de que soy hermano de Ender Wiggin, sobre cuyos hombros ha recaído tan recientemente el destino de la humanidad, debería sentar un precedente que pueda seguir sin temor. Por no mencionar la presencia de los niños de la Escuela de Batalla en casi todos los cuarteles militares de la Tierra. La suma que usted ofrece es principesca, pero nunca será pagada, pues no acudiré en los términos que usted sugiere, y si me invita abiertamente, no pienso aceptar ninguna paga ni siquiera para mis gastos mientras esté en su país. Como extranjero, no podré igualar el profundo amor que usted siente por Haití, pero me preocupa mucho que todas las naciones y pueblos de la Tierra compartan la prosperidad y la libertad que les corresponde por derecho, y no aceptaré ningún sueldo por contribuir a esa causa.

Al traerme abiertamente, reduce usted su riesgo personal, pues si mis sugerencias no reciben el favor de sus compatriotas, podrá echarme la culpa. Y el riesgo personal que yo corro al acudir abiertamente es mucho mayor, pues si el mundo juzga que mis propuestas no son buenas o si, al ponerlas en práctica, descubre usted que resultan inviables, habré de soportar públicamente el descrédito. Hablo con sinceridad, porque son realidades que ambos debemos aceptar: tal es mi confianza de que mis sugerencias serán excelentes y que usted podrá llevarlas a la práctica de manera efectiva. Cuando hayamos acabado nuestro trabajo, puede hacer de Cincinato y retirarse a su granja, y yo haré de Solón y dejaré las tierras de Haití, confiados ambos en haber dado a su pueblo una oportunidad justa de ocupar su lugar en el mundo.

Sinceramente,

Peter Wiggin

Petra no olvidó ni por un solo instante que era una cautiva y esclava. Pero, como la mayoría de los cautivos, como la mayoría de los esclavos, con el paso de los días se acostumbró a su reclusión y encontró formas de ser ella misma dentro de las estrictas fronteras que la rodeaban.

La vigilaban en todo momento y su consola estaba siempre controlada, de manera que no podía enviar mensajes al exterior. No podría repetir su mensaje a Bean. Y aunque advertía que alguien (¿podría ser Bean, que después de todo no había muerto?) intentaba ponerse en contacto con ella, dejándole mensajes en todos los foros militares, históricos y geográficos que hablaban de mujeres que eran rehenes de algún guerrero, no dejó que eso la inquietara. No podía responder, así que no perdería el tiempo intentándolo.

Al cabo del tiempo el trabajo que se veía obligada a realizar se convirtió en un desafío interesante. Cómo organizar una campaña contra Birmania y Tailandia y, más tarde, contra Vietnam, que barriera toda resistencia sin provocar una intervención de China. Enseguida comprendió que el enorme tamaño del ejército indio era su mayor debilidad, pues no sería posible defender las líneas de suministro. Así, al contrario que los otros estrategas que Aquiles estaba empleando (principalmente graduados de la Escuela de Batalla), Petra no se molestó con la logística de una campaña arrasadora. Tarde o temprano las fuerzas indias tendrían que dividirse, a menos que los ejércitos birmano y tailandés se limitaran a ponerse en fila esperando su propia masacre. Así que planeó una campaña impredecible: lanzar asaltos a cargo de pequeñas fuerzas móviles que pudieran subsistir con lo que hallaran sobre la marcha. Las pocas piezas de artillería móvil se adelantarían, recibiendo suministros de gasolina por medio de tanques aéreos.

Sabía que su plan era el único viable, y no sólo por los problemas intrínsecos que resolvía. Cualquier plan que implicara poner a diez millones de soldados tan cerca de la frontera con China provocaría la intervención de este país. Su plan en cambio nunca pondría tantos soldados cerca de China como para que constituyeran una amenaza. Ni tampoco conduciría a una guerra de desgaste que dejara a ambos bandos debilitados y exhaustos. La mayor parte de las fuerzas indias quedarían en la reserva, dispuestas a golpear allí donde el enemigo fuera más débil.

Aquiles dio copias de su plan a los demás, naturalmente: lo llamaba «cooperación», pero funcionaba como ejercicio de dirección única. Aquiles se había metido a todos los demás en el bolsillo, y ahora estaban ansiosos por complacerlo. Por supuesto, advirtieron que Aquiles deseaba humillar a Petra, y estaban dispuestos a darle lo que quería. Se burlaron del plan como si cualquier idiota pudiera ver que era inútil, aunque sus críticas eran burdas y no se referían a nada concreto. Ella lo soportó, porque era una esclava y porque sabía que tarde o temprano alguno de ellos se daría cuenta de que Aquiles los estaba utilizando. No obstante, sabía que había hecho un trabajo brillante, y sería una deliciosa ironía que el ejército indio (no, para ser sinceros, Aquiles) no usara su plan, y marchara de cabeza a su destrucción.

El hecho de haber elaborado una estrategia efectiva para la expansión india en el Sureste asiático no molestaba a su conciencia. Sabía que nunca se utilizaría. Ni siquiera su estrategia de pequeñas y rápidas fuerzas de asalto cambiaría el hecho de que la India no podía permitirse una guerra en dos frentes. Si la India se comprometía en una guerra en Oriente, Pakistán no dejaría pasar la oportunidad.

Aquiles había elegido el país equivocado para iniciar una guerra. Tikal Chapekar, el primer ministro indio, era un hombre ambicioso que creía en la nobleza de su causa. Era posible que Aquiles le hubiera convencido y anhelara iniciar un intento de «unificar» el Sureste asiático. Incluso podría estallar una guerra. Pero se vendría abajo rápidamente, cuando Pakistán se dispusiera a atacar por el oeste. La aventura india se evaporaría, como siempre había ocurrido.

Incluso se lo dijo a Aquiles cuando la visitó una mañana después de que sus planes hubieran sido rechazados de plano por sus compañeros estrategas.

—Sigas el plan que sigas, nada funcionará como esperas.

Aquiles cambió de tema. Cuando la visitaba, prefería tratarla como si fueran una pareja de ancianos que recordaban su infancia juntos. ¿Recuerdas esto sobre la Escuela de Batalla? ¿Recuerdas lo otro? Ella deseaba gritarle a la cara que él sólo había estado allí unos pocos días antes de que Bean lo encadenara al conducto de aire y le obligara a confesar sus crímenes. No tenía ningún derecho a sentir nostalgia de la Escuela de Batalla. Lo único que conseguía era envenenar sus recuerdos del lugar, pues ahora, cada vez que se mencionaba esa época, ella sólo quería cambiar de tema, olvidar el asunto por completo.

¿Quién habría imaginado que alguna vez llegaría a considerar la Escuela de Batalla como la época de su vida en que había gozado de mayor libertad y felicidad? Desde luego, no se lo pareció en su momento.

Para ser justos, su cautiverio no resultaba doloroso. Mientras Aquiles estaba en Hyderabard, ella tenía el control de la base, aunque nunca dejaban de vigilarla. Podía ir a la biblioteca e investigar, aunque uno de sus guardias tenía que pulsar la tecla de identificación de su pulgar, verificando que había conectado como ella misma, con todas las restricciones que eso implicaba, antes de que pudiera acceder a las redes. Tenía permiso para correr por el polvoriento terreno que se utilizaba para las maniobras militares, y a veces casi lograba olvidar las otras pisadas que seguían su ritmo. Comía y dormía cuanto quería. Había momentos en que casi olvidaba que no era libre. Había muchos más momentos en que, sabiendo que no era libre, casi decidía dejar de esperar que su cautiverio terminara alguna vez.

Sin embargo, los mensajes de Bean mantenían viva su esperanza. No podía contestarle, de forma que dejó de considerarlos auténticas comunicaciones. En cambio, eran algo más profundo que meros intentos por entablar contacto: eran la prueba de que no la olvidaban. Eran la prueba de que Petra Arkanian, una mocosa de la Escuela de Batalla, aún tenía un amigo que la respetaba y se preocupaba lo suficiente por ella para no rendirse. Cada mensaje era un beso fresco sobre su frente febril.

De pronto, Aquiles llegó un día y le anunció que iba a emprender un viaje.

Ella asumió de inmediato que eso significaba que sería confinada en su habitación, encerrada bajo llave y sometida a vigilancia hasta que Aquiles regresara.

—Nada de encierros esta vez —informó Aquiles—. Tú te vienes conmigo.

—¿Así que vamos a algún lugar de la India?

—En cierto sentido, sí. En otro sentido, no.

—No me interesan tus adivinanzas —dijo ella, bostezando—. No pienso ir.

—Oh, no querrás perdértelo. Aunque de todos modos nada de eso importa, porque te necesito y estarás allí.

—¿Qué puedes necesitar de mí?

—Oh, bueno, ya que lo dices, supongo que debería ser más preciso. Necesito que veas lo que sucederá en la reunión.

—¿Por qué? A menos que sea un intento de asesinato y que tenga éxito, no hay nada de lo que hagas que me importe.

—La reunión es en Islamabad.

Petra no pudo contestar a eso. La capital de Pakistán. Era impensable. ¿Qué asuntos podía tener Aquiles allí? ¿Y por qué llevarla a ella?

Viajaron en avión, y por supuesto ella recordó el otro trayecto que la había traído a la India como prisionera de Aquiles. La puerta abierta... ¿Debería haberlo empujado conmigo y haberlo hecho caer brutalmente a tierra?

Durante el camino Aquiles le mostró la carta que le había enviado a Ghaffar Wahabi, el «primer ministro» de Pakistán. En realidad, era el dictador militar, o la Espada del Islam, según algunos. La carta era una maravilla de manipulación. No obstante, nunca habría llamado la atención en Islamabad si no hubiera venido de Hyderabad, el cuartel general del ejército indio. Aunque la carta de Aquiles no llegaba a expresarlo claramente, en Pakistán se daría por sentado que Aquiles venía como enviado no oficial del gobierno indio.

¿Cuántas veces había aterrizado un avión militar indio en esa base militar cercana a Islamabad? ¿Cuántas veces se había permitido que soldados indios de uniforme pisaran suelo pakistaní... y llevando armas, para colmo? Y todo para llevar a un muchacho belga y a una chiquilla armenia a conversar con el oficial de bajo rango que los pakistaníes decidieran enviarles.

Un pelotón de oficiales pakistaníes, impasibles, los condujo hasta un edificio situado cerca del lugar donde su avión repostaba. Dentro, en la primera planta, el oficial al mando dijo:

—Su escolta debe permanecer fuera.

—Por supuesto —convino Aquiles—. Pero mi ayudante me acompañará. Debo tener un testigo que me recuerde los detalles por si a mí me falla la memoria.

Los soldados indios permanecieron firmes junto a la pared y Aquiles y Petra entraron en la estancia, en la que sólo había dos personas. Petra reconoció inmediatamente a una de ellas por las fotos. Con un gesto, el hombre indicó dónde debían sentarse.

Petra se acercó en silencio a su silla, sin apartar los ojos de Ghaffar Wahabi, el primer ministro de Pakistán. Se sentó junto a Aquiles, un poco por detrás, al igual que el único asesor pakistaní se sentaba a la derecha de Wahabi. No se trataba de ningún oficial de bajo rango. De algún modo, la carta de Aquiles había abierto todas las puertas, hasta la cumbre.

No necesitaron ningún intérprete, pues ambos habían aprendido el Común siendo niños y lo hablaban sin acento. Wahabi se mantuvo escéptico y distante, pero al menos no intentó humillarlos: no los hizo esperar, les indicó él mismo que entraran en la habitación, y no desafió a Aquiles de ninguna forma.

—Te he invitado para que me cuentes lo que tienes que decir —empezó Wahabi—. Adelante, por favor.

Petra deseó con todas sus fuerzas que Aquiles cometiera algún terrible error, que sonriera o tartamudeara y alardeara de su sagacidad.

—Señor, me temo que al principio pueda parecer que pretendo enseñarle historia india a usted, un erudito en el tema. Gracias a su libro aprendí todo lo que voy a decir.

—Es fácil leer mi libro —dijo Wahabi—. ¿Qué aprendiste de él que yo no sepa ya?

—El siguiente paso —respondió Aquiles—. El paso tan obvio que me ha asombrado que usted mismo no lo haya dado.

—¿Entonces esto es una crítica literaria? —preguntó Wahabi sonriendo levemente, con lo cual eliminó cualquier indicio de hostilidad.

—Una y otra vez, muestra usted los grandes logros del pueblo indio, y cómo son apartados, engullidos, ignorados, despreciados. La civilización de los hindúes queda reducida al estatus de una pobre segundona de Mesopotamia y Egipto e incluso de China, que llegó después. Los invasores arios trajeron su lenguaje y su religión y los impusieron al pueblo de la India. Los mongoles, los británicos, cada uno con sus capas de creencias e instituciones. Debo decirle que en los círculos superiores del gobierno indio sienten un gran respeto por su libro, sobre todo por la manera imparcial en que trata las religiones traídas por los invasores.

Petra sabía que no eran meros halagos. Para un erudito pakistaní, sobre todo uno con ambiciones políticas, escribir una historia del subcontinente sin alabar la influencia musulmana y condenar la religión hindú como primitiva y destructora era, en efecto, una postura valiente.

Wahabi alzó una mano.

—Cuando escribí el libro lo hice como erudito. Ahora soy la voz del pueblo. Espero que mi libro no te haya llevado a una búsqueda absurda para la reunificación de la India. Pakistán está decidido a mantenerse puro.

—Por favor, no se precipite en las conclusiones —dijo Aquiles—. Estoy de acuerdo con usted en que la reunificación es imposible. De hecho, es un término vacío de significado. Los hindúes y los musulmanes nunca estuvieron unidos excepto bajo un opresor, ¿cómo podrían volver a unirse?

Wahabi asintió y esperó a que Aquiles continuara.

—Lo que vi a través de su estudio —prosiguió Aquiles— fue un profundo sentido de la grandeza inherente al pueblo indio. Aquí han nacido grandes religiones. Han surgido grandes pensadores que han cambiado el mundo. Sin embargo, desde hace doscientos años, cuando la gente piensa en las grandes potencias, la India y Pakistán nunca aparecen en la lista. De hecho, nunca han aparecido. Y esto lo enfurece a usted. Lo entristece.

—Más triste que furioso —dijo Wahabi—, pero claro, soy un anciano, y mi temperamento se ha aplacado con los años.

—China agita sus espadas y el mundo tiembla, pero casi nadie mira a la India. El mundo islámico tiembla cuando Irak, Turquía, Irán o Egipto toman alguna decisión, y sin embargo Pakistán, fuerte durante toda su historia, nunca recibe el trato de líder. ¿Por qué?

—Si supiera la respuesta —dijo Wahabi—, habría escrito un libro distinto.

—Hay muchas razones en el pasado lejano, pero todas se reducen a una sola. El pueblo indio nunca supo actuar unido.

—De nuevo el lenguaje de la unidad.

—En absoluto. Pakistán no puede ocupar su legítimo lugar de liderazgo del mundo musulmán, porque cada vez que mira al oeste, oye los pesados pasos de la India detrás de él. Y la India no puede ocupar su legítimo lugar como líder de Oriente, porque la amenaza de Pakistán se alza tras ella.

Petra admiró la destreza con que Aquiles hacía que su elección de pronombres pareciera casual, no calculada: la India, la mujer; Pakistán, el hombre.

—El espíritu de Dios se siente más cómodo en estos dos países que en ningún otro lugar. No es por accidente que aquí hayan nacido grandes religiones, o hayan encontrado su forma más pura. Pero Pakistán impide que la India sea grande en Oriente, y la India impide que Pakistán sea grande en Occidente.

—Cierto, pero irresoluble —dijo Wahabi.

—No tanto. Déjeme recordarle otro fragmento de historia, que precede sólo unos años a la creación de Pakistán como estado. En Europa, dos grandes naciones se enfrentaban: la Rusia de Stalin y la Alemania de Hitler. Esos dos líderes eran grandes monstruos, pero comprendían que su enemistad los tenía encadenados el uno al otro. Ninguno podía conseguir nada mientras el otro amenazara con aprovecharse de la menor apertura.

—¿Comparas la India y Pakistán con Hitler y Stalin?

—En absoluto, porque hasta ahora, la India y Pakistán han mostrado menos sentido y menos autocontrol que ninguno de esos monstruos.

Wahabi se volvió hacia su colaborador.

—Como de costumbre, la India ha encontrado la

forma de insultarnos. —El asistente se levantó para ayudarle a ponerse en pie.

—Señor, creía que era usted un hombre sabio —insistió Aquiles—. Aquí no hay nadie que vea su actitud. Nadie para citar lo que he dicho. No tiene nada que perder escuchándome, y sí todo que perder marchándose.

Petra se sorprendió de que Aquiles hablara tan bruscamente. ¿No estaba llevando su política de no hacer halagos demasiado lejos? Cualquier persona normal habría pedido disculpas por la desafortunada comparación con Hitler y Stalin. No así Aquiles. Bueno, esta vez sin duda había ido demasiado lejos. Si la reunión fracasaba, toda su estrategia se vendría abajo, y la tensión bajo la que se hallaba había conducido a este resbalón.

Wahabi no volvió a sentarse.

—Di lo que tengas que decir, y sé rápido.

—Hitler y Stalin enviaron a sus ministros de asuntos exteriores, Ribbentrop y Molotov, y a pesar de las horribles denuncias que habían hecho el uno contra el otro, firmaron un pacto de no agresión y se repartieron Polonia. Es cierto que un par de años más tarde Hitler anuló ese pacto, lo cual produjo millones de muertos y la caída final de Hitler, pero eso es irrelevante para nuestra situación, porque al contrario que Hitler y Stalin, Chapekar y usted son hombres de honor... son ustedes indios, y ambos sirven fielmente a Dios.

—Decir que Chapekar y yo servimos a Dios es una blasfemia para uno o para otro, o para ambos —objetó Wahabi.

—Dios ama esta tierra y ha dado grandeza al pueblo indio —dijo Aquiles, tan apasionadamente que si Petra no lo hubiese conocido bien, habría creído que tenía algún tipo de fe—. ¿Cree usted realmente que es la voluntad de Dios que tanto Pakistán como la India permanezcan a oscuras y débiles, sólo porque el pueblo de la India no ha despertado aún a la voluntad de Alá?

—No me importa lo que los ateos y los locos digan sobre la voluntad de Alá.

Bien por ti, pensó Petra.

—Ni a mí —respondió Aquiles—. Pero puedo decirle esto: si Chapekar y usted firman un acuerdo, no de unidad, sino de no agresión, podrían repartirse Asia. Y si las décadas pasan y reina la paz entre estas dos grandes naciones indias, ¿no se sentirán entonces los hindúes orgullosos de los musulmanes, y los musulmanes orgullosos de los hindúes? ¿No será entonces posible que los hindúes oigan las enseñanzas del Corán, no como el libro de su enemigo mortal, sino más bien como el libro de sus hermanos pakistaníes, que comparten con la India el liderazgo de Asia? Si no le gusta el ejemplo de Hitler y Stalin, entonces acepte el de Portugal y España, ambiciosos colonizadores que compartían la península Ibérica. Portugal, al oeste, era más pequeño y débil, pero fue también el valiente explorador que abrió los mares. España envió a un solo explorador, y era italiano, pero descubrió un mundo nuevo.

Petra vio de nuevo la sutil alabanza que prodigaba Aquiles, sin exponerla abiertamente. Aquiles había relacionado Portugal (la nación más pequeña pero más valiente) con Pakistán, y a la India con la nación que había prevalecido por pura suerte.

—Podrían haberse enzarzado en una guerra para destruirse mutuamente, o para haberse debilitado sin esperanza. En cambio, escucharon al papa, que trazó una línea en la tierra y dio todo el este a Portugal y todo el oeste a España. Dibuje su línea sobre la Tierra, Ghaffar Wahabi. Declare que no iniciará una guerra contra el gran pueblo indio, que aún no ha oído la palabra de Alá, y muestre en cambio al mundo entero el brillante ejemplo de la pureza de Pakistán. Mientras tanto, Tikal Chapekar unirá el Este asiático bajo el liderazgo indio, que ansían desde hace tiempo. Entonces, el día feliz en que el pueblo hindú oiga el Libro, el islam se extenderá en un soplido desde Nueva Delhi hasta Hanoi.

Wahabi se sentó lentamente, mientras Aquiles guardaba silencio.

Petra supo entonces que su argucia había funcionado.

—Hanoi —dijo Wahabi—. ¿Por qué no Beijing?

—El día en que los musulmanes indios sean guardianes de la ciudad sagrada, los hindúes podrán imaginar que entran en la ciudad prohibida.

Wahabi se echó a reír.

—Eres escandaloso.

—De acuerdo, pero tengo razón en todo. En el hecho de que esto es lo que señalaba su libro. Esto es la conclusión obvia, si la India y Pakistán tuvieran la suerte de contar, al mismo tiempo, con líderes con visión y valor.

—¿Y a ti qué más te da todo esto? —dijo Wahabi.

—Sueño con la paz en la Tierra.

—¿Y por eso animas a Pakistán y a la India a que inicien una guerra?

—Animo a que acuerden no ir a la guerra entre ustedes.

—¿Crees que Irán aceptará pacíficamente el liderazgo de Pakistán? ¿Crees que los turcos nos abrazarán? Tendremos que forjar esa unidad mediante la conquista.

—Pero la forjarán —vaticinó Aquiles—. Y cuando el islam esté unificado bajo liderazgo indio, ya no será humillado por otras naciones. Una gran nación musulmana, una gran nación hindú, en paz una con otra y demasiado poderosas para que otras naciones se atrevan a atacar. Así es como llega la paz a la Tierra. Buena voluntad.

—Inshallah —coreó Wahabi—. Pero ahora me toca saber con qué autoridad dices estas cosas. No tienes ningún cargo en la India. ¿Cómo sé que no te han enviado para confundirme mientras los ejércitos indios se preparan para otro ataque sin provocación?

Petra se preguntó si Aquiles habría planeado que Wahabi dijera algo tan precisamente calculado para que se le presentara el momento dramático perfecto, o si fue mera casualidad, pues la única respuesta de Aquiles fue sacar de su portafolios una sola hoja de papel, con una pequeña firma al pie, con tinta azul.

—¿Qué es eso? —preguntó Wahabi.

—Mi autoridad —respondió Aquiles, quien le tendió el papel a Petra. Ella se levantó y lo llevó hasta el centro de la habitación, donde el ayudante de Wahabi lo recogió.

Wahabi lo observó, sacudiendo la cabeza.

—¿Y esto es lo que firmó?

—Hizo más que firmarlo —dijo Aquiles—. Pregunte a su equipo qué está haciendo el ejército indio mientras hablamos.

—¿Se retiran de la frontera?

—Alguien tiene que dar el primer paso. Es la oportunidad que han estado esperando usted y todos sus predecesores: el ejército indio se retira. Podría enviar sus tropas al frente. Podría convertir este gesto de paz en un baño de sangre. O también podría impartir las órdenes para que sus tropas se dirigieran al oeste y al norte. Irán está esperando que le demuestren la pureza del islam. El califato de Estambul espera que lo liberen del yugo del gobierno secular de Turquía. Detrás de ustedes sólo tendrán a sus hermanos indios, deseándoles lo mejor mientras muestran la grandeza de esta tierra que Dios ha elegido y que por fin está lista para levantarse.

—Ahórrate los discursos —dijo Wahabi—. Comprende que tengo que verificar que esta firma es auténtica y que las tropas indias se desplazan en la dirección que dices.

—Haga lo que tenga que hacer —asintió Aquiles—. Yo regresaré ahora a la India.

—¿Sin esperar mi respuesta?

—En realidad no le he formulado ninguna pregunta —señaló Aquiles—. Tikal Chapekar ha hecho esa pregunta, y es a él a quien debe darle su respuesta. Yo sólo soy el emisario.

Con estas palabras, Aquiles se puso en pie y Petra lo imitó. Aquiles se acercó osadamente a Wahabi y le tendió la mano.

—Espero que me perdone, pero no podría soportar la idea de regresar a la India sin poder decir que la mano de Ghaffar Wahabi ha tocado la mía.

Wahabi le estrechó la mano.

—Metomentodo extranjero —dijo Wahabi, pero sus ojos chispeaban de buen humor, y Aquiles sonrió en respuesta.

Petra se preguntó si era posible que el plan hubiera funcionado. Molotov y Ribbentrop habían tenido que negociar durante semanas, en cambio Aquiles lo consiguió en un solo encuentro.

¿Cuáles habían sido las palabras mágicas?

Pero cuando salieron de la habitación, escoltados de nuevo por los cuatro soldados indios que los habían acompañado (sus guardias), Petra advirtió que no se había pronunciado ninguna palabra mágica. Aquiles se había limitado a estudiar a ambos hombres y había reconocido sus ambiciones, sus ansias de grandeza. Les había dicho lo que más querían oír. Les había dado la paz que habían ansiado en secreto.

Petra no había estado presente en la reunión con Chapekar, donde Aquiles había conseguido la firma de aquel pacto de no agresión y la promesa de retirarse, pero podía imaginársela.

—Usted debe dar el primer paso —debió de decir Aquiles—. Es cierto que los musulmanes podrían aprovecharse y atacar, pero cuenta usted con el mayor ejército del mundo, y gobierna el pueblo más grande. Deje que ataquen, y absorberá el golpe y luego los hará rodar como si se los llevara al agua de una presa. Y nadie le criticará por darle una oportunidad a la paz.

Finalmente lo comprendía todo. Los planes que ella había trazado para la invasión de Birmania y Tailandia no eran ninguna tontería y pensaban utilizarlos. Los suyos o los de alguien más. La sangre empezaría a correr. Aquiles tendría su guerra.

No saboteé mis planes, advirtió. Estaba tan segura de que no podrían ser utilizados que no me molesté en incluir debilidades. Es posible que funcionen.

¿Qué he hecho?

De pronto comprendió por qué la había traído Aquiles: quería alardear delante de ella, por supuesto. Por algún motivo, sentía la necesidad de que alguien fuera testigo de sus triunfos. Pero era más que eso. También quería jactarse de hacer lo que ella le había dicho tantas veces que era imposible.

Peor aún, ella deseó que usara su plan, no porque quisiera que Aquiles ganara la guerra, sino porque quería hacérselo pagar a los otros mocosos de la Escuela de Batalla que se habían burlado tan implacablemente de su plan.

Tengo que advertir a Bean. Tengo que avisarlo, para que pueda comunicárselo a los gobiernos de Birmania y Tailandia. He de hacer algo para subvertir mi propio plan de ataque, si no muchas muertes caerán sobre mis hombros.

Miró a Aquiles, que dormitaba en su asiento, ajeno a los kilómetros que recorrían de regreso al lugar donde comenzarían sus guerras de conquista. Ojalá pudiera eliminar sus asesinatos de la ecuación: el resultado sería el de un niño bastante notable. Lo habían retirado de la Escuela de Batalla con la etiqueta de «psicópata», y sin embargo de algún modo había conseguido que no uno, sino tres grandes gobiernos mundiales se plegaran a sus caprichos.

He sido testigo de su triunfo más reciente, y sigo sin comprender del todo cómo lo ha conseguido.

Recordó una historia que le contaron en su infancia: Adán y Eva en el Edén, y la serpiente parlante. Recordaba que en su momento dijo, para consternación de su familia: ¿Qué clase de idiota era Eva para creer a una serpiente? No obstante ahora lo comprendía, porque había oído la voz de la serpiente y había visto a un hombre sabio y poderoso caer bajo su hechizo.

Come la fruta y obtendrás el deseo de tu corazón. No es mala, es noble y buena. Serás alabado por ello.

Y es deliciosa.

13

Advertencias

A: Carlotta%ágape@vaticano.net/órdenes/hermanas/ind
De: Graff%bonpassage@colmin.gov
Asunto: ¿Hallada?

Creo que hemos encontrado a Petra. Un buen amigo de Islamabad, que es consciente de mi interés por ella, me dice que un desconocido enviado de Nueva Delhi tuvo ayer una breve entrevista con Wahabi, un chico adolescente que sólo puede ser Aquiles, y una chica que coincide con la descripción y que se mantuvo en silencio. ¿Petra? Creo que es probable.

Bean tiene que saber lo que he descubierto. Primero, mi amigo dice que esta reunión fue seguida casi inmediatamente por órdenes de los militares pakistaníes para que se retiraran de la frontera con la India. Una eso a la retirada india de esa misma frontera, y creo que estamos siendo testigos de lo imposible: después de dos siglos de guerra intermitente pero crónica, un verdadero intento de paz. Y parece que se ha conseguido por o con la ayuda de Aquiles. (¡Puesto que muchos de nuestros colonos son indios, en el ministerio hay quien teme que un estallido de paz en el subcontinente pueda poner en peligro nuestro trabajo!)

Segundo, el hecho de que Aquiles llevara a Petra a esta misión implica que ella no es partícipe involuntaria de sus proyectos. Como en Rusia Vlad también fue seducido para que trabajara con Aquiles, aunque brevemente, no es impensable que alguien tan escéptico como Petra se haya convertido a su causa mientras está en cautiverio. Bean debe ser consciente de esta posibilidad, pues tal vez espera rescatar a alguien que no desea ser rescatada.

Tercero, dígale a Bean que puedo establecer contactos en Hyderabad, entre antiguos estudiantes de la Escuela de Batalla que trabajan en el alto mando indio. No les pediré que comprometan su lealtad a su país, pero les preguntaré por Petra y averiguaré si la han visto o saben de ella. Creo que la lealtad a la escuela puede vencer el secreto patriótico en este aspecto.

La pequeña fuerza de choque de Bean era todo lo que podía esperar. No se trataba de soldados de elite como los estudiantes de la Escuela de Batalla: no fueron seleccionados por sus dotes de mando. Pero en algunos aspectos eso hacía que fuera más fácil entrenarlos. No analizaban ni deducían constantemente. En la Escuela de Batalla, demasiados soldados trataban siempre de alardear para poder mejorar su reputación en la escuela: los comandantes tenían que luchar día y noche para mantener a sus soldados concentrados en el objetivo general de la escuadra.

Bean sabía por sus estudios que en los ejércitos del mundo real, en general el problema radicaba en lo contrario: los soldados trataban de no destacar en nada, ni aprender demasiado rápido, por temor a que sus camaradas los acusaran de mostrarse excesivamente obedientes o presuntuosos. No obstante, la solución para ambos problemas era la misma: Bean se esforzaba por ganarse una reputación de justo y duro.

No tenía favoritos, no entablaba amistades, pero siempre advertía cuando alguien destacaba y lo comentaba. Sus halagos, sin embargo, no eran efusivos. Por lo general sólo hacía un sucinto comentario delante de los demás.

—Sargento, su equipo no ha cometido errores.

Sólo cuando un logro era excepcional lo alababa explícitamente, y sólo con un terso «Bien».

Como esperaba, lo escaso de sus halagos además de su equidad pronto se convirtieron en la moneda más valorada de su fuerza de choque. Los soldados que llevaban a cabo un buen trabajo no gozaban de privilegios especiales, ni se les concedía ninguna autoridad especial, así que los demás nunca les daban de lado. Los halagos no eran efusivos, así que nunca los avergonzaban. En cambio, eran admirados por los demás, e imitados. De manera que para los soldados ganar el reconocimiento de Bean se convirtió en una prioridad.

Eso era verdadero poder. La frase de Federico el Grande sobre que los soldados debían temer más a sus oficiales que al enemigo era una estupidez. Los soldados necesitaban creer que tenían el respeto de sus oficiales, y valorar ese respeto más de lo que valoraban la vida misma. Aún más, tenían que saber que el respeto de sus oficiales era justificado, que eran realmente los buenos soldados que sus oficiales creían que eran.

En la Escuela de Batalla, Bean había utilizado el breve lapso de tiempo que estuvo al mando de una escuadra para aprender: llevaba siempre a sus hombres a la derrota, porque estaba más interesado en aprender que en acumular puntos. Esta táctica era desmoralizadora para sus soldados, pero no le importaba: sabía que no estaría mucho tiempo con ellos, y que la Escuela de Batalla estaba a punto de cumplir su función. Aquí en Tailandia, sin embargo, sabía que las batallas que se avecinaban eran reales, los riesgos grandes, y que las vidas de sus soldados estarían en juego. El objetivo era conseguir la victoria, no obtener información.

Y, detrás de aquel obvio motivo yacía uno aún más profundo. En algún momento de la guerra futura (o incluso antes, si tenía suerte), Bean utilizaría una porción de esa fuerza de choque para hacer un osado intento de rescate, probablemente en la India. No podía permitirse ningún error. Rescataría a Petra. Tendría éxito.

Se trataba a sí mismo con tanta dureza como a cualquiera de sus hombres. Dejó claro que entrenaría con ellos: un niño ejecutando todos los ejercicios de los adultos. Corría con ellos, y si su mochila era más ligera era únicamente porque necesitaba llevar menos calorías para sobrevivir. También cargaba armas más pequeñas y livianas, pero nadie le reprochó eso: además, vieron que sus disparos daban en el blanco con la misma frecuencia que los suyos. No había nada que les pidiera que él mismo no hiciese. Y cuando no era tan hábil como sus hombres, no tenía reparos en acudir a los mejores y pedirles sus críticas y consejos, que luego seguía.

El hecho de que un comandante se arriesgara a parecer débil o poco capacitado delante de sus hombres resultaba inaudito. Y Bean tampoco habría adoptado esta actitud, porque los beneficios no solían compensar los riesgos. Sin embargo, planeaba ir con ellos en las maniobras difíciles, y su entrenamiento había sido teórico y centrado en los juegos. Tenía que convertirse en soldado, para poder tratar con los problemas y las emergencias durante las operaciones, para poder seguir al ritmo de ellos, y poder unirse de manera efectiva a un combate.

Al principio, a causa de su juventud y su escasa estatura, algunos de los soldados trataron de facilitarle las cosas. Su negativa fue serena pero firme.

—Tengo que aprender esto también —decía, y ése era el final de la discusión. Por supuesto, los soldados lo observaban con más atención, para comprobar cómo se medía con el alto listón que les ponía. Veían que se esforzaba al máximo, que no se arredraba ante nada, que salía del fango más sucio que ninguno, que superaba obstáculos tan altos como cualquier otro, que no disponía de mejor comida ni dormía en un suelo más blando durante las maniobras.

No comprendían hasta qué punto modelaba esta fuerza de choque según los patrones de las escuadras de la Escuela de Batalla. Al contar con doscientos hombres, los dividió en cinco compañías de cuarenta soldados. Cada compañía, como la escuadra de Ender en la Escuela de Batalla, se dividía en cinco batallones de ocho hombres cada uno, y cada batallón tenía que ser capaz de ejecutar las operaciones de forma independiente. Al mismo tiempo, se aseguraba de que fueran observadores hábiles, y los entrenaba para percibir el tipo de cosas que necesitaba que vieran.

—Vosotros sois mis ojos —decía—. Tenéis que saber

qué buscaría yo y lo que descubriríais. Siempre os comunico lo que estoy planeando, y por qué, para que podáis identificar un problema que yo no esperaba y que pudiera cambiar mi plan. Entonces os aseguraréis de comunicármelo. Mi mejor posibilidad de manteros a todos con vida es saber exactamente qué pasa por vuestra cabeza durante la batalla, igual que vuestra mejor oportunidad de permanecer con vida es saber todo lo que pasa por mi cabeza.

Naturalmente, Bean sabía que no podía contárselo todo. Sin duda ellos lo comprendían también. No obstante, se pasaba una enorme cantidad de tiempo, según la doctrina militar estándar, razonando sus órdenes, y esperaba que los comandantes de sus compañías y batallones hicieran lo mismo con sus hombres.

—De esa manera, cuando os demos una orden sin motivo, sabréis que es porque no hay tiempo para explicaciones, que debéis actuar sin demora, pero que desde luego existe una buena razón que os diríamos si pudiéramos.

En una ocasión, cuando Suriyawong fue a observar su entrenamiento, preguntó a Bean si él recomendaría entrenar a los soldados de todo el ejército según estas pautas.

—En absoluto —respondió Bean.

—Si funciona para ti, ¿por qué no para todo el mundo?

—Normalmente no hace falta, y no puedes permitirte el tiempo que conlleva —dijo Bean.

—¿Y tú sí puedes?

—A estos soldados se les va a pedir que hagan lo imposible. No se les va a enviar a mantener una posición o avanzar contra un puesto enemigo, sino a realizar movimientos difíciles y complicados justo ante las narices del enemigo, en circunstancias en que no podrán volver a pedir nuevas instrucciones, y tendrán que adaptarse y tener éxito. Eso es imposible si no entienden el propósito de todas sus órdenes. Y tienen que saber exactamente cómo piensan sus comandantes para que esa confianza sea perfecta. Así podrán compensar las inevitables debilidades de sus comandantes.

—¿Tus debilidades? —preguntó Suriyawong.

—Es difícil de creer, Suriyawong, pero sí, tengo debilidades.

Eso mereció una leve sonrisa por parte de Surly: un raro premio.

—¿Los problemas crecen? —preguntó Suriyawong.

Bean se miró los tobillos. Ya había mandado hacer dos veces uniformes nuevos, y le tocaba un tercero. Ahora era casi tan alto como lo era Suriyawong cuando Bean llegó a Bangkok hacía medio año. El crecimiento no le causaba ningún dolor, pero le preocupaba, porque no aparecía unido a ninguno de los otros síntomas de la pubertad. ¿Por qué, después de todos esos años de ser tan menudo, estaba su cuerpo tan decidido a ponerse al día?

No experimentaba ninguno de los problemas de la adolescencia: no sentía la torpeza que producen unos miembros que de repente se han alargado, ni el arrebato de hormonas que nublan el juicio y distraen la atención. Así que si crecía lo suficiente para poder cargar armas mejores, eso sólo podía representar una ventaja.

—Algún día espero ser tan guapo como tú —dijo Bean.

Suriyawong gruñó. Sabía que Surly lo tomaría como una broma. También sabía que, en algún lugar de su inconsciente, Suriyawong también lo aceptaría literalmente, pues la gente siempre lo hacía. Y era importante que Suriyawong tuviera la confirmación constante de que Bean respetaba su posición y no haría nada para minarla.

Eso había ocurrido unos meses atrás, y Bean pudo informar a Suriyawong de una larga lista de posibles misiones para las que sus hombres habían sido entrenados y que podían ejecutar en cualquier momento. Era su declaración de que estaba preparado.

Entonces llegó la carta de Graff. Carlotta se la envió en cuanto la recibió. Petra estaba viva y probablemente se hallaba con Aquiles en Hyderabad.

Bean notificó de inmediato a Suriyawong que un servicio secreto aliado verificaba un aparente pacto de no agresión entre la India y Pakistán, y un movimiento de tropas retirándose de la frontera conjunta, además de su opinión de que esto garantizaba una invasión de Birmania al cabo de tres semanas.

Respecto a los otros asuntos de la carta, la afirmación de Graff de que Petra pudiera haberse pasado a la causa de Aquiles era, por supuesto, absurda... si Graff creía eso, era que no conocía a Petra. Lo que alarmaba a Bean era que hubiese sido neutralizada hasta tal punto que pudiera parecer que estaba de parte de Aquiles. Se trataba de la niña que siempre decía lo que pensaba, sin importar lo que le cayera encima. Si se había mantenido en silencio, eso significaba que estaba desesperada.

¿No está recibiendo mis mensajes? ¿La ha apartado Aquiles de toda información y ni siquiera navega por las redes? Eso explicaría que no contestase. No obstante, Petra estaba acostumbrada a estar sola, de manera que eso no bastaría.

Tenía que ser su propia estrategia para dominar. Silencio, para que Aquiles olvidara cuánto lo odiaba. Aunque sin duda lo conocía ya lo suficiente para saber que él nunca olvidaba nada. Silencio, para poder evitar un aislamiento aún más profundo... eso era posible. Incluso Petra mantendría la boca cerrada si cada vez que hablaba quedaba más apartada de información y oportunidades.

Por fin, Bean tuvo que admitir la posibilidad de que Graff estuviera en lo cierto. Petra era humana y temía a la muerte como cualquiera. Si, de hecho, había sido testigo de la muerte de sus dos guardianes en Rusia, y si Aquiles había cometido esos asesinatos con sus propias manos (cosa que Bean creía probable), entonces Petra se enfrentaba a algo completamente nuevo para ella. Podía replicar a sus maestros y comandantes en la Escuela de Batalla porque lo peor que podía pasarle era una reprimenda, en cambio con Aquiles lo que tenía que temer era la muerte.

En efecto, el miedo a la muerte cambia el punto de vista de las personas, y Bean lo sabía: había pasado los primeros años de su vida bajo la presión constante de ese miedo. Aún más, había vivido bastante tiempo directamente bajo el poder de Aquiles. Aunque nunca llegó a olvidar el peligro que suponía Aquiles, incluso Bean había llegado a pensar que no era tan mal tipo, que de hecho era un buen líder, que hacía cosas valientes y atrevidas por su «familia» de pillastres callejeros. Bean lo había admirado y había aprendido de él, hasta el momento en que Aquiles asesinó a Poke.

Petra, temiendo a Aquiles, sometida a su poder, tenía que vigilarlo de cerca sólo para permanecer viva. Y, al vigilarlo, era posible que llegara a admirarlo. Los primates tienden a mostrarse sumisos e incluso a adorar al que tiene poder para matarlos. Aunque ella repudiara esos pensamientos, no podría eliminarlos por completo.

Pero los olvidará cuando ya no esté en su poder al igual que hice yo. Así que si Graff tiene razón y Petra se ha convertido en una especie de discípulo de Aquiles, se convertirá en hereje cuando la saque de allí.

Con todo, seguía permaneciendo el hecho de que

Bean tenía que estar preparado para rescatarla aunque ella se resistiera o tratara de traicionarlos.

Añadió pistolas de dardos y drogas anuladoras de la voluntad al arsenal con el que se entrenaba su ejército.

Por supuesto, si quería montar una operación para rescatarla necesitaría más datos. Escribió a Peter para pedirle que utilizara a algunos de sus antiguos contactos como Demóstenes en Estados Unidos y conseguir los datos de espionaje que tuvieran sobre Hyderabad. Aparte de eso, Bean carecía de recursos que no le llevaran a traicionar su situación. Porque estaba claro que no podía pedirle a Suriyawong información sobre Hyderabad. Aunque Suriyawong se sintiera complacido (y había estado compartiendo más información con Bean últimamente) no había forma de explicar por qué necesitaba información sobre la base del alto mando indio en Hyderabad.

Días después, mientras se entrenaba con sus hombres en el uso de dardos y drogas y esperaba la respuesta de Peter, Bean advirtió otra importante implicación en el hecho de que Petra pudiera estar cooperando con Aquiles, porque su estrategia no estaba preparada para el tipo de campaña que Petra podría diseñar.

Solicitó una reunión con Suriyawong y el chakri. Después de tantos meses sin ver la cara del chakri, le sorprendió que le concedieran la reunión... y sin retraso. Envió su petición cuando se despertó a las cinco de la mañana. A las siete ya estaba en el despacho del chakri, junto a Suriyawong. Éste sólo tuvo tiempo de silabear, molesto, las palabras «¿Qué pasa?» antes de que el chakri iniciara la reunión.

—¿Qué pasa? —dijo el chakri. Sonrió a Suriyawong: sabía que estaba repitiendo su pregunta. Pero Bean también sabía que era una sonrisa de burla. No controlabas a este niño griego después de todo.

—Acabo de descubrir información que ambos necesitan saber —empezó Bean. Por supuesto, eso implicaba que Suriyawong tal vez no hubiera reconocido la importancia de la información, por lo que Bean tenía que decírsela al chakri Naresuan directamente—. No pretendía incurrir en ninguna falta de respeto, pero considero que deben estar al corriente de esto sin demora.

—¿Qué información puedes tener que nosotros no sepamos ya? —dijo el chakri Naresuan.

—Algo que he sabido por un amigo con buenos contactos —respondió Bean—. Todas nuestras suposiciones se basaban en la idea de que el ejército indio emplearía la estrategia más evidente: rebasar las defensas birmanas y tailandesas con enormes ejércitos. Pero acabo de saber que Petra Arkanian, una de los miembros del grupo de Ender, puede estar colaborando con el ejército indio. Nunca pensé que fuera a respaldar a Aquiles, pero la posibilidad existe. Y si ella está dirigiendo la campaña, no será con un gran número de soldados.

—Interesante —dijo el chakri—. ¿Qué estrategia utilizaría?

—Los vencería por superioridad numérica, pero no con ejércitos en masa. En cambio habría incursiones de prueba a cargo de fuerzas más reducidas, cada una diseñada para golpear, llamar la atención, y luego desaparecer. Ni siquiera tendrán que retirarse. Vivirán de la tierra hasta que pudieran reagruparse más tarde. Aisladamente, no es difícil derrotarlas, pero no hay nada que derrotar: ninguna línea de suministro, ningún punto vulnerable, excepto partida tras partida hasta que no podamos responder a todas. Entonces las partidas empezarán a hacerse más nutridas. Cuando lleguemos allí, con nuestras fuerzas dispersas, el enemigo estará esperando. Destruirán a nuestros grupos uno por uno.

El chakri miró a Suriyawong.

—Lo que dice Borommakot es posible —asintió Suriyawong—. Pueden usar esa estrategia eternamente. Nunca les causaremos daños, porque cuentan con un suministro infinito de tropas, y arriesgan poco en cada ataque. En cambio, cada pérdida que suframos nosotros será irremplazable, y cada retirada les dará terreno.

—¿Entonces por qué no se le ocurrió a ese Aquiles esta estrategia a él solo? —preguntó el chakri—. Dicen que es un chico muy inteligente.

—Es una estrategia cauta —dijo Bean—. Muy conservadora respecto a la vida de los soldados. Y también lenta.

—¿Y Aquiles nunca tiene cuidado con las vidas de sus soldados?

Bean pensó en los días que había pasado con la «familia» de Aquiles en las calles de Rotterdam. Aquiles, de hecho, cuidaba de las vidas de los otros niños y se aseguraba de que no corrieran riesgos, pero eso se debía a que su poder se basaba exclusivamente en no perder a ninguno de ellos. Si alguno de los niños hubiera resultado herido, los demás se habrían dispersado. No era el caso del ejército indio. Aquiles los emplearía como si fueran simples piezas en un tablero.

Excepto que el objetivo de Aquiles no era gobernar la India, era dominar el mundo, por lo que le interesaba ganarse una reputación como líder benévolo. Tenía que parecer que valoraba las vidas de su pueblo.

—A veces, cuando le conviene —respondió Bean—. Por eso seguiría un plan como ése si Petra se lo esbozara.

—¿Y qué significaría —dijo el chakri— si te dijera que el ataque a Birmania acaba de empezar, y que es un ataque masivo frontal por parte de todas las fuerzas indias, tal como originalmente esbozaste en tu primer informe?

Bean se quedó aturdido. ¿Ya? El aparente pacto de no agresión entre la India y Pakistán se había alcanzado hacía sólo unos pocos días. No podían haber congregado a las tropas tan rápidamente.

Bean se sorprendió al ver que Suriyawong tampoco sabía que la guerra había empezado.

—Fue una campaña extremadamente bien planeada —prosiguió el chakri—. Los birmanos sólo tuvieron un día de tiempo. Las tropas indias se movieron como humo. Ya fuera producto de tu malvado amigo Aquiles, de tu brillante amiga Petra o de los bobalicones del alto mando indio, el plan fue ejecutado soberbiamente.

—Lo cual significa que no están haciendo caso a Petra —apuntó Bean—. O que ella está saboteando de forma deliberada la estrategia del ejército indio. Me alivia saberlo, y pido disculpas por haber causado una alarma que no era necesaria. ¿Puedo preguntar, señor, si Tailandia va a entrar ahora en guerra?

—Birmania no ha pedido ayuda —dijo el chakri.

—Para cuando Birmania pida ayuda a Tailandia, el ejército indio habrá llegado ante nuestras fronteras.

—En ese punto, no esperaremos a que nos la pidan.

—¿Qué hay de China?

El chakri parpadeó dos veces antes de responder.

—¿Qué hay de China?

—¿Han advertido a la India? ¿Han respondido de alguna forma?

—Las relaciones con China dependen de una sección distinta del gobierno —dijo el chakri.

—La India tal vez tenga el doble de población que China —señaló Bean—, pero el ejército chino está mejor equipado. La India se lo pensaría dos veces antes de provocar la intervención china.

—Mejor equipado —convino el chakri—. Pero ¿está

desplegado de manera útil? Sus tropas están situadas a lo largo de la frontera rusa. Se tardarían semanas en traerlas aquí. Si la India planea una campaña relámpago, no tienen nada que temer de China.

—Mientras la F.I. no haga volar los misiles —dijo Suriyawong—. Y con Chamrajnagar como Polemarca, puede estar seguro de que ningún misil atacará la India.

—Oh, ése es otro detalle —dijo el chakri—. Chamrajnagar envió su dimisión a la F.I. diez minutos después de que se lanzara el ataque a Birmania. Regresará a la Tierra (a la India) para aceptar su nuevo nombramiento como líder de un gobierno de coalición que guiará al nuevo imperio indio ampliado. Naturalmente, para cuando una nave pueda traerlo de vuelta a la Tierra, la guerra habrá terminado, de un modo u otro.

—¿Quién es el nuevo Polemarca? —preguntó Bean.

—Ésa es la cuestión —dijo el chakri—. Hay quienes se preguntan a quién puede proponer el Hegemón, considerando que ya nadie confía en nadie. Algunos se preguntan por qué el Hegemón debería nombrar a un Polemarca. Nos las hemos apañado sin Estrategos desde la Guerra de las ligas. ¿Por qué necesitamos a la F.I.?

—Para impedir que los misiles vuelen —apuntó Suriyawong.

—Ése es el único argumento serio a favor de conservar la F.I. Pero muchos gobiernos creen que la F.I. debería ser reducida al papel de policía más allá de la atmósfera. No hay ningún motivo para conservar más que una diminuta fracción de la fuerza de la F.I. Y en cuanto al programa colonizador, muchos opinan que es una pérdida de dinero cuando hay guerra aquí en la Tierra. Bueno, se acabó la clase por hoy. Hay trabajo de adultos por hacer. Se os consultará si sois necesarios para algo.

La frialdad de chakri era sorprendente y revelaba un

alto nivel de hostilidad hacia ambos graduados de la Escuela de Batalla, no sólo hacia el extranjero.

Fue Suriyawong quien desafió al chakri.

—¿Bajo qué circunstancias se nos llamará? —preguntó—. Los planes que tracé funcionarán o no funcionarán. Si salen bien, no me llamará. Si no, los considerará la evidencia de que no sabía lo que estaba haciendo, y seguirá sin llamarme.

El chakri reflexionó durante unos instantes.

—Vaya, es sorprendente. Creo que tienes razón.

—No, se equivoca —dijo Suriyawong—. Nada sale tal como se planea durante una guerra. Tendremos que ser capaces de adaptarnos, algo para lo cual estamos preparados los graduados de la Escuela de Batalla. Deberíamos ser informados en detalle de cómo se desarrollan los acontecimientos y en cambio nos aísla de los datos que están llegando. Yo debería de haber visto esta información en el momento en que me desperté y miré mi consola. ¿Por qué me mantiene apartado?

Por el mismo motivo que tú me apartaste a mí, pensó Bean. Para que cuando llegue la victoria, todo el crédito sea del chakri.

—Los niños de la Escuela de Batalla nos asesorasteis en las fases de planificación, pero durante la guerra real no dejáis de ser niños.

Y, por si las cosas no fueran ya mal:

—Ejecutamos fielmente los planes trazados por los niños de la Escuela de Batalla, pero al parecer el trabajo escolar no los preparó para el mundo real.

El chakri se estaba cubriendo las espaldas.

Suriyawong pareció comprenderlo también, pues en lugar de seguir discutiendo se levantó.

—Solicito permiso para marcharme, señor —dijo.

—Concedido. A ti también, Borommakot. Oh, y

probablemente te retiraremos los soldados que te dimos para jugar. Los devolveremos a sus unidades de origen. Por favor, prepáralos para que se marchen de inmediato.

Bean también se puso en pie.

—¿Entonces Tailandia va a entrar en guerra?

—Se te informará de lo que necesites saber, cuando necesites saberlo.

En cuanto estuvieron fuera del despacho del chakri, Suriyawong aceleró el paso. Bean tuvo que correr para alcanzarlo.

—No quiero hablar contigo —dijo Suriyawong.

—No seas estúpido —le advirtió Bean—. Sólo te está haciendo lo que tú ya me has hecho a mí. ¿Salí yo corriendo y lloriqueando?

Suriyawong se detuvo y se volvió hacia Bean.

—¡Tú y tu dichosa reunión!

—Ya te había dado de lado antes de que yo pidiera que nos reuniésemos.

Suriyawong sabía que Bean tenía razón.

—Así que he perdido mis influencias.

—Y yo nunca he tenido ninguna —dijo Bean—. ¿Qué vamos a hacer al respecto?

—¿Hacer? —dijo Suriyawong—. Si el chakri lo prohíbe, nadie obedecerá mis órdenes. Sin autoridad, sólo soy un niño, demasiado joven todavía para alistarme en el ejército.

—Lo que haremos primero es averiguar qué significa todo esto —apuntó Bean.

—Significa que el chakri es un cabrón ambicioso.

—Ven, salgamos del edificio.

—Pueden grabar nuestras palabras al aire libre también, si quieren —objetó Suriyawong.

—Pero al menos les costará un esfuerzo. Aquí, todo lo que digamos queda grabado automáticamente.

Suriyawong salió con Bean del edificio que albergaba el alto mando tailandés, y juntos se dirigieron al edificio de los oficiales casados, hasta un parque con atracciones para los hijos de los suboficiales. Cuando se sentaron en los columpios, Bean advirtió que era ya un poco demasiado grande para ellos.

—Tu fuerza de choque —dijo Suriyawong—. Justo cuando sería más necesaria, la dispersan.

—No, no la dispersarán.

—¿Y por qué no?

—Porque tú la sacaste de la guarnición que protege la capital. Esas tropas no serán enviadas a la batalla, así que permanecerán en Bangkok. Lo importante es mantener todo el material junto y a mano. ¿Crees tener autoridad para eso?

—Mientras pueda almacenarlo como procedimiento rutinario, creo que sí.

—Y sabrás dónde reasignan a esos hombres, para que cuando los necesitemos podamos llamarlos.

—Si intento eso, me apartarán de la red —dijo Suriyawong.

—Si intentamos eso, será porque la red no importa.

—Porque la guerra estará perdida.

—Piénsalo —dijo Bean—. Sólo un estúpido interesado en su carrera te despreciaría abiertamente de esta forma. Quería avergonzarte y desanimarte. ¿Lo has ofendido en algo?

—Yo siempre ofendo a todo el mundo —dijo Suriyawong—. Por eso me llamaban Surly a mis espaldas en la Escuela de Batalla. De todas las personas que conozco, sólo tú eres más arrogante que yo.

—¿Es idiota Naresuan? —preguntó Bean.

—Yo creía que no.

—Entonces hoy es un día en que gente que no es idiota actúa como si lo fuera.

—¿También estás diciendo que yo soy idiota?

—Estaba diciendo que en apariencia Aquiles también es idiota.

—¿Porque ataca con fuerzas en masa? Nos dijiste que eso era de esperar. Al parecer Petra no le proporcionó un plan mejor.

—O tal vez él no lo está utilizando.

—Pues tendría que ser idiota para no utilizarlo —dijo Suriyawong.

—Entonces, si Petra le proporcionó un plan mejor y él decidió no usarlo, entonces el chakri y él son los idiotas. Como cuando el chakri pretendió no tener influencia sobre la política exterior.

—¿Con respecto a China, quieres decir? —Suriyawong reflexionó un instante—. Tienes razón: por supuesto que tiene influencia. Pero tal vez no quería que supiéramos qué están haciendo los chinos. Tal vez por eso estaba tan seguro de no necesitarnos y de que no necesita entrar en Birmania. Porque sabe que los chinos van a intervenir.

—Bien —dijo Bean—. Mientras estamos aquí sentados, viendo la guerra, aprenderemos mucho de los acontecimientos a medida que se vayan desarrollando. Si China interviene para detener a los indios antes de que Aquiles llegue a Tailandia, entonces sabremos que el chakri Naresuan es un carrerista listo, no estúpido. En cambio, si China no interviene, entonces tenemos que preguntarnos por qué Naresuan, que no es tonto, ha elegido actuar como si lo fuera.

—¿Qué sospechas de él? —preguntó Suriyawong.

—En cuanto a Aquiles, no importa cómo reconstruyamos los acontecimientos: ha sido un idiota.

—No, sólo es idiota si Petra le proporcionó de verdad un plan mejor y él ha decidido no utilizarlo.

—Al contrario —puntualizó Bean—. Es idiota de todas formas. Entrar en esta guerra con la posibilidad de que China intervenga es una completa tontería.

—Entonces quizá sepa que China no va a intervenir. En ese caso el chakri sería el único idiota —dijo Suriyawong.

—Ya veremos.

—Y mientras me rechinarán los dientes —protestó Suriyawong.

—Espera conmigo. Dejemos esta estúpida competición entre nosotros. A ti te preocupa Tailandia. A mí me preocupa descubrir qué está haciendo Aquiles y cómo detenerlo. En este momento, esas dos preocupaciones coinciden casi a la perfección. Compartamos lo que hayamos averiguado.

—Pero tú no sabes nada.

—No sé nada que tú sepas —dijo Bean—. Y tú no sabes nada que yo sepa.

—¿Qué puedes saber? —preguntó Suriyawong—. Yo soy el bobo que te apartó de la red de inteligencia.

—Descubrí el trato entre la India y Pakistán.

—Y nosotros también.

—Pero no me lo contasteis. Y yo lo averigüé de todas formas.

Suriyawong asintió.

—Aunque haya que compartir principalmente en un solo sentido, de mí hacia ti, la información llega con cierto retraso, ¿no crees?

—No me importa que sea tarde o temprano, sólo me interesa lo que vaya a suceder a continuación.

Entraron en el comedor de oficiales y almorzaron; luego regresaron al edificio de Suriyawong y despidieron a su personal durante el resto del día. Una vez solos en el edificio, se sentaron en el despacho de Suriyawong y vieron los avances de la guerra en Worldnet. La resistencia birmana era valiente pero inútil.

—Polonia en 1939 —comentó Bean.

—Y aquí en Tailandia nos portamos tan tímidamente como Francia e Inglaterra.

—Al menos China no invade a Birmania desde el norte, como Rusia invadió a Polonia desde el este —dijo Bean.

—Pequeños favores —comentó Suriyawong.

Pero Bean se preguntó por qué China no intervenía. Beijing no hacía declaraciones. ¿Ningún comentario sobre una guerra que se desarrollaba a sus puertas? ¿Qué se guardaba China en la manga?

—Tal vez Pakistán no ha sido el único país en firmar un pacto de no agresión con la India —dijo Bean.

—¿Por qué? ¿Qué ganaría China?

—¿Vietnam?

—No vale nada, comparada con la amenaza de tener a un enorme ejército de la India situado justo debajo de China.

Pronto, para distraerse de las noticias (y del hecho de haber perdido cualquier tipo de influencia) dejaron de prestar atención a los vids y recordaron la Escuela de Batalla, aunque no mencionaron las experiencias realmente malas, sólo las divertidas, las ridículas. Estuvieron riéndose hasta el atardecer.

Las horas que pasó con su nuevo amigo Suriyawong llevaron a Bean a evocar su hogar: Creta, sus padres, Nikolai. Trataba de no pensar en ellos casi nunca, pero ahora, mientras reía con Suriyawong, se sintió abrumado por un ansia agridulce. Durante un año había disfrutado de algo parecido a una vida normal, y ahora se había acabado. Todo aquello había quedado reducido a cenizas como la casa donde pasaban las vacaciones, como el apartamento protegido por el gobierno del que Graff y sor Carlotta los habían sacado en un abrir y cerrar de ojos.

De repente Bean sintió un escalofrío de miedo. Sabía algo, aunque no podía decir cómo lo había averiguado. Su mente había establecido alguna conexión y no comprendía cómo, pero no albergaba dudas de que tenía razón.

—¿Hay alguna salida de este edificio que no pueda ser vista desde fuera? —preguntó Bean, con un susurro tan débil que él mismo apenas llegó a oírlo.

Suriyawong, que estaba contando una anécdota del mayor Anderson y su tendencia a hurgarse en la nariz cuando creía que nadie lo estaba mirando, se volvió hacia él como si estuviera loco.

—¿Qué, quieres jugar al escondite?

Bean respondió con un susurro.

—Una salida.

Suriyawong captó la insinuación.

—No lo sé. Siempre uso las puertas. Como la mayoría de las puertas, son visibles desde ambos lados.

—¿Un conducto de alcantarillado o de la calefacción?

—Esto es Bangkok. Aquí no hay conductos de calefacción.

—Cualquier salida.

Suriyawong continuó con voz normal.

—Miraré los planos. Pero mañana, hombre, mañana. Se está haciendo tarde y se nos ha pasado la cena.

Bean lo agarró por el hombro y lo obligó a mirarlo a los ojos.

—Suriyawong —susurró, aún más bajo—. No es ninguna broma. Hay que salir ahora mismo de este edificio sin que nos vean.

Finalmente Suriyawong lo captó: Bean estaba verdaderamente preocupado. Respondió de nuevo en un susurro.

—Eh, ¿qué pasa?

—Dime si hay algún sistema para salir.

Suriyawong cerró los ojos.

—Las viejas zanjas —susurró—. Estos edificios provisionales se construyeron sobre un viejo terreno destinado a desfiles y hay una zanja por debajo del edificio.

—¿Cómo podemos entrar desde dentro?

Suriyawong lo meditó un momento.

—Estos edificios están hechos de cartón. —Para demostrarlo, tiró de una esquina de la alfombra, la enrolló, y luego, con despreocupación, levantó una sección del suelo.

Debajo había hierba, muerta por la falta de luz. No se observaban desniveles entre el suelo y el césped.

—¿Dónde está la zanja? —preguntó Bean.

Suriyawong volvió a reflexionar.

—Creo que cruza el salón, pero allí la alfombra está clavada.

Bean subió el volumen del vid, salió del despacho y se dirigió al salón. Levantó un rincón de la alfombra y la desgarró. El tejido de la alfombra salió volando por los aires, pero Bean siguió tirando hasta que Suriyawong lo detuvo.

—Creo que es aquí —señaló.

Levantaron otra sección del suelo. Esta vez se advertía una depresión en la hierba amarillenta.

—¿Cabrás por aquí? —preguntó Bean.

—Eh, tú eres el que tiene la cabeza grande.

Bean fue en primer lugar. El suelo estaba húmedo (eso era Bangkok) y en pocos instantes se sintió sucio y pegajoso, mientras se arrastraba. Cada desnivel del suelo era un desafío, y un par de veces tuvo que cavar con el machete para abrir paso para la cabeza. No obstante logró avanzar, y tan sólo unos minutos más tarde salió a la oscuridad. Permaneció agachado y vio que Suriyawong, a pesar de no saber lo que pasaba, no alzaba la cabeza al emerger de debajo del edificio, sino que continuaba arrastrándose igual que Bean.

Prosiguieron hasta alcanzar el siguiente punto, donde la vieja zanja pasaba bajo otro edificio provisional.

—Por favor, dime que no hemos de seguir por debajo de otro edificio.

Bean miró las luces de la luna, de los porches y áreas de luz cercanas. Tenía que contar con que sus enemigos fueran al menos un poco descuidados. Si estaban utilizando infrarrojos, esta huida no tenía sentido. En cambio, si se limitaban a vigilar las puertas, no repararían en sus movimientos, lentos y tranquilos.

Bean empezó a subir la pendiente. Suriyawong lo agarró por la bota y Bean lo miró. Suriyawong hizo el gesto de frotarse las mejillas, la frente, las orejas.

Bean se había olvidado. Su tez era bastante más clara que la de Suriyawong, por lo que captaría más luz. Se frotó la cara, las orejas y las manos con tierra húmeda. Suriyawong asintió.

Salieron rondando lentamente de la zanja y se arrastraron a lo largo de la base del edificio hasta rodear la esquina, donde encontraron unos matorrales que ofrecían refugio. Permanecieron al amparo de las sombras un momento y luego caminaron, con aire indiferente, apartándose del edificio como si acabaran de salir por la puerta. Bean esperaba no ser visible para quien vigilara el edificio de Suriyawong, pero aunque pudieran verlos no llamarían la atención, siempre que no advirtieran que eran demasiado pequeños.

Cuando ya habían recorrido medio kilómetro, Suriyawong habló por primera vez.

—¿Te importa decirme a qué estamos jugando?

—A seguir con vida —replicó Bean.

—No sabía que la paranoia esquizofrénica pudiera actuar tan rápido.

—Lo han intentado dos veces —dijo Bean—. Y no tuvieron reparos en matarme junto con mi familia.

—Pero nosotros sólo estábamos hablando —observó Suriyawong—. ¿Qué es lo que viste?

—Nada.

—¿Pues qué oíste?

—Nada. Tuve un presentimiento.

—Por favor, no me digas que eres psíquico.

—No, no lo soy. Pero algo de lo sucedido en las últimas horas debe de haber encajado en mi subconsciente. Escucho mis miedos y actúo en consecuencia.

—¿Y funciona?

—Sigo vivo —dijo Bean—. Necesito un ordenador público. ¿Podemos salir de la base?

—Depende del alcance de este complot contra ti —respondió Suriyawong—. Por cierto, necesitas un baño.

—¿Qué tal algún sitio con acceso a un ordenador público?

—Claro, hay instalaciones para las visitas cerca de la estación del tranvía. ¿No te parecería irónico que tus asesinos las estuvieran usando?

—Mis asesinos no son visitantes —dijo Bean.

Esto molestó a Suriyawong.

—Ni siquiera sabes si hay alguien que quiere matarte, pero ¿estás seguro de que pertenecen al ejército tailandés?

—Es Aquiles —asintió Bean—. Y Aquiles no está en Rusia. La India no tiene un servicio de inteligencia que pueda efectuar una operación como ésta dentro del alto mando, así que ha de ser alguien a quien Aquiles haya corrompido.

—Nadie aquí está a sueldo de la India —aseguró Suriyawong.

—Es posible —concedió Bean—. Pero la India no es el único lugar donde Aquiles tiene ahora amigos. Estuvo en Rusia durante una temporada, o sea que puede haber hecho otras conexiones.

—Es difícil tomarse todo esto en serio, Bean —dijo Suriyawong—. Si de pronto empiezas a reírte y a burlarte de mí, te mataré.

—Puede que me equivoque, pero te prometo que no es ninguna broma.

Llegaron a las instalaciones para visitantes, donde no había nadie utilizando los ordenadores. Bean se conectó utilizando una de sus muchas identidades falsas y escribió un mensaje para Graff y sor Carlotta.

> Sabéis quién soy. Creo que mi vida corre peligro. Enviad mensajes al gobierno tailandés advirtiéndoles que va a cometerse un atentado y diciendo que implica a conspiradores dentro del círculo interno del chakri. Nadie más podría tener acceso. Y creo que el chakri estaba al corriente. Cualquier indio supuestamente implicado es una cortina de humo.

—No puedes escribir eso —dijo Suriyawong—. No tienes ninguna prueba para acusar a Naresuan. Estoy molesto con él, pero es un tailandés leal.

—Es un tailandés leal, pero puedes ser leal y seguir queriéndome muerto.

—Pero no a mí —dijo Suriyawong.

—Si quieres que esto parezca un atentado cometido por extranjeros, entonces un valiente tailandés tiene que morir conmigo. ¿Y si hacen que nuestras muertes parezcan causadas por un comando indio? Eso sería una provocación suficiente para declarar la guerra, ¿no?

—El chakri no necesita ninguna provocación.

—La necesita si quiere que los birmanos crean que Tailandia no anda buscando solamente un trozo de Birmania.

Bean volvió a su nota.

> Por favor, decidles que Suriyawong y yo estamos vivos. Saldremos de nuestro escondite cuando veamos a sor Carlotta con al menos un alto oficial del gobierno que Suriyawong reconozca. Por favor, actuad de inmediato. Si me equivoco, sólo pasaréis un poco de vergüenza. Si tengo razón, me habréis salvado la vida.

—Me pongo malo al pensar en la humillación que voy a sufrir. ¿Quién es esa gente a la que escribes?

—Gente en quien confío. Como tú.

Entonces, antes de enviar el mensaje, añadió la dirección de «Locke» a la línea de destinos.

—¿Conoces al hermano de Ender Wiggin? —preguntó Suriyawong.

—Nos hemos visto.

Bean se desconectó.

—¿Y ahora qué? —preguntó Suriyawong.

—Supongo que nos esconderemos en alguna parte.

Entonces oyeron una explosión. Las ventanas se estremecieron. El suelo tembló. El suministro eléctrico fluctuó. Los ordenadores empezaron a reiniciarse.

—Lo hemos enviado justo a tiempo —dijo Bean.

—¿Qué ha sido eso? —preguntó Suriyawong.

—Ahí tienes. Creo que a estas alturas ya estamos muertos.

—¿Dónde nos escondemos?

—Si han hecho eso es porque piensan que aún estamos dentro. Así que no nos buscarán. Podemos ir a mis barracones. Mis hombres nos protegerán.

—¿Estás dispuesto a apostar mi vida de esa forma?

—Sí. De momento no lo estoy haciendo tan mal, ¿no?

Mientras salían del edificio, vieron vehículos militares que circulaban en dirección a la columna de humo gris que se alzaba a la luz de la luna. Otros se dirigían a las entradas de la base. Nadie podría entrar ni salir.

Cuando llegaron a los barracones donde estaba acuartelada la fuerza de choque de Bean, oyeron disparos.

—Ahora están matando a todos los falsos espías indios a los que echarán la culpa de esto —dijo Bean—. El chakri informará apenado al gobierno de que todos se resistieron a la captura y que no sobrevivió ninguno.

—De nuevo lo acusas —dijo Suriyawong—. ¿Por qué? ¿Cómo sabías que esto iba a suceder?

—Creo que lo supe porque demasiada gente sensata actuó de manera estúpida —respondió Bean—. Aquiles y el chakri. Y nos despidió enfadado. ¿Por qué? Porque en realidad no quería matarnos, por eso tuvo que convencerse a sí mismo de que éramos niños desleales que habían sido corrompidos por la F.I. Éramos un peligro para Tailandia. En cuanto nos odió y nos temió, nuestra muerte quedó justificada.

—Eso no explica cómo sabías que estaban a punto de asesinarnos.

—Probablemente pretendían hacerlo en mis habitaciones. Pero me quedé contigo. Es posible que tuvieran planeada otra oportunidad... el chakri nos convocaría en alguna parte, y allí nos matarían. Pero como nos quedamos tantas horas en tus habitaciones, comprendieron que ésa era la oportunidad perfecta. Tuvieron que consultar con el chakri para que aprobara que adelantasen el plan. Probablemente tuvieron que apresurarse para colocar a los cabezas de turco indios en su sitio, es posible que incluso hayan capturado a espías auténticos. O tal vez fueran criminales tailandeses drogados que estarán en posesión de documentos incriminatorios.

—No me importa quiénes sean —dijo Suriyawong—. Sigo sin comprender cómo lo dedujiste.

—La verdad es que yo tampoco lo entiendo —admitió Bean—. Por lo general analizo las situaciones muy rápidamente y comprendo con exactitud por qué sé lo que sé. Pero a veces mi inconsciente se adelanta a mi mente consciente. Sucedió así en la última batalla, con Ender. Estábamos condenados a la derrota y no se me ocurría ninguna solución. Sin embargo, dije algo, una observación irónica, un chiste amargo... que contenía exactamente la solución que Ender necesitaba. A partir de entonces, he intentado prestar atención a esos procesos inconscientes que me dan las respuestas. He repasado toda mi vida y he visto otros momentos en que dije cosas que en realidad no estaban justificadas por mi análisis consciente. Como la vez en que Aquiles yacía derrotado en el suelo y le dije a Poke que lo matara. Ella no quiso hacerlo, y no fui capaz de convencerla, porque no comprendía por qué. Sin embargo, sabía cómo era Aquiles. Sabía que debía morir entonces, o de lo contrario la mataría.

—¿Sabes qué pienso? —dijo Suriyawong—. Creo

que oíste algo fuera, o tal vez advertiste algo de manera subliminal. Quizás alguien que nos observaba. Eso es lo que te lanzó a la acción.

Bean se limitó a encogerse de hombros.

—Es posible que tengas razón. Como ya te he dicho, no lo sé.

Ya había sonado el toque de queda, pero Bean pudo abrirse paso y palmear las puertas sin que saltara ninguna alarma. No se habían molestado en desautorizarlo. Su entrada en el edificio aparecería en algún ordenador, pero era un programa robot y para cuando algún humano le echara un vistazo los amigos de Bean habrían puesto las cosas en marcha.

Bean se alegró de descubrir que aunque sus hombres estaban en sus barracones en la base del alto mando tailandés, no habían relajado su disciplina. En cuanto entraron por la puerta, Bean y Suriyawong fueron sujetados y los llevaron contra la pared mientras los registraban en busca de armas.

—Buen trabajo —dijo Bean.

—¡Señor! —dijo el sorprendido soldado.

—Y Suriyawong —añadió Bean.

—¡Señor! —saludaron ambos centinelas.

Unos cuantos soldados más se habían despertado con el revuelo.

—No encendáis las luces —dijo Bean rápidamente—. Y nada de hablar en voz alta. Cargad las armas y preparaos para salir de un momento a otro.

—¿Salir? —se extrañó Suriyawong.

—Si advierten que estamos aquí dentro y deciden terminar el trabajo —explicó Bean—, este lugar es indefendible.

Mientras algunos soldados despertaban en silencio a los demás y todos se dedicaban a vestirse y a cargar sus armas, Bean hizo que uno de los centinelas los llevara a un ordenador.

—Conéctate tú —le dijo al soldado.

En cuanto estuvo conectado, Bean ocupó su lugar y escribió, usando la identidad del soldado, a Graff, Carlotta y Peter.

> Los dos paquetes están a salvo y esperan recogida. Por favor venir rápido antes de que los paquetes sean devueltos al remitente.

Bean envió a un pelotón, formado por cuatro parejas, a hacer una exploración. A medida que cada pareja regresaba, otra pareja de otro pelotón los reemplazaba. Bean quería disponer de tiempo suficiente para sacar a estos hombres de los barracones antes de que pudieran preparar cualquier tipo de asalto.

Mientras tanto, encendieron un vid y vieron las noticias. En efecto, lo ocurrido apareció en el primer reportaje. Agentes indios habían penetrado en la base del mando tailandés y destruido un edificio, matando a Suriyawong, el más distinguido graduado tailandés de la Escuela de Batalla, que había dirigido la doctrina militar y la planificación estratégica durante el último año y medio, desde su regreso del espacio. Era una gran tragedia nacional. Aunque aún no se había confirmado, los informes preliminares indicaban que algunos de los agentes indios habían muerto a manos de los heroicos soldados que defendían a Suriyawong. Un graduado de la Escuela de Batalla que estaba de visita también había muerto.

Algunos de los soldados de Bean se echaron a reír, pero pronto todos se pusieron serios. El hecho de que hubieran dicho a aquellos periodistas que Bean y Suriyawong estaban muertos significaba que quien había redactado el informe creía que ambos estaban dentro de las oficinas de Suriyawong a una hora en que la única forma en que podrían saberlo era que se hubieran hallado los cadáveres, o que el edificio estuviera bajo observación. Como obviamente no se habían encontrado los cadáveres, quien escribía los informes oficiales en la oficina del chakri debía de haber formado parte del complot.

—Puedo entender que alguien quiera matar a Borommakot —dijo Suriyawong—. Pero ¿por qué querría nadie matarme a mí?

Los soldados se rieron. Bean sonrió.

Las patrullas regresaban y marchaban, una y otra vez. Ningún movimiento hacia los barracones. La noticia provocó la respuesta inicial de diversos comentaristas. Al parecer la India quería aplastar a los militares tai eliminando a la mejor mente militar del país, lo cual era intolerable. El gobierno no tendría más remedio que declarar la guerra y unirse a Birmania en la lucha contra la agresión india.

Entonces llegaron nuevas noticias. El primer ministro había declarado que tomaría personalmente el control del desastre. Algún miembro del ejército había cometido el error de permitir que un grupo extranjero penetrara en la propia base del alto mando. Por tanto, para proteger la reputación del chakri y asegurarse de que los militares no ocultaran sus errores, la policía de Bangkok supervisaría la investigación y los bomberos examinarían los restos del edificio destruido.

—Buen trabajo —dijo Suriyawong—. La historia del primer ministro es coherente y el chakri no se opondrá a que la policía entre en la base.

—Si los investigadores de los bomberos llegan pronto —dijo Bean—, tal vez impidan que los hombres del chakri entren en el edificio en cuanto se enfríe lo suficiente. Así que ni siquiera sabrán que no estábamos allí.

Las sirenas que se dirigían a la base anunciaron la llegada de la policía y los bomberos. Bean siguió esperando el ruido de disparos, pero no se produjo.

En cambio, dos soldados de la patrulla regresaron corriendo.

—Viene alguien, pero no son soldados. Dieciséis policías de Bangkok, con un civil.

—¿Sólo uno? —preguntó Bean—. ¿Es un hombre o una mujer?

—No es una mujer, y sólo uno. Creo, señor, que es el primer ministro en persona.

Bean envió más patrullas para ver si había fuerzas militares cerca.

—¿Cómo han sabido que estamos aquí? —preguntó Suriyawong.

—Cuando controlaron la oficina del chakri —dijo Bean—, pudieron revisar los archivos del personal militar y averiguar que el soldado que envió el último email estaba en estos barracones cuando lo envió.

—¿Entonces es seguro salir?

—Todavía no.

Un soldado regresó.

—El primer ministro desea entrar solo en este barracón, señor.

—Dile que pase, por favor –indicó Bean.

—¿Estás seguro de que no viene cargado de explosivos para matarnos a todos? —preguntó Suriyawong—. Tu paranoia nos ha mantenido vivos hasta ahora.

A modo de respuesta, el vid mostró al chakri saliendo por la entrada principal de la base, bajo escolta policial. El periodista informaba que Naresuan había dimitido como chakri, pero el primer ministro insistía en que sólo se trataba de un permiso. Mientras tanto, el ministro de Defensa tomaba control directo personal de la oficina del chakri, y los generales estaban siendo transferidos a otras posiciones de confianza. Hasta entonces, la policía tenía el control del sistema de mando.

—Hasta que sepamos cómo penetraron esos agentes indios en nuestra base más sensible —dijo el ministro de Defensa—, no podemos fiarnos de nuestra seguridad.

El primer ministro entró en los barracones.

—Suriyawong —dijo, al tiempo que hacía una profunda reverencia.

—Señor primer ministro —saludó Suriyawong, inclinándose de manera menos exagerada. Ah, la vanidad de un graduado de la Escuela de Batalla, pensó Bean.

—Cierta monja está en camino hacia aquí —empezó el primer ministro—, pero esperábamos que confiaras en mí lo suficiente para salir sin necesidad de esperar a su llegada. Se encontraba al otro lado del mundo.

Bean dio un paso al frente y habló en tailandés. No demasiado mal.

—Señor —dijo—, creo que Suriyawong y yo estamos más seguros aquí con estos soldados leales que en ninguna otra parte de Bangkok.

El primer ministro miró a los soldados que permanecían firmes, armados hasta los dientes.

—Así que alguien tiene un ejército privado en medio de esta base —comentó.

—No me he expresado bien —puntualizó Bean—. Estos soldados son absolutamente leales a usted. Están a sus órdenes, porque usted es Tailandia en este momento, señor.

El primer ministro asintió levemente y se volvió hacia los soldados.

—Entonces les ordeno que arresten a este extranjero.

Inmediatamente, el soldado más cercano agarró a Bean por los brazos, mientras otro lo cacheaba en busca de armas.

Suriyawong abrió los ojos desmesuradamente, pero no dio ninguna otra señal de sorpresa.

El primer ministro sonrió.

—Suéltenlo —dijo—. Antes de su permiso voluntario, el chakri me advirtió que estos soldados habían sido corrompidos y ya no eran leales a Tailandia. Ahora veo que estaba mal informado y que tú tienes razón: estáis más a salvo aquí, bajo su protección, hasta que averigüemos el alcance de la conspiración. De hecho, agradecería poder utilizar a cien de tus hombres para que sirvan a mis fuerzas policiales para tomar el control de la base.

—Le insto a llevárselos a todos menos a ocho —dijo Bean.

—¿Qué ocho? —preguntó el primer ministro.

—Cualquiera de estos pelotones de ocho, señor, podría resistir un día contra el ejército indio.

La idea era absurda, desde luego, pero sonaba bien, y a los hombres les encantó oírlo.

—Entonces, Suriyawong —dijo el primer ministro—, agradecería que tomaras el mando de estos hombres, menos de ocho, y los lideraras para tomar en mi nombre el control de esta base. Asignaré un policía a cada grupo, para que puedan ser claramente identificados como hombres que acatan mis órdenes. Además, un grupo de soldados se quedará contigo para protegerte en todo momento.

—Sí, señor —dijo Suriyawong.

—Recuerdo que dije en mi última campaña que los niños de Tailandia tenían la llave de nuestra supervivencia nacional. Entonces no tenía ni idea de lo literal y rápidamente que eso se cumpliría.

—Cuando llegue sor Carlotta —dijo Bean—, puede comunicarle que ya no es necesaria, pero que me gustaría verla si tiene tiempo.

—Se lo diré —contestó el primer ministro—. Ahora vamos a trabajar. Tenemos una larga noche por delante.

Todos esperaron solemnemente a que Suriyawong llamara a los líderes de batallón. A Bean le impresionó que los conociera por su nombre. Suriyawong tal vez no se había preocupado demasiado por la compañía de Bean, pero había hecho un trabajo excelente siguiendo la pista de lo que estaban haciendo. Sólo cuando todo el mundo se puso en marcha, cada pelotón con su propio policía como una enseña de batalla, se permitieron sonreír Suriyawong y el primer ministro.

—Buen trabajo —les felicitó el primer ministro.

—Gracias por creer en nuestro mensaje —dijo Bean.

—No estaba seguro de poder creer a Locke —dijo el primer ministro—. Después de todo en estos momentos el ministro de Colonización del Hegemón sólo es un político. Pero cuando el papa me telefoneó personalmente, no tuve más remedio que creer. Ahora debo salir y contar al pueblo la verdad absoluta de lo que aquí ha sucedido.

—¿Que agentes indios trataron en efecto de asesinarme junto con un visitante extranjero sin nombre, pero que sobrevivimos por la rápida acción de los heroicos soldados del ejército tailandés? —preguntó Suriyawong—. ¿O acaso murió el visitante extranjero?

—Me temo que murió —sugirió Bean—. Quedó reducido a cenizas en la explosión.

—En cualquier caso —intervino Suriyawong—, le asegurará usted al pueblo que los enemigos de Tailandia han aprendido esta noche que los militares tailandeses pueden ser desafiados, pero no derrotados.

—Me alegro de que te entrenaran para el ejército, Suriyawong —dijo el primer ministro—. No querría enfrentarme a ti como oponente en una campaña política.

—Es impensable que fuéramos oponentes —respondió Suriyawong—, ya que no podríamos estar en desacuerdo en ningún tema.

Todos captaron la ironía, pero nadie se rió. Suriyawong se marchó con el primer ministro y ocho soldados. Bean se quedó en el barracón con el último pelotón, y juntos vieron cómo las mentiras se desplegaban en el vid.

Y mientras las noticias continuaban, Bean pensó en Aquiles. De algún modo había descubierto que él estaba vivo... pero eso sería cosa del chakri, sin duda. No obstante, si el chakri se había pasado al bando de Aquiles, ¿por qué tejía la historia de la muerte de Suriyawong como pretexto para la guerra con la India? No tenía sentido. Si Tailandia participaba en la guerra desde el principio, eso sólo podía actuar en contra de la India. Si ello se añadía al uso de la torpe estrategia del ataque en masa, empezaba a parecer que Aquiles era una especie de idiota.

No era ningún idiota. Por tanto estaba jugando a algo más profundo, y a pesar de la cacareada astucia de su mente inconsciente, Bean no sabía aún qué era. Y Aquiles sabría muy pronto, si no lo sabía ya, que Bean no estaba muerto.

Está decidido a matar, pensó Bean.

Petra, pensó Bean. Ayúdame a encontrar un modo de salvarte.

14
Hyderabad

Publicado en el Foro de Política Internacional por EnsiRaknor@TurkMilNet.gov
Asunto: ¿Dónde está Locke cuando lo necesitamos?

¿Soy el único que desearía que Locke se hubiera hecho cargo de los recientes acontecimientos en la India? Con la India más allá de la frontera birmana y las tropas pakistaníes concentradas en Beluchistán, amenazando Irán y el Golfo, necesitamos un nuevo modo de mirar el sur de Asia. Los antiguos modelos claramente no funcionan.

Lo que quiero saber es si el ForPolInt eliminó la columna de Locke cuando Peter Wiggin reconoció su autoría, o si Wiggin dimitió. Porque si fue una decisión del ForPolInt, se trató, por decirlo claramente, de una estupidez. Nunca supimos quién era Locke: lo escuchábamos porque tenía sentido, y una y otra vez fue el único que halló la lógica a situaciones problemáticas, o al menos fue el primero en ver claramente lo que estaba pasando. ¿Qué importa que sea un adolescente, un embrión o un cerdo parlante?

A ese respecto, como el mandato del Hegemón está a punto de expirar, cada vez me siento más inquieto con el actual candidato. No sé quién propuso a Locke hace casi un año, pero en mi opinión tuvo la idea adecuada. Sólo que ahora lo pondríamos en el cargo con su propio nombre. Lo que Ender Wiggin hizo en la guerra Fórmica, Peter Wiggin podría hacerlo en la conflagración que se avecina, y ponerle fin.

Respuesta 14, de Talleyrandophile@poinet.gov

No pretendo ser suspicaz, pero ¿cómo sabemos que no eres Peter Wiggin intentado poner de nuevo tu nombre en circulación?

Respuesta 14.1, de EnsiRaknor@TurkMilNet.gov

No pretendo que esto sea personal, pero las identidades de la red militar turca no se dan a adolescentes estadounidenses que trabajan como asesores en Haití. Soy consciente de que la política internacional puede hacer que los paranoicos parezcan cuerdos, pero si Peter Wiggin pudiera escribir bajo esta identidad, bien podría ya gobernar el mundo. Pero quizá soy yo quien ve la diferencia. Tengo veinte años ahora, pero soy graduado de la

Escuela de Batalla. Así que tal vez por eso la idea de poner a un chico al mando de la situación no me parece tan descabellada.

Virlomi supo quién era Petra en el momento en que apareció por primera vez en Hyderabad: se habían conocido antes. Aunque era considerablemente mayor y había estado en la Escuela de Batalla un año antes que Petra, en aquellos días Virlomi tomaba nota de todas las chicas que había en el espacio. Una tarea fácil, ya que la llegada de Petra aumentó el número total de niñas a nueve, cinco de las cuales se graduaron al mismo tiempo que Virlomi. Parecía que tener chicas en el espacio se consideraba un experimento fallido.

En la Escuela de Batalla, Petra era una novata dura y lenguaraz que rechazaba orgullosamente todo consejo. Parecía decidida a abrirse paso como chica entre los muchachos, sin ayuda, igualándolos. Virlomi la comprendió.

Al principio ella también se había aferrado a la misma actitud. Sólo esperaba que Petra no tuviera que pasar por las mismas dolorosas experiencias que ella antes de comprender que la hostilidad de los niños era, en la mayoría de los casos, insuperable, y que una niña necesitaba tantos aliados como pudiera.

Petra se hizo famosa y por supuesto Virlomi reconoció su nombre cuando las historias del grupo de Ender se hicieron públicas después de la guerra. La única chica entre ellos, la Juana de Arco armenia. Virlomi leyó los artículos y sonrió. Así que Petra había sido tan dura como creía que debía ser. Bien por ella.

Entonces habían asesinado o secuestrado a los miembros del grupo de Ender, y cuando los secuestrados regresaron de Rusia, Virlomi se sintió desfallecer al saber que el único cuyo destino continuaba siendo desconocido era Petra Arkanian.

Sólo que no tuvo que apenarse mucho, pues de repente el equipo de graduados indios de la Escuela de Batalla tuvo un nuevo comandante, a quien inmediatamente reconocieron como el mismo Aquiles al que Locke había acusado de ser un asesino psicópata. Y pronto descubrieron que iba acompañado por una niña silenciosa y de aspecto cansado cuyo nombre nunca se pronunciaba.

Pese a ello Virlomi la reconoció: era Petra Arkanian.

Fuera cual fuese el motivo que tenía Aquiles para no revelar su nombre, a Virlomi no le gustó, y por eso se aseguró de que todos los miembros del grupo de estrategia supieran que se trataba del miembro desaparecido del clan de Ender. No le dijeron a Aquiles nada sobre Petra, por supuesto: simplemente respondían a sus instrucciones y le informaban según requería. Y pronto la silenciosa presencia de Petra fue tratada como si fuera normal. Los otros no la habían conocido.

Pero Virlomi sabía que si Petra guardaba silencio, eso significaba algo terrible. Significaba que Aquiles ejercía algún tipo de presión sobre ella. ¿Un rehén, algún miembro de su familia había sido secuestrado? ¿Amenazas? ¿O algo más? ¿Había Aquiles doblegado de algún modo la voluntad de Petra, que antes parecía indomable?

Virlomi tomó muchas precauciones para asegurarse de que Aquiles no advirtiera que prestaba una atención especial a Petra, pero observaba a la otra niña, y aprendía cuanto podía. Petra usaba su consola como los demás, y tomaba parte en los informes de espionaje y todo el material que les enviaban. Pero algo iba mal, y Virlomi tardó algún tiempo en darse cuenta de qué era: Petra nunca tecleaba nada mientras estaba conectada al sistema. Había un montón de sitios-red que requerían claves de acceso o al menos registrarse para poder conectar. Pero después de teclear su clave por la mañana, Petra nunca volvía a teclear.

Ha sido bloqueada, advirtió Virlomi. Por eso no nos manda ningún email. Es una prisionera. No puede enviar mensajes al exterior, ni hablar con nosotros.

Cuando no estaba conectada, sin embargo, debía de trabajar furiosamente, porque de vez en cuando Aquiles les enviaba un mensaje a todos ellos, detallando nuevas direcciones a sus planes. El lenguaje de esos mensajes no era de Aquiles: resultaba muy fácil detectar el cambio de estilo. Estaba recibiendo esa información estratégica (y era muy buena) de Petra, que era una de los nueve elegidos para salvar a la humanidad de los fórmicos. Una de las mejores mentes de la Tierra se había convertido en una esclava de ese loco psicópata.

Así, mientras los demás admiraban las brillantes estrategias que desarrollaban para la guerra de agresión contra Birmania y Tailandia, mientras los informes de Aquiles acicateaban su entusiasmo para que la India «finalmente ocupe el lugar que le corresponde por derecho entre las naciones», Virlomi se fue volviendo más y más escéptica. A Aquiles no le importaba nada la India, no importaba lo bien que sonara su retórica. Y cuando ella se sentía tentada a creerlo, sólo tenía que mirar a Petra para recordar lo que era.

Como todos los demás parecían haberse tragado la versión de Aquiles sobre el futuro de la India, Virlomi mantuvo en secreto sus opiniones. Se limitaba a observar y esperar que Petra la mirase, para poder dirigirle un guiño o una sonrisa.

Llegó el día. Petra miró. Virlomi sonrió.

Petra desvió la mirada tan casualmente como si Virlomi hubiera sido una silla y no una persona que trataba de entablar contacto.

Virlomi no se desanimó. Siguió intentándolo hasta que un día Petra pasó cerca de ella camino de una fuente, tropezó y se apoyó en la silla de Virlomi. En medio del ruido de los pies de Petra al resbalar, Virlomi oyó claramente sus palabras.

—Basta. Está vigilando.

Y así era. La confirmación de lo que Virlomi había sospechado de Aquiles, la prueba de que Petra se había fijado en ella, y una advertencia de que su ayuda no era necesaria.

Bueno, eso no era nada nuevo. Petra nunca necesitaba ayuda, ¿no?

Entonces llegó el día, hacía sólo un mes, en que Aquiles envió un informe ordenando que pusieran al día los viejos planes: la estrategia original del ataque en masa, lanzando enormes ejércitos con sus grandes líneas de suministros contra los birmanos. Todos se quedaron de piedra. Aquiles no dio ninguna explicación, pero parecía desusadamente taciturno, y todos entendieron el mensaje. La brillante estrategia había sido descartada por los adultos. Algunas de las mejores mentes militares del mundo habían elaborado la estrategia, y a los adultos sólo se les ocurría prescindir de ellos.

Todos se molestaron, pero pronto volvieron a la rutina del trabajo, tratando de dar forma a los antiguos planes para la inminente guerra. Las tropas fueron trasladadas, los suministros se entregaron en una zona o se perdieron en otra. Pero elaboraron la estrategia. Y cuando recibieron el plan de Aquiles (o, como Virlomi suponía, el plan de Petra) para retirar el grueso del ejército de la frontera pakistaní y enfrentarse a los birmanos, admiraron la brillantez de la idea, que hacía coincidir las necesidades del ejército con la ruta aérea y terrestre ya existente, de forma que desde los satélites no se vería ningún movimiento hasta que los ejércitos ya hubiesen llegado a la frontera. Como mucho, el enemigo se enteraría uno o dos días antes: antes de que resultara evidente.

Aquiles se marchó a uno de sus frecuentes viajes, sólo que esta vez Petra desapareció también. Virlomi temió por ella. ¿Pensaba matarla ahora que ya había servido a su propósito?

No fue así: regresó esa misma noche, cuando lo hizo Aquiles.

A la mañana siguiente llegó la noticia del inicio del movimiento de tropas siguiendo el hábil plan de Petra que los llevaba a la frontera birmana. Y luego, prescindiendo de ese mismo hábil plan de Petra, lanzaron su torpe ataque en masa.

No tiene sentido, pensó Virlomi.

Entonces recibió el email del ministro de Colonización de la Hegemonía, el coronel Graff, aquel viejo zorro.

> Estoy seguro de que sois conscientes de que una de nuestras graduadas en la Escuela de Batalla, Petra Arkanian, no regresó con el resto de los que tomaron parte en la batalla final con Ender Wiggin. Estoy muy interesado en localizarla, y creo que puede haber sido transportada contra su voluntad a un lugar de la India. Si sabéis algo sobre su paradero y actual estado, ¿podríais comunicármelo? Estoy seguro de que querríais que hicieran lo mismo por vosotros.

Casi inmediatamente llegó un mensaje de Aquiles.

> Puesto que nos hallamos en guerra, sin duda comprenderéis que cualquier intento de entregar información a una persona ajena al ejército indio se considerará un acto de espionaje y traición, por el cual seréis fusilados en el acto.

Así que, definitivamente, Aquiles mantenía a Petra incomunicada y le preocupaba mucho que permaneciera oculta.

Virlomi ni siquiera tuvo que pensar en lo que debería hacer. Esto no tenía nada que ver con la seguridad india. Así pues, aunque se tomaba muy en serio la amenaza de muerte, no creyó que hubiera nada moralmente malo en intentar evitarla.

No podía escribir directamente al coronel Graff. Tampoco podía enviar ningún tipo de mensaje referente a Petra, por velado que fuera. Todo email que saliera de Hydebarad sería examinado. Y, ahora que Virlomi lo pensaba, ella y los otros graduados de la Escuela de Batalla que vivían aquí en la División de Doctrina y Planificación, apenas eran más libres que Petra. No podía salir del terreno. No podía entablar contacto con nadie que no fuera militar y tuviera un alto grado de acceso de seguridad.

Los espías disponen de equipos de radio o gotas letales, pensó Virlomi. Pero ¿cómo te conviertes en espía cuando no tienes otra forma de contactar con el exterior que las cartas, y no hay nadie a quien puedas escribir ni manera de decir lo que necesitas sin que te atrapen?

Podría haber pensado una solución por su cuenta, pero Petra simplificó el proceso acercándose a la fuente tras ella. En un momento en que Virlomi se enderezó después de beber y Petra se disponía a ocupar su lugar, ésta le dijo escuetamente:

—Soy Briseida.

Y eso fue todo.

La referencia era evidente: todo el mundo en la Escuela de Batalla había leído la *Ilíada*. Siendo Aquiles el supervisor, el comentario acerca de Briseida era obvio. Sin embargo, no lo era. Briseida era cautiva de alguien, y Aquiles (el original) se enfureció porque se sentía afrentado si no era suya. Entonces, ¿a qué se refería Petra al decir que era Briseida?

Guardaba relación con la carta de Graff y su advertencia sobre Aquiles, así que debía ser una clave, una forma de transmitir la noticia sobre la existencia de Petra, para lo cual hacía falta la red. Así que «Briseida» debía significar algo para alguien de la red. Tal vez existía algún tipo de clave electrónica con ese nombre. Tal vez Petra ya había encontrado a alguien con quien contactar, pero no podía hacerlo porque estaba aislada de las redes.

Virlomi no se molestó en llevar a cabo una búsqueda general. Si alguien ahí fuera estaba buscando a Petra, el mensaje estaría en un sitio que Petra pudiera encontrar sin desviarse de su legítima investigación militar. Lo cual significaba que Virlomi probablemente ya conocía el sitio donde estaba esperando el mensaje.

En ese momento debía investigar la manera más eficaz de reducir los riesgos de abastecer a los helicópteros sin consumir demasiado combustible, un problema tan técnico que no había manera de incluir en él una investigación histórica o teórica.

Sin embargo, Sayagi, un graduado de la Escuela de Batalla cinco años mayor que ella, se encargaba de investigar la forma de pacificar y ganar la colaboración de las poblaciones locales en los países ocupados. Así que Virlomi acudió a él.

—Me he encallado en mis algoritmos.

—¿Quieres que te ayude?

—No, no, sólo necesito distraerme un par de horas para volver al tema cuando haya descansado. ¿Quieres que te ayude a buscar algo?

Por supuesto, Sayagi había recibido los mismos mensajes que Virlomi, y fue lo bastante listo para no interpretar literalmente la oferta de ayuda de Virlomi.

—No sé, ¿qué es lo que podrías hacer?

—Cualquier investigación histórica o teórica en las redes. —Le estaba dando a entender lo que necesitaba y él la comprendió.

—Claro. Odio esas cosas. Necesito datos sobre intentos frustrados de pacificación y conciliación que no consistan en eliminar o deportar a todo el mundo y traer a una población nueva.

—¿Has conseguido algo?

—No; tienes el campo libre, he estado evitando el tema.

—Gracias. ¿Quieres un informe o sólo enlaces?

—Me basta con archivos recortados y pegados. Nada de enlaces, eso se parece demasiado a hacer el trabajo uno mismo.

Era una conversación de lo más inocente que proporcionaba a Virlomi la tapadera que necesitaba.

Volvió a su consola y empezó a repasar los sitios históricos y teóricos. No ejecutó ninguna búsqueda sobre el nombre «Briseida», porque habría sido demasiado obvio y el programa de vigilancia lo detectaría directamente. Si Aquiles lo veía, ataría cabos de inmediato. En lugar de eso, Virlomi repasó los sitios buscando titulares.

Briseida apareció en el segundo sitio que visitó.

Era un mensaje de alguien que se hacía llamar HéctorVictorioso.

Héctor no era exactamente un nombre de buen augurio: fue un héroe, el único rival posible de Aquiles, pero al final Héctor moría y Aquiles arrastraba su cadáver alrededor de las murallas de Troya.

Con todo, el mensaje estaba claro, si se te ocurría pensar que Briseida era el nombre en clave para Petra.

Virlomi recorrió otros mensajes, fingiendo leer mientras en realidad preparaba su respuesta para HéctorVictorioso. Cuando estuvo lista, volvió atrás y lo tecleó, con la plena conciencia de que aquello bien podría suponer la causa de su ejecución inmediata.

> Voto para que siga siendo una esclava renuente. Aunque se hubiera visto forzada al silencio, encontraría un modo de aferrarse a su alma. En cuanto a deslizar un mensaje para alguien que esté dentro de Troya, ¿cómo sabe que no lo hizo? ¿Y de qué habría servido? Poco después todos los troyanos murieron. ¿O no ha oído hablar del caballo de Troya? Lo sé: Briseida debería haber advertido a los troyanos para que tuvieran cuidado con los regalos de los griegos. También pudo haber encontrado a un nativo amistoso para que lo hiciera por ella.

Lo firmó con su propio nombre y dirección de correo: después de todo, se suponía que era un mensaje inocente. De hecho, le preocupaba que pudiera resultar demasiado inocente. ¿Y si la persona que estaba buscando a Petra no advertía que sus referencias a la resistencia de Briseida y a su silencio forzoso eran informes de testigos? ¿O que el «nativo amistoso» era una referencia a la propia Briseida?

Pero su dirección dentro de la red militar india alertaría a quien fuera para que prestase especial atención.

Ahora, que ya había enviado el mensaje, Virlomi tenía que continuar con la inútil búsqueda que Sayagi le había «pedido» que hiciera. Serían un par de aburridas horas: un tiempo desperdiciado, si HéctorVictorioso no recibía el mensaje.

Petra trató de no observar qué hacía Virlomi. Después de todo, si Virlomi era lo bastante inteligente, no haría nada que mereciera la pena observar. Pese a ello, advirtió Petra que Virlomi se acercaba a Sayagi y conversaba un rato, y que cuando regresó a su consola parecía estar repasando páginas online en vez de escribir o hacer cálculos. ¿Localizaría los mensajes de HéctorVictorioso?

En cualquier caso, Petra no podía permitirse pensar más en eso, porque en cierto modo sería mejor para todos que Virlomi no lo consiguiera. ¿Quién sabía hasta qué punto era sutil Aquiles? Por lo que Petra sabía, aquellos mensajes podrían ser trampas diseñadas para pillarla buscando ayuda, lo cual podía ser fatal.

Pero Aquiles no podía estar en todas partes. Era inteligente, suspicaz, y arriesgado, pero era sólo un ser humano y no podía pensar en todo. Además, ¿hasta qué punto era importante Petra para él? Ni siquiera había utilizado su estrategia de campaña. Sin duda la mantenía cerca por vanidad, nada más.

Los informes que llegaban del frente eran lo que cabría esperar: la resistencia birmana era sólo testimonial, ya que mantenían sus fuerzas principales en lugares donde el terreno los favorecía: cañones y ríos.

Todo inútil, por supuesto. No importaba dónde emplazaran su defensa los birmanos: el ejército indio simplemente los rebasaría. No había suficientes soldados birmanos para representar una oposición seria en más de un puñado de sitios, mientras que había tantos indios que podían presionar en cada lugar, dejando sólo suficientes hombres en los puntos fuertes birmanos para mantenerlos inmovilizados mientras el grueso del ejército completaba la toma de Birmania y continuaba hacia los pasos montañosos de Tailandia.

Ahí era donde empezaría el desafío, por supuesto. Pues las líneas de suministro indias se estirarían entonces hasta Birmania, y las fuerzas aéreas tailandesas eran formidables, sobre todo desde que habían observado que ponían a prueba un nuevo sistema de aeródromos provisionales que podían construirse en muchos casos durante el tiempo que un bombardero estaba en el aire. No merecía la pena bombardear aquellas pistas cuando podían ser sustituidas en dos o tres horas.

Así que, aunque los informes de espionaje del interior de Tailandia eran muy buenos (detallados, precisos y recientes), en los puntos decisivos apenas no contaban para nada. Había pocos objetivos significativos, dada la estrategia que usaban los tailandeses.

Petra conocía a Suriyawong, el graduado de la Escuela de Batalla que dirigía estrategia y doctrina en Bangkok. Era bueno. Pero le parecía un poco sospechoso que la nueva estrategia tailandesa hubiera empezado, bruscamente, sólo unas pocas semanas después de que ella y Aquiles hubieran llegado a la India desde Rusia. Suriyawong ya llevaba un año en Bangkok. ¿Por qué el súbito cambio? Tal vez alguien les había alertado de la presencia de Aquiles en Hyderabad y lo que eso podría significar. O también era posible que alguien más se hubiera unido a Suriyawong y estuviera influyendo en su pensamiento.

Bean.

Petra se negaba a creer que hubiera muerto. Aquellos mensajes tenían que ser de él. Y aunque Suriyawong era perfectamente capaz de idear por su cuenta la nueva estrategia tailandesa, era un conjunto de cambios tan grande, sin ninguna señal de desarrollo gradual, que clamaba a gritos la explicación más evidente: procedía de alguien nuevo. ¿Quién más, sino Bean?

El problema, si era Bean, estribaba en que las fuentes de inteligencia de Aquiles dentro de Tailandia eran tan buenas que cabía la posibilidad de que Bean fuera localizado. Y si el anterior intento de asesinarlo había fracasado, Aquiles no se abstendría de intentarlo de nuevo.

Mejor no pensar en eso. Si Bean se había salvado una vez, podría hacerlo de nuevo. Después de todo, tal vez alguien tuviera excelentes fuentes de información dentro de la India también.

Por otra parte tal vez no fuera Bean quien dejaba aquellos mensajes a Briseida. Podría ser Dink Meeker, por ejemplo. Aunque en realidad no era el estilo de Dink. Bean siempre había sido más sibilino, mientras que Dink era directo. Habría entrado en las redes proclamando que sabía que Petra estaba en Hyderabad y exigiendo que la liberaran de inmediato. Fue Bean quien dedujo que la Escuela de Batalla sabía en todo momento dónde se encontraban los estudiantes por un sistema de transmisores en sus ropas. Si os quitáis la ropa y andáis por ahí desnudos, los administradores de la Escuela de Batalla no tendrán ni idea de dónde estáis. Bean no sólo lo había pensado: lo había hecho para arrastrarse por los conductos de aire en mitad de la noche. Cuando se lo contó, mientras esperaban en Eros a que la Guerra de las ligas se apaciguara para poder volver a casa, al principio Petra no dio crédito. No hasta que él la miró fríamente a los ojos y dijo:

—Yo no bromeo, y si lo hiciera, esto no tiene nada de gracioso.

—No creía que estuvieras bromeando —respondió Petra—. Creí que estabas presumiendo.

—Así es —asintió Bean—. Pero no perdería el tiempo alardeando de cosas que no hubiera hecho.

Así era Bean: admitía sus defectos junto con sus virtudes. No era falsa modestia, ni tampoco vanidad. Si se molestaba en hablar con alguien, nunca modificaba sus palabras para parecer mejor o peor de lo que era.

En realidad ella no lo había conocido en la Escuela de Batalla. ¿Cómo podría haberlo hecho? Era mayor, y aunque había reparado en él y le había hablado unas cuantas veces (siempre tenía por costumbre hablar con los chicos nuevos a quienes trataban mal, ya que sabía que necesitaban amigos, aunque fuera sólo una niña) simplemente no tuvo muchos motivos para conversar con él.

Y luego llegó la desastrosa ocasión en que habían engañado a Petra para que tratara de avisar a Ender, una advertencia que resultó ser falsa, pues en realidad los enemigos de Ender quisieron aprovechar esa oportunidad para saltar contra él y darle una paliza. Bean fue el que lo vio y lo evitó. Y, como es natural, llegó a la conclusión de que Petra formaba parte del complot contra Ender, y siguió sospechando de ella durante bastante tiempo. Petra no estaba segura de que hubiera acabado por creer en su inocencia, una barrera que se había alzado entre ellos durante su larga estancia en Eros. Así, hasta el final de la guerra no tuvieron la oportunidad de llegar a conocerse.

Fue entonces cuando Petra advirtió qué era en realidad Bean. Resultaba difícil vencer las apariencias y considerarlo algo distinto a un párvulo, o un novato, o algo por el estilo, aunque todo el mundo sabía que era él quien habría sido elegido para ocupar el puesto de Ender si éste hubiera caído bajo la tensión de la batalla. Muchos de ellos lamentaban esa circunstancia; no así Petra. Sabía que Bean era el mejor del grupo de Ender y no le molestaba admitirlo.

¿Qué era Bean, en realidad? Un enano. Eso fue lo que tuvo que advertir. Con los enanos adultos, se les notaba en la cara que eran más mayores de lo que parecía indicar su tamaño. Pero como Bean era todavía un niño, y no tenía ninguna de las deformaciones propias del enanismo, aparentaba la edad que implicaba su tamaño. Si le hablabas como si fuera un niño, te daba la espalda. Petra nunca lo había hecho y, excepto cuando pensó que era una traidora, Bean siempre la había tratado con respeto.

Lo curioso era que todo se basaba en un error. Bean pensaba que Petra le hablaba como a un ser humano normal porque era tan madura y sabia que no le consideraba un niño pequeño. La verdad era que lo trataba exactamente igual que trataba a los niños pequeños, pues siempre los trataba como a adultos. Tenía fama de ser comprensiva, cuando en realidad sólo se trataba de suerte.

Sin embargo, para cuando terminó la guerra, todo eso no importó. Sabían que regresarían a casa (todos ellos, menos Ender), y cuando volvieran a la Tierra esperaban no volver a verse nunca más. Hubo una especie de libertad, como si lanzaran la cautela al viento. Podías decir lo que quisieras. No tenías que enfadarte por nada porque al cabo de unos pocos meses no importaría. Fue la primera vez que pudieron divertirse.

Y la persona con la que Petra disfrutaba más era Bean.

Dink, con quien Petra había intimado durante algún tiempo en la Escuela de Batalla, se molestó un poco porque Petra estaba siempre con Bean. Incluso la acusó (veladamente, porque no quería que le diera de lado por completo) de mantener una relación romántica con él. Bueno, era normal que pensara así: la pubertad ya había alcanzado a Dink Meeker, y como todos los chicos de esa edad, pensaba que los procesos mentales de todo el mundo estaban influidos por la testosterona.

Pero lo que había entre Petra y Bean era algo más. Tampoco era una relación de hermanos. Ni madre-hijo ni ninguna de esas extrañas analogías psiquiátricas. Era sólo que... ella lo apreciaba. Había pasado tanto tiempo teniendo que demostrar ante muchachos quisquillosos, envidiosos y asustados que era más lista y mejor que ellos, que le sorprendió estar con alguien tan arrogante, tan absolutamente seguro de su propia brillantez, que no se sentía amenazado por ella. Si Petra sabía algo que él ignoraba, Bean escuchaba, observaba, aprendía. La otra única persona que ella conocía con la que era igual era Ender.

Ender. A veces lo echaba muchísimo de menos. Ella le había ayudado, y a veces había recibido mucha presión por parte de Bonzo Madrid, su comandante, por hacerlo. Y cuando quedó claro lo que Ender era, y ella se unió de buen grado a sus seguidores, que le obedecían y se entregaban a él, ella no dejó de guardar un lugar secreto en su memoria donde albergaba el conocimiento de que había sido la amiga de Ender cuando nadie más tuvo valor para serlo. Ella había creado una diferencia en su vida, e incluso cuando otros pensaron que lo había traicionado, Ender no lo pensó nunca.

Amaba a Ender con una mezcla de adoración y ansia que conducía a locos sueños de futuros imposibles, donde su vida y la de él se unían hasta la muerte. Fantaseaba con la idea de criar juntos a sus hijos, los niños más inteligentes del mundo. Con la idea de poder vivir junto al ser humano más grande del universo (pues así lo consideraba) y hacer que todo el mundo reconociera que la había elegido para que estuviera con él eternamente.

Sueños. Después de la guerra, Ender quedó destrozado, roto. Descubrir que había causado el exterminio de los fórmicos fue más de lo que pudo soportar. Y como también ella se vino abajo durante la guerra, la vergüenza la mantuvo apartada de él hasta que fue demasiado tarde, hasta que separaron a Ender del resto.

Y por eso sabía que sus sentimientos hacia Bean eran completamente distintos. No había tales sueños y fantasías, sólo una sensación de completa aceptación. Ella se llevaba bien con Bean, no como una esposa se lleva con su esposo o, Dios lo prohibiera, una novia con su novio, sino más bien como una mano izquierda se llevaba con la mano derecha. Simplemente encajaban. No había nada excitante al respecto, nada por lo que echar las campanas al vuelo, pero estaba ahí. Ella imaginaba que, de todos los chicos de la Escuela de Batalla, de todos los miembros del grupo de Ender, sería Bean con quien mantendría el contacto.

Entonces subieron a la lanzadera y se dispersaron por el mundo. Y aunque Armenia y Grecia estaban relativamente cerca (comparado con Shen en Japón o Hot Soup en China, por ejemplo) nunca volvieron a verse, ni siquiera se escribieron. Ella sabía que Bean iba a casa, con una familia a la que nunca había conocido, y ella estaba ocupada tratando de volver a relacionarse con su propia familia. No podía decirse que Petra languideciese por él, ni tampoco al contrario. Además, no necesitaban estar juntos o hablar cada día para saber que la mano izquierda y la mano derecha seguían encajando, que cuando ella necesitara a alguien, la primera persona a quien llamaría sería a Bean.

En un mundo sin Ender Wiggin, eso significaba que él era la persona a la que más quería, que le echaría de menos más que a nadie si le sucedía algo.

Por eso, por mucho que fingiera que no iba a preocuparle si Aquiles hacía daño a Bean, no era cierto. Estaba siempre preocupada. Por supuesto también se preocupaba por ella misma, y tal vez un poco más que por él. Pero ya había perdido un amor en su vida, y aunque se decía que esas amistades de la infancia no importarían al cabo de veinte años, no quería perder al otro.

Su consola sonó: había un mensaje en la pantalla

`¿Cuándo te he dado permiso para echar la siesta?`

`Ven a verme.`

Sólo Aquiles escribía con tanta rudeza. Ella no estaba durmiendo, sino pensando, pero no merecía la pena discutir con él al respecto.

Desconectó y se levantó.

Atardecía ya. Era verdad que había estado divagando. Casi todos los miembros del turno de día de Planificación y Doctrina se habían marchado ya, y el equipo nocturno estaba entrando. No obstante, un par de miembros del equipo de día estaban todavía ante sus consolas.

Captó una mirada de Virlomi, una de las últimas. La chica parecía preocupada. Eso significaba que probablemente había respondido de alguna forma al mensaje de Briseida, y que ahora temía las repercusiones. Bueno, tenía motivos para preocuparse. ¿Quién sabía cómo hablaría, escribiría o actuaría Aquiles si planeaba matar a alguien? La opinión personal de Petra era que ya planeaba matar a alguien, así que no variaría nada en su conducta para alertar a su víctima. Vete a casa y trata de dormir un poco, Virlomi. Aunque Aquiles te haya pillado tratando de ayudarme y haya decidido matarte, no podrás hacer nada, así que bien puedes dormir tranquilamente.

Petra salió de la gran sala donde todos trabajaban y recorrió los pasillos como en trance. ¿Había estado durmiendo cuando Aquiles le escribió? A quién le importaba.

Por lo que Petra sabía, era la única de Planificación y Doctrina que sabía dónde estaba el despacho de Aquiles. Había estado allí a menudo, pero no le impresionaba el privilegio. Tenía la libertad de una esclava o una cautiva. Aquiles la dejaba entrar en su intimidad porque no la consideraba un ser humano.

Una pared de la oficina era una pantalla bidimensional que ahora mostraba un mapa detallado de la región fronteriza entre la India y Birmania. A medida que los satélites enviaban informes sobre la situación de las tropas, unos encargados iban actualizándolo, así que Aquiles podía mirarlo en cualquier momento y ver cuál era la situación. Aparte de eso, la habitación era de una sobriedad espartana. Dos sillas (incómodas), una mesa, una estantería, y un jergón. Petra sospechaba que en algún lugar de la base había un conjunto de habitaciones con una cama blanda que nunca se utilizaba. Desde luego, Aquiles no era un hedonista. No le preocupaba mucho la comodidad personal, al menos por lo que ella había visto.

Aquiles no apartó los ojos del mapa cuando ella entró, pero Petra ya estaba acostumbrada a eso. Cuando él decidía ignorarla, ella lo aceptaba como una forma perversa de prestarle atención. En cambio cuando la miraba sin verla, entonces sí se sentía verdaderamente invisible.

—La campaña va muy bien —comentó Aquiles.

—Es un plan estúpido y los tailandeses van a reducirlo a cenizas.

—Tuvieron una especie de golpe de estado hace unos cuantos minutos —dijo Aquiles—. El comandante de los militares tai hizo saltar por los aires al joven Suriyawong. Al parecer se trata de un caso terrible de celos profesionales.

Petra intentó que la tristeza por la muerte de Suriyawong y su disgusto hacia Aquiles no se reflejara en su rostro.

—Y, por supuesto, tú no has tenido nada que ver con eso.

—Bueno, ellos echan la culpa a los espías indios, claro, aunque no hubo ningún espía indio implicado.

—¿Ni siquiera el chakri?

—Decididamente no es un espía de la India —dijo Aquiles.

—¿De quién, entonces?

Aquiles se echó a reír.

—Qué desconfiada eres, Briseida mía.

Ella tuvo que esforzarse por parecer relajada y no demostrar sus emociones cuando la llamó por ese nombre.

—Ah, Pet, eres mi Briseida, ¿no te das cuenta?

—En realidad no —dijo Petra—. Briseida estaba en la tienda de otro griego.

—Oh, tengo tu cuerpo conmigo, y obtengo el producto de tu cerebro, pero tu corazón pertenece a otro.

—Me pertenece a mí.

—Pertenece a Héctor —replicó Aquiles—. Pero... ¿cómo puedo darte la noticia? Suriyawong no estaba solo en su oficina cuando el edificio saltó por los aires. Otra persona contribuyó con fragmentos de carne y hueso y un fino aerosol de sangre a la carnicería general. Por desgracia, eso significa que no puedo arrastrar su cuerpo alrededor de las murallas de Troya.

Petra sintió que un puño le atenazaba el corazón. ¿La había oído cuando le dijo a Virlomi «Soy Briseida»? ¿Y de quién estaba hablando al decir aquellas cosas sobre Héctor?

—Dime de qué estás hablando o mejor cállate —replicó Petra.

—Oh, no me digas que no has visto esos mensajitos por todos los foros —dijo Aquiles—. Sobre Briseida, Ginebra y todas las otras heroínas románticas y trágicas que quedaron atrapadas por algún tiparraco fornido.

—¿Qué pasa con eso?

—Sabes quién los escribió —prosiguió Aquiles.

—¿Ah, sí?

—Me olvidaba. Te niegas a jugar a las adivinanzas. Muy bien, fue Bean, y tú lo sabes perfectamente.

Petra sintió que un río de emociones no deseadas la inundaba, y luchó por reprimirlas. Si aquellos mensajes habían sido enviados por Bean, entonces había sobrevivido al anterior intento de asesinato.

Pero eso significaba que Bean era «HéctorVictorioso», y la pequeña alegoría de Aquiles implicaba que estaba en Bangkok, y que Aquiles lo había localizado y había intentado matarlo de nuevo. Había muerto junto con Suriyawong.

—Me alegra que me digas lo que sé, así me evito recurrir a mi propia memoria.

—Sé que te está afectando, pobrecilla Pet. Lo gracioso es, querida Briseida, que Bean fue sólo un añadido. Nuestro objetivo era Suriyawong desde el principio.

—Bien. Enhorabuena. Eres un genio. Lo que quieras con tal de que te calles y me dejes cenar.

Hablar con rudeza a Aquiles era la única ilusión de libertad que Petra podía conservar. Suponía que eso le divertía, y no era tan tonta para hablarle en ese tono delante de nadie más.

—Esperabas que Bean viniera a salvarte, ¿verdad? —dijo Aquiles—. Por eso cuando el viejo Graff envió esa estúpida petición de información, instaste a esa Virlomi para que tratara de responder a Bean.

Petra saboreó la desesperación. En efecto: Aquiles lo controlaba todo.

—Vamos, la fuente es el lugar más evidente donde colocar un micrófono —dijo Aquiles.

—Creía que tenías cosas importantes que hacer.

—Tú eres lo más importante de mi vida, querida Briseida. Ojalá lograra convencerte para que entraras en mi tienda.

—Me has secuestrado dos veces. Me vigilas dondequiera que esté. No sé cómo podría entrar más en tu tienda de lo que estoy.

—En mi tienda —insistió Aquiles—. Sigues siendo mi enemigo.

—Ah, se me olvidaba, se supone que debo estar tan ansiosa por complacer a mi captor que he de rendirle mi voluntad.

—Si quisiera eso, te habría hecho torturar, Pet —dijo Aquiles—. Pero no te quiero así.

—Qué amable por tu parte.

—No, si no puedo tenerte libremente conmigo, como mi amiga y aliada, entonces te mataré sin más. Pero no con torturas.

—Después de haber usado mi trabajo.

—Pero no estoy usando tu trabajo —objetó él.

—Oh, es verdad. Ahora que Suriyawong ha muerto, no tienes que preocuparte por enfrentarte a una auténtica oposición.

Aquiles se echó a reír.

—Claro. Eso es.

Lo cual significaba, por supuesto, que Petra no había comprendido nada.

—Es fácil engañar a una persona a la que mantienes dentro de una caja. Sólo sé lo que me cuentas.

—Pero te lo cuento todo —aseguró Aquiles—, sólo has de ser lo bastante inteligente para entenderlo.

Petra cerró los ojos. No paraba de pensar en el pobre Suriyawong, tan serio todo el tiempo. Había dado lo mejor de sí por su país, y había sido su propio comandante en jefe quien lo había asesinado. ¿Lo supo? Esperaba que no.

Si seguía pensando en el pobre Suriyawong, no tendría que pensar en Bean.

—No estás escuchando —advirtió Aquiles.

—Oh, gracias por decírmelo. Creía que sí.

Aquiles estuvo a punto de añadir algo más, pero entonces ladeó la cabeza. El aparato que llevaba en la oreja era un receptor de radio conectado con su consola. Alguien había empezado a hablarle.

Aquiles se dio la vuelta, escribió unas palabras en el teclado, leyó algo. Su rostro no mostró ninguna emoción alguna, pero fue un cambio real, ya que se había mostrado sonriente y complacido hasta que llegó la voz. Algo había salido mal. Petra lo conocía lo bastante para reconocer signos de furia. O tal vez (se preguntó, deseó) de miedo.

—No están muertos —dijo Petra.

—Estoy ocupado —replicó él.

Ella se echó a reír.

—Ése es el mensaje, ¿no? Una vez más, tus asesinos han fallado. Si quieres hacer bien un trabajo, Aquiles, tendrás que hacerlo tú mismo.

Él se dio la vuelta y la miró a los ojos.

—Envió un mensaje desde los barracones de su fuerza de choque en Tailandia. Naturalmente el chakri lo vio.

—No está muerto —insistió Petra—. Sigue derrotándote.

—Escapar por los pelos mientras mis planes siguen sin...

—Vamos, sabes que consiguió que te echaran de Rusia.

Aquiles alzó las cejas.

—Así que admites haber enviado un mensaje codificado.

—Bean no necesita mensajes codificados para derrotarte —replicó ella.

Aquiles se levantó de la silla y se acercó a Petra, que se preparó para recibir un bofetón. Sin embargo, él le apoyó una mano en el pecho y empujó la silla hacia atrás.

Al caer se dio un golpe en la cabeza contra el suelo. Petra quedó aturdida, las luces destellaban en su visión periférica. Luego sintió una oleada de dolor y náuseas.

—Mandó llamar a la querida sor Carlotta —dijo Aquiles. Su voz no traslucía ninguna emoción—. Viene de camino para ayudarlo. Cuánta amabilidad por su parte.

Petra apenas comprendía lo que estaba diciendo. El único pensamiento que pudo formar era: Por favor, que no quede ninguna secuela cerebral permanente. Ésa era su esencia. Prefería morir antes de perder la inteligencia que le otorgaba su identidad.

—Pero eso me da tiempo para preparar una sorpresita —añadió Aquiles—. Creo que haré que Bean lamente mucho estar vivo.

Petra quiso decir algo al respecto, pero no pudo recordar qué. Entonces tampoco consiguió recordar lo que había dicho él.

—¿Qué?

—Oh, ¿te da vueltas la cabecita, querida Pet? Deberías tener más cuidado con la forma en que te sientas.

De pronto recordó lo que había dicho. Una sorpresa. Para sor Carlotta. Para hacer que Bean lamentara estar vivo.

—Sor Carlotta es la que te sacó de las calles de Rotterdam —dijo Petra—. Se lo debes todo: la operación en la pierna, el hecho de haber ido a la Escuela de Batalla.

—No le debo nada. Verás, ella eligió a Bean y lo envió. En cambio a mí me pasó por alto. Yo soy el que trajo la civilización a las calles, soy el que mantuvo con vida a su precioso Bean. Y como pago lo envió a él al espacio y a mí me dejó en tierra.

—Pobrecito —se burló Petra.

Aquiles le propinó una fuerte patada en las costillas. Ella jadeó.

—Y en cuanto a Virlomi —prosiguió—, creo que puedo utilizarla para enseñarte una lección sobre deslealtad.

—Así me introduces en tu tienda —dijo Petra.

La pateó otra vez. Ella trató en vano de no gemir. La estrategia de resistencia pasiva no funcionaba.

Él actuó como si no hubiera hecho nada.

—Vamos, ¿por qué te quedas ahí tendida? Levántate.

—Mátame y acaba de una vez —dijo ella—. Virlomi sólo intentaba ser un ser una persona decente.

—Virlomi estaba advertida de lo que pasaría.

—Para ti Virlomi no es más que una forma de hacerme daño.

—No eres tan importante. Si quisiera hacerte daño, te aseguro que sé cómo.

Hizo el ademán de volver a darle una patada. Ella se envaró, tratando de apartarse del golpe, pero éste no se produjo.

En cambio, él le tendió una mano.

—Levántate, mi Pet. El suelo no es sitio para dormir.

Ella aceptó su mano. Dejó que cargara con su peso mientras se levantaba, así que tuvo que tirar con fuerza.

Idiota, pensó. *Me entrenaron para el combate cuerpo a cuerpo. No estuviste en la Escuela de Batalla el tiempo suficiente para recibir esa formación.*

En cuanto sus pies se afianzaron en el suelo con firmeza, empujó hacia arriba. Como ésa era la dirección en la que él estaba tirando, Aquiles perdió el equilibrio y cayó hacia atrás, sobre las patas de la silla.

No se golpeó la cabeza, de manera que inmediatamente trató de ponerse en pie. Pero ella sabía cómo responder a sus movimientos y lo pateó con sus rudas botas de campaña, cambiando su peso para que las patadas nunca llegaran al sitio que él protegía. Cada patada lo lastimó realmente. Aquiles trató de arrastrarse hacia atrás, pero ella continuó, implacable, y como él usaba los brazos para tratar de moverse, Petra pudo golpearlo en la cabeza, una fuerte patada que lo dejó tendido de plano.

No quedó inconsciente, pero sí un poco mareado. *Bien, veamos si esto te gusta.*

Él trató de moverse como en una pelea callejera, pataleando mientras sus ojos miraban hacia otra parte, pero fue patético. Ella saltó fácilmente y descargó un fuerte puntapié en su entrepierna.

Aquiles gritó de dolor.

—Vamos, levántate —exigió ella—. Piensas matar a

Virlomi, así que mátame a mí primero. Hazlo. Tú eres el asesino. Saca el arma, vamos.

De pronto, sin que ella viera cómo había logrado hacerlo, en su mano apareció una pistola.

—Vuelve a golpearme —le retó Aquiles entre dientes—. Pégame más rápido que esta bala.

Ella no se movió.

—Pensaba que querías morir —dijo él.

Petra lo comprendió ahora. No pensaba acabar con ella hasta que matara a Virlomi en su presencia.

Había perdido su oportunidad. Mientras él estaba en el suelo, antes de que sacara la pistola (¿de detrás de su cinturón?, ¿de debajo de los muebles?), tendría que haberle roto el cuello. Eso no era un combate de lucha libre, sino su oportunidad para librarse de él. Sin embargo, había permitido que su instinto controlara la situación, y su instinto la impulsaba a no matar, sólo inutilizar a su oponente, porque eso era lo que había practicado en la Escuela de Batalla.

De todas las cosas que pude haber aprendido de Ender, el instinto asesino, ir a por el golpe final desde el principio, ¿por qué fue eso lo que pasé por alto?

Algo que Bean había explicado sobre Aquiles. Algo que Graff le había dicho, después de que Bean lograra que lo devolvieran a la Tierra. Que Aquiles tenía que matar a todo el que le hubiera visto indefenso. Incluso la doctora que le había sanado la pierna, porque le había visto tendido bajo la anestesia y había usado un bisturí.

Petra acababa de destruir el sentimiento que le había permitido seguir con vida. Fuera lo que fuese que Aquiles esperaba de ella, ahora ya no lo querría. No podría soportar tenerla cerca. Había firmado su propia sentencia de muerte.

Sin embargo, no importaba qué más sucediera: ella

seguía siendo una estratega. A pesar de la desorientación producida por el golpe, su mente podía continuar con esta danza. El enemigo veía las cosas de una manera; entonces cámbialas para que las vea de otra.

Petra se echó a reír.

—Nunca creí que me dejaras hacer eso —dijo.

Con un gesto de dolor, él se puso en pie sin dejar de apuntarle con el arma.

Ella prosiguió.

—Siempre tenías que ser el supremo, como los capullos de la Escuela de Batalla. Creí que nunca tendrías agallas para ser como Ender o Bean, hasta ahora.

Él permaneció en silencio, pero siguió allí de pie, escuchando.

—Es una locura, ¿no? Pero Bean y Ender eran muy pequeños, y no les importaba. Todo el mundo los miraba con desdén. Yo era más alta que ellos, los únicos tipos de la Escuela de Batalla que no temían que una chica los superara, que fuera más grande que ellos.

Sigue así, continúa tejiendo.

—Metieron a Ender en la escuadra de Bonzo demasiado pronto, cuando aún no había sido entrenado. No sabía hacer nada. Y Bonzo ordenó que nadie trabajara con él. Y allí estaba aquel niño pequeño, indefenso, sin ningún recurso. Es lo que me gusta, Aquiles. Más listo que yo, pero más pequeño. Así que le enseñé. Que se fastidiara Bonzo, no me importaba lo que hiciera. Era como tú has sido siempre, siempre me dejaba claro quién es el jefe. Pero Ender sabía cómo dejarme que le enseñara cuanto sabía. Habría muerto por él.

—Estás enferma —dijo Aquiles.

—Oh, ¿vas a decirme que no lo sabías? Tenías el arma desde el principio, ¿por qué me dejaste hacer eso si no fue... porque intentabas...?

—¿Intentaba qué? —la interrumpió él. Su voz sonó firme, pero en su tono advertía claramente la locura. Ella lo había empujado más allá de las fronteras de la cordura hacia las fronteras de la demencia. Ahora estaba viendo a Calígula. Sin embargo, él seguía escuchándola. Si encontrara la historia adecuada para explicar lo que acababa de suceder, tal vez Aquiles se contentaría con... otra cosa. Nombraría cónsul a su caballo. Haría que Petra...

—¿No estabas tratando de seducirme? —dijo ella.

—Pero si ni siquiera tienes tetas.

—Yo diría que tú no andas buscando tetas, precisamente —replicó ella—. De lo contrario no me habrías llevado contigo. ¿Qué era toda esa charla de quererme dentro de tu tienda? ¿Lealtad? Querías que te perteneciera. Y todo el tiempo me presionaste, haciéndome sentir desprecio hacia ti. Te he estado observando. No eras nada, sólo otro saco de testosterona, otro chimpancé que aúlla y se golpea el pecho. Pero entonces me permitiste... porque tú me lo permitiste, ¿no? No me considerarás tan estúpida como para creer que yo he podido hacer eso de verdad, ¿eh?

Una leve sonrisa asomó a la comisura de sus labios.

—¿No lo estropea eso, si piensas que lo hice a propósito?

Ella avanzó hacia él y se situó justo ante el cañón de la pistola, dejando que presionara su abdomen. Alzó la mano, lo agarró por la nuca, y le bajó la cabeza para poder besarlo.

No tenía ni idea de cómo hacerlo, excepto lo que había visto en las películas. Sin embargo, al parecer lo estaba haciendo bastante bien. La pistola permaneció en su vientre, pero el otro brazo de Aquiles la rodeó, para acercarla más.

En el fondo de su mente, ella recordó lo que le había

dicho Bean: que lo último que había visto hacer a Aquiles antes de matar a Poke fue besarla. Bean tenía pesadillas al respecto. Aquiles la besaba, y luego, en mitad del beso, la estrangulaba. No es que Bean hubiera visto esa parte. Tal vez no sucedió así.

Pero no importaba cómo se expresara: era peligroso besar a Aquiles. Y estaba aquella pistola en su vientre. Tal vez ése era el momento que él anhelaba. Tal vez era eso lo que veía en sus sueños: besar a una chica mientras le abría un agujero en el cuerpo al mismo tiempo.

Bueno, dispara, pensó. Antes de ver cómo matas a Virlomi por el crimen de haberse compadecido de mí y haber tenido valor suficiente para actuar, prefiero estar muerta. Prefiero besarte que ver cómo me matas, y no hay nada en el mundo que pudiera disgustarme más que tener que pensar que tú eres la... cosa... que amo.

El beso terminó, pero ella no se separó. No retrocedió, no rompió el abrazo. Él tenía que creer que ella lo quería, que la tenía subyugada.

Él respiraba de forma entrecortada y rápida. Su corazón latía desbocado. ¿Preludio a un asesinato o sólo el efecto de un beso?

—Dije que fusilaría a cualquiera que tratara de responder a Graff —señaló—. Tengo que cumplir mi palabra.

—Ella no respondió a Graff, ¿no? —observó Petra—. Sé que debes conservar el control de la situación, pero no tienes que ser inflexible al respecto. Ella no sabe que tú sabes lo que hizo.

—Pensará que se ha salido con la suya.

—Pero yo sabré que tú no tuviste miedo de darme lo que quiero.

—¿Por qué, piensas que has encontrado el medio de que yo haga lo que quieres? —dijo él.

Ahora ella pudo separarse.

—Creí haber encontrado a un hombre que no tenía que demostrar su valía empujando a la gente alrededor. Supongo que estaba equivocada. Haz lo que quieras. Los hombres como tú me disgustan.

Intentó transmitir tanto desdén en su voz y en su expresión como pudo.

—Vamos, demuestra tu hombría. Dispárame. Mata a todo el mundo. He conocido a hombres de verdad y pensaba que tú eras uno de ellos.

Cuando Aquiles bajó el arma, Petra no mostró su alivio, sino que se limitó a seguir mirándolo a los ojos.

—No pienses que me conoces bien —dijo él.

—Eso no me importa, lo único que me interesa es que eres el primer hombre desde Ender y Bean que ha tenido suficientes agallas para dejar que me alzara sobre él.

—¿Es eso lo que vas a decir?

—¿Decir? ¿A quién? No tengo ningún amigo ahí fuera. La única persona con la que merece la pena hablar en este lugar eres tú.

Él permaneció allí de pie, respirando de nuevo entrecortadamente. Un poco de locura había vuelto a sus ojos.

¿Qué estoy diciendo mal?

—Vas a salirte con la tuya —prosiguió Petra—. No sé cómo lo conseguirás, pero lo noto. Tú controlarás la situación y todos cumplirán tus órdenes, Aquiles. Gobiernos, universidades, corporaciones, todos estarán ansiosos por complacerte. Pero cuando estés solo, cuando nadie más esté presente, los dos sabremos que eres lo bastante fuerte para tener a tu lado a una mujer fuerte.

—¿Te consideras una mujer?

—Si no soy una mujer, ¿qué estabas haciendo conmigo aquí dentro?

—Desnúdate.

La locura seguía allí. De algún modo, la estaba poniendo a prueba, esperando que demostrara...

Que demostrara que estaba fingiendo, que realmente le tenía miedo después de todo, que su historia era una mentira pensada para engañarlo.

—No —dijo ella—. Quítate tú la ropa.

Y la locura desapareció.

Él sonrió.

Se guardó la pistola en la parte trasera de los pantalones.

—Sal de aquí —dijo—. Tengo una guerra que dirigir.

—Es de noche —objetó ella—. No hay ningún movimiento de tropas.

—En esta guerra hay mucho más que ejércitos.

—¿Cuándo entro en tu tienda? —preguntó Petra—. ¿Qué he de hacer? —Apenas podía creer que estuviera diciendo eso, cuando lo único que quería era salir de allí.

—Tienes que ser lo que necesito —respondió él—. Y ahora mismo no lo eres.

Se acercó a la consola y se sentó.

—Recoge la silla antes de salir.

Empezó a teclear. ¿Órdenes? ¿Para qué? ¿Para matar a quién?

Ella no preguntó: se limitó a recoger la silla antes de salir.

Siguió caminando, atravesó los pasillos hasta llegar a la habitación donde dormía sola, sabiendo a cada paso que la vigilaban, que había vids, que él los comprobaría para ver cómo actuaba, para averiguar si había sido sincera. Así que no podía detenerse, apoyar la cara en la pared y echarse a llorar. Tenía que ser... ¿qué? ¿Cómo presentarían esa situación en una película o un vid si ella fuera una mujer frustrada porque quería estar con su hombre?

¡No lo sé!, gritó interiormente. ¡No soy actriz!

Y entonces, una voz muy tranquila en su cabeza respondió: Sí lo eres. Y bastante buena. Porque durante otros pocos minutos, tal vez otra hora, tal vez otra noche, estás viva.

Tampoco podía demostrar su sentimiento de triunfo. No podía parecer feliz, no podía mostrar alivio. Frustración, molestia, y algo de dolor donde había recibido las patadas, donde la cabeza golpeó el suelo... eso era todo lo que podía mostrar.

Incluso a solas en su cama, con las luces apagadas, continuó actuando, fingiendo, esperando que lo que hiciera en sueños no provocara a su rival, que no hiciera asomar aquella mirada demente y asustada en los ojos de Aquiles.

No es que eso constituyera una garantía, claro. No hubo ningún signo de locura cuando mató a aquellos hombres de la furgoneta en Rusia. No pienses que me conoces bien, dijo.

Tú ganas, Aquiles. No creo conocerte pero he aprendido a pulsar una cuerda. Algo es algo.

También te derribé al suelo, te dejé sin resuello, te di una patada en las *kintamas*, y te hice creer que te había gustado. Mátame mañana o cuando quieras... la sensación de mi zapato en tu cara, eso no puedes arrebatármelo.

Por la mañana, Petra se sorprendió al ver que seguía con vida, considerando lo que había hecho la noche anterior. Le dolían la cabeza y las costillas, pero no se había roto nada.

Y tenía hambre. Se había perdido la cena, y quizás el pegarle a su carcelero tenía algo que le abría especialmente el apetito. No solía desayunar, así que no tenía ningún sitio acostumbrado donde sentarse. En otras comidas se sentaba sola, y los demás respetaban su aislamiento por temor a Aquiles.

Sin embargo, aquel día, por impulso, llevó su bandeja a una mesa que sólo tenía un par de sitios libres. La conversación se acalló cuando se sentó y unos cuantos chicos la saludaron. Ella les devolvió una sonrisa, pero se concentró en su comida. La conversación continuó.

—Es imposible que haya salido de la base.

—Entonces sigue aquí.

—A menos que alguien se la llevara.

—Tal vez se trate de una misión especial o algo por el estilo.

—Sayagi cree que está muerta.

Petra sintió un escalofrío.

—¿Quién? —preguntó.

Los otros la miraron, pero retiraron la mirada al instante. Finalmente uno de ellos dijo:

—Virlomi.

Virlomi había desaparecido, y nadie sabía dónde estaba.

La ha matado. Dijo que lo haría y ha cumplido su palabra. Anoche sólo conseguí que no la ejecutara delante de mí.

No puedo soportarlo. Estoy acabada. Esta vida no merece la pena. Ser su cautiva, hacer que mate a todo el que intente ayudarme...

Nadie la miraba. Nadie hablaba.

Saben que Virlomi trató de responder a Graff, porque debió decirle algo a Sayagi cuando se acercó a él ayer. Y ahora ha muerto.

Petra sabía que tenía que comer, no importaba lo preocupada que se sintiera, lo mucho que deseara llorar, salir corriendo de allí, tirarse al suelo y pedir perdón por... ¿por qué? Por seguir con vida mientras Virlomi había muerto.

Terminó todo lo que pudo permitirse comer y salió del salón.

Pero mientras recorría los pasillos camino de la sala donde todos trabajaban, cayó en la cuenta: Aquiles no la habría matado así. No tenía sentido matarla si los demás no veían cómo la arrestaban y se la llevaban. No le habría servido de nada hacerla desaparecer en mitad de la noche.

Por otra parte, si Virlomi había escapado, él no podía anunciarlo. Eso habría sido peor. Por eso se limitaba a permanecer en silencio, haciendo creer a todos que estaba muerta.

Petra imaginó a Virlomi saliendo arriesgadamente del edificio, confundiendo a todos con su bravata. O tal vez, vestida como una de las mujeres de la limpieza, se había escabullido sin ser advertida. ¿O había escalado una pared, o abierto una zanja? Petra ni siquiera sabía cómo era el perímetro, ni cómo estaba vigilado. Nunca había recorrido las instalaciones.

Eso es sólo lo que yo deseo, se dijo mientras se sentaba para hacer el trabajo del día. Virlomi está muerta y Aquiles se limita a esperar para anunciarlo, para hacernos sufrir a todos con la duda.

Pero a medida que fue transcurriendo el día y Aquiles no compareció, Petra empezó a creer que tal vez Virlomi había escapado. Tal vez Aquiles no daba señales de vida porque no quería que nadie especulara con las visibles magulladuras que debía de tener. O tal vez tiene algunos problemas de escroto y ha mandado llamar a algún médico para que lo examine... aunque que el cielo lo ayude si Aquiles decidía que soportar que un médico manejara sus testículos lastimados merecía la pena de muerte.

Tal vez no aparecía porque Virlomi se había escapado y Aquiles no quería que lo vieran frustrado e indefenso. Cuando la atrapara y pudiera arrastrarla hasta la sala y pegarle un tiro delante de todos, entonces podría enfrentarse a ellos.

Mientras eso no sucediera, existía la posibilidad de que Virlomi siguiera con vida.

Muy bien, amiga mía. Corre y no te detengas por nada. Cruza la frontera, busca refugio, nada hasta Sri Lanka, vuela a la Luna. Encuentra algún milagro, Virlomi, y vive.

15

Asesinato

A: Graff%pilgrimage@colmin.gov
De: Carlotta%ágape@vaticano.net/ordenes/
hermanas/ind
Asunto: Por favor envíe

El archivo adjunto está codificado. Por favor espere doce horas después del momento de envío y si no tiene noticias mías, por favor envíelo a Bean. Él sabrá la clave.

Tardaron menos de cuatro horas en asegurar e inspeccionar toda la base del alto mando de Bangkok. Los expertos en informática trataban de averiguar con quién se había comunicado Naresuan en el exterior, y si estaba relacionado con una potencia extranjera o si se trataba de una aventura privada. Cuando Suriyawong terminó su trabajo con el primer ministro, fue solo al barracón donde esperaba Bean.

La mayor parte de los soldados de Bean habían regresado ya, y Bean les había ordenado a casi todos que se acostaran. Seguía viendo las noticias, algo aburrido: no decían nada nuevo, así que sólo le interesaba cómo los presentadores le daban vueltas al tema. En Tailandia, todo estaba cargado de fervor patriótico. En el extranjero, naturalmente, era otro cantar. Todas las emisoras en Común se mostraban escépticas hacia la idea de que agentes indios hubieran planeado un intento de asesinato.

—¿Por qué querría la India provocar a Tailandia para que entre en la guerra?

—Saben que Tailandia intervendrá, lo pida Birmania o no, así que consideraron que tenían que privar a Tailandia de su mejor graduado de la Escuela de Batalla.

—¿Un solo niño es tan peligroso?

—Tal vez debería preguntárselo usted a los fórmicos, si es que encuentra a alguno.

Y así una y otra vez, todo el mundo intentando parecer inteligente, o al menos más inteligente que los gobiernos indio y tailandés, el juego al que siempre jugaban los medios de comunicación. Lo que a Bean le importaba era cómo afectaría esto a Peter. ¿Había alguna mención a la posibilidad de que Aquiles estuviera controlando los hilos en la India? Ninguna. ¿Algo sobre el movimiento de tropas pakistaníes cerca de Irán? La «bomba de Bangkok» había hecho desaparecer esa historia de las ondas. Nadie reflexionaba sobre sus implicaciones globales. Mientras la F.I. estuviera allí para impedir que las nucleares saltaran por los aires, era sólo política, como solía suceder en el sur de Asia.

Pero no era así. Todo el mundo estaba tan ocupado tratando de parecer sabio y tranquilo que nadie se levantaba a gritar que esos acontecimientos eran completamente distintos a todo lo que había sucedido antes. La nación más poblada del mundo se había atrevido a dar la espalda a su enemigo ancestral e invadir un pequeño y débil país al este. Ahora la India atacaba Tailandia. ¿Qué significaba eso? ¿Cuál era el objetivo de la India? ¿Y qué posible beneficio podría haber?

¿Por qué no hablaban de esas cuestiones?

—Bueno —dijo Suriyawong—. Creo que no voy a dormir en una temporada.

—¿Todo despejado?

—Más bien todo el mundo que trabajó cerca del chakri ha sido enviado a casa y puesto en arresto domiciliario mientras continúa la investigación.

—Eso significa todo el alto mando.

—En realidad no —dijo Suriyawong—. Los mejores comandantes siguen en su puesto, cumpliendo sus funciones. Uno de ellos será nombrado chakri en funciones.

—Deberían darte el puesto.

—Deberían, pero no lo harán. ¿No tienes hambre?

—Es tarde.

—Esto es Bangkok.

—Bueno, en realidad no —señaló Bean—. Es una base militar.

—¿Cuándo llega el vuelo de tu amiga?

—Mañana al amanecer.

—Vaya. Estará muerta de cansancio. ¿Vas a reunirte con ella en el aeropuerto?

—No lo había pensado.

—Vamos a cenar —dijo Suriyawong—. Los oficiales lo hacen constantemente. Podemos llevarnos a un par de soldados para asegurarnos de que no nos echan por ser niños.

—Aquiles no va a renunciar a la idea de matarme.

—De matarnos. Esta vez nos apuntó a los dos.

—Puede que tenga un equipo de refuerzo.

—Bean, tengo hambre. ¿Y tú? —Suriyawong se volvió hacia los miembros del pelotón que le habían acompañado—. ¿Vosotros tenéis hambre?

—En realidad no —respondió uno de ellos—. Cenamos a la hora normal.

—Yo tengo sueño —dijo otro.

—¿Hay alguien lo bastante despierto para acompañarnos a la ciudad?

Inmediatamente todos ellos dieron un paso al frente.

—Nunca les preguntes a unos soldados perfectos si quieren proteger a su oficial al mando —dijo Bean.

—Ordena a un par de ellos que nos acompañen y deja que los demás duerman—dijo Suriyawong.

—Sí, señor —dijo Bean. Se volvió hacia los hombres—. Quiero sinceridad. ¿Cuál de vosotros lo notará menos si no duerme lo suficiente esta noche?

—¿Se nos permitirá dormir mañana? —preguntó uno.

—Sí —aseguró Bean—. Es cuestión de cuánto os afecta perder el ritmo.

—Yo estaré bien.

Otros cuatro dijeron lo mismo, así que Bean eligió a los dos más cercanos.

—Dos de vosotros montad guardia dos horas más, y luego volved a la rotación normal del turno.

Fuera del edificio, con sus dos guardaespaldas caminando a cinco metros tras ellos, Bean y Suriyawong tuvieron la oportunidad de hablar a sus anchas, pero primero Suriyawong tenía que averiguar una cuestión.

—¿De verdad mantienes una rotación de guardia incluso aquí en la base?

—¿He hecho mal?

—Claro que no, pero... sí que eres bastante paranoico.

—Sé que tengo un enemigo que desea mi muerte. Un enemigo que va saltando de una posición de poder a otra.

—Más poderoso cada vez —asistió Suriyawong—. En Rusia, no tenía potestad para empezar una guerra.

—Tal vez en la India tampoco la tenga.

—Hay una guerra. ¿Dices que no es suya?

—Es suya —dijo Bean—. Pero probablemente aún tiene que persuadir a los adultos para que lo acompañen.

—Si ganas unas pocas guerras, seguro que te dan tu propio ejército.

—Y si ganas unas pocas más, acabarán entregándote el país —concluyó Bean—. Como demostraron Napoleón y Washington.

—¿Cuántas hay que ganar para conquistar el mundo?

Bean dejó la pregunta en el aire.

—¿Por qué ha querido matarnos? —preguntó Suriyawong—. Creo que tienes razón, que esta operación al menos ha sido cosa de Aquiles. El gobierno indio no actúa de este modo. La India es una democracia: matar a niños no está bien visto. No hay manera de que aprobaran eso.

—Puede que ni siquiera fuera la India —dijo Bean—. En realidad no sabemos nada.

—Excepto que es Aquiles. Piensa en las cosas que no acaban de encajar. Una estrategia de campaña evidente y de segunda fila que probablemente podremos deshacer de un plumazo. Un asunto desagradable como éste sólo puede ensuciar la reputación de la India en el resto del mundo.

—Desde luego, no está actuando en función de los intereses de la India —dijo Bean—. Pero ellos creen que sí; en efecto es Aquiles quien hizo ese trato con Pakistán. Está actuando para sí mismo. Y ya entiendo qué gana secuestrando al grupo de Ender y tratando de matarte.

—¿Eliminar rivales?

—No. Hace que los graduados de la Escuela de Batalla parezcan las armas más importantes de la guerra.

—Pero él no es un graduado de la Escuela de Batalla.

—Estuvo en la Escuela, y tiene la misma edad. No quiere esperar para convertirse en el rey del mundo. Quiere que todo el mundo crea que un niño debería liderarlos. Si merece la pena matarte, si merece la pena secuestrar al grupo de Ender...

Eso también actúa en beneficio de Peter Wiggin, advirtió Bean. No asistió a la Escuela de Batalla, pero si los niños son líderes mundiales plausibles, su propio historial como Locke lo sitúa por delante de cualquier otro contendiente. La capacidad militar es una cosa. Terminar la Guerra de las ligas era una cualificación mucho más fuerte que anulaba por completo al «psicópata expulsado de la Escuela de Batalla».

—¿Crees que eso es todo? —preguntó Suriyawong.

—¿Qué es todo? —preguntó Bean. Había perdido el hilo—. Oh, quieres decir si eso explica por qué Aquiles te quiere muerto. No lo sé. Tal vez. Pero no nos dice por qué está llevando a la India a una guerra mucho más cruenta de lo necesario.

—¿Qué te parece esto? Haz que todo el mundo tema lo que traerá la guerra, así querrán reforzar la Hegemonía para impedir que la guerra se extienda.

—Está bien, pero nadie va a proponer a Aquiles como Hegemón.

—Buen argumento. ¿Estamos descartando la posibilidad de que Aquiles sea estúpido sin más?

—Sí, ésa no es una posibilidad que debamos tener en cuenta.

—¿Qué hay de Petra? ¿Y si lo ha engañado para que siga esta estrategia tan estúpida?

—Es posible, aunque no es nada fácil engañar a Aquiles. No sé si Petra podría mentirle. Nunca la he visto mentirle a nadie. No sé si sería capaz.

—¿Nunca la has visto mentir a nadie? —preguntó Suriyawong.

Bean se encogió de hombros.

—Al final de la guerra nos hicimos buenos amigos, y sé que es sincera. Puede que se contenga a veces, pero te dice lo que piensa. Nada de trucos. La puerta está abierta o está cerrada.

—Para mentir hace falta práctica —observó Suriyawong.

—¿Como el chakri?

—No se llega a ese puesto por pura habilidad militar. Tienes que parecer muy competente ante un montón de gente, además de ocultar muchas de las cosas que haces.

—No estarás sugiriendo que el gobierno de Tailandia está corrompido —dijo Bean.

—Estoy sugiriendo que el gobierno de Tailandia es político. Espero que esto no te sorprenda, porque había oído decir que eras inteligente.

Tomaron un coche para ir a la ciudad: Suriyawong siempre había tenido la autoridad para requisar un coche y un conductor, pero hasta el momento nunca la había utilizado.

—¿Dónde comemos? —preguntó Bean—. No es que lleve encima una guía de restaurantes.

—Crecí en una familia con mejores chefs que ningún restaurante.

—¿Entonces vamos a tu casa?

—Mi familia vive cerca de Chiang Mai.

—Eso va a ser zona de batalla.

—Por eso pienso que están en Vientiane, aunque las reglas de seguridad les impiden decírmelo. Mi padre dirige una red de fábricas de munición. —Suriyawong sonrió—. Tuve que asegurarme de desviar algunos de esos trabajos de defensa para mi familia.

—En otras palabras, era el mejor hombre para la tarea.

—Mi madre era mejor, pero esto es Tailandia. Nuestro idilio con la cultura occidental terminó hace un siglo.

Terminaron preguntando a los soldados, y como ellos sólo conocían el tipo de lugar que podían permitirse pagar, acabaron cenando en un diminuto restaurante abierto toda la noche en una parte de la ciudad que no era la peor, pero tampoco la más bonita. Y la comida fue tan barata que les pareció prácticamente gratis.

Suriyawong y los soldados devoraron cuanto les sirvieron como si fuera lo mejor que hubieran probado jamás.

—¿No es magnífico? —preguntó Suriyawong—. Cuando mis padres tenían visita y saboreaban todas esas exquisisteces en el comedor, los niños comíamos en la cocina, como los criados. Esta comida. Comida de verdad.

Sin duda por eso a los estadounidenses les encantaba lo que comían en el Ñam-Ñam de Greensboro. Recuerdos de la infancia. Comida que sabía a seguridad, y amor y recompensas por haberse portado bien. Si te lo comes, saldremos a dar un paseo. Bean no tenía esos recuerdos, por supuesto. No sentía ninguna nostalgia de los envoltorios de papel que recogía del suelo, ni de lamer el azúcar del plástico y luego intentar recuperar la que se le había quedado pegada a la nariz.

¿De qué sentía nostalgia? ¿De la vida en la «familia» de Aquiles? ¿De la Escuela de Batalla? Probablemente no. Y su estancia con su familia en Grecia había llegado demasiado tarde para formar parte de sus recuerdos de la infancia. Le gustaba estar en Creta, amaba a su familia, pero no, los únicos buenos recuerdos infantiles eran el apartamento de sor Carlotta, cuando ella lo recogió de la calle, y le proporcionó alimento y seguridad, y le ayudó a prepararse para los exámenes de la Escuela de Batalla... su billete de salida de la Tierra, para ponerse a salvo de Aquiles.

Fue la única vez en su infancia en que se sintió a salvo. Y aunque no lo había imaginado ni lo había comprendido en aquel momento, también se sintió amado. Si pudiera sentarse en algún restaurante y degustar una comida como las que sor Carlotta preparaba en Rotterdam, probablemente sentiría lo mismo que sentían aquellos estadounidenses en Ñam-Ñam, o los tailandeses en ese local.

—A nuestro amigo Borommakot en realidad no le gusta la comida —dijo Suriyawong. Habló en tailandés, pero Bean había aprendido bastante el idioma, y los soldados no se sentían tan cómodos usando el Común.

—Puede que no le guste —observó un soldado—, pero le está haciendo crecer.

—Pronto será tan alto como tú —dijo el otro.

—¿Cuánto crecen los griegos? —preguntó el primero.

Bean se quedó de piedra.

Suriyawong también.

Los dos soldados se miraron algo alarmados.

—¿Qué, veis algo?

—¿Cómo sabías que es griego? —preguntó Suriyawong.

Los soldados se miraron el uno al otro y luego contuvieron la sonrisa.

—Supongo que no son estúpidos —dijo Bean.

—Todos vimos los vids de la guerra Insectora, vimos tu cara, ¿crees que no eres famoso? ¿No lo sabías?

—Pero nunca dijisteis nada.

—Eso habría sido una falta de cortesía.

Bean se preguntó cuánta gente lo había identificado en Araraquara y Greensboro, pero fueron demasiado amables para decir nada.

Eran las tres de la madrugada cuando llegaron al aeropuerto. El avión debía llegar a las seis. Bean estaba demasiado nervioso para dormir. Se asignó la guardia, y dejó que los soldados y Suriyawong durmieran.

Fue Bean quien advirtió entonces el revuelo de actividad, unos cuarenta y cinco minutos antes de que se anunciara la llegada del vuelo. Se levantó y fue a preguntar qué pasaba.

—Por favor, espera, haremos un anuncio —dijo el encargado de los billetes—. ¿Dónde están tus padres? ¿Están aquí?

Bean suspiró. Se acabó la fama. Al menos habrían reconocido a Suriyawong. De todas formas, era poco probable que quienes estaban de servicio esa noche hubiesen oído la noticia del intento de asesinato, así que no habrían visto la cara de Suriyawong aparecer en los vids una y otra vez. Fue a despertar a uno de los soldados para que averiguara, de adulto a adulto, qué pasaba.

Probablemente, gracias al uniforme consiguió información que el empleado no habría revelado a un civil. Volvió con aspecto sombrío.

—El avión se ha estrellado —anunció.

Bean sintió que le daba un vuelco el corazón. ¿Aquiles? ¿Había encontrado un modo de llegar a sor Carlotta?

Imposible. ¿Cómo iba a saberlo? No podía estar controlando todos los vuelos del mundo.

De pronto recordó el mensaje que había enviado a través del ordenador del barracón. El chakri podría haberlo visto si no estaba ya arrestado. Tal vez tuvo tiempo para transmitir la información a Aquiles, o al intermediario que empleara. ¿Cómo si no podría haber sabido Aquiles que Carlotta venía de camino?

—Esta vez no es él —dijo Suriyawong, cuando Bean le dijo lo que estaba pensando—. Hay razones de sobra para que un avión desaparezca del radar.

—No dicen que haya desaparecido —insistió el soldado—. Dicen que se ha estrellado.

Suriyawong parecía verdaderamente afectado.

—Borommakot, lo siento.

Entonces se dirigió a un teléfono y contactó con el despacho del primer ministro. Ser el orgullo y la alegría de Tailandia y haber salido con vida de un intento de asesinato tenía sus ventajas. En unos minutos los escoltaron a la sala de reuniones del aeropuerto, donde ya se hallaban agentes del gobierno, militares, autoridades de aviación y agencias de investigación de todo el mundo.

El avión había caído en el sur de China. Era un vuelo de Air Shanghai, y China trataba el tema como un asunto interno, negándose a permitir que investigadores externos acudieran al sitio del accidente. Pero los satélites de tráfico aéreo tenían la historia: se produjo una gran explosión y el avión había quedado reducido a fragmentos antes de llegar al suelo. No había supervivientes.

Sólo quedaba una leve esperanza. Tal vez ella no había hecho alguna conexión a tiempo. Tal vez no viajara a bordo.

Pero sí estaba.

Podría haberla detenido, pensó Bean. Cuando accedí a confiar en el primer ministro sin esperar a que llegara Carlotta, podría haberle enviado un mensaje de inmediato para que volviera a casa. En cambio esperé y me puse a ver los vids y luego salí a pasar la noche en la ciudad, porque quería verla, porque había estado asustado y necesitaba tenerla a mi lado.

Porque era demasiado egoísta para pensar en el peligro al que la estaba exponiendo. Ella viajaba usando su propio nombre: algo que nunca había hecho cuando estaban juntos. ¿Era culpa suya?

Sí. Porque la había llamado con tanta urgencia que ella no tuvo tiempo de hacer las cosas de manera encubierta. Hizo que el Vaticano dispusiera su vuelo, y eso fue todo. El final de su vida.

El final de su ministerio, así era como lo consideraba. Los trabajos que quedaban por hacer. El trabajo que alguien más tendría que continuar.

Todo lo que Bean había hecho, desde que ella lo había encontrado, había sido robarle tiempo, impedir que hiciera las cosas que importaban de verdad en su vida. Le había obligado a hacer su trabajo a la carrera, oculta, por su bien. Cada vez que él la necesitaba, ella lo dejaba todo. ¿Qué había hecho para merecerlo? ¿Qué le había dado a cambio? Ahora había interrumpido su trabajo de forma permanente. Seguro que Carlotta hubiese estado muy molesta. Pero incluso así, si pudiera hablar con ella, Bean sabía lo que le diría.

Siempre ha sido decisión mía, diría. Eres parte del trabajo que Dios me encomendó. La vida termina, y no temo regresar a Dios. Sólo temo por ti, porque sigues siendo un extraño para Él.

Ojalá pudiera creer que de algún modo seguía viva, que estaba en compañía de Poke, tal vez, cuidando de ella como cuidó de Bean hacía tantos años. Y las dos riéndose y recordando la torpeza de Bean, que siempre conseguía que mataran a la gente.

Alguien le tocó el brazo.

—Bean —dijo Suriyawong—. Bean, vamos a sacarte de aquí.

Bean se dio cuenta de que tenía las mejillas húmedas de lágrimas.

—Me quedo.

—No —dijo Suriyawong—. Aquí ya no va a pasar nada. Vamos a la residencia de oficiales, adonde se dirigen los diplomáticos.

Bean se secó los ojos con la manga, sintiéndose como un crío al hacerlo delante de sus hombres. Pero no importaba: sería mucho peor tratar de ocultar un signo de debilidad o pedirles patéticamente que no se lo contaran a nadie. Hizo lo que hizo, ellos vieron lo que vieron, y asunto concluido. Si sor Carlotta no se merecía unas cuantas lágrimas por parte de alguien que le debía tanto como Bean, ¿entonces para qué servían las lágrimas, y cuándo había que derramarlas?

Una escolta policial los esperaba. Suriyawong dio las gracias a sus guardaespaldas y les ordenó que regresaran a los barracones.

—No es necesario que os levantéis hasta que os apetezca —dijo.

Saludaron a Suriyawong. Se volvieron hacia Bean y lo saludaron bruscamente, en el mejor estilo militar. Ni rastro de lástima, sólo honor. Él les devolvió el saludo de la misma manera: ni rastro de gratitud, sólo respeto.

La mañana en la residencia de oficiales transcurrió alternativamente aburrida y exasperante. China se mostraba intransigente. Aunque la mayor parte de los pasajeros eran turistas y hombres de negocios tailandeses, era un avión chino sobre espacio aéreo chino, y como había indicaciones de que tal vez se había debido a un ataque por medio de misiles tierra-aire en vez de una bomba, todo el asunto se trataba con la más estricta seguridad militar.

Bean y Suriyawong decidieron que había sido cosa de Aquiles, definitivamente. Pero habían hablado tanto sobre Aquiles que Bean estuvo de acuerdo en dejar que Suriyawong informara a los militares tailandeses y a los líderes del Departamento de Estado que necesitaban disponer de toda la información necesaria para encontrarle sentido a la situación.

¿Por qué querría la India destruir en pleno vuelo a un avión de pasajeros en China? ¿Para matar a una monja que venía a Bangkok a visitar a un niño griego? Era demasiado increíble. Sin embargo, poco a poco, y con la ayuda del ministro de Colonización, que pudo darles detalles sobre la psicopatología de Aquiles que no aparecían en el informe de Locke sobre él, empezaron a comprender que sí, en efecto, podría haber sido una especie de mensaje desafiante para Bean, en el que Aquiles le decía que podría haberse salido con la suya en esta ocasión, pero que Aquiles todavía podía matar a quien se le antojara.

Sin embargo, mientras Suriyawong los informaba, Bean subió a la residencia privada, donde la esposa del primer ministro lo condujo muy amablemente a una habitación de invitados y le preguntó si tenía un amigo o un familiar a quien pudiera llamar, o si quería un ministro o un sacerdote de alguna religión. Él le dio las gracias y le dijo que todo lo que necesitaba era pasar un buen rato a solas.

Ella cerró la puerta al salir y Bean se quedó llorando en silencio hasta quedar agotado, y luego, enroscado en una esterilla en el suelo, se durmió.

Cuando despertó ya era de día. Tenía los ojos hinchados de llorar y seguía agotado. Seguramente se había despertado por la sed y la necesidad de orinar. Así era la vida. Dentro, fuera. Duerme y despierta, duerme y despierta. Oh, y un poco de reproducción aquí y allá. Pero él era demasiado joven, y sor Carlotta había optado por renunciar a esa parte de la vida. De todas formas el ciclo había sido muy similar. Encontrar algún significado a la vida. Pero ¿cuál? Bean era famoso. Su nombre aparecería para siempre en los libros de historia, probablemente como parte de una lista en el capítulo dedicado a Ender Wiggin, pero estaba bien, era más de lo que la mayoría de la gente conseguía. Cuando estuviera muerto no le importaría.

Carlotta no aparecería en ningún libro de historia, ni siquiera en una nota a pie de página. Bueno, no, eso no era del todo cierto. Aquiles iba a ser famoso, y ella lo había encontrado. Después de todo, se merecía más que una nota. Su nombre sería recordado, aunque relacionado para siempre con el cerdo que la asesinó porque había visto lo indefenso que estaba y lo había salvado de la vida en las calles.

Aquiles la ha matado, pero claro, ha contado con mi ayuda.

Bean se obligó a pensar en otra cosa. Ya sentía esa quemazón en los párpados que anunciaba la inminencia de las lágrimas. Se acabó. Necesitaba mantener el control. Era muy importante seguir pensando con frialdad.

Había un ordenador de cortesía en la habitación, con enlaces estándar y los principales conectores de Tailandia. Bean no tardó en conectar con una de sus identidades menos utilizadas. Graff sabría cosas que el gobierno tailandés ignoraba. Y Peter también. Y le escribirían.

En efecto, había mensajes de los dos, codificados en uno de sus buzones. Los rescató a ambos y descubrió que eran el mismo: un email enviado por la propia sor Carlotta.

El mensaje había llegado a las nueve de la mañana, hora de Tailandia. Tenían que esperar doce horas por si sor Carlotta contactaba con ellos para que retiraran el mensaje, pero cuando confirmaron que no había ninguna posibilidad de que estuviera viva, decidieron no esperar. Fuera cual fuese el mensaje, sor Carlotta lo había preparado para que si no daba un paso activo para bloquearlo, cada día, iría automáticamente a Graff y a Peter para que ellos se lo reenviaran.

Lo cual significaba que cada día de su vida ella había pensado en Bean, había hecho algo para impedir que viera esto, y sin embargo se había asegurado también de que viera lo que contenía este mensaje.

Su despedida. No quería leerla. Ya había llorado. No quedaba nada más.

Sin embargo, ella había querido que lo leyera. Y después de todo lo que había hecho por él, sin duda podría hacer esto por ella.

El archivo tenía una doble codificación. Cuando lo abrió con su propio decodificador, continuó con el código de ella. Bean no tenía ni idea de cuál sería la clave, y por tanto tenía que ser algo que ella esperaba que se le ocurriera.

Y como él sería el único que intentaría encontrar la clave después de que ella estuviese muerta, la elección era obvia.

Introdujo el nombre Poke y la decodificación actuó de inmediato.

Era, como esperaba, una carta para él.

Querido Julian, querido Bean, querido amigo:

Tal vez Aquiles me ha matado, tal vez no. Ya sabes lo que pienso sobre la venganza. El castigo pertenece a Dios, y además, la ira convierte a las personas en seres estúpidos, incluso a gente tan inteligente como tú. Aquiles debe ser detenido por lo que es, no por lo que haya podido hacerme a mí. La forma de mi muerte carece de importancia. Sólo la forma en que he vivido reviste interés, y eso es mi Redentor quien ha de juzgarlo.

Todo eso tú ya lo sabes, de manera que el propósito de esta carta es otro: creo que tienes derecho a saber alguna información que hay sobre ti. No es agradable, y quería esperar a decírtela a que estuvieras preparado. Sin embargo, no estoy dispuesta a permitir que mi muerte te deje en la ignorancia. Eso sería darle a Aquiles, o a las casualidades de la vida (sea cual fuese la causa de mi súbita muerte) demasiado poder sobre ti.

Sabes que naciste como parte de un experimento científico ilegal que usó embriones robados a tus padres. Tienes recuerdos preternaturales de tu sorprendente huida de la matanza de tus hermanos cuando el experimento fue interrumpido. Lo que hiciste a esa edad avisa a todo el mundo que conoce la historia de que eres extraordinariamente inteligente. Lo que no sabías, hasta ahora, es el motivo de esa inteligencia y qué implica para tu futuro.

La persona que robó tu embrión congelado era un científico, por así decirlo. Su propósito era aumentar genéticamente la inteligencia humana y basó su experimento en el trabajo teórico de un científico ruso llamado Anton. Aunque Anton estaba sometido a un control de intervención y no pudo decírmelo directamente, encontró un modo de evitar la programación y transmitirme el cambio genético que operaba en ti. (Aunque Anton tenía la impresión de que el cambio sólo podía producirse en un óvulo sin fertilizar, se trataba sólo de un problema técnico, no teórico.)

En el genoma humano existe una doble clave. La primera de ellas se encarga de la inteligencia humana. Si se conecta de una manera, coloca un bloqueo en la habilidad del cerebro para funcionar al máximo. En ti, la clave de Anton ha sido activada. Tu cerebro no se detuvo en su crecimiento. No dejó de fabricar neuronas en su primera fase. Tu cerebro sigue creciendo y estableciendo conexiones. En vez de tener una capacidad limitada, con pautas formadas durante las primeras etapas del desarrollo, tu encéfalo añade nuevas capacidades y nuevas pautas a medida que son necesarias. Mentalmente eres como un niño de un año, pero con experiencia. Las hazañas mentales que los niños ejecutan por rutina, que son mucho mayores que nada de lo que consiguen los adultos, estarán siempre a tu alcance. Durante toda tu vida, por ejemplo, serás capaz de aprender nuevos idiomas hasta adquirir la competencia de un hablante nativo. Podrás establecer y mantener conexiones con tu propia memoria que no se parecerán a las de nadie más. En otras palabras, Bean: eres territorio inexplorado, o tal vez territorio autoexplorado.

Pero esa facultad tiene un precio que probablemente ya habrás adivinado. Si tu cerebro sigue creciendo, ¿qué le pasará a tu cabeza? ¿Cómo se queda dentro toda esa masa cerebral?

Tu cabeza sigue creciendo, claro. Los huesos del cráneo nunca han llegado a soldarse. He hecho medir tu cerebro, naturalmente. El crecimiento es lento, y gran parte de este crecimiento ha implicado la creación de más neuronas, más pequeñas. También tu cráneo se ha hecho un poco más fino, así que tal vez te hayas dado cuenta —o tal vez no— del crecimiento del perímetro craneal, pero es real.

El otro aspecto de la clave de Anton se refiere al crecimiento humano. Si no dejáramos de crecer, moriríamos muy jóvenes. Sin embargo, para vivir mucho hace falta que renunciemos cada vez más a nuestra inteligencia, porque nuestros cerebros deben cerrarse y dejar de crecer durante nuestro ciclo vital. La mayoría de los seres humanos fluctúan dentro de un lapso muy estrecho. Tú ni siquiera apareces en los gráficos.

Bean, Julian, mi niño; lo que quiero decirte es que morirás muy joven. Tu cuerpo continuará creciendo, no como pasaría en la pubertad, sino con un estirón y luego para alcanzar la talla de un adulto. Como lo expresó un científico, nunca llegarás a tu altura de adulto, porque no existe. Sólo existe la altura en el momento de la muerte. Seguirás haciéndote más alto y más grande hasta que tu corazón ceda o tu espalda ya no lo soporte. Te lo digo de forma tan brusca y directa porque no hay forma de aliviar el golpe.

Nadie sabe qué rumbo tomará tu crecimiento. Al principio me alivió comprobar que tu crecimiento era más lento de lo que se había calculado inicialmente. Me dijeron que al llegar a la pubertad, habrías alcanzado a los niños de tu edad... pero no lo hiciste. Seguiste por detrás. Tuve la esperanza de que se hubieran equivocado, que pudieras vivir hasta los cuarenta o cincuenta años, o aunque sólo fuera hasta los treinta. Pero en el año que estuviste con tu familia, y en la temporada que pasamos juntos, te midieron y vimos que tu ritmo de crecimiento se aceleraba. Todo apunta a que continuará de este modo. Si llegas a cumplir los veinte años, habrás desafiado todas las expectativas racionales. Si mueres antes de los quince años, representará sólo una leve sorpresa. Lloro mientras escribo estas líneas, porque si alguna vez hubo un niño que pudiera servir a la humanidad, teniendo una larga vida adulta, ése eres tú. No, seré sincera: mis lágrimas son porque en muchos aspectos te considero mi propio hijo, y lo único que me alegra de que descubras tu futuro a través de esta carta es que eso significa que yo habré muerto antes. El peor temor de todo padre es enterrar a su hijo. Los sacerdotes y las monjas nos ahorramos ese sufrimiento, excepto cuando aceptamos esa carga, como yo he hecho de forma tan imprudente contigo.

Tengo toda la documentación sobre los descubrimientos que ha hecho el equipo que te está estudiando. Seguirán adelante, si se lo permites. El enlace con la red está al pie de esta carta. Son de confianza, porque son personas cabales y porque también saben que si la existencia de su proyecto se hace pública correrán grave peligro, pues investigar en la ampliación genética de la inteligencia humana está penado por la ley. Tú debes decidir si quieres cooperar en el proyecto. Ellos ya tienen datos valiosos. Puedes vivir sin tratarlos para nada, o puedes continuar proporcionándoles información. No me interesa demasiado el aspecto científico de todo esto. Trabajé con ellos porque necesitaba saber qué te sucedería.

Perdóname por haberte ocultado esta información. Sé que piensas que habrías preferido saberlo desde el principio. Sólo puedo decir, en mi defensa, que es bueno que los seres humanos tengan un período de inocencia y esperanza en sus vidas. Temí que si lo averiguabas demasiado pronto te verías privado de esa esperanza y sin embargo, arrebatarte ese conocimiento te robó la libertad de decidir cómo quieres pasar los años que te quedan. Por eso iba a decírtelo pronto.

Algunos opinan que debido a esa pequeña diferencia genética no eres humano, ya que la clave de Anton requiere dos cambios en el genoma, no uno, algo que nunca se habría producido por azar. Por tanto puede considerarse que representas una nueva especie, creada en el laboratorio. No obstante, créeme cuando te digo que Nikolai y tú sois gemelos, no especies separadas, y yo, que te conozco mejor que nadie, nunca he visto en ti nada más que la mejor y más pura humanidad. Soy consciente de que no aceptarás mi terminología religiosa, sin embargo ya sabes lo que significa para mí. Tienes un alma, hijo mío. El Salvador murió por ti y por todos los otros seres humanos que han nacido. Tu vida tiene un valor infinito para Dios. Y también para mí, hijo mío.

Descubrirás el sentido de tu existencia en el tiempo que te quede por vivir. No seas demasiado imprudente, sólo porque tu vida no vaya a ser larga. Pero tampoco la guardes con un exceso de celo. La muerte no es una tragedia para el que muere. Desperdiciar la vida antes de la muerte, ésa sí es la tragedia. Ya has empleado tus años mejor que la mayoría. Sin embargo, encontrarás aún muchos nuevos propósitos, que has de cumplir. Y si alguien en el cielo oye la voz de esta vieja monja, los ángeles te guardarán y muchos santos rezarán por ti.

Con amor, Carlotta.

Bean borró la carta. Podía recuperarla de su buzón y decodificarla de nuevo, si necesitaba consultarla más tarde, aunque por supuesto había quedado grabada a fuego en su memoria. Y no sólo como texto en la pantalla. La había oído con la voz de Carlotta, incluso mientras sus ojos leían las palabras que la consola le iba poniendo delante.

Apagó la consola. Se acercó a la ventana y la abrió. Contempló el jardín de la residencia oficial. A lo lejos oyó los aviones que se aproximaban al aeropuerto, igual que otros, que acababan de despegar, se alzaban al cielo. Trató de imaginar el alma de sor Carlotta alzándose como uno de aquellos aviones. Pero la imagen no dejaba de cambiar a un vuelo de Air Shanghai que aterrizaba, y a sor Carlotta que bajaba del avión y lo miraba de arriba abajo y comentaba:

—Necesitas unos pantalones nuevos.

Volvió al interior y se tendió en la esterilla, pero no para dormir. No cerró los ojos. Se quedó contemplando el techo y meditó acerca de la vida, la muerte, el amor y la pérdida. Y mientras lo hacía, le pareció que incluso sentía el crecimiento de sus huesos.

CUARTA PARTE

DECISIONES

16

Traición

A: Demóstenes%Tecumseh@freeamerica.org
De: Nopreparado%cincinnatus@anon.set
Asunto: Air Shanghai

Los jefazos que dirigen el cotarro han decidido no compartir la información procedente de satélites sobre Air Shanghai con nadie que no pertenezca al ejército, alegando que están relacionados intereses vitales de Estados Unidos. Los otros únicos países con satélites capaces de ver lo mismo que los nuestros son China, Japón y Brasil, y de éstos sólo China tiene un satélite en la posición adecuada. Así que los chinos lo saben. Y cuando acabe con esta carta, tú lo sabrás, y sabrás cómo usar la información.

No me gusta que los países grandes derroten a los pequeños, excepto cuando el país grande es el mío. Así que demándame.

El vuelo de Air Shanghai fue abatido por un misil tierra-aire disparado desde DENTRO DE TAILANDIA. Sin embargo, la diferencia de tiempo para localizar los movimientos en esa zona de Tailandia demuestra que el único candidato factible para haber efectuado el lanzamiento es un camión cuyos movimientos se originaron en China: sí, en China.

Detalles: El camión (un pequeño vehículo vietnamita blanco estilo «Ho») fue fabricado en Gejiu (en un almacén que ya ha sido declarado como fábrica de municiones) y cruzó la frontera vietnamita entre Jinping, China, y Sinh Ho, Vietnam. Luego cruzó la frontera de Laos a través del paso de Ded Tay Chang. Recorrió todo Laos y entró en Tailandia cerca de Tha Li, pero en este punto se apartó de las carreteras principales. Pasó bastante cerca del punto desde donde se lanzó el misil para que pudiera ser descargado y transportado manualmente al sitio. Y observa esto: todo ese movimiento sucedió HACE MÁS DE UN MES.

No sé tú, pero tanto yo como los demás que están aquí somos de la opinión de que China anda buscando una «provocación» para iniciar la guerra contra Tailandia. El jet de Air Shanghai con destino Bangkok, con pasajeros tailandeses, es derribado en China por un misil lanzado desde Tailandia. China puede hacer parecer que el ejército tailandés intentaba crear una falsa provocación contra ellos, cuando de hecho ocurrió todo lo contrario. Muy complicado, pero los chinos saben que pueden mostrar pruebas procedentes de satélites de que el misil fue lanzado desde dentro de Tailandia. También pueden demostrar que necesitaron sofisticados sistemas de seguimiento militares que implicarán, en la versión china, que los militares tailandeses estaban detrás, aunque NOSOTROS sabemos que eso significa que los militares chinos estaban al control. Y cuando los chinos pidan corroboración independiente, puedes contar con ella: nuestro amado gobierno, más interesado por los negocios que por el honor, apoyará la historia china sin mencionar los movimientos del pequeño camión. Así Estados Unidos seguirá siendo buen amigo de su amigo en los negocios. Y Tailandia será masacrada.

Haz lo que tengas que hacer, Demóstenes. Haz que todo esto sea de dominio público antes de que nuestro gobierno les haga la pelota. Pero trata de buscar un modo de que no me delate. Lo malo no sería perder este empleo de mierda. Podría acabar en la cárcel.

Cuando Suriyawong fue a ver si Bean quería cenar (un servicio a las nueve de la noche para los oficiales de servicio, no una cena oficial con el primer ministro), Bean casi lo siguió de cabeza. Necesitaba comer, y aquél era un momento tan bueno como cualquier otro. Sin embargo, advirtió que no había leído ningún mensaje después de haber recibido la última carta de sor Carlotta, así que le dijo a Suriyawong que empezara sin él pero que le guardara un sitio.

Comprobó el buzón que Peter había utilizado para enviar el mensaje de Carlotta y encontró una carta suya más reciente. Incluía el texto de una carta de uno de los contactos de Demóstenes dentro del servicio estadounidense de satélites espía, y combinado con el análisis que Peter había hecho de la situación, lo dejaba todo claro. Envió una rápida respuesta, avanzando un paso más las sospechas de Peter, y luego fue a cenar.

Suriyawong y los oficiales adultos (varios de ellos generales que habían sido convocados en Bangkok por la crisis en el alto mando) se estaban riendo. Guardaron silencio cuando Bean entró en la sala. Normalmente, habría intentado tranquilizarlos. El que estuviera apenado no cambiaba el hecho de que en las crisis se precisaba humor para aliviar la tensión. Pero en ese momento el silencio fue útil, y lo aprovechó.

—Acabo de recibir información de una de mis mejores fuentes de inteligencia —dijo—. Los que están presentes en esta sala son quienes más necesitan oírla, pero si el primer ministro pudiera reunirse con nosotros, ahorraría tiempo.

Uno de los generales empezó a protestar alegando que un niño extranjero no podía convocar al primer ministro de Tailandia, pero Suriyawong se levantó y le hizo una profunda reverencia. El hombre guardó silencio.

—Discúlpeme, señor —dijo Suriyawong—, pero este muchacho extranjero es Julian Delphiki, cuyo análisis de la batalla final con los fórmicos propició la victoria de Ender.

Naturalmente, el general lo sabía ya, pero, al permitirle fingir que lo ignoraba, Suriyawong le dio la oportunidad de retractarse sin pasar vergüenza.

—Comprendo —respondió el general—. Entonces quizás el primer ministro no se sentirá ofendido por esta convocatoria.

Bean ayudó a Suriyawong a suavizar la situación lo mejor que pudo.

—Perdóneme por haber hablado con tanta brusquedad. Tenía usted razón al reprenderme. Sólo puedo esperar que me excuse por haber olvidado los modales adecuados. La mujer que me educó viajaba en el vuelo de Air Shanghai.

Una vez más, el general ya lo sabía; una vez más, la excusa le permitió inclinarse y murmurar su pésame. Ahora que todo el mundo había mostrado el respeto debido, las cosas podían continuar su curso.

El primer ministro dejó su cena con varios altos oficiales del gobierno chino y se apoyó contra la pared, escuchando, mientras Bean contaba lo que había descubierto sobre la fuente del misil que había derribado al avión.

—Durante todo el día he estado en contacto con el ministro de Asuntos Exteriores chino —dijo el primer ministro—, y no ha comentado nada de que el misil fuera disparado desde dentro de Tailandia.

—Cuando el gobierno chino esté preparado para actuar contra esta provocación —dijo Bean—, fingirán que acaban de descubrirlo.

El primer ministro parecía dolorido.

—¿No pudieron ser agentes indios actuando para camuflarlo como si se tratara de una estratagema china?

—Podría haber sido cualquiera —replicó Bean—. Pero eran chinos.

El general quisquilloso alzó la voz.

—¿Cómo sabes eso, si el satélite no lo confirma?

—Tendría poco sentido que fueran indios —explicó Bean—. Los únicos países que podrían detectar el camión serían China y Estados Unidos, que como es bien sabido come en la palma de la mano de los chinos. Pero China sabría que no han disparado el misil, y también que no lo ha hecho Tailandia, ¿así que cuál sería el problema?

—Tampoco resulta muy coherente que fuera China —dijo el primer ministro.

—Señor —dijo Bean—, en todo lo que ha pasado en los últimos días no hay nada muy coherente. La India ha establecido un pacto de no agresión con Pakistán y ambos países han retirado sus tropas de la frontera que comparten. Pakistán actúa contra Irán. La India ha invadido Birmania, no porque Birmania sea importante, sino porque se encuentra entre la India y Tailandia, que sí lo es. Pero el ataque de la India no tiene ningún sentido... ¿verdad, Suriyawong?

Éste comprendió al momento que Bean le estaba pidiendo que interviniera en el diálogo, para que no todo procediera de un europeo.

—Como Bean y yo le contamos al chakri ayer, el ataque indio a Birmania no sólo está diseñado de manera estúpida: es algo deliberado. La India cuenta con comandantes listos y bien entrenados para saber que enviar grandes grupos de soldados al otro lado de la frontera, con el enorme problema de suministro que eso representa, crea un objetivo fácil para nuestra estrategia de acoso, por no mencionar que los deja con el culo al aire. Y sin embargo han lanzado precisamente ese ataque.

—Entonces tanto mejor para nosotros —intervino el general quisquilloso.

—Señor —respondió Suriyawong—, es importante que entienda que disponen de los servicios de Petra Arkanian, y tanto Bean como yo sabemos que Petra nunca prepararía la estrategia que están utilizando. Así que sin lugar a dudas ésa no es la estrategia auténtica.

—¿Qué tiene esto que ver con el vuelo de Air Shanghai? —preguntó el primer ministro.

—Todo —dijo Bean—. Y con el intento de asesinarnos a Suriyawong y a mí anoche. El juego del chakri pretendía provocar a Tailandia para que entrara inmediatamente en guerra con la India. Y aunque el complot no funcionó, y el chakri fue descubierto, seguimos manteniendo la ficción de que fue una provocación india. Sus reuniones con el ministro de Asuntos Exteriores chino forman parte del esfuerzo por implicar a China en la guerra contra la India... No, no me diga que no puede confirmarlo o negarlo, está claro de qué habrán tratado esas reuniones. Y apuesto a que los chinos le dicen que están enviando tropas a la frontera birmana para atacar a los indios cuando estén más al descubierto.

El primer ministro, que ya había abierto la boca para hablar, mantuvo silencio.

—Sí, claro que le estarán diciendo eso. Pero los indios también saben que los chinos están acumulando tropas en la frontera birmana, y sin embargo continúan con su ataque a Birmania, y sus fuerzas están casi completamente desplegadas, sin prepararse para defenderse contra un ataque chino desde el norte. ¿Por qué? ¿Hemos de suponer que los indios son tan estúpidos?

Fue Suriyawong quien contestó cuando se le ocurrió la respuesta.

—Los indios tienen un pacto de no agresión con China. Piensan que los chinos acumulan tropas en la frontera para atacarnos a nosotros. Se han dividido entre los dos el Sureste asiático.

—¿Así que ese misil que los chinos lanzaron desde Tailandia para derribar su propio avión será la excusa para romper las negociaciones y atacarnos por sorpresa? —dijo el primer ministro.

—A nadie le sorprende la traición china —dijo uno de los generales.

—Pero eso no es todo —intervino Bean—. Porque no hemos tenido en cuenta a Aquiles.

—Está en la India —dijo Suriyawong—. Planeó el intento de asesinato de anoche.

—Y sabemos que lo hizo porque yo estaba allí —dijo Bean—. Te quería muerto como provocación, pero aprobó que fuera anoche para que ambos pudiéramos morir en la misma explosión. Y sabemos que está detrás de la destrucción del avión de Air Shanghai, porque aunque el misil estaba allí desde hace un mes, listo para ser disparado, no era aún el momento adecuado para crear la provocación. El ministro de Asuntos Exteriores chino está todavía en Bangkok. Tailandia no ha tenido aún varios días para desplegar sus tropas para la batalla, repartir los suministros y enviar a la mayor parte de nuestros soldados en misiones al noroeste. Los soldados chinos no se han desplegado aún al norte. Ese misil no debería de haber sido disparado hasta dentro de varios días, como mínimo. Sin embargo, lo dispararon esta mañana porque Aquiles sabía que sor Carlotta viajaba en ese avión, y no pudo dejar pasar la oportunidad de asesinarla.

—Pero has dicho que el misil era una operación china —objetó el primer ministro—. Aquiles está en la India.

—Aquiles está en la India, pero ¿está trabajando para la India?

—¿Estás diciendo que trabaja para China?

—Aquiles trabaja para Aquiles —dijo Suriyawong—. Pero sí, ahora el panorama está claro.

—Para mí no —objetó el general quisquilloso.

Suriyawong se lo explicó ansiosamente.

—Aquiles ha estado utilizando la India desde el principio. Mientras estaba todavía en Rusia, sin duda usó el servicio de inteligencia ruso para entablar contactos dentro de China. Prometió entregarles todo el sur y el sureste de Asia de un plumazo. Luego va a la India y prepara una guerra en la que el ejército de la India queda completamente comprometido en Birmania. Hasta el momento, China nunca ha podido actuar contra la India, porque el ejército de este país estaba concentrado en el oeste y el noroeste, de modo que mientras los soldados chinos tenían que rebasar el Himalaya, podrían ser fácilmente repelidos por las tropas indias. Sin embargo, ahora todo el ejército indio está expuesto, lejos del centro de la India. Si los chinos pueden lograr un ataque sorpresa y destruir ese ejército, la India estará indefensa. No tendrán más remedio que rendirse. Nosotros somos solamente un espectáculo secundario para ellos. Nos atacarán para que los indios se confíen.

—¿Entonces no pretenden invadir Tailandia? —preguntó el primer ministro.

—Por supuesto que sí —replicó Bean—. Pretenden gobernar desde el Indo hasta el Mekong. Pero el ejército indio es el objetivo principal. En cuanto quede destruido, no habrá nada que entorpezca su camino.

—¿Y deducimos todo esto por el hecho de que una monja católica estuviera a bordo del avión? —protestó el general quisquilloso.

—Lo deducimos porque Aquiles controla los acontecimientos en China, Tailandia y la India. Aquiles sabía que sor Carlotta viajaba a bordo de ese avión porque el chakri interceptó mi mensaje al primer ministro. Aquiles está al mando de este espectáculo y traiciona a todo el mundo con todo el mundo. Al final, se alzará con un nuevo imperio que contendrá a más de la mitad de la población del mundo. China, la India, Birmania, Tailandia, Vietnam. Todo el mundo tendrá que plegarse a esta nueva superpotencia.

—Pero Aquiles no gobierna China —adujo el primer ministro—. Por lo que sabemos, nunca ha estado en China.

—Sin duda los chinos creen que los están utilizando. Poco conozco a Aquiles, y calculo que dentro de un año los líderes chinos estarán muertos o recibiendo órdenes suyas.

—Tal vez debería advertir al ministro de Asuntos Exteriores chino del gran peligro que corre —dijo el primer ministro.

El general quisquilloso se levantó.

—Esto es lo que pasa por permitir que los niños jueguen con asuntos de adultos. Piensan que la vida real es como un juego de ordenador: ellos hacen clic con el ratón y las naciones se alzan o se hunden.

—Así es exactamente cómo se alzan y se hunden las naciones —dijo Bean—. Francia en 1940. Napoleón rehaciendo el mapa de Europa a principios del siglo XIX, creando reinos para que sus hermanos tuvieran un lugar donde gobernar. Las victorias en la Primera Guerra Mundial, recortando reinos y trazando en el mapa líneas inapropiadas que volverían a provocar nuevas guerras. La conquista japonesa de casi todo el Pacífico occidental en diciembre de 1941. El colapso del imperio soviético en 1989. Los acontecimientos pueden ser repentinos.

—Pero había grandes fuerzas en acción —dijo el general.

—Los caprichos de Napoleón no eran una gran fuerza. Ni Alejandro, que derrotaba imperios allá donde iba. No hubo nada inevitable en el hecho de que los griegos llegaran al Indo.

—No necesito que me des lecciones de historia.

Bean estuvo a punto de replicar que sí, que al parecer las necesitaba, pero Suriyawong se apresuró a menear la cabeza. Bean captó el mensaje.

Suriyawong tenía razón. El primer ministro no estaba convencido, y los únicos generales que hablaban eran los que eran completamente hostiles a las ideas de Bean y Suriyawong. Si Bean continuaba presionando, acabaría por ser marginado en la guerra por venir. Y necesitaba estar en el meollo de lo que ocurría, si quería usar la fuerza de choque que tan laboriosamente había creado.

—Señor —le dijo Bean al general—, no pretendía enseñarle nada. No tiene nada que aprender de mí. Simplemente le he ofrecido la información que he recibido, y las conclusiones que he extraído de ella. Si esas conclusiones son incorrectas, le pido disculpas por haberle hecho perder el tiempo. Y si continúa la guerra contra la India, sólo le pido la oportunidad de servir honorablemente a Tailandia, para devolver la amabilidad que me ha demostrado.

Antes de que el general pudiera decir nada (y no cabía duda de que iba a responder algo desagradable) el primer ministro intervino.

—Gracias por ofrecernos tus servicios. Tailandia sobrevive en esta difícil situación porque nuestro pueblo y nuestros amigos ofrecen todo lo que tienen al servicio de nuestra pequeña pero maravillosa tierra. Claro que querremos emplearte en la inminente guerra. Creo que tienes una pequeña fuerza de choque compuesta por soldados tailandeses muy bien entrenados y versátiles. Me encargaré de que tu fuerza de choque sea asignada a un comandante que encuentre buen uso para ellos, y también para ti.

Fue un hábil anuncio a los generales de que Bean y Suriyawong estaban bajo su protección. Cualquier general que intentara reprimir su participación descubriría que los asignarían a otro mando. Bean no podría haber esperado algo mejor.

—Y ahora —dijo el primer ministro—, aunque me

alegro de haber pasado este cuarto de hora en su compañía, señores, sin duda el ministro de Asuntos Exteriores chino estará preguntándose por qué soy tan rudo para hacerle esperar tanto tiempo.

El primer ministro se inclinó y se marchó.

De inmediato, el general quisquilloso y los más escépticos continuaron con la conversación humorística que había interrumpido la llegada de Bean, como si nada hubiera ocurrido.

Pero el general Phet Noi, comandante en jefe de todas las fuerzas tailandesas en la península malaya, llamó a Suriyawong y a Bean. Suriyawong recogió su plato y se acercó a Phet Noi, y Bean se detuvo solamente para servirse un plato antes de unirse a ellos.

—Así que tienes una fuerza de choque —observó Phet Noi.

—Tierra, mar y aire —asintió Bean.

—La principal ofensiva india es al norte. Mi ejército estará vigilando los desembarcos indios en la costa, pero nuestra función será de vigilancia, no de combate. Con todo, pienso que si tu fuerza de choque lanzara sus misiones desde el sur, tendrías menos posibilidades de complicarte con incursiones que se originaran en los mandos del norte, mucho más importantes.

Obviamente Phet Noi sabía que su propio mando era el menos importante para el resultado de la guerra, pero estaba tan decidido a actuar como Bean y Suriyawong. Podían ayudarse mutuamente. Durante el resto de la comida, discutieron dónde podrían situar mejor las fuerzas de choque. Finalmente, sólo quedaron los tres a la mesa.

—Señor —dijo Bean—, ahora que estamos solos los tres, hay algo que debo decirle.

—¿Sí?

—Pienso servirlo y obedecer sus órdenes. No obstante, si se presenta la oportunidad, usaré mi fuerza de choque para lograr un objetivo que, estrictamente hablando, no es importante para Tailandia.

—¿A cuál te refieres?

—Mi amiga Petra Arkanian es rehén... no, creo que es virtualmente esclava de Aquiles. Cuando consiga la información necesaria para tener éxito, usaré mi fuerza de choque para sacarla de Hyderabad.

Phet Noi reflexionó sobre el asunto, sin revelar su opinión.

—Sabes que Aquiles tal vez la retenga precisamente porque es el cebo para tenderte una trampa.

—Tal vez, pero no lo considero probable. Aquiles cree que puede matar a todo el mundo, sea donde fuere. No necesita tenderme trampas. Además, ponerse a esperar es un signo de debilidad. Creo que retiene a Petra por otros motivos.

—Tú lo conoces y yo no —dijo Phet Noi. Reflexionó durante un instante—. Mientras escuchaba lo que decías sobre Aquiles, sus planes y traiciones, pensé que los acontecimientos se desarrollarían exactamente tal como dijiste. Lo que no acabo de ver es cómo Tailandia podría convertir esto en una victoria. Incluso con el aviso anticipado, no podemos prevalecer contra China en el campo de batalla. Las líneas de suministro chinas hacia Tailandia serán cortas. Casi una cuarta parte de la población tailandesa es de origen chino, y aunque la mayoría son leales ciudadanos tai, una gran proporción de ellos sigue considerando que China es su tierra natal. China no carecerá de saboteadores y colaboradores dentro de nuestro país, mientras que la India no tiene esa conexión. ¿Cómo vamos a vencer?

—Sólo hay un modo —respondió Bean—. Rendirse de inmediato.

—¿Qué? —se escandalizó Suriyawong.

—El primer ministro Paribatra debería decirle al ministro de Asuntos Exteriores chino que Tailandia desea ser solamente aliada de China. Pondremos la mayor parte de nuestro ejército al servicio temporal de China para que sea usado contra los agresores indios como sea preciso, y no sólo suministrarán a nuestros propio ejército, sino también al chino, hasta el límite de nuestras posibilidades. Los mercaderes chinos tendrán libre acceso a los mercados y las fábricas tailandesas.

—Pero eso sería vergonzoso —objetó Suriyawong.

—Fue vergonzoso que Tailandia se aliara con Japón durante la Segunda Guerra Mundial, pero Tailandia logró sobrevivir y las tropas japonesas no la ocuparon. Fue vergonzoso que Tailandia se doblegara ante los europeos y rindiera Laos y Camboya a Francia, pero el corazón de Tailandia logró permanecer libre. Si Tailandia no se alía con China y le da la mano libremente, entonces China acabará gobernando de todas formas y Tailandia perderá por completo su libertad y su existencia nacional, durante muchos años al menos, y quizá para siempre.

—¿Se trata de un oráculo? —preguntó Phet Noi.

—Se trata de los temores de su propio corazón. A veces hay que alimentar al tigre para que no acabe devorándole a uno.

—Tailandia nunca hará eso.

—Entonces le sugiero que prepare su huida y su vida en el exilio —dijo Bean—, porque cuando los chinos se apoderen de todo, la clase dirigente será destruida.

Todos sabían que Bean estaba hablando de la conquista de Taiwán. Todos los oficiales del gobierno y sus familias, todos los catedráticos, todos los periodistas, todos los escritores, todos los políticos y sus familias fueron llevados a campos de reeducación en el desierto occidental, donde se les puso a hacer trabajos forzados, a ellos y a sus hijos, durante el resto de sus vidas. Ninguno de ellos regresó jamás a Taiwán. Ninguno de sus hijos recibió jamás el permiso para recibir formación alguna después de los catorce años. El método había sido tan efectivo para pacificar Taiwán que no existía la menor posibilidad de que no se usara también para las nuevas conquistas chinas.

—¿Seré un traidor al planear la derrota creando mi propia ruta de escape? —se preguntó Phet Noi en voz alta.

—¿O será un patriota, al mantener al menos a un general tailandés y a su familia lejos de las manos del enemigo? —replicó Bean.

—¿Entonces nuestra derrota es segura? —preguntó Suriyawong.

—Sabes leer los mapas —dijo Bean—. Pero los milagros ocurren.

Bean los dejó con sus pensamientos y regresó a su habitación, para informar a Peter de la respuesta tailandesa más probable.

17

En un puente

A: Chamrajnagar%sacredriver@ifcom.gov
De: Wiggin%resistencia@haití.gov
Asunto: Por el bien de la India, por favor no visite la Tierra

Estimado Polemarca Chamrajnagar:

Por motivos que quedarán claros en el ensayo que adjunto y que pronto publicaré, he llegado al convencimiento de que regresará a la Tierra justo a tiempo para descubrir el completo sometimiento de la India a China.

Si su regreso supusiera alguna posibilidad para que la India conservara su independencia, correría cualquier riesgo y regresaría, sin que importara mi consejo.

Y si el hecho de establecer un gobierno en el exilio supusiera alguna ventaja para su tierra natal, ¿quién intentaría persuadirlo de que hiciera lo contrario?

Sin embargo, la posición estratégica de la India es tan expuesta, y la conquista china tan implacable, que debe saber que ambos cursos de acción son inútiles.

Su dimisión como Polemarca no tendrá efecto hasta que llegue usted a la Tierra. Si no sube a la lanzadera y regresa a FICom, seguirá siendo Polemarca. Es usted el único Polemarca posible que podría asegurar la Flota Internacional. Un nuevo comandante no podría distinguir entre chinos leales a la Flota y aquellos cuya primera obediencia sería a su tierra natal, ahora dominante. La F.I. no debe caer bajo el capricho de Aquiles. Usted, como Polemarca, podría enviar a los chinos sospechosos a puestos inocuos, impidiendo que los chinos tomen el control. Si regresa a la Tierra, y Aquiles tiene influencia sobre su sucesor como Polemarca, la F.I. se convertirá en un instrumento de conquista.

Si sigue siendo Polemarca, como indio será acusado de planear la venganza contra China. Por tanto, para demostrar su imparcialidad y evitar recelos, tendrá que permanecer completamente al margen de todas las guerras y pugnas terrestres. Puede confiar en mí y en mis aliados para mantener la resistencia a Aquiles no importa a qué precio, aunque sólo sea por este motivo: su triunfo definitivo supondrá nuestra muerte inmediata.

Permanezca en el espacio y, de esta forma, permita la posibilidad de que la humanidad escape del dominio de un loco. A cambio, juro que haré cuanto esté en mi mano para liberar a la India del dominio chino y devolverle la soberanía.

Sinceramente, Peter Wiggin

Los soldados que la rodeaban sabían perfectamente bien quién era Virlomi. También conocían la recompensa que ofrecían por su captura... o por su cadáver. La acusación era traición y espionaje. Pero desde el principio, cuando atravesó el puesto de control a la entrada de la base de Hyderabad, los soldados rasos la creyeron y le ofrecieron su amistad.

—Oiréis que me acusan de espionaje o de algo peor —dijo—, pero es una calumnia. Un traicionero monstruo extranjero gobierna en Hyderabad, y me quiere muerta por motivos personales. Ayudadme.

Sin pronunciar una sola palabra, los soldados la apartaron del lugar donde las cámaras podían localizarla, y esperaron. Cuando llegó un camión de suministros vacío, lo detuvieron, y mientras algunos soldados hablaban con el conductor, los otros la ayudaron a subir en él. El conductor atravesó el control y Virlomi logró salir.

Desde entonces, había recurrido a la ayuda de los soldados rasos. No estaba segura de que los oficiales dejaran que la compasión o el deber interfirieran en la obediencia o la ambición. En cambio los soldados rasos no tenían tantos escrúpulos. La transportaron entre ellos en un tren abarrotado, le ofrecieron tanta comida robada de los ranchos que ella no pudo comérsela toda, y le cedieron sus camastros mientras ellos dormían en el suelo. Nadie alzó una mano excepto para ayudarla, y ninguno la traicionó.

Virlomi cruzó la India en dirección al este, hacia la zona de guerra, pues sabía que su única esperanza, y la única esperanza para Petra Arkanian, radicaba en encontrar a Bean... o que Bean la encontrase a ella.

Virlomi sabía dónde podía estar Bean: creando problemas para Aquiles donde y como pudiese. Como el ejército indio había escogido la estrategia alocada y peligrosa de comprometer todas sus fuerzas en la batalla, ella sabía que la contraestrategia efectiva sería acosar e interrumpir las líneas de suministro. Y Bean atacaría allí donde la línea de suministro fuera más crucial y al mismo tiempo más difícil de interrumpir.

Así, a medida que se acercaba al frente, Virlomi repasó mentalmente el mapa que había memorizado. Para trasladar grandes cantidades de suministros y municiones desde la India hasta las tropas que barrían la gran llanura del Irrawaddy, había dos rutas generales. La ruta norte era más fácil, pero mucho más expuesta a los ataques. La ruta sur era más dura, pero estaba más protegida. Bean procuraría interrumpir la ruta sur.

¿Dónde? Había dos pasos montañosos desde Imphal, en la India, a Kalemyo, en Birmania. Ambos atravesaban estrechos cañones y profundos barrancos. ¿Dónde sería más difícil reconstruir un puente cortado o una carretera desplomada? En ambas rutas, había buenos candidatos. Pero lo más difícil de reconstruir estaba en la ruta occidental, un largo tramo de carretera tallado en la roca a lo largo del borde de un empinado desfiladero, donde un puente se alzaba sobre una profunda sima. Bean no volaría sólo este puente, pensó Virlomi, porque no sería tan difícil de cruzar. También destruiría la carretera en diversos lugares, para que los ingenieros no pudieran llegar a un lugar donde había que reconstruir el puente sin tener que abrir primero una nueva carretera.

Por tanto, allí se dirigió Virlomi, y esperó.

Encontró agua en los arroyuelos del camino. Los soldados que pasaban le daban comida, y pronto supo que la estaban buscando. Se había corrido la voz de que la mujer escondida necesitaba comida. Y sin embargo ningún oficial sabía dónde buscarla, ningún asesino de Aquiles acudió para matarla. A pesar de la pobreza de los soldados, al parecer la recompensa no les tentaba. Ella estaba orgullosa de su pueblo aunque lloraba por ellos, por el hecho de que tuvieran un gobernante como Aquiles.

Se enteró de la existencia de atrevidos ataques en la carretera este, y el tráfico en la carretera occidental se hizo más denso, los caminos temblaban día y noche mientras la India consumía sus reservas de combustible llevando suministros a un ejército situado mucho más lejos de lo que requería la guerra. Preguntó a los soldados si habían oído hablar de incursiones tailandesas dirigidas por un niño, y ellos se rieron amargamente.

—Dos niños —dijeron—. Uno blanco y otro asiático. Vienen en helicópteros, destruyen y se marchan. Matan y destruyen cuanto ven y tocan.

Entonces Virlomi empezó a preocuparse. ¿Y si el que venía a tomar ese puente no era Bean, sino el otro? Sin duda se trataba de otro graduado de la Escuela de Batalla (pensó en Suriyawong), pero ¿le habría contado Bean lo de la carta? ¿Sabría que ella tenía en la cabeza el plano de la base de Hyderabad? ¿Que sabía dónde estaba Petra?

Sin embargo, no le quedaba más remedio. Tendría que mostrarse, y esperar.

Así transcurrieron los días, esperando el sonido de los helicópteros que habían de traer la fuerza de choque para destruir la carretera.

Suriyawong nunca fue comandante en la Escuela de Batalla: habían clausurado el programa antes de que ascendiera a ese puesto. Sin embargo, había soñado con el mando, lo había estudiado, planeado, y ahora, trabajando con Bean para perfilar uno u otro detalle de su fuerza de choque, finalmente comprendió el terror y la alegría de tener hombres que escuchaban, obedecían, se lanzaban a la acción y se arriesgaban a morir porque confiaban en uno. Precisamente, porque esos hombres estaban tan bien entrenados y estaban llenos de recursos y sus tácticas eran efectivas, siempre lograba regresar con todo su grupo. Heridos, pero no muertos. Misiones canceladas, en ocasiones, pero ningún muerto.

—Las misiones canceladas son las que te permiten ganar su confianza —dijo Bean—. Cuando veas que es más peligroso de lo que esperábamos, que es preciso sacrificar vidas para llegar al objetivo, entonces demuestra a los hombres que los valoras más a ellos que al objetivo del momento. Más tarde, cuando no te quede más remedio que someterlos a un riesgo grave, sabrán que es porque en ese momento merece la pena morir. Saben que no los desperdiciarás como un niño tira un caramelo.

Bean tenía razón, cosa que apenas sorprendía a Suriyawong. Bean no era sólo el más listo, también había observado a Ender de cerca, había sido el arma secreta de Ender en la Escuadra Dragón, había sido su comandante de apoyo en Eros. Por supuesto que sabía lo que era el liderazgo.

Lo que sí sorprendía a Suriyawong era la generosidad de Bean. Él había creado la fuerza de choque, había entrenado a estos hombres y se había ganado su confianza. Durante todo ese tiempo, Suriyawong apenas había resultado de ayuda, y en ocasiones incluso se había mostrado hostil. Sin embargo, Bean incluyó a Suriyawong, le confió el mando, animó a los hombres a que le ayudaran a aprender. Durante todo el proceso, Bean nunca trató a Suriyawong como a un subordinado o un inferior, sino más bien como a su oficial superior.

A cambio, Suriyawong nunca ordenó a Bean que hiciera nada. Consensuaban la mayoría de las cosas, y cuando no se ponían de acuerdo, Suriyawong delegaba en la decisión de Bean y lo apoyaba.

Suriyawong advirtió que Bean no abrigaba ninguna ambición. No tenía ningún deseo de ser mejor que nadie, ni gobernar a nadie, ni disfrutar de más honores.

Luego, en las misiones en que trabajaron juntos, Suriyawong descubrió algo más: Bean no temía a la muerte.

Las balas podían volar, los explosivos a punto de estallar, y Bean se movía sin miedo y sólo con la precaución imprescindible. Era como si retara al enemigo a dispararle, como si retara a sus propios explosivos a desafiarle y estallar antes de que estuviera preparado.

¿Era valor? ¿O tal vez deseaba morir? ¿Había acabado la muerte de sor Carlotta con su voluntad de vivir? Oyéndolo hablar, Suriyawong no lo habría pensado así. Bean estaba demasiado decidido a rescatar a Petra para que Suriyawong creyera que quería morir. Tenía un propósito que le impulsaba a vivir. Pese a ello, no mostraba ningún temor a la batalla.

Era como si supiera qué día iba a morir, y aquél no era ese día.

Desde luego, no había dejado de preocuparse por todo. De hecho, el tranquilo, frío, controlado y arrogante Bean que Suriyawong conocía se había convertido, desde el día en que murió Carlotta, en una persona impaciente y agitada. La calma que mostraba en la batalla y ante los hombres se desvanecía cuando se hallaba a solas con Suriyawong y Phet Noi. Y el objeto favorito de sus maldiciones no era Aquiles (casi nunca hablaba de él), sino Peter Wiggin.

—¡Lo tenía todo desde hace un mes! Y hace esas tonterías... persuadir a Chamrajnagar para que no regrese todavía a la Tierra, persuadir a Ghaffar Wahabi de que no invada Irán... y va y me lo cuenta. Pero lo importante, publicar toda la estrategia de traiciones de Aquiles, eso no lo hace, ¡y me pide que yo tampoco lo haga! ¿Por qué no? Si se pudiera conseguir que el gobierno indio se diera cuenta de cómo Aquiles planea traicionarlos, podrían retirar su ejército de Birmania para prepararse para luchar contra los chinos y Rusia tal vez intervendría. La flota japonesa podría amenazar el comercio chino. ¡Como mínimo, los propios chinos podrían ver a Aquiles tal como es, y quitárselo de en medio aunque sigan su plan! Pero claro, él se limita a decir que no es el momento adecuado, que es demasiado pronto, que todavía no, que he de confiar en él, que está conmigo en esto, hasta el final.

Apenas era más amable en sus maldiciones contra los generales tailandeses que dirigían la guerra, o que corrían en ella, como decía. Suriyawong tenía que estar de acuerdo con él: todo el plan dependía de mantener dispersas a las fuerzas tai, pero ahora que las fuerzas aéreas tailandesas tenían el control del aire sobre Birmania, habían concentrado sus ejércitos y bases aéreas en posiciones de avanzadilla.

—Les dije cuál era el peligro —decía Bean—, y siguen congregando sus fuerzas en un solo lugar.

Phet Noi escuchaba con paciencia; también Suriyawong renunció a discutir con él. Bean tenía razón. La gente se comportaba como idiotas, y no por ignorancia. Aunque por supuesto más tarde podrían decir que no sabían que Bean tenía razón. Para lo cual Bean ya tenía su respuesta:

—¡No sabían que yo estuviera equivocado! ¡Por lo cual deberían de haber sido prudentes!

Lo único bueno que tuvieron las diatribas de Bean fue que se quedó afónico durante una semana, y cuando recuperó la voz, ésta era más grave. Para un chico que siempre había sido tan pequeño, incluso para su edad, la pubertad (si se trataba de eso) lo había alcanzado a muy temprana edad. O tal vez había esforzado sus cuerdas vocales hasta el límite.

Pero ahora, en una misión, Bean guardaba silencio, presintiendo la calma de la batalla. Suriyawong y Bean subieron por fin a sus helicópteros, asegurándose de que todos sus hombres estaban a bordo; un último saludo, y entraron y la puerta se cerró y los helicópteros ascendieron. Sobrevolaron la superficie del océano Índico, las aspas de los helicópteros plegadas hasta que llegaron a la isla de Cheduba, la zona elegida para aquel día. Entonces los helicópteros se dispersaron, se alzaron en el aire, cortaron los jets y abrieron las aspas para aterrizar en vertical.

Ahora dejarían detrás sus reservas, los hombres y helicópteros que podían rescatar a los que pudieran quedar atascados por un problema mecánico o una complicación imprevista. Bean y Suriyawong nunca viajaban juntos: el fallo de un helicóptero no debía echar a perder la misión. Y cada uno de ellos tenía equipo de sobra, así que podían completar la misión individualmente. Más de una vez, esa redundancia había salvado vidas y misiones. Phet Noi se aseguraba de que siempre estuvieran equipados, pues decía:

—Vosotros dais el material a los comandantes que saben cómo usarlos.

Bean y Suriyawong estuvieron demasiado ocupados para charlar durante los preparativos, pero se reunieron unos instantes, mientras veían cómo el equipo de reserva camuflaba sus helicópteros y ponía a punto sus paneles solares.

—¿Sabes qué me gustaría? —dijo Bean.

—¿Te refieres a que de mayor quieres ser astronauta? —replicó Suriyawong.

—Me gustaría que pudiéramos terminar esta misión y dirigirnos a Hyderabad.

—Y hacer que nos maten sin haber visto ni rastro de Petra, que probablemente ha sido trasladada a algún lugar del Himalaya.

—Ésa es la genialidad de mi plan —sonrió Bean—. Secuestro un rebaño de vacas y amenazo con matar una vaca cada día hasta que la traigan de vuelta.

—Demasiado arriesgado. Las vacas siempre podrían intentar rebelarse.

Pero Suriyawong sabía que, para Bean, la imposibilidad de ayudar a Petra era un dolor constante.

—Lo haremos. Peter está buscando a alguien que le dé información actualizada sobre Hyderabad.

—Como si estuviera trabajando para publicar los planes de Aquiles. —La diatriba favorita. Sólo porque estaban en una misión, Bean permanecía tranquilo, con un talante más irónico que furioso.

—Todo preparado —comunicó Suriyawong.

—Te veré en las montañas.

Era una misión peligrosa. El enemigo no podía vigilar todos los kilómetros de carretera, pero habían aprendido a moverse rápidamente cuando se divisaban helicópteros tai, y su fuerza de choque tenía que terminar sus misiones cada vez con menos tiempo que perder. Y era probable que ese punto estuviera defendido. Por eso el contingente de Bean (cuatro de las cinco compañías) se desplegaría para eliminar a todos los posibles defensores y proteger al grupo de Suriyawong mientras colocaban las cargas y volaban la carretera y el puente.

Todo iba según el plan; de hecho, incluso mejor de lo esperado, porque el enemigo no parecía saber que estaban allí, cuando uno de los hombres señaló:

—Hay una mujer en el puente.

—¿Una civil?

—Venga a ver —dijo el soldado.

Suriyawong dejó el lugar donde estaban colocando los explosivos y subió al puente. En efecto, allí había una joven india, con los brazos extendidos a los lados.

—¿Le ha mencionado alguien que el puente va a explotar, y que no nos importa si hay alguien en él?

—Sí —respondió el soldado—. Pide ver a Bean.

—¿Lo llama por su nombre?

Él asintió.

Suriyawong volvió a mirar a la mujer. Una muchacha muy joven. Sus ropas estaban sucias, hechas jirones. ¿Había sido alguna vez un uniforme militar? Desde luego, las mujeres locales no se vestían así.

Ella lo miró.

—Suriyawong —llamó.

Tras él, oyó que varios soldados jadeaban de sorpresa. ¿Cómo era posible que esa mujer india lo conociera? Suriyawong se preocupó un poco. Los soldados eran dignos de confianza en casi todos los aspectos, pero si empezaban a preocuparse con temas relacionados con las divinidades, el asunto podía complicarse.

—Soy Suriyawong —asintió él.

—Estabas en la Escuadra Dragón —dijo ella—. Y trabajas con Bean.

—¿Qué quieres?

—Quiero hablar contigo en privado, aquí en el puente.

—Señor, no vaya —dijo el soldado—. No se han producido disparos, pero hemos localizado media docena de soldados indios. Si va, seguro que acaban matándolo.

¿Qué haría Bean?

Suriyawong se acercó al puente, con valentía pero sin prisa. Esperó el disparo, preguntándose si sentiría el dolor del impacto antes de oír el sonido. ¿Informarían los nervios de sus oídos a su cerebro más rápido que los nervios de la parte del cuerpo que alcanzara la bala? ¿O le dispararía el francotirador a la cabeza, anulando la pregunta?

No hubo ninguna bala. Se acercó a la joven, y se detuvo cuando ella dijo:

—Es mejor que no te acerques más, de lo contrario se preocuparán y te dispararán.

—¿Controlas a esos soldados? —preguntó Suriyawong.

—¿Aún no me has reconocido? Soy Virlomi. Estaba por delante de ti en la Escuela de Batalla.

El nombre le sonaba, pero nunca la habría reconocido.

—Te marchaste antes de que yo llegara.

—No había muchas niñas en la Escuela de Batalla. Creí que la leyenda sobreviviría.

—He oído hablar de ti.

—Aquí también me he convertido en una leyenda. Mi gente no dispara porque piensa que sé qué estoy haciendo aquí. Y yo creí que me habías reconocido, porque tus soldados a ambos lados del barranco no han disparado a ninguno de los soldados indios, aunque sé que los han localizado.

—Tal vez Bean te reconoció —comentó Suriyawong—. De hecho, he oído tu nombre hace poco. Tú eres la que le escribió, ¿verdad? Estabas en Hyderabad.

—Sé dónde se encuentra Petra.

—A menos que la hayan trasladado.

—¿Dispones de alguna fuente mejor? He tratado de pensar en algún modo de hacer llegar un mensaje a Bean sin ser capturada. Finalmente, me di cuenta de que no había ninguna solución informática. Tenía que traer el mensaje dentro de mi cabeza.

—Entonces acompáñanos.

—No es tan sencillo —objetó ella—. Si los soldados piensan que soy prisionera, nunca saldréis de aquí. Tienen misiles tierra-aire portátiles.

—Vaya —dijo Suriyawong—. Una emboscada. ¿Sabían que veníamos?

—No —respondió Virlomi—. Sabían que yo estaba aquí. No dije nada, pero todos sabían que la mujer-oculta estaba en este puente, así que supusieron que los dioses protegían el lugar.

—¿Y los dioses necesitan misiles tierra-aire?

—No, me están protegiendo a mí. Los dioses tienen el puente, los hombres me tienen a mí. Éste es el trato. Retira tus explosivos del puente. Cancela la misión. Ellos verán que tengo el poder de hacer que el enemigo se retire sin dañar nada, y entonces me verán llamar a uno de vuestros helicópteros y subir a él por voluntad propia. Es la única manera de que podáis salir de aquí. No es algo que yo haya planeado, pero no veo otra salida.

—No me gusta cancelar misiones —protestó Suriyawong. Pero antes de que ella pudiera discutir, se echó a reír y añadió—: No, no te preocupes, está bien. Es un buen plan. Si Bean se encontrara en este puente, también estaría de acuerdo.

Suriyawong regresó junto a sus hombres.

—No, no es una diosa ni una mujer santa. Es Virlomi, una graduada de la Escuela de Batalla, y posee información que es más valiosa que este puente. Vamos a cancelar la misión.

Un soldado lo miró, y Suriyawong se dio cuenta de que trataba de calibrar el elemento mágico que acompañaba a las órdenes.

—Soldado —dijo Suriyawong—, no me han hechizado. Esta mujer conoce el plano de la base del alto mando indio en Hyderabad.

—¿Por qué iba a dárnoslo una india? —preguntó el soldado.

—Porque el cabrón que dirige el bando indio tiene una prisionera que es vital para la guerra.

En ese instante el soldado lo comprendió, y el elemento mágico remitió. Sacó el satrad del cinturón y pulsó el código de interrupción de la misión. Todos los otros satrads vibraron de inmediato.

Al momento empezaron a desmantelar los explosivos. Si tuvieran que evacuar sin desmantelar, enviarían un segundo código de urgencia. No obstante Suriyawong no quería que su material cayera en manos indias y pensó que un poco de tranquilidad sería lo mejor.

—Soldado, necesito parecer hipnotizado por esa mujer —dijo—. No estoy hipnotizado, pero lo voy a fingir para que los soldados indios que rodean a esa mujer crean que me está controlando. ¿Entendido?

—Sí, señor.

—Mientras regreso junto a ella, llama a Bean y dile que necesito que todos los helicópteros menos el mío evacuen la zona, para que los indios vean que se marchan. Luego di «Petra». ¿Entendido? No le digas nada más, no importa lo que pregunte. Puede que nos estén controlando, si no aquí, en Hyderabad.

O en Beijing, pero no quiso complicar las cosas diciendo eso.

—Sí, señor.

Suriyawong se volvió, se acercó tres pasos a Virlomi y luego se postró ante ella.

Tras él, oyó que el soldado decía exactamente lo que le había ordenado.

Poco después los helicópteros empezaron a elevarse a ambos lados del barranco. Las tropas de Bean se marchaban.

Suriyawong se levantó y regresó con sus hombres. Su compañía había llegado en dos helicópteros.

—Todos vosotros subid al helicóptero de los explosivos —dijo—. Que sólo el piloto y el copiloto se queden en el otro helicóptero.

Los hombres obedecieron inmediatamente, y tres minutos después Suriyawong se quedó solo en su extremo del puente. Se dio la vuelta e hizo una reverencia más a Virlomi, luego caminó tranquilamente hacia su helicóptero y subió a bordo.

—Elévate despacio —le dijo al piloto—, y luego pasa lentamente cerca de la mujer, por el lado de la puerta. En ningún momento debe apuntarle ningún arma. Nada que parezca remotamente amenazador.

Suriyawong se asomó a la ventanilla. Virlomi no hacía señales.

—Elévate más, como si nos marcháramos.

El piloto obedeció.

Finalmente, Virlomi empezó a agitar los brazos, llamándolos lentamente, como si los atrajera con cada movimiento.

—Reduce velocidad y luego empieza a descender hacia ella. No quiero ninguna posibilidad de error. Lo último que necesitamos es que por culpa de una corriente de aire la alcancen las aspas.

El piloto soltó una carcajada siniestra y acercó el helicóptero al puente, lo bastante lejos para que Virlomi no quedara bajo las aspas, pero lo suficientemente cerca para que sólo tuviera que dar unos cuantos pasos para subir.

Suriyawong corrió hacia la puerta y la abrió.

Virlomi no se limitó a entrar: se acercó bailando, haciendo movimientos circulares con cada paso, como en un ritual.

Por impulso, él saltó del helicóptero y se postró de nuevo. Cuando ella se acercó, dijo, en voz bien alta para que ella lo oyera por encima del fragor del helicóptero:

—¡Písame!

Ella plantó sus pies descalzos sobre sus hombros y se montó en su espalda. Suriyawong no sabía cómo podrían haber comunicado más claramente a los soldados indios que Virlomi no sólo había salvado el puente, sino que también se había hecho con el control del helicóptero.

Virlomi entró en el aparato.

Él se levantó, se dio la vuelta muy despacio y subió lentamente al helicóptero.

La lentitud terminó en el momento en que estuvo dentro. Cerró la puerta de golpe y gritó:

—¡Pon los jets en marcha en cuanto puedas!

El helicóptero se elevó torpemente.

—¡Abróchate el cinturón! —ordenó Suriyawong a Virlomi. Entonces, al ver que ella no conocía el interior del aparato, la sentó en su sitio y le puso los extremos del cinturón en las manos. Ella lo comprendió al instante y terminó el trabajo mientras él ocupaba su lugar y se abrochaba el cinturón justo cuando el helicóptero desconectaba las aspas y caía por un instante, antes de que los jets entraran en acción. Salieron a toda velocidad del barranco hasta quedar fuera del alcance de los misiles tierra-aire.

—Acabas de alegrarme el día —dijo Suriyawong.

—Habéis tardado bastante —contestó Virlomi—. Creí que este puente sería uno de los primeros lugares que atacaríais.

—Supusimos que eso sería lo que imaginaría todo el mundo, y por eso no vinimos.

—Claro. Tendría que haberme acordado de pensar exactamente al revés para predecir qué harían los mocosos de la Escuela de Batalla.

En el mismo momento en que Bean vio a la chica del puente, comprendió que había de ser Virlomi, la alumna india de la Escuela de Batalla que había respondido a su mensaje para Briseida. Sólo pudo esperar que Suriyawong se diera cuenta de lo que pasaba antes de que tuviera que dispararle a alguien. Por suerte Surly no le había fallado.

Cuando regresaron al campo de operaciones, Bean apenas saludó a Virlomi antes de empezar a dar órdenes.

—Quiero que toda la zona sea desmantelada. Todo el mundo viene con nosotros.

Mientras los comandantes de la compañía se encargaban de eso, Bean ordenó al equipo de comunicaciones de los helicópteros que le prepararan una conexión de red.

—Es por satélite —dijo el soldado—. Nos localizarán inmediatamente.

—Nos habremos ido antes de que puedan reaccionar.

Sólo entonces empezó a explicar lo que hacía a Suriyawong y Virlomi.

—Estamos plenamente equipados, ¿no?

—Pero no tenemos combustible.

—Me encargaré de eso. Vamos a ir a Hyderabad ahora mismo.

—Pero ni siquiera he dibujado los planos.

—Ya habrá tiempo para eso en el aire —dijo—. Esta vez viajaremos juntos, Suriyawong. No podemos evitarlo: los dos hemos de conocer el plan.

—Hemos esperado mucho tiempo —dijo Suriyawong—. ¿A qué viene ahora tanta prisa?

—Dos cosas. ¿Cuánto tiempo crees que pasará antes de que Aquiles se entere de que nuestra fuerza de choque recogió a una muchacha india que nos esperaba en un puente? Segundo, voy a obligar a actuar a Peter Wiggin. El infierno va a desencadenarse, y nosotros cabalgaremos la ola.

—¿Cuál es el objetivo? —preguntó Virlomi—. ¿Salvar a Petra? ¿Matar a Aquiles?

—Sacar de allí a todos los chicos de la Escuela de Batalla que quieran venir con nosotros.

—Nunca dejarán la India. Tal vez yo me quede también.

—Te equivocas en ambas cosas —dijo Bean—. Le doy a la India menos de una semana antes de que los soldados chinos controlen Nueva Delhi y Hyderabad y cualquier otra ciudad que quieran.

—¿Los chinos? —dijo Virlomi—. Pero hay una especie de...

—¿Pacto de no agresión? ¿Preparado por Aquiles?

—Ha estado trabajando para China desde el principio —dijo Suriyawong—. El ejército indio está al descubierto, mal equipado, agotado, desmoralizado.

—Pero... si China está de parte de Tailandia, ¿no es eso lo que queréis?

Suriyawong soltó una carcajada amarga.

—China está de parte de China. Tratamos de advertir a nuestra gente, pero están convencidos de que existe un pacto con Beijing.

Virlomi comprendió de inmediato. Entrenada en la Escuela de Batalla, sabía pensar como Bean y Suriyawong.

—Por eso Aquiles no utilizó el plan de Petra.

Bean y Suriyawong se rieron con un guiño de complicidad.

—¿Conocíais el plan de Petra?

—Supusimos que habría un plan mejor que el que está usando la India.

—¿Entonces tenéis un plan para detener a los chinos?

—Ninguno —respondió Bean—. Podríamos haberlos detenido hace un mes, pero en ese momento nadie nos hizo caso. —Pensó en Peter y se esforzó por contener la rabia—. Tal vez todavía se pueda detener a Aquiles, o al menos debilitarlo. Pero nuestro objetivo es impedir que el equipo indio de la Escuela de Batalla caiga en manos chinas. Nuestros amigos tailandeses ya tienen preparadas rutas de huida, así que cuando lleguemos a Hyderabad no sólo tendremos que encontrar a Petra, sino que habrá que ofrecer la posibilidad de escapar a todos los que quieran acompañarnos. ¿Te escucharán?

—Ya veremos, ¿no?

—La conexión está preparada —anunció un soldado—. No he enlazado todavía, porque entonces el reloj empezará a contar.

—Hazlo —ordenó Bean—. Tengo que decirle unas cuantas cosas a Peter Wiggin.

Ya voy, Petra. Voy a rescatarte.

En cuanto a Aquiles, si se pone a mi alcance, no habrá piedad esta vez, no confiaré en que otro lo mantenga fuera de la circulación. Lo mataré sin discusión. Y mis hombres tendrán órdenes de hacer lo mismo.

18

Satyagraha

clave codificada ********
clave decodificada *****
A: Locke%erasmus@polnet.gov
De: Borommakot@chakri.thai.gov/scom
Asunto: Hazlo, o lo haré yo.

Estoy en medio de una batalla y necesito dos cosas de ti, ahora.

Primero, necesito permiso del gobierno de Sri Lanka para que aterrice mi helicóptero en la base de Kilinochchi para repostar, en menos de una hora. Ésta es una misión de rescate no militar para liberar a los graduados de la Escuela de Batalla, en peligro inminente de ser capturados, torturados, esclavizados o como mínimo encarcelados.

Segundo, para justificar esta y todas las demás acciones que voy a emprender, para persuadir a esos graduados de que vengan conmigo, y para crear confusión en Hyderabad, necesito que lo publiques ahora. Repito, AHORA. O publicaré mi propio artículo, aquí adjunto, donde te acuso específicamente de conspirar con los chinos, como demuestra el que no publicaras lo que sabías en el momento adecuado. Aunque no tengo el alcance mundial de Locke, sí dispongo de una bonita lista de emails propia, y mi artículo seguramente llamará la atención. Sin embargo, tú conseguirás resultados mucho más rápidos. Por tanto, preferiría que te ocuparas de la cuestión.

Perdona que haya recurrido a la amenaza. No puedo permitirme seguir jugando a «espera el momento adecuado». Quiero rescatar a Petra.

clave codificada *****
clave decodificada ********
A: Borommakot@chakri.thai.gov/scom
De: Locke%erasmus@polnet.gov
Asunto: Hecho

Confirmado: Sri Lanka da permiso para aterrizar/repostar en Kilinochchi para misión humanitaria. ¿Insignias tai?

Confirmado: mi ensayo publicado ahora mismo, difusión mundial. Esto incluye urgente empujón en los sistemas de Hyderabad y Bangkok.

Tu amenaza era dulcemente leal a tu amiga, pero innecesaria. Éste es el momento que estaba esperando. Al parecer no te has percatado de que en el momento que publicara, Aquiles tendría que trasladarse, y probablemente se llevaría a Petra consigo. ¿Cómo la habrías encontrado, si hubiera publicado hace un mes?

clave codificada ********
clave decodificada *****
A: Locke%erasmus@polnet.gov
De: Borommakot@chakri.thai.gov/scom
Asunto: Hecho

Confirmado: Insignias tai

En cuanto a tu excusa: vale. Si ésa hubiera sido tu razón para retrasarte, me lo habrías dicho hace un mes. Sé el verdadero motivo, aunque tú lo ignores, y me pone enfermo.

Durante dos semanas, después de la desaparición de Virlomi, Aquiles no apareció por la sala de planificación, cosa que a nadie le importó, sobre todo después de la recompensa ofrecida por el regreso de Virlomi. Nadie se atrevía a expresarlo abiertamente, pero todos se alegraban de que hubiera escapado a la venganza de Aquiles. Todos eran conscientes, desde luego, del aumento de las medidas de seguridad, pretendidamente para su «protección». Pero eso no cambió mucho sus vidas. De todas formas, ninguno de ellos tenía tiempo para ir a pasear por el centro de Hyderabad, o para confraternizar con oficiales que duplicaban o triplicaban su edad en la base.

Petra se sentía escéptica respecto a la recompensa ofrecida. Conocía a Aquiles lo suficiente para saber que era perfectamente capaz de ofrecer una recompensa por la captura de alguien a quien ya había matado. ¿Qué tapadera más segura que ésa? Con todo, si ése era el caso, implicaba que no tenía carta blanca de Tikal Chapekar; si tenía que ocultar sus movimientos al gobierno indio, eso significaba que Aquiles todavía no movía todos los hilos.

Cuando regresó, no había rastros de magulladuras en su cara. O bien la patada de Petra no había dejado marcas, o tardó dos semanas en sanar por completo. Las magulladuras de Petra no habían desaparecido todavía, pero nadie podía verlas, ya que estaban bajo su camisa. Se preguntó si Aquiles tendría los testículos doloridos. Se preguntó si había tenido que consultar a un urólogo. No permitió que ningún rastro de orgullo asomara a su rostro.

Aquiles parloteó diciendo lo bien que iba la guerra y el buen trabajo que estaban haciendo en Planificación. El ejército recibía correctamente los suministros y a pesar del acoso de los cobardes militares tailandeses, la campaña avanzaba según el plan previsto. El plan revisado, por supuesto.

Lo cual eran chorradas. Estaba hablando precisamente a los planificadores. Sabían perfectamente bien que el ejército se encontraba atascado, que aún combatían a los birmanos en la llanura del Irrawaddy porque las tácticas de acoso del ejército tailandés imposibilitaban montar la ofensiva aplastante que habría expulsado a los birmanos a las montañas y permitido al ejército indio avanzar hacia Tailandia. ¿Plan? No existía ningún plan.

Lo que Aquiles les estaba diciendo era: ésta es una línea abierta. Aseguraos de que ningún informe o email le da a nadie la menor idea de que las cosas no están saliendo según lo previsto.

Eso no cambió el hecho de que todo el mundo en Planificación podía oler la derrota. Ofrecer suministros a un gran ejército en marcha estaba exigiendo demasiado a los limitados recursos de la India. Hacerlo cuando la mitad de los suministros desaparecían debido a la acción de los enemigos estaba acabando con los recursos indios más rápidamente de lo que podían esperar reponer.

Con las cifras actuales de fabricación y consumo, el ejército se quedaría sin municiones al cabo de siete semanas. Pero eso apenas importaría: a menos que se produjera un milagro, se quedarían sin combustible en cuatro.

Todo el mundo sabía que si hubieran seguido el plan de Petra, la India habría podido continuar la ofensiva indefinidamente, y el desgaste habría destruido la resistencia birmana. La guerra se habría librado en terreno tailandés, y el ejército indio no habría andado arrastrándose con una implacable fecha final alzándose tras ellos.

No hablaban en la sala de planificación, pero en las comidas sí discutían, aunque con mucha prudencia. ¿Era demasiado tarde para volver a la otra estrategia? En realidad no, pero eso exigiría la retirada estratégica del grueso del ejército indio, cosa que sería imposible de ocultar a la población y los medios de comunicación. Políticamente, sería un desastre. Pero claro, quedarse sin balas o combustible sería aún más desastroso.

—Debemos trazar planes de retirada ahora mismo —dijo Sayagi—. A menos que se produzca algún milagro (un comandante cuya brillantez hasta ahora no hayamos advertido, alguna crisis política en Birmania o Tailandia) necesitaremos un plan para sacar de ahí a nuestra gente.

—No creo que nos permitan dedicarnos a eso —respondió alguien.

Petra rara vez decía nada en las comidas, a pesar de

su nueva costumbre de sentarse con los grupos de Planificación. Sin embargo, esta vez intervino.

—Hacedlo mentalmente —apuntó.

Ellos se detuvieron un momento, y entonces Sayagi asintió.

—Buen plan. Sin confrontación.

A partir de entonces, parte de la comida consistió en crípticos informes por parte de cada miembro del equipo sobre el estatus de cada porción del plan de retirada.

Otra vez que Petra habló no tuvo nada que ver con la planificación militar. Alguien había comentado en broma que sería el momento ideal para que regresara Bose. Petra conocía la historia de Subhas Chandra Bose, el netaji del ejército nacional indio, apoyado por los japoneses contra los británicos durante la Segunda Guerra Mundial. Cuando murió camino de Japón al final de la guerra, entre los indios corrió la leyenda de que en realidad no había muerto, sino que seguía vivo y planeaba regresar algún día para llevar al pueblo a la libertad. En los siglos que habían pasado desde entonces, invocar el regreso de Bose era a la vez un chiste y un comentario serio que daba a entender que el liderazgo del momento era tan ilegítimo como el rajá británico.

A partir de ahí la conversación derivó al tema de Gandhi. Alguien empezó a hablar de la «resistencia pacífica» (sin implicar que nadie en Planificación podría contemplar una cosa semejante, por supuesto), y algún otro contestó:

—No, es resistencia pasiva.

Fue entonces cuando intervino Petra.

—Esto es la India, y conocéis la palabra. Es *satyagraha*, y no significa resistencia pacífica ni pasiva.

—No todo el mundo habla hindi —objetó un planificador tamil.

—Pero todo el mudo debería conocer a Gandhi —respondió Petra.

Sayagi estuvo de acuerdo con ella.

—El *satyagraha* implica algo más: la disposición a soportar un gran sufrimiento personal para hacer lo que es adecuado.

—¿Y cuál es en realidad la diferencia?

—A veces lo adecuado no es pacífico ni pasivo —respondió Petra—. Lo que importa es que no te escondas de las consecuencias. Soportas lo que hay que soportar.

—Eso parece más valor que cualquier otra cosa —dijo el tamil.

—Valor para hacer lo adecuado —asintió Sayagi—. Valor incluso cuando no puedes vencer.

—¿Qué pasó con aquello de «la discreción es lo mejor del valor»?

—Una cita de un personaje cobarde de Shakespeare —señaló alguien más.

—No tiene por qué ser contradictorio —dijo Sayagi—. Son circunstancias completamente diferentes. Si existe la posibilidad de vencer más tarde con una retirada a tiempo es preferible mantener las fuerzas intactas. Pero personalmente, como individuo, si sabes que el precio de hacer algo bien es una terrible pérdida o sufrimiento, o incluso la muerte, *satyagraha* significa que estás aún más decidido a hacer lo correcto, por temor a que el temor te vuelva incorrecto.

—Oh, paradojas dentro de paradojas.

Pero Petra pasó de la filosofía superficial a algo completamente distinto.

—Yo estoy intentando alcanzar el *satyagraha*.

Y en el silencio que siguió, supo que algunos, al menos, la comprendían. Estaba viva ahora mismo porque no había alcanzado el *satyagraha*, porque no siempre había hecho lo adecuado, sino sólo lo necesario para sobrevivir. Y estaba dispuesta a cambiar esta actitud. Estaba dispuesta a hacer lo adecuado sin importar si sobrevivía o no. Y por el motivo que fuese (respeto hacia ella, incomodidad o seria reflexión) ellos permanecieron en silencio hasta que la comida terminó, momento en que volvieron a hablar de temas triviales.

La guerra llevaba ya un mes en marcha, y Aquiles les soltaba discursitos sobre la inminente victoria mientras ellos sopesaban en privado los crecientes problemas de evacuar al ejército. Habían conseguido algunas victorias, sí, y el ejército indio había entrado en Tailandia por dos puntos, pero eso sólo aumentaba las líneas de suministro y volvía a poner al ejército en territorio montañoso, donde su gran número no podía atacar al enemigo, pues aún tenía que recibir suministros. Y esas ofensivas habían dado buena cuenta de combustible y municiones. Al cabo de unos días, tendrían que elegir entre abastecer a los tanques o los camiones de suministro. Estaban a punto de convertirse en un ejército de infantería paupérrimo.

En cuanto Aquiles se marchó, Sayagi se puso en pie.

—Es hora de anotar nuestro plan de retirada y enviarlo. Debemos declarar la victoria y la retirada.

No hubo discusiones. Aunque los vids y las redes estaban llenos de historias sobre las grandes victorias indias y el avance hacia Tailandia, esos planes tenían que ser escritos, las órdenes tramitadas, mientras aún quedara tiempo y combustible para ejecutarlas.

Así que pasaron la mañana escribiendo cada parte del plan. Sayagi, como líder de facto, lo reunió todo en un documento coherente. Mientras tanto, Petra navegó por la red y trabajó en el proyecto que le había asignado Aquiles, sin tomar parte en lo que estaban haciendo. No la necesitaban para esto, y Aquiles seguía con atención su consola. Mientras fuera obediente, Aquiles tal vez no advertiría que los otros habían dejado de serlo.

Cuando casi habían acabado, Petra habló, aunque sabía que Aquiles se enteraría rápidamente de sus palabras, que incluso podría estar escuchando a través de aquel aparato que llevaba en el oído.

—Antes de enviarlo por email, cuélgalo.

Al principio probablemente pensaron que se refería a que lo colgara a nivel interno, para que todos lo leyeran. Luego advirtieron que, con la uña sobre una servilleta, había marcado una dirección electrónica.

Era el foro de Peter Wiggin: «Locke.»

Todos la miraron como si estuviera loca. ¿Colgar planes militares en un sitio público?

Pero entonces Sayagi empezó a asentir.

—Interceptan todos nuestros emails —dijo—. Ésta es la única manera de que vaya directamente a Chapekar.

—Hacer públicos secretos militares... —empezó alguien. No hizo falta que terminara la frase. Todos conocían el castigo.

—*Satyagraha* —concluyó Sayagi.

Cogió el papel con la dirección y se sentó ante la consola.

—Yo soy el responsable de esta acción, y nadie más —dijo—. Los demás me advertisteis que no lo hiciera. No hay motivos para que más de una persona se arriesgue a las consecuencias.

Momentos más tarde, los datos salieron hacia el foro de Peter Wiggin.

Sólo entonces envió un mensaje al mando general, que pasaría a través del ordenador de Aquiles.

—Sayagi —dijo alguien—. ¿Has visto lo que hay colgado aquí? ¿En este sitio de la red?

Petra también entró en el foro de Locke y descubrió

que el ensayo principal de Locke tenía el titular: «La traición china y la caída de la India.» El segundo titular decía: «¿Caerá también China, víctima de los retorcidos planes de un psicópata?»

Mientras leían el ensayo de Locke, donde se detallaba cómo China había hecho promesas a Tailandia y la India, y cómo atacaría ahora que ambos ejércitos estaban completamente expuestos y, en el caso de la India, demasiado desplegado, recibieron emails que contenían el mismo ensayo, introducidos en el sistema con carácter urgente. Eso significaba que habían recibido permiso desde arriba: Chapekar sabía lo que declaraba Locke.

Por tanto, sus planes para la retirada inmediata de las tropas indias de Birmania llegaron a Chapekar exactamente en el momento en que sabían que serían necesarios.

—Magnífico —jadeó Sayagi—. Parecemos genios.

—Somos genios —añadió alguien, y todos se rieron.

—¿Alguien cree que oiremos otra arenga de nuestro amigo belga diciendo lo bien que va la guerra? —preguntó el tamil.

Casi por respuesta, oyeron varios disparos en el exterior.

Petra sintió un escalofrío de esperanza: Aquiles trataba de huir, y le habían alcanzado.

Sin embargo, una idea más práctica sustituyó su esperanza: Aquiles había previsto esa posibilidad y tenía sus propias fuerzas dispuestas para cubrir su huida.

Finalmente le asaltó la desesperación. Cuando venga a por mí, ¿será para matarme o para llevarme con él?

Más disparos.

—Tal vez deberíamos dispersarnos —sugirió Sayagi.

Se dirigía a la puerta cuando ésta se abrió y entró Aquiles, seguido por seis sijs con armas automáticas.

—Siéntate, Sayagi —ordenó Aquiles—. Me temo que nos hallamos en una situación con rehenes. Alguien ha publicado un libelo sobre mí en las redes, y cuando decliné ser detenido durante el interrogatorio, empezaron los disparos. Por suerte, tengo algunos amigos, y mientras esperamos que me proporcionen transporte a un lugar neutral, sois mi garantía de seguridad.

Inmediatamente, los dos graduados de la Escuela de Batalla que eran sijs se levantaron y dijeron a los soldados de Aquiles:

—¿Nos amenazáis de muerte?

—Mientras sirváis al opresor —respondió uno de ellos.

—¡Él es el opresor! —replicó el graduado, señalando a Aquiles.

—¿Creéis que los chinos serán más amables con nuestro pueblo que Nueva Delhi? —intervino el otro.

—¡Recordad cómo trataron los chinos al Tíbet y Taiwán! ¡Ése es nuestro futuro, por culpa de él!

Los soldados sijs vacilaron.

Aquiles sacó una pistola de su espalda y abatió a los soldados, uno tras otro. Los dos últimos tuvieron tiempo de volverse contra él, pero todas las balas que disparó dieron en el blanco.

Los disparos todavía resonaban en la sala cuando Sayagi dijo:

—¿Por qué no te han disparado?

—Les hice descargar sus armas antes de entrar en la sala —dijo Aquiles—. Les dije que no quería ningún accidente. Pero no creáis que podréis superarme porque estoy solo con un cargador medio vacío. Hace tiempo que esta sala está cargada de explosivos, y se dispararán cuando mi corazón deje de latir o cuando active el controlador implantado bajo la piel de mi pecho.

Un teléfono de bolsillo sonó y, sin bajar la pistola, Aquiles lo atendió.

—No, me temo que uno de mis soldados perdió el control, y para mantener a los niños a salvo he tenido que disparar contra algunos de mis propios hombres. La situación no ha cambiado. Estoy controlando el perímetro. Si os retiráis, los niños estarán a salvo.

A Petra le entraron ganas de echarse a reír. La mayoría de los graduados de la Escuela de Batalla que había en esa habitación eran mayores que el propio Aquiles.

Aquiles apagó el teléfono y se lo guardó.

—Me temo que les dije que os tenía como rehenes antes de que fuera verdad.

—Te pillaron en falso, ¿no? —dijo Sayagi—. No tenías forma de saber que necesitarías rehenes, o de que todos estaríamos aquí. No hay ningún explosivo en esta sala.

Aquiles se volvió hacia él y tranquilamente le descerrajó un tiro en la cabeza. Sayagi se desplomó. Algunos de los muchachos gritaron. Aquiles cambió de cargador, pero nadie le atacó mientras recargaba.

Ni siquiera yo, pensó Petra.

No hay nada como un asesinato casual para convertir a los presentes en vegetales.

—*Satyagraha* —dijo Petra.

Aquiles se volvió hacia ella.

—¿Qué era eso? ¿Qué idioma?

—Hindi —dijo ella—. «Hay que hacer lo que se debe hacer.»

—Ya basta de hindi. Aquí no se habla más que el Común. Y si habláis, mejor que sea a mí, y será mejor que no sea algo estúpido y desafiante como las palabras que provocaron la muerte de Sayagi. Si las cosas salen según lo esperado, mis amigos estarán aquí en unas cuantas horas. Y entonces Petra y yo nos iremos y os dejaremos con vuestro nuevo gobierno. Un gobierno chino.

En ese momento muchos de ellos miraron a Petra, quien dirigió una sonrisa a Aquiles.

—¿Así que la puerta de tu tienda sigue abierta?

Él le devolvió una sonrisa cálida y amorosa, como un beso.

Sin embargo, ella sabía que se la llevaría consigo sólo para saborear el tiempo en que albergara falsas esperanzas, antes de empujarla desde lo alto de un helicóptero o estrangularla en la misma pista o, si se impacientaba demasiado, simplemente pegarle un tiro mientras se disponía a acompañarlo. Ya había acabado con ella. Su triunfo estaba cerca: el arquitecto de la conquista china de la India regresaba a China como un héroe. Ya estaría planeando cómo hacerse con el control del gobierno chino para luego disponerse a conquistar la otra mitad de la población mundial.

Pero de momento Petra seguía viva, igual que los otros miembros de la Escuela de Batalla, excepto Sayagi. Por supuesto, Sayagi, no había muerto por lo que le había dicho a Aquiles, sino porque había sido él quien había colgado el plan de retirada en el foro de Locke. Al ser planes de retirada bajo fuego impredecible, seguirían siendo útiles aunque las tropas chinas entraran en Birmania, aunque los aviones chinos bombardearan a los soldados en retirada. Los comandantes indios podrían vender cara su piel. Los chinos tendrían que luchar duro antes de vencer.

No obstante, acabarían venciendo. La defensa india no podría durar más de unos pocos días, sin importar con cuánta valentía lucharan. Entonces los camiones dejarían de rodar y la comida y las municiones se agotarían. La guerra ya estaba perdida. Quedaba muy poco tiempo para que la elite india intentara huir antes de que los chinos irrumpieran, sin hallar resistencia, con su método para decapitar la sociedad y controlar un país ocupado.

Mientras estos acontecimientos se desarrollaban, los graduados de la Escuela de Batalla que habrían podido mantener apartada a la India de esta peligrosa situación, en primer lugar, y cuya planificación era lo único que mantenía a los chinos temporalmente a raya, estaban sentados en una sala grande con siete cadáveres, una pistola, y el joven que los había traicionado a todos.

Más de tres horas después, los disparos empezaron de nuevo, en la distancia. El sonido de cañones antiaéreos.

Aquiles se puso al teléfono en un instante.

—No disparen al avión que se acerca o estos genios empezarán a morir.

Desconectó antes de que pudieran responderle.

Los disparos cesaron.

Oyeron los rotores: helicópteros aterrizando en el tejado.

Qué lugar tan estúpido para aterrizar, pensó Petra. El hecho de que el tejado tenga marcas de helipuerto no significa que tengan que obedecer las señales. Ahí arriba, los soldados indios que rodean el lugar tendrán un blanco fácil, y verán todo lo que ocurra. Sabrán cuándo estará Aquiles en el tejado. Sabrán a qué helicóptero abatir primero, porque no estará en él. Si éste es el mejor plan que pueden idear los chinos, Aquiles va a tener más trabajo del que supone usando a China como base para apoderarse del mundo.

Más helicópteros. Ahora que el tejado estaba lleno, unos cuantos de ellos aterrizaban en el patio.

La puerta se abrió de golpe, y una docena de soldados chinos se desplegó por la sala. Un oficial chino los siguió y saludó a Aquiles.

—Hemos venido de inmediato, señor.

—Buen trabajo. Subámoslos a todos al tejado.

—¡Dijiste que nos dejarías marchar! —dijo uno de los rehenes.

—De un modo u otro, todos vais a acabar en China de todas formas —respondió Aquiles—. Ahora poneos en fila contra esa pared.

Más helicópteros y de pronto el retumbar de una explosión.

—Esos estúpidos indios van a hacer que nos maten a todos —protestó el tamil.

—Una lástima —dijo Aquiles, colocando su pistola en la cabeza del tamil.

El oficial chino hablaba ya por su satrad.

—Espera —dijo—. No son los indios. Tienen insignias tailandesas.

Bean, pensó Petra. Por fin has venido. Eso o la muerte. Porque si Bean no dirigía esta incursión tailandesa, los tai no tendrían más objetivo que matar a todo lo que se moviera en Hyderabad.

Otra explosión seguida de una tercera.

—Están tomando el tejado —informó el oficial chino—. El edificio está ardiendo, tenemos que salir.

—¿De quién fue la estúpida idea de que aterrizaran allí? —preguntó Aquiles.

—¡Era el lugar más cercano para evacuarlos! —respondió el oficial, enfadado—. No hay suficientes helicópteros para llevarnos a todos.

—Van a venir aunque tenga que dejar soldados aquí —dijo Aquiles.

—Los capturaremos dentro de unos cuantos días de todas formas. ¡No voy a dejar a mis hombres!

No es mal comandante, aunque sea un poco obtuso con las tácticas, pensó Petra.

—No nos dejarán despegar a menos que llevemos con nosotros a sus genios indios.

—¡Los tailandeses no nos dejarán despegar de todas formas!

—Claro que sí —dijo Aquiles—. Han venido a matarme y a rescatarla a ella. —Señaló a Petra.

Así que Aquiles sabía que era Bean quien venía.

Petra permaneció impasible.

Si Aquiles decidía marcharse sin los rehenes, había una buena posibilidad de que los matara a todos para privar al enemigo de una buena fuente y, lo más importante, para privarlos de esperanza.

—Aquiles —dijo, avanzando hacia él—. Dejemos a los demás y marchémonos. Despegaremos desde el patio, así no sabrán quién viaja en el helicóptero. Siempre que nos vayamos ahora mismo.

Mientras ella se acercaba, él le apuntó al pecho. Petra ni siquiera se detuvo, sino que siguió caminando hacia la puerta y la abrió.

—Ahora, Aquiles. No tienes que morir en un incendio hoy, pero eso es lo que te pasará si sigues esperando.

—Tiene razón —intervino el oficial chino.

Sonriendo Aquiles miró a Petra y al oficial. Te hemos avergonzado delante de los demás, pensó Petra. Hemos demostrado que sabíamos lo que hay que hacer, y tú no. Ahora tienes que matarnos a los dos. El oficial no sabe que está muerto, pero yo sí. Pero claro, ya estaba muerta de todas formas. Ahora salgamos de aquí sin matar a nadie más.

—En esta sala sólo importas tú —dijo Petra. Le sonrió—. Adelante, muchacho.

Aquiles se volvió para apuntar, primero a un graduado de la Escuela de Batalla, luego a otro. Ellos retrocedieron o dieron un respingo, aunque finalmente no se produjo ningún disparo Aquiles bajó el arma y salió de la habitación, agarrando a Petra por el brazo.

—Vamos, Pet —dijo—. El futuro nos llama.

Bean viene, pensó Petra, y Aquiles no va a permitir que me acerque a él. Sabe que Bean viene a por mí, así que se asegurará de que sea la única persona a quien Bean nunca rescate.

Tal vez nos mataremos otro día.

Pensó en el viaje en avión que los había llevado a la India: los dos de pie junto a la puerta abierta. Tal vez se le presentaría otra oportunidad de morir, llevándose a Aquiles por delante. Se preguntó si Bean comprendería que era más importante que Aquiles muriera a que ella viviera. Y aún más, ¿sabría que ella lo comprendía? Era lo adecuado, y ahora que realmente conocía a Aquiles, el tipo de persona que era, estaba dispuesta a pagar alegremente ese precio y considerarlo barato.

19

Rescate

A: Wahabi%inshallah@Pakistán.gov
De: Chapekar%hope@India.gov
Asunto: Para el pueblo indio

Mi querido amigo Ghaffar:

Te honro porque cuando acudí a ti con una oferta de paz entre nuestras dos familias dentro del pueblo indio, aceptaste y mantuviste tu palabra en todo.

Te honro porque has vivido una vida que coloca el bien de tu pueblo por encima de tu propia ambición.

Te honro porque en ti descansa la esperanza del futuro de mi pueblo.

Hago pública esta carta mientras te la envío, sin saber cuál será tu respuesta, pues mi pueblo debe saber ahora, que aún puedo hablarles, lo que te pido y te ofrezco.

Mientras los traicioneros chinos violan sus promesas y amenazan con destruir nuestro ejército, que ha sido debilitado por la traición del llamado Aquiles, a quien tratamos como invitado y amigo, está claro que sin un milagro la gran nación india quedará indefensa contra los invasores que llegan desde el norte. Pronto el implacable conquistador impondrá su voluntad desde Bengala al Punjab. De todo el pueblo indio, sólo el pakistaní, que tú lideras, estará libre.

Ahora te pido que tomes sobre ti todas las esperanzas del pueblo indio. Nuestra lucha de los próximos días te concederá tiempo, espero, para acercar tus ejércitos a nuestra frontera, donde estarás preparado para resistirte al avance del enemigo chino.

Ahora te doy permiso para cruzar esa frontera donde sea necesario, para que puedas establecer posiciones defensivas más fuertes. Ordeno a todos los soldados indios que permanecen en la frontera con Pakistán que no ofrezcan ninguna resistencia a las fuerzas pakistaníes que entren en nuestro país, y que cooperen proporcionando mapas completos de todas nuestras defensas, y todos los códigos y libros de códigos. Todo nuestro material en la frontera debe ser entregado también a Pakistán.

Pido que todos los ciudadanos de la India que queden bajo la tutela del gobierno pakistaní sean tratados con la misma generosidad con que, si la situación fuera a la inversa, desearías que nosotros tratáramos a tu pueblo. Sean cuales sean las ofensas pasadas que se hayan cometido entre nuestras familias, perdonémonos mutuamente y no cometamos nuevas ofensas, y tratémonos como hermanos y hermanas que han sido fieles a rostros distintos del mismo Dios, y que ahora deben unirse hombro con hombro para defender a la India contra el invasor cuyo único dios es el poder y que sólo adora la crueldad.

Muchos miembros del gobierno indio, el ejército y el sistema educativo huirán a Pakistán. Te suplico que les abras tus fronteras, pues si permanecen en la India, sólo habrá muerte o cautiverio en su futuro. Todos los demás indios no tienen motivos para temer ser perseguidos individualmente por los chinos, y os pido que no huyáis a Pakistán, sino que permanezcáis en la India, ya que, con la voluntad de Dios, pronto seréis liberados.

Yo mismo permaneceré en la India, para soportar la carga que el conquistador coloque sobre mi pueblo. Prefiero ser Mandela que De Gaulle. No habrá ningún gobierno en el exilio. Pakistán controla ahora el gobierno del pueblo indio. Digo esto con toda la autoridad que me otorga el Congreso.

Que Dios bendiga a todas las personas honradas y las mantenga en libertad.

Tu hermano y amigo,

Tikal Chapekar

Para Bean, volar sobre las áridas tierras del sur de la India era como un extraño sueño, donde el paisaje no cambiaba nunca. O más bien, era un videojuego, con un ordenador componiendo cada escenario del vuelo, reciclando los mismos algoritmos para crear el mismo tipo de escenario en general, nunca iguales del todo en detalle.

Como los seres humanos. El ADN difería sólo en diminutas proporciones de una persona a otra, y sin embargo esas diferencias creaban santos y monstruos, locos y genios, constructores y destructores, amantes y ladrones. En la India vivía más gente que en todo el mundo hacía sólo dos o tres siglos. Más personas vivían en ese país que las que habían vivido en toda la historia del mundo hasta la época de Cristo. Toda la historia de la Biblia y la *Ilíada* y Herodoto y Gilgamesh y todo lo que habían recompuesto arqueólogos y antropólogos, todas aquellas relaciones humanas, todos aquellos logros, podrían haber sido realizados por la gente que sobrevolamos ahora mismo, con gente que queda para vivir historias nuevas que nadie más oiría.

En pocos días, China conquistaría suficiente gente para componer cinco mil años de historia humana, y los tratarían como si fuesen hierba, para segarla al mismo nivel, y si alguien se alzaba sería arrancado de cuajo.

¿Y qué estoy haciendo yo? Volar en una máquina que habría provocado al profeta Ezequiel un ataque al corazón antes de poder haber escrito que había visto un tiburón en el cielo. Sor Carlotta solía bromear diciendo que la Escuela de Batalla era la rueda en el cielo que Ezequiel había visto en su visión. Y aquí estoy yo, como una figura salida de una antigua visión, ¿y qué estoy haciendo? De los miles de millones de personas a las que podría haber salvado, elijo a la que mejor conozco y aprecio, y arriesgo las vidas de un par de centenares de buenos soldados para hacerlo. Y si salimos de ésta con vida, ¿qué haré entonces? ¿Pasar los pocos años de vida que me queden ayudando a Peter Wiggin a derrotar a Aquiles para que consiga exactamente lo que Aquiles ya está a punto de llevar a cabo: unir la humanidad bajo el mando de un gobernante demente y ambicioso?

A sor Carlotta le gustaba citar aquello de vanidad de vanidades, todo vanidad. No hay nada nuevo bajo el sol. Un tiempo para dispersar las rocas y otro tiempo para reunirlas.

Bueno, mientras Dios no le dijera a nadie para qué eran las rocas, podría dejar las rocas en paz y encontrar a mi amiga, si puedo.

Mientras se acercaban a Hyderabad, captaron un montón de conversaciones por radio. Material táctico de los satrads, no sólo el tráfico de la red que cabría esperar del ataque sorpresa chino a Birmania que el ensayo de Peter había disparado. A medida que se fueron acercando, los ordenadores de a bordo distinguieron las señales por radio de tropas chinas además de indias.

—Parece que el grupo de recogida de Aquiles se nos ha adelantado —dijo Suriyawong.

—Pero no hay disparos —observó Bean—. Lo cual significa que ya han llegado a la sala de planificación y retienen como rehenes a los miembros de la Escuela de Batalla.

—Eso es —dijo Suriyawong—. Hay tres helicópteros en el tejado.

—Habrá más en el patio, pero vamos a complicarles la vida y acabemos con esos tres.

Virlomi no estaba del todo segura.

—¿Y si piensan que es el ejército indio que ataca y matan a los rehenes?

—Aquiles no es tan estúpido para no asegurarse de quién efectúa los disparos antes de empezar a usar su viaje de regreso a casa.

Fue como una práctica de tiro al blanco, y tres misiles destruyeron a tres helicópteros, así de fácil.

—Ahora pasemos a las aspas y mostremos las insignias tailandesas —dijo Suriyawong.

Fue, como siempre, un momento de tensión antes de que las aspas se hicieran cargo de la caída. Pero Bean estaba acostumbrado a aquella sensación de náusea acuciante y al mirar por las ventanillas advirtió que los soldados indios aplaudían y vitoreaban.

—Oh, de repente nos hemos convertido en los buenos —dijo Bean.

—Opino que sólo somos los no-tan-malos —contestó Suriyawong.

—Creo que estáis corriendo un riesgo irresponsable con las vidas de mis amigos —dijo Virlomi.

Bean se puso serio de inmediato.

—Virlomi, conozco a Aquiles, y la única manera de impedir que mate a tus amigos por despecho es mantenerle preocupado y desequilibrado; no darle tiempo a desplegar toda su maldad.

—Quería decir que si uno de esos misiles se hubiera desviado, habría alcanzado la sala en la que están y los podría haber matado a todos.

—Oh, ¿eso es lo que te preocupa? Virlomi, yo he entrenado a esos hombres. Soy consciente de que hay situaciones en las que tal vez fallarían, pero ésta no es una de ellas.

Virlomi asintió.

—Comprendo. La confianza del comandante en jefe. Ha pasado mucho tiempo desde que tuve un escuadrón propio.

Unos cuantos helicópteros permanecieron en el aire, controlando el perímetro; la mayoría se posó delante del edificio donde se encontraba la sala de planificación. Suriyawong ya había informado por satrad a los líderes de las compañías de que iba a entrar en el edificio. Saltó del helicóptero en cuanto la puerta se abrió, Virlomi echó a correr tras él, y el grupo empezó a ejecutar el plan.

De inmediato, el helicóptero de Bean despegó y, seguido por otro helicóptero, rodeó el edificio para posarse al otro lado. Allí encontraron a los otros dos helicópteros chinos con las aspas rotando. Bean hizo que su piloto se posara de forma que las armas del aparato apuntaran a los lados de los dos helicópteros chinos. Entonces salió junto con los treinta hombres que le acompañaban cuando los soldados chinos hacían lo mismo.

El otro helicóptero de Bean permaneció en el aire, esperando a ver si eran necesarios primero sus misiles o las tropas de dentro.

Los chinos superaban en número a los hombres de Bean, pero ése no era el problema. Nadie disparó, porque los chinos querían salir de allí con vida, y no había ninguna esperanza de hacerlo si empezaban a disparar, porque el helicóptero que estaba en el aire se limitaría a destruir ambos aparatos chinos y entonces no importaría lo que sucediera en tierra, porque nunca regresarían a casa y su misión sería un fracaso.

Los dos pequeños ejércitos formaron como los regimientos de las guerras napoleónicas, en filas ordenadas. A Bean le dieron ganas de gritar algo parecido a «calen las bayonetas» o «carguen», pero nadie usaba mosquetes y, además, el principal objetivo estaba a punto de salir por la puerta del edificio.

Y allí estaba, corriendo hacia el helicóptero más cercano, sujetando a Petra por el brazo y casi arrastrándola.

Aquiles tenía una pistola. Bean deseó que uno de sus tiradores lo abatiera, pero sabía que entonces los chinos abrirían fuego y sin duda Petra moriría. Así que llamó a Aquiles, quien no le hizo el menor caso.

Bean sabía cuál era su propósito: entrar en el helicóptero mientras todo el mundo mantenía el alto el fuego; entonces Bean estaría indefenso, incapaz de hacerle nada por miedo a dañar a Petra.

Bean utilizó su satrad y el helicóptero en el aire hizo lo que el artillero estaba entrenado para hacer: disparó un misil que estalló justo detrás del helicóptero chino más cercano. El aparato bloqueó el estallido, de modo que Petra y Aquiles no resultaron heridos, pero la nave se estremeció y cayó de costado y, cuando las aspas chocaron contra el suelo, se dio la vuelta y quedó destrozado contra un barracón. Unos cuantos soldados intentaron sacar a otros que habían sufrido fracturas o heridas diversas antes de que el helicóptero se incendiara.

Aquiles y Petra se encontraban ahora en el centro del patio despejado. El único helicóptero chino restante estaba demasiado lejos para alcanzarlo corriendo. Aquiles hizo lo único que podía hacer, dadas las circunstancias: colocó a Petra delante y le apoyó el cañón de la pistola en la cabeza. No era un movimiento que enseñaran en la Escuela de Batalla, estaba sacado directamente de los vids.

Mientras tanto, el oficial chino al mando (un coronel, si Bean recordaba correctamente cómo traducir las insignias de rango, lo cual era un escalafón muy alto para una operación a pequeña escala como ésa) avanzó con sus hombres. Bean no tuvo que indicarle que cualquier movimiento para situarse entre los hombres de Aquiles y los de Bean iniciaría los disparos, ya que la situación sólo sería de empate mientras Bean tuviera capacidad para matar a Aquiles en el momento en que causara daño a Petra.

Sin mirar a los soldados que tenía cerca, Bean dijo:

—¿Quién tiene una pistola de dardos?

Le dieron una.

—Prepare una de verdad también —murmuró alguien.

—Espero que el ejército indio no se dé cuenta de que Aquiles no tiene a ningún chico indio con él —añadió otro—. No creo que tengan el menor respeto por una armenia.

Bean apreció que sus hombres fueran capaces de calibrar la situación, pero no era momento de halagos.

Se apartó de sus hombres y se dirigió hacia Aquiles y Petra. Cuando lo hacía, vio que Suriyawong y Virlomi salían por la puerta por la que acababa de salir también el coronel chino.

—Todo seguro —gritó Suriyawong—. Cargando. Aquiles ha matado sólo a uno de los nuestros.

—¿Uno de los «nuestros»? —replicó Aquiles—. ¿Cuándo se convirtió Sayagi en uno de los vuestros? ¿Quieres decir que no te importa a quien mate, siempre que no sea un mocoso de la Escuela de Batalla soy un asesino?

—Nunca vas a escapar en ese helicóptero con Petra —dijo Bean.

—Sé que nunca voy a escapar sin ella —contestó Aquiles—. Si no la tengo en mi poder, volarás ese helicóptero en trocitos tan pequeños que tendréis que usar una cucharilla para recogernos.

—Entonces supongo que uno de mis tiradores de precisión tendrá que dispararte.

Petra sonrió.

Le estaba diciendo que sí, que lo hiciera.

—El coronel Yuan-xi considerará la misión un fracaso, y matará a tantos de vosotros como pueda. A Petra primero.

Bean vio que el coronel había ordenado a sus hombres que subieran al helicóptero, aquellos que le habían acompañado al salir del edificio y los que se habían desplegado de los helicópteros antes de que llegara Bean. Sólo él, Aquiles y Petra permanecían fuera.

—Coronel —dijo Bean—, la única forma de que esto no termine en un baño de sangre es que confiemos el uno en el otro. Le prometo que mientras Petra siga con vida, ilesa y conmigo, usted podrá despegar sin ninguna interferencia por mi parte ni de mi fuerza de choque. Lo cierto es que para mí carece de importancia si se lleva a Aquiles o decide dejarlo.

La sonrisa de Petra se desvaneció, sustituida por un rostro que era una clarísima máscara de furia. No quería que Aquiles escapara.

No obstante, seguía deseando vivir, por eso no decía nada, para que Aquiles no supiera que exigía su muerte, incluso al coste de su propia vida.

Lo que ignoraba era el hecho de que el comandante chino tenía que cumplir unas condiciones mínimas para el éxito de su misión: tenía que llevarse a Aquiles consigo cuando se marchara. De lo contrario, mucha gente moriría, ¿y para qué? Las peores acciones de Aquiles ya estaban hechas. A partir de ese momento, ya nadie confiaría en su palabra. El poder que ahora consiguiera sería a través de la fuerza y el miedo, no mediante el engaño y la persuasión. Lo cual significaba que se labraría enemigos cada día, empujando a la gente a los brazos de sus oponentes.

Aún podría ganar más batallas y más guerras, incluso podría parecer que triunfaba por completo, pero, como

Calígula, las personas más cercanas a él acabarían convertidas en asesinos. Y cuando muriera, hombres igual de malvados, pero quizá no tan locos, ocuparían su lugar. Matarle en ese momento no supondría tanta diferencia para el mundo.

Salvar a Petra, sin embargo, sí representaría una diferencia para el mundo de Bean. Había cometido errores que condujeron a la muerte de Poke y sor Carlotta. No pensaba cometer ninguno más. Petra viviría porque Bean no podría soportar que no fuera así. Ella ni siquiera tenía voto en ese asunto.

El coronel sopesaba la situación.

Aquiles, no.

—Voy a avanzar hacia el helicóptero ahora. Tengo el dedo apoyado en el gatillo. No me hagas vacilar, Bean.

Bean sabía lo que estaba pensando Aquiles: ¿Puedo matar a Bean en el último momento y escapar, o debo postergar ese placer?

Y ésa era otra ventaja para Bean, porque su pensamiento no estaba nublado por ideas de venganza personal.

Aunque eso no era del todo cierto, porque también él estaba intentando pensar en algún modo de salvar a Petra y matar a Aquiles.

El coronel se situó detrás de Aquiles antes de darle su respuesta a Bean.

—Aquiles es el arquitecto de la gran victoria china, y debe venir a Beijing, donde se le espera para recibirlo con todos los honores. Mis órdenes no dicen nada de la armenia.

—Nunca nos dejarán despegar sin ella, idiota —intervino Aquiles.

—Señor, le doy mi palabra. Aunque Aquiles ya ha asesinado a una mujer y una niña que no le hicieron más que bien, y merece morir por sus crímenes, le dejaré marchar con usted.

—Entonces nuestras misiones no entran en conflicto —concluyó el coronel—. Acepto sus términos, siempre que también acepte cuidar de los hombres que queden detrás según las reglas de la guerra.

—Acepto.

—Yo estoy al mando de esta misión —objetó Aquiles—, y no acepto.

—Usted no está al mando de nuestra misión, señor —repuso el coronel.

Bean sabía exactamente qué iba a hacer Aquiles. Apartaría la pistola de la cabeza de Petra el tiempo suficiente para dispararle al coronel. Esperaba que ese movimiento sorprendiera a la gente, pero Bean no se dejó sorprender. Alzó la mano con la pistola de dardos antes de que Aquiles empezara a volverse hacia el coronel.

Pero Bean no fue el único que sabía qué cabía esperar de Aquiles. El coronel se había acercado lo suficiente para poder arrancarle la pistola a Aquiles de un manotazo. Al mismo tiempo, con la otra mano, el coronel golpeó a Aquiles cerca del codo, y aunque el golpe pareció sin fuerza, el brazo de Aquiles se dobló en un ángulo extraño hacia atrás. Aquiles emitió un grito de dolor y cayó de rodillas al tiempo que soltaba a Petra. Ella inmediatamente se hizo a un lado, y en ese momento Bean disparó el dardo tranquilizante. Pudo ajustar el tiro en el último segundo, y la diminuta bala golpeó la camisa de Aquiles con tanta fuerza que aunque el casquillo chocó contra la tela, el tranquilizante atravesó el tejido y penetró en la piel de Aquiles, que se derrumbó inmediatamente.

—Sólo es un tranquilizante —explicó Bean—. Despertará dentro de unas seis horas, con dolor de cabeza.

El coronel se quedó allí de pie, sin mirar todavía a Aquiles, con los ojos fijos en Bean.

—Ahora no hay ningún rehén. Su enemigo está en el suelo. ¿Hasta qué punto puedo confiar en su palabra, señor, ahora que las circunstancias han cambiado?

—Los hombres de honor son hermanos, sin importar el uniforme que vistan. Puede subirlo a bordo y despegar. Le recomiendo que vuele en formación con nosotros hasta que estemos al sur de las defensas que rodean Hyderabad, entonces podrá seguir su propio rumbo, y nosotros el nuestro.

—Es un buen plan —dijo el coronel.

Se arrodilló y empezó a recoger el cuerpo inerte de Aquiles. Fue difícil, así que Bean, a pesar de su pequeño tamaño, se adelantó a ayudarlo cogiendo a Aquiles por las piernas.

Petra estaba ya de pie, y cuando Bean la miró descubrió que estaba observando la pistola de Aquiles, que yacía en el suelo junto a ella. Bean casi pudo leerle los pensamientos. Matar a Aquiles con su propia arma sería tentador, y Petra no había dado su palabra.

Pero antes de que pudiera moverse hacia el arma, Bean le apuntó con su pistola de dardos.

—Tú también podrías despertarte dentro de seis horas con dolor de cabeza.

—No será necesario —dijo ella—. Sé que también me ata tu palabra.

En lugar de agacharse a recoger la pistola, ayudó a Bean a cargar con el cuerpo de Aquiles.

Lo subieron a la amplia puerta del helicóptero. Los soldados del interior del aparato lo agarraron y se lo llevaron al interior, presumiblemente a un lugar donde pudieran asegurarlo durante las maniobras. El helicóptero estaba abarrotado, pero sólo de hombres: no había suministros ni munición pesada, así que volaría con normalidad. Tan sólo sería incómodo para los pasajeros.

—No querrá usted volver a casa en ese helicóptero —dijo Bean—. Le invito a venir con nosotros.

—Pero nuestros destinos no coinciden —respondió el coronel.

—Conozco a ese chico que acaba de subir a bordo —dijo Bean—. Aunque no recuerde lo que ha hecho usted cuando despierte, alguien se lo dirá algún día, y cuando lo sepa, estará usted marcado. Nunca olvida. Acabará matándolo.

—Entonces habré muerto obedeciendo mis órdenes y cumpliendo mi misión.

—Asilo pleno y una vida dedicada a liberar China y todas las demás naciones del tipo de mal que representa.

—Sé que pretende usted ser amable —observó el coronel—, pero me hiere en el alma que me ofrezcan tales recompensas por traicionar a mi país.

—Su país está en manos de hombres sin honor —insistió Bean—. Sin embargo, se mantienen en el poder gracias al honor de hombres como usted. ¿Quién, entonces, traiciona a su país? No, no tenemos tiempo para discutir. Yo me limito a plantar la idea para que arraigue en su alma.

Bean sonrió y el coronel le devolvió la sonrisa.

—Entonces es usted un diablo, señor, como los chinos hemos sabido siempre que son los europeos.

Bean lo saludó. Él devolvió el saludo, subió a bordo y la puerta del helicóptero se cerró.

Bean y Petra se apresuraron a apartarse de la corriente de aire mientras el aparato chino se elevaba. Permaneció allí flotando mientras Bean ordenaba que todos entraran en el helicóptero que quedaba en tierra. Menos de dos minutos después, también su helicóptero se elevó y los dos aparatos salieron juntos del edificio, donde fueron escoltados por los otros helijets de la fuerza de choque de Bean.

Volaron juntos hacia el sur, lentamente, usando los rotores. Los indios no les dispararon. Sin duda los oficiales indios sabían que sus mejores mentes militares iban a un sitio donde estarían mucho más seguros que en Hyderabad, o cualquier otro lugar de la India, una vez que llegaran las tropas chinas.

Entonces Bean impartió la orden, y todos sus helicópteros se elevaron, detuvieron las aspas para poner los jets en funcionamiento y pusieron rumbo a Sri Lanka.

Dentro del helicóptero, Petra contemplaba sombría su cinturón de seguridad. Virlomi estaba junto a ella, pero ninguna de las dos hablaba.

—Petra —dijo Bean.

Ella no alzó la cabeza.

—Virlomi nos encontró, no nosotros a ella. Gracias a ella, hemos podido venir a buscaros.

Petra siguió sin alzar la cabeza, pero extendió una mano y la colocó sobre las manos de Virlomi, cruzadas sobre su regazo.

—Fuiste valiente y buena —dijo Petra—. Gracias por compadecerte de mí.

Entonces alzó la cabeza para mirar a Bean.

—En cambio a ti no te doy las gracias, Bean. Estaba dispuesta a matarlo y lo habría hecho. Habría encontrado un modo.

—Al final acabará encontrando la muerte. Cometerá un error, como Robespierre, como Stalin. Otros verán su pauta y cuando se den cuenta de que va a llevarlos a la guillotina, decidirán que ya han tenido bastante y entonces morirá.

—Pero ¿a cuántos matará por el camino? Y ahora tus

manos están manchadas con toda su sangre, porque lo subiste vivo a ese helicóptero. Y las mías también.

—Te equivocas —replicó Bean—. Él es el único responsable de sus asesinatos. Y te equivocas sobre lo que habría sucedido si hubiéramos permitido que te llevara. No habrías sobrevivido a ese viaje.

—Eso no lo sabes.

—Conozco a Aquiles. Cuando ese helicóptero se hubiera elevado veinte pisos, te habría empujado por la puerta. ¿Y sabes por qué?

—Para que tú vieras el espectáculo.

—No, habría esperado a que yo me fuera —dijo Bean—. No es tan estúpido. Considera su supervivencia más importante que tu muerte.

—¿Entonces por qué matarme ahora? ¿Por qué estás tan seguro?

—Porque te rodeaba con el brazo como un amante. Mientras te apuntaba a la cabeza con la pistola, te sujetaba con afecto. Creo que antes de subirte a bordo pretendía besarte. Quería que yo viera eso.

—Ella nunca permitiría que la besara —dijo Virlomi con disgusto.

Pero Petra miró a Bean y las lágrimas de sus ojos eran más sinceras que las valientes palabras de Virlomi. Ya había permitido que Aquiles la besara. Igual que Poke.

—Te marcó —dijo Bean—. Te amaba. Tenías poder sobre él. Cuando ya no te necesitara como rehén para que yo no lo matara, no podías seguir viviendo.

Suriyawong se encogió de hombros.

—¿Qué lo hizo ser así?

—Nada —respondió Bean—. No importa por qué terribles trances hubiese tenido que pasar, no importa qué temibles ansias surgieran en su alma: él eligió actuar siguiendo esos deseos, él eligió las acciones que llevó a cabo. Él es responsable de sus propias acciones, y nadie más. Ni siquiera los que le salvaron la vida.

—Como tú y yo hoy —dijo Petra.

—Quien le ha salvado la vida hoy ha sido sor Carlotta. Lo último que me pidió fue que dejara la venganza en manos de Dios.

—¿Crees en Dios? —preguntó Suriyawong, sorprendido.

—Cada vez más —asintió Bean—. Y también cada vez menos.

Virlomi tomó las manos de Petra entre las suyas y dijo:

—Ya basta de culpas y basta de Aquiles. Estás libre. A partir de ahora ya no tendrás que pensar en qué te hará si oye lo que dices, y cómo actuar cuando podría estar vigilando. A partir de ahora sólo podrá hacerte daño si sigues conservándolo en tu corazón.

—Escúchala, Petra —dijo Suriyawong—. Es una diosa, ya sabes.

Virlomi se echó a reír.

—Salvo puentes y atraigo helicópteros.

—Y me bendijiste —añadió Suriyawong.

—Nunca he hecho eso.

—Lo hiciste cuando me pisaste la espalda —dijo Suriyawong—. Todo mi cuerpo es ahora el camino de una diosa.

—Sólo la parte trasera —dijo Virlomi—. Tendrás que encontrar a alguien que te bendiga por delante.

Mientras bromeaban, medio ebrios por el éxito y la libertad y la abrumadora tragedia que dejaban atrás, Bean miró a Petra, vio las lágrimas que caían sobre su regazo, y deseó extender la mano y secar esas lágrimas. Pero ¿de qué serviría? Aquellas lágrimas habían surgido de profundos pozos de dolor, y su mero contacto no haría nada por secarlas en su fuente. Haría falta tiempo para eso, precisamente algo de lo que él no disponía. Si Petra había de conocer la felicidad (felicidad, esa cosa preciosa de la que había hablado la señora Wiggin), sería cuando compartiera su vida con alguien más. Bean la había salvado, la había liberado, no tanto para formar parte de su vida, sino para no tener que soportar la culpa de su muerte como soportaba las muertes de Poke y Carlotta. Lo había hecho por egoísmo, en cierto modo. Pero en otro sentido no habría nada para él después de todo el trabajo de ese día.

Excepto que cuando llegara su muerte, más temprano que tarde, bien podría mirar el trabajo de ese día con más orgullo que ninguna otra cosa en su vida. Porque había vencido. En medio de toda la terrible derrota, había encontrado una victoria. Había impedido que Aquiles cometiera un nuevo asesinato. Había salvado la vida de su más querida amiga, aunque ella no se lo había agradecido todavía. Su ejército había hecho lo que debía, y no habían perdido ni una sola vida de los doscientos hombres que le habían encomendado. Antes siempre había formado parte de la victoria de otro. Ese día había ganado él.

20
Hegemón

A: Chamrajnagar%Jawaharla@ifcom.gov
De: PeterWiggin%freeworld@hegemón.gov
Asunto: Confirmación

Querido Polemarca Chamrajnagar:

Gracias por permitirme reconfirmar su nombramiento como Polemarca en mi primer acto oficial. Ambos sabemos que yo le di sólo lo que ya tenía, mientras que usted, al aceptar esa confirmación como si realmente significara algo, devolvió al cargo de Hegemón parte de la importancia que ha perdido en los acontecimientos de los últimos meses. Muchos consideran que es un gesto estéril nombrar un Hegemón que sólo lidera un tercio de la raza humana y no ejerce ninguna influencia concreta sobre el tercio que oficialmente lo apoya. Muchas naciones corren para alinearse junto a los chinos y sus aliados, y vivo bajo la constante amenaza de que mi cargo sea abolido como uno de los primeros gestos que puedan hacer para ganarse el favor de la nueva superpotencia. Soy, por expresarlo con claridad, un Hegemón sin hegemonía.

Y por eso es tanto más notable su generoso gesto hacia el mismo individuo a quien una vez consideró el peor de todos los Hegemones posibles. La debilidad de mi carácter que entonces señaló no se ha desvanecido por arte de magia. Es sólo por comparación con Aquiles, y sólo en un mundo donde su tierra natal gime bajo el yugo chino, donde empiezo a aparecer como una alternativa atractiva o una fuente de esperanza en vez de desesperación. No obstante, y a pesar de mis debilidades, también tengo fuerzas, y le hago una promesa:

Aunque está usted atado por juramento a no usar nunca la Flota Internacional para influir en el curso de los acontecimientos en la Tierra, excepto para interceptar armas nucleares o castigar a quienes las usen, sé que sigue siendo un hombre de la Tierra, un hombre de la India, y que se preocupa profundamente por lo que le sucede a todo el pueblo, en especial a su propio pueblo. Por tanto le prometo que dedicaré el resto de mi vida a convertir este mundo en un lugar del que se sienta orgulloso, por su pueblo, y por todos los pueblos. Y espero conseguirlo antes de que uno de nosotros muera, para que pueda alegrarse del apoyo que me ha brindado hoy.

Sinceramente,

Peter Wiggin, Hegemón

Más de un millón de indios lograron salir del país antes de que los chinos cerraran las fronteras. De una población de mil quinientos millones, eran demasiado pocos. Al menos diez millones fueron deportados a lo largo del siguiente año a las frías tierras de Manchuria y los altos desiertos de Sinkiang. Entre los deportados se encontraba Tikal Chapekar. Los chinos no informaron a nadie de su destino ni del de ninguno de los otros «antiguos opresores del pueblo indio». Lo mismo, a menor escala, sucedió con las elites gobernantes de Birmania, Tailandia, Vietnam, Camboya y Laos.

Como si este nuevo trazado del mapa mundial no fuera suficiente, Rusia anunció que se aliaba con China, y que consideraba a las naciones del este de Europa que no eran miembros leales del Nuevo Pacto de Varsovia como provincias en rebelión. Sin realizar un solo disparo, Rusia consiguió, mediante el simple trámite de prometer no convertirse en una carga tan terrible como China, reescribir el Pacto de Varsovia hasta que fue más o menos la constitución de un imperio que incluía toda Europa al este de Alemania, Austria, e Italia al sur, y el este de Suecia y Noruega al norte.

Las agotadas naciones de Europa occidental «agradecieron» rápidamente la «disciplina» que Rusia aportaba a Europa, y Rusia fue nombrada inmediatamente miembro de pleno derecho de la Comunidad Europea. Como Rusia controlaba los votos de más de la mitad de los miembros de esa comunidad, haría falta un tira y afloja constante para mantener algo que se pareciera a la independencia, y en vez de jugar a ese juego, Gran Bretaña, Irlanda, Islandia y Portugal abandonaron la Comunidad Europea. Pero incluso así se esforzaron mucho por asegurar al oso ruso que lo hacían por motivos puramente económicos y que agradecían sinceramente este renovado interés ruso por Occidente.

Estados Unidos, que hacía tiempo que saltaba al compás de China en asuntos de comercio, protestó un poco por el asunto de los derechos humanos y luego volvió a los negocios como de costumbre, usando la cartografía por satélite para redibujar el mapa del mundo para que encajara con la nueva realidad y luego vendiendo los atlas resultantes. En el África subsahariana, donde la India había sido durante un tiempo la mayor influencia cultural y el principal aliado comercial, la pérdida de la India fue mucho más devastadora, y los africanos lealmente denunciaron la conquista china mientras trataban de buscar nuevos mercados para sus productos. Latinoamérica condenó con más energía a los agresores, pero al carecer de fuerzas militares de importancia, su denuncia no causó trastorno alguno. En el Pacífico, Japón, con su flota dominante, podía permitirse seguir firme; las otras naciones isleñas que se enfrentaban a China, no demasiado lejana, no tuvieron tantos lujos.

De hecho, la única fuerza que se alzó con firmeza contra Rusia y China mientras reforzaban sus fronteras fueron las naciones islámicas. Irán olvidó magnánima que las tropas pakistaníes habían acechado sus fronteras un mes antes de la caída de la India, y los árabes se unieron a los turcos con solidaridad musulmana contra cualquier intento ruso de hacerse con el Cáucaso o las vastas estepas de Asia central. Nadie pensó seriamente que los militares islámicos pudieran resistir un ataque serio por parte de China, y Rusia apenas era menos peligrosa, pero los musulmanes olvidaron sus rencillas, confiaron en Alá y mantuvieron las fronteras preparadas con la advertencia de que ese hueso sería duro de roer.

Así estaba el mundo el día en que Peter «Locke» Wiggin fue nombrado nuevo Hegemón. China hizo saber que la elección de un Hegemón era una afrenta, pero

Rusia fue algo más tolerante, sobre todo porque muchos gobiernos que votaron a favor de Wiggin también hicieron una declaración pública de que el puesto era más decorativo que práctico, un gesto hacia la unidad mundial y la paz, y no un intento de hacer retroceder las conquistas que habían traído la «paz» a un mundo inestable.

No obstante, en privado muchos líderes de esos mismos gobiernos aseguraron a Peter que esperaban que hiciera todo lo posible para suscitar «transformaciones» diplomáticas en los países ocupados. Peter los escuchó amablemente y los tranquilizó, aunque sólo le inspiraban desprecio, pues sin poder militar no tenía modo de negociar con nadie sobre nada.

Su primer acto oficial fue reconfirmar el nombramiento del Polemarca Chamrajnagar, un acto que China rechazó oficialmente y consideró ilegal, porque el cargo de Hegemón ya no existía, y aunque no pensaban interferir en el liderazgo continuado de Chamrajnagar al frente de la Flota, cortarían sus aportaciones económicas a la Hegemonía o a la Flota. Peter confirmó entonces a Graff como ministro de Colonización de la Hegemonía, y una vez más, porque su trabajo no era en la Tierra, China se vio obligada a limitarse a cortar su contribución de fondos.

La falta de dinero forzó la siguiente decisión de Peter. Trasladó la capital de la Hegemonía fuera de los Países Bajos, a los que devolvió el autogobierno, cosa que detuvo inmediatamente la inmigración feroz a esas naciones. Clausuró la mayoría de los servicios de la Hegemonía en todo el mundo excepto los programas de ayuda e investigación agrícola y médica. Trasladó las oficinas principales de la Hegemonía a Brasil, un país que ofrecía varias ventajas importantes:

Primero, era un estado lo bastante extenso y poderoso para que los enemigos de la Hegemonía no lo provocaran demasiado pronto asesinando al Hegemón dentro de sus fronteras.

Segundo, estaba en el hemisferio sur, con fuertes vínculos económicos con África, el resto de América y el Pacífico y, al establecerse allí Peter, se mantenía dentro de la corriente principal del comercio y la política internacional.

Y tercero, Brasil había invitado a Peter Wiggin a trasladarse allí. Nadie más lo había hecho.

Peter no se hacía ilusiones respecto al cargo de Hegemón. No esperó que nadie acudiera a él. Al contrario: él acudió a los demás.

Por eso dejó Haití, cruzó el Pacífico y fue a Manila, donde Bean, su ejército y los indios rescatados habían encontrado refugio provisional. Peter sabía que Bean todavía estaba enfadado con él, así que se sintió aliviado no sólo de que accediera a verlo, sino de que lo tratara con claro respeto cuando llegó. Sus doscientos soldados se volvieron a saludarlo, y cuando Bean le presentó a Petra, Suriyawong, Virlomi y los otros miembros indios de la Escuela de Batalla, lo hizo como si presentara sus amistades a un hombre de rango superior.

Delante de todos ellos, Bean pronunció un pequeño discurso.

—Ofrezco a Su Excelencia el Hegemón los servicios de este grupo de soldados, veteranos de guerra, antiguos oponentes, y ahora, a causa de la traición, exiliados de sus patrias y hermanos de armas. No ha sido una decisión mía, ni siquiera de la mayoría. Se ofreció a cada uno la posibilidad de elegir, y eligieron hacer esta oferta de servicio. Somos pocos, pero nuestros servicios a otras naciones han sido valiosos antes. Esperemos que ahora podamos servir a una causa más grande que ninguna nación, y cuyo fin sea el establecimiento de un nuevo y honorable orden mundial.

Peter se sorprendió sólo por la formalidad de la oferta, y porque fue presentada sin ningún tipo de negociación previa. También advirtió que Bean había dispuesto que hubiera cámaras presentes para que la noticia se divulgara. Así que Peter respondió brevemente aceptando la oferta, alabando sus logros y expresando su pesar por el sufrimiento de sus pueblos. Sería positivo: veinte segundos en los vids, y al completo en las redes.

Cuando acabaron las ceremonias, hicieron inventario: todo el equipo que habían podido rescatar de Tailandia. Incluso sus pilotos cazabombarderos y las tripulaciones de las patrulleras habían conseguido llegar a Filipinas, así que el Hegemón tenía una fuerza aérea y una flota. Peter asintió y fue haciendo graves comentarios a medida que observaba cada elemento del inventario: las cámaras seguían grabando.

Sin embargo, más tarde, cuando estuvieron a solas, Peter se permitió por fin una triste risa de burla hacia sí mismo.

—Si no fuera por vosotros no tendría nada —admitió—. Pero comparar esto con las enormes flotas y ejércitos y aviones que antes tenía el Hegemón...

Bean lo miró con frialdad.

—El cargo tenía que ser recortado antes de entregártelo.

La luna de miel, al parecer, había terminado.

—Sí —convino Peter—, es cierto, claro.

—Y el mundo tenía que estar desesperado, y la existencia del cargo de Hegemón puesta en duda.

—También eso es verdad —dijo Peter—. Y por algún motivo pareces enfadado por eso.

—Es porque, aparte de la tendencia de Aquiles a asesinar de vez en cuando, un detalle a tener en cuenta, no veo mucha diferencia entre vosotros dos. Ambos admitís que la gente sufra sin necesidad si con ello lográis cumplir vuestras ambiciones personales.

Peter suspiró.

—Si ésa es toda la diferencia que ves, no comprendo cómo me has ofrecido tus servicios.

—Veo otras diferencias, por supuesto. Pero son cuestiones de grado, no de tipo. Aquiles hace tratos que no pretende cumplir. Tú simplemente escribes ensayos que tal vez hayan salvado naciones, pero retrasas su publicación para que esas naciones caigan, poniendo al mundo en una posición desesperada para que así te nombren Hegemón.

—Tienes razón —asintió Peter—, pero sólo si crees que de haber publicado antes la noticia habría salvado a la India y Tailandia.

—Al principio de la guerra, la India todavía tenía suministros y equipo para resistir el ataque chino. Las fuerzas tailandesas aún estaban dispersas y eran difíciles de hallar.

—Pero si hubiera publicado al principio de la guerra, la India y Tailandia no habrían visto el peligro, y no me habrían creído. Después de todo, el gobierno tailandés no te creyó a ti, a pesar de que les advertiste de todo.

—Tú eres Locke.

—Ah, sí. Como poseo tanta credibilidad y prestigio, las naciones temblarán y creerán todas mis palabras. ¿No se te olvida algo? Por insistencia tuya, tuve que revelar al mundo que soy un estudiante universitario. Aún me estaba recuperando de este descalabro, tratando de demostrar en Haití que podía gobernar. Tal vez tuviera prestigio para que me tomasen en serio en la India y Tailandia... o tal vez no. Y si me precipitaba en divulgarlo, antes de que China estuviera preparada para actuar, China lo habría negado todo, la guerra habría continuado, y entonces mi publicación no habría servido de nada. No habría podido disparar la invasión en el momento exacto en que necesitabas que lo hiciera.

—No me dirás que ése era tu plan desde el principio.

—Mi plan era retener la publicación hasta que pudiera presentarlo como un acto de poder en vez de un acto de futilidad. Sí, estaba pensando en mi prestigio, porque ahora mismo el único poder que tengo es ese prestigio y la influencia que me da con los gobiernos del mundo. Es una moneda que invierte muy despacio, y si se gasta de manera inefectiva, desaparece. Así que, en efecto, protejo ese poder con mucho cuidado, y lo uso con discreción, para que más tarde, cuando lo necesite, pueda recurrir a él.

Bean guardó silencio.

—Odias lo que pasó en la guerra —prosiguió Peter—. Yo también. Es posible (no probable, pero sí posible) que si hubiera divulgado antes la noticia, la India hubiera preparado una resistencia real. Tal vez hoy en día seguirían luchando, millones de soldados estarían cayendo mientras hablamos. En cambio, de esta forma China ha conseguido una victoria limpia, casi incruenta. Y ahora los chinos tienen que gobernar una población casi del doble que la suya propia, con una cultura tan antigua y absorbente como la suya. La serpiente se ha tragado a un cocodrilo, y la pregunta se formulará una y otra vez: ¿Quién está devorando a quién? Tailandia y Vietnam serán igual de indómitos, y en cuanto a Birmania, ni siquiera los birmanos han conseguido gobernarla. Mi decisión ha salvado vidas. Ha dejado al mundo con una clara imagen moral de quién dio la puñalada por la espalda y quién fue apuñalado. Y deja a China victoriosa y a Rusia triunfante, pero con poblaciones cautivas y furiosas que gobernar y que no las defenderán cuando llegue la lucha final. ¿Por qué crees que China hizo rápidamente las paces con Pakistán? Porque sabían que no podían librar una guerra con el mundo islámico con la amenaza constante de una revuelta en la India y sus sabotajes. Y esa alianza entre China y Rusia... ¡vaya chiste! Dentro de un año estarán peleando, y volverán a debilitarse mutuamente a lo largo de la frontera siberiana. Para quienes piensan de manera superficial, China y Rusia parecen haber triunfado. Pero nunca he creído que tú pensaras superficialmente.

—Entiendo —asintió Bean.

—Pero no te importa. Sigues enfadado conmigo.

Bean permaneció en silencio.

—Es difícil ver cómo todo esto parece actuar en mi ventaja —dijo Peter—, y no echarme la culpa por beneficiarme del sufrimiento de los demás. Pero el verdadero tema es: ¿qué podré hacer, y qué haré, ahora que en teoría soy el líder del mundo, y prácticamente el administrador de una pequeña base de impuestos, unas cuantas agencias de servicios internacionales y este pequeño ejército que me has dado hoy? Llevé a cabo mis movimientos para dar forma a los acontecimientos de manera que, cuando consiguiera este puesto, mereciera la pena tenerlo.

—Ya, pero por encima de todo, para conseguir este puesto.

—Sí, Bean. Soy arrogante. Creo que soy la única persona que comprende qué hay que hacer y qué hace falta para conseguirlo. Creo que el mundo me necesita. De hecho, soy aún más arrogante que tú. ¿A eso se reduce todo? ¿Tendría que haber sido más humilde? ¿Sólo a ti se te permite expresar tus habilidades cándidamente y decidir que eres el mejor hombre para un puesto concreto?

—No quiero el trabajo.

—Ni yo tampoco, tal como es ahora —replicó Peter—. Lo que quiero es el trabajo donde el Hegemón habla y la guerra cesa, donde el Hegemón puede redibujar las fronteras y derogar las leyes defectuosas y desarticular los cárteles internacionales y ofrecer a toda la humanidad una oportunidad para vivir decentemente en paz y con la libertad que permita cada cultura. Y voy a hacer ese trabajo, paso a paso. No sólo eso, voy a hacerlo con tu ayuda, porque quieres que alguien lo lleve a cabo, y sabes, igual que yo, que soy el único que puede hacerlo.

Bean asintió en silencio.

—Sabes todo eso, y sigues enfadado conmigo.

—Estoy enfadado con Aquiles. Estoy enfadado con la estupidez de quienes se negaron a escucharme. Pero tú estás aquí, y ellos no.

—Es más que eso —dijo Peter—. Si no hubiese nada más, habrías superado esa ira mucho antes de que tuviéramos esta conversación.

—Lo sé —asintió Bean—. Pero no te gustará oírlo.

—¿Porque herirá mis sentimientos? Déjame que yo lo diga. Estás enfadado porque cada palabra que sale de mi boca, cada gesto, cada expresión de mi rostro te recuerda a Ender Wiggin. Sólo que no soy Ender, nunca seré Ender; piensas que Ender debería estar ocupando mi puesto, y me odias por ser quien hizo que Ender tuviera que marcharse.

—Es irracional —dijo Bean—. Lo sé. Sé que al enviarlo lejos le salvaste la vida. La gente que trató de matarme habría intentado con más denuedo acabar con Ender sin que Aquiles hubiera tenido que decirles nada. Le habrían temido a él mucho más que a ti o a mí. Lo sé. Pero te pareces tanto a él. Y sigo pensando que si Ender estuviera aquí no habría estropeado las cosas como yo lo he hecho.

—Tal como yo lo veo, es al revés. Si tú no hubieras estado allí con Ender, él la habría cagado al final. No, no discutas, no importa. Lo que sí importa es que el mundo es tal como es ahora, y nosotros estamos en una posición en la que, si nos movemos con cuidado, si lo planificamos todo bien, podremos arreglarlo. Podemos hacer que sea mejor. Sin resquemores. Sin desear poder deshacer el pasado. Miramos al futuro y lo llevamos adelante.

—Miraré al futuro, y te ayudaré todo lo que pueda. Pero lamentaré lo que haya que lamentar.

—Muy bien —dijo Peter—. Ahora que estamos de acuerdo en eso, creo que deberías saberlo. He decidido resucitar el cargo de Estrategos.

Bean soltó un silbido.

—¿Vas a entregar ese título al comandante de una fuerza de doscientos hombres, un par de aviones, un par de barcos y una compañía agobiada de planificadores estratégicos?

—Bueno, si yo puedo ser Hegemón, tú puedes aceptar un título como ése.

—Me he dado cuenta de que en ninguno de los vids aparece ese título.

—No, no quiero que la gente oiga las noticias mientras ve los vids de un niño. Quiero que se enteren de tu nombramiento como Estrategos mientras ven imágenes de la victoria sobre los fórmicos y oyen voces en off sobre tu rescate de los miembros indios de la Escuela de Batalla.

—Bien, acepto. ¿Tendré un uniforme bonito?

—No. Al ritmo en que estás creciendo, tendremos que comprarlos demasiado a menudo, y nos arruinarías.

Una expresión pensativa nubló el rostro de Bean.

—¿He vuelto a ofenderte? —dijo Peter.

—No. Estaba preguntándome qué dijeron tus padres cuando revelaste que eras Locke.

Peter se echó a reír.

—Oh, fingieron que ya lo sabían. Padres.

Siguiendo las sugerencias de Bean, Peter emplazó el cuartel general de la Hegemonía en un compuesto en las afueras de la ciudad de Ribeirão Preto en el estado de São Paulo. Allí tendrían excelentes conexiones aéreas con cualquier lugar del mundo, rodeados de pequeñas ciudades y tierras agrícolas. Estarían lejos de cualquier cuerpo gubernamental. Era un lugar agradable donde vivir mientras planeaban y se entrenaban para conseguir el modesto objetivo de liberar a las naciones cautivas mientras se preparaban contra cualquier nueva agresión.

La familia Delphiki salió de su escondite y se reunió con Bean en la seguridad del compuesto de la Hegemonía. Grecia era ahora parte del Pacto de Varsovia, y no podían volver a casa. Los padres de Peter también fueron, porque comprendían que serían objetivos de quienes quisieran llegar a Peter. Les dio a ambos trabajo en la Hegemonía, y si el cambio en sus vidas les importó nunca dieron muestras de ello.

Los Arkanian también dejaron su tierra, y fueron a vivir alegremente a un lugar donde no les robarían a sus hijos. Los padres de Suriyawong habían conseguido escapar de Tailandia, y trasladaron la fortuna familiar y sus negocios a Ribeirão Preto. Otras familias tailandesas e indias con lazos con el ejército de Bean o los graduados de la Escuela de Batalla fueron también, y pronto hubo barrios enteros donde apenas se hablaba el portugués.

En cuanto a Aquiles, no oyeron noticias suyas mes tras mes. Presumiblemente había vuelto a Beijing. Presumiblemente, se estaba abriendo paso para conseguir instalarse en el poder de un modo u otro. Pero se permitieron, mientras el silencio continuaba, esperar que tal vez los chinos, después de haberlo utilizado, lo conocieran ahora lo suficientemente bien para mantenerlo apartado de las riendas del poder.

Una tarde de invierno, en junio, Petra recorrió el cementerio del pueblo de Araraquara, sólo a veinte minutos en tren de Ribeirão Preto. Se aseguró de que se acercaba a Bean desde una dirección en la que pudiera verla venir. Pronto se colocó a su lado y contempló la lápida.

—¿Quién está enterrado aquí? —preguntó.

—Nadie —dijo Bean, sin mostrar ninguna sorpresa al verla—. Es un cenotafio.

Petra leyó los nombres que había escritos.

Poke.

Carlotta.

Nada más.

—Hay una lápida por sor Carlotta en alguna parte de Ciudad del Vaticano —dijo Bean—. Pero no se pudo recuperar ningún cadáver que enterrar. Y a Poke la incineró gente que ni siquiera sabía quién era. Virlomi me dio esta idea.

Virlomi había levantado un cenotafio para Sayagi en el pequeño cementerio hindú que ya existía en Ribeirão Preto. Era un poco más elaborado: incluía fechas de nacimiento y muerte, y lo llamaba «hombre de satyagraha».

—Bean, es una locura que vengas aquí sin guardaespaldas. Con esta lápida aquí los asesinos pueden abatirte antes de que aparezcas.

—Lo sé.

—Al menos podrías haberme invitado a venir.

Bean se volvió hacia ella, con lágrimas en los ojos.

—Éste es mi lugar de vergüenza —dijo—. Me esforcé mucho para que tu nombre no estuviera aquí.

—¿Eso es lo que te dices a ti mismo? Aquí no hay ninguna vergüenza, Bean. Sólo hay amor. Y por eso pertenezco a este lugar, con las otras chicas solitarias que te entregaron sus corazones.

Bean se volvió hacia ella, la abrazó, y lloró en su hombro. Había crecido y era ya lo bastante alto para poder hacerlo.

—Me salvaron la vida. Me dieron la vida.

—Eso es lo que hacen las buenas personas —dijo Petra—. Y luego mueren, todas ellas. Es una jodida lástima.

Él se rió, aunque Petra no supo si por su palabrota o de sí mismo, por llorar.

—Nada dura eternamente, ¿no?

—Todavía viven dentro de ti.

—¿Y yo dentro de quién vivo? Y no digas que de ti.

—Lo haré si quieres. Me salvaste la vida.

—Nunca tuvieron hijos, ninguna de las dos —dijo Bean—. Nadie abrazó a Poke ni a Carlotta como un hombre abraza a una mujer, ni tuvo un hijo con ellas. Nunca llegaron a ver crecer a sus hijos y tener hijos propios.

—Así lo decidió sor Carlotta.

—Pero Poke no.

—Las dos te tuvieron a ti.

—Ésa es la futilidad de todo. El único hijo que tuvieron fui yo.

—Entonces... les debes el continuar, casarte, tener más hijos que las recuerden por ti.

Bean contempló la distancia.

—Tengo una idea mejor. Déjame que te hable sobre ellas. Y cuéntaselo tú a tus hijos. ¿Lo harás? Si pudieras prometérmelo, entonces creo que podría soportar todo esto, porque no desaparecerán de la memoria cuando yo muera.

—Claro que lo haré, Bean. Pero hablas como si tu vida hubiera terminado ya, y está sólo empezando. Mírate, estás creciendo, pronto tendrás la altura de un hombre, y...

Él le puso un dedo en los labios, suavemente, para hacerla callar.

—No tendré ninguna esposa, Petra. Ni hijos.

—¿Por qué no? Si me dices que has decidido meterte a cura te secuestraré yo misma y te sacaré de este país católico.

—No soy humano, Petra —dijo Bean—. Y mi especie muere conmigo.

Ella se rió ante aquel chiste.

Pero cuando él la miró a los ojos, vio que no era un chiste. Fuera lo que fuese lo que quería decir con aquello, realmente pensaba que era cierto. No era humano. Pero ¿cómo podía pensar eso? De todas las personas que Petra conocía, ¿quién era más humano que Bean?

—Volvamos a casa —dijo Bean finalmente—, antes de que venga alguien y nos dispare por intrusos.

—A casa.

Bean sólo entendió a medias.

—Lamento que no sea Armenia.

—No, tampoco considero que Armenia sea mi hogar —dijo ella—. Y, desde luego, la Escuela de Batalla tampoco lo fue, ni Eros. Ésta es mi casa. Quiero decir, Ribeirão Preto. Pero también este sitio. Porque... mi familia está aquí, por supuesto, pero...

Y entonces comprendió lo que intentaba decir.

—Es porque tú estás aquí. Porque eres el único que lo ha soportado todo conmigo. Eres el único que sabe de qué estoy hablando. Lo que estoy recordando. Ender. Aquel terrible día con Bonzo. Y el día que me quedé dormida en medio de la batalla en Eros. Y piensas que tú te avergüenzas. —Se echó a reír—. Pero no importa recordar incluso eso contigo, porque lo sabías, y sin embargo viniste a ayudarme.

—Tardé bastante tiempo.

Salieron juntos del cementerio, tomados de la mano porque ninguno de ellos quería sentirse aislado en ese momento.

—Tengo una idea —dijo Petra.

—¿Cuál?

—Si alguna vez cambias de opinión... ya sabes, respecto a casarte y tener bebés, recuerda mi dirección. Búscame.

Bean guardó silencio durante un largo instante.

—Ah —dijo por fin—. Ahora lo entiendo. He rescatado a la princesa, así que ahora puedo casarme con ella si quiero.

—Ése es el trato.

—Sí, bueno, ya veo que no lo has mencionado hasta que te enteraste de mi voto de celibato.

—Supongo que fue una perversidad por mi parte.

—Además, es una trampa. ¿No se supone que tengo que quedarme también con la mitad del reino?

—Tengo una idea mejor —respondió ella—. Puedes quedártelo todo.

Comentario final del autor

Tal como La voz de los muertos era una novela de un tipo distinto a El juego de Ender, también La sombra del Hegemón es un libro de carácter distinto a La sombra de Ender. Ya no nos encontramos limitados a los confines de la Escuela de Batalla en el asteroide Eros, luchando en la guerra contra los insectores alienígenas. Ahora, con el Hegemón, nos encontramos en la Tierra, jugando a lo que parece ser un descomunal juego de Risk: se trata de recurrir a la política y la diplomacia tanto para alcanzar el poder y mantenerlo como para garantizarse un lugar donde reposar en caso de perderlo.

En realidad, se parece esta novela a un clásico juego de ordenador, *Romance of the Three Kingdoms*, basado en una novela histórica sobre China, que afirma los lazos entre la historia, la ficción y el juego.

Aunque es cierto que la historia responde a fuerzas y condiciones irresistibles (consulte el instructivo libro *Guns, Germs, and Steel*, que debería ser de lectura obligada para cualquiera que desee escribir historia o novelas históricas, tan sólo para estar seguro de que entiende las reglas básicas), en un ámbito más concreto, la historia es como es por razones básicamente personales. Las razones por las cuales la civilización europea prevaleció sobre las civilizaciones indígenas de América residen en las implacables leyes de la historia; pero la razón por la cual fueron Cortés y Pizarro quienes prevalecieron sobre los imperios azteca e inca al vencer determinadas batallas en unos días concretos, en lugar de haber sido derrotados y aniquilados, como pudo haber ocurrido, tiene mucho que ver con su propia personalidad y con la personalidad y la historia reciente de los emperadores que se oponían a ellos. Y resulta que es precisamente el novelista, y no el historiador, quien dispone de la libertad para imaginar qué hace que un individuo humano haga las cosas que hace.

Algo que, evidentemente, no constituye una sorpresa. Las motivaciones humanas no pueden documentarse, por lo menos no de manera que sirvan a cualquier finalidad. Después de todo, raramente comprendemos nuestras propias motivaciones y, por lo tanto, incluso cuando escribimos lo que sinceramente creemos que son nuestras razones para tomar las decisiones que tomamos, nuestra explicación puede muy bien ser errónea, parcialmente errónea o, cuando menos, incompleta. Incluso cuando un historiador o un biógrafo dispone de gran cantidad de información, al final está obligado a un incómodo salto al abismo de la ignorancia antes de poder explicar por qué una persona hizo las cosas que en realidad hizo. La Revolución Francesa llevó a la anarquía de forma inexorable y, después, a la tiranía por razones comprensibles, siguiendo una senda predecible. Pero nada de esto podía haber presagiado la existencia de Napoleón, o ni siquiera el hecho de que podía surgir un único dictador tan bien dotado.

En cambio, los novelistas que escriben sobre los grandes líderes muy a menudo caen en el error opuesto. Capaces de imaginar las motivaciones personales, la gente que escribe novelas raramente conoce los rudimentos de los hechos históricos o comprende las fuerzas históricas que les permitan imaginar personajes creíbles en una sociedad igualmente creíble. Muchos de esos intentos resultan cómicamente erróneos, incluso cuando han sido escritos por gente que ha formado realmente parte del grupo de los que hacen y deciden, ya que, incluso esos que se han visto atrapados por el torbellino de la política muy raramente son capaces de ver a través de los árboles para comprender el conjunto del bosque. (Por otra parte, muchas novelas políticas o militares escritas por líderes políticos o militares tienden a ser autojustificativas y están escritas al servicio del autor, hasta el punto que son tan poco fiables como los libros escritos por los ignorantes.) ¿Sería probable que alguien que hubiera participado en la inmoral decisión de la administración Clinton de lanzar ataques no provocados sobre Afganistán y Sudán a finales del verano de 1998 escribiera una novela en la cual se narraran con detalle las exigencias políticas que condujeron a esos actos criminales? Cualquiera que se halle en disposición de conocer o imaginar la interacción real de deseos humanos entre los principales actores, será también tan culpable que le resultará imposible contar la verdad, incluso aunque sea lo bastante sincero para intentarlo, simplemente porque los involucrados están tan ocupados mintiéndose unos a otros y a sí mismos a lo largo de todo el proceso, que cualquiera que esté implicado tiene que estar cegado por los reflejos.

En LA SOMBRA DEL HEGEMÓN dispongo de la ventaja de escribir una historia que aún no ha ocurrido, ya que transcurre en el futuro. No treinta millones de años en el futuro, como en mi serie la *Saga del Retorno*, ni tan siquiera tres mil años en el futuro, como en la trilogía formada por LA VOZ DE LOS MUERTOS, ENDER EL XENOCIDA e HIJOS DE LA MENTE, sino sólo un par de siglos en el futuro, después de casi un siglo de estancamiento causado por la guerra de los Fórmicos. En la historia futura subyacente en LA SOMBRA DEL HEGEMÓN, las naciones y los pueblos de hoy resultan todavía reconocibles, aunque el equilibrio relativo de poderes entre ellos ha cambiado. Y tengo tanto la peligrosa libertad como la solemne obligación de narrar las historias marcadamente individuales de mis personajes mientras se mueven (o resultan movidos) por los altos círculos del poder entre las clases gobernantes y militares del mundo.

Si existe algo que pueda considerarse «el tema de estudio de mi vida» es precisamente éste: los grandes líderes y las grandes fuerzas que determinan la interacción de las naciones y las personas a través de la historia. Cuando era niño, por la noche me acostaba imaginando un mapa del mundo tal como era al final de los años cincuenta, cuando los grandes imperios coloniales empezaban a conceder la independencia a las colonias que, años atrás, habían formado esas grandes sábanas del rosa británico o del azul francés a través de África y del sur de Asia. Imaginaba todas esas colonias como países libres y, eligiendo uno de ellos o cualquier otra pequeña nación, imaginaba alianzas, uniones, invasiones y conquistas hasta que todo el mundo quedaba unido bajo un único y magnánimo gobierno democrático. Mis modelos eran Cincinnatus y George Washington, no César ni Napoleón. Leí *El príncipe* de Maquiavelo y *Auge y caída del tercer Reich* de Shirer, pero también las escrituras mormonas (en particular las historias del *Libro de Mormón* sobre los generales Gideon, Moroni, Helaman y Gidgiddoni y la sección 121 de Doctrina y Pactos) y la Biblia, y siempre intentaba imaginar cómo era posible gobernar bien cuando las leyes ceden ante la exigencia, y discernir las circunstancias en las cuales la guerra resulta justificada.

No pretendo que las elucubraciones y los estudios de mi vida me hayan proporcionado grandes respuestas, y no va usted a encontrar esas respuestas en LA SOMBRA DEL HEGEMÓN. Pero creo que comprendo algo de cómo funciona el mundo del gobierno, de la política y de la guerra, ambos capaces de lo mejor y de lo peor. He buscado la frontera entre fuerza y violencia, entre violencia y crueldad, y, en el otro extremo, entre bondad y debilidad, entre debilidad y traición. He considerado el hecho de que algunas sociedades son capaces de lograr que los hombres jóvenes maten y mueran venciendo al miedo mientras que otras parecen perder su voluntad de supervivencia, o cuando menos la voluntad de llevar a cabo lo que permite la supervivencia. Y LA SOMBRA DEL HEGEMÓN y los otros dos libros que faltan en este largo relato de la historia de Bean, Petra y Peter son mi mejor intento de aplicar lo que he aprendido en un relato donde grandes fuerzas, amplios grupos de población e individuos de carácter heroico —aunque tal vez no siempre virtuoso— se combinan para dar forma a una historia imaginada, aunque espero que creíble.

En ese esfuerzo me siento limitado por el hecho de que la vida real raramente es plausible: creemos que la gente podría o no haber realizado determinadas acciones sólo porque tenemos documentos. La ficción, que carece de esos documentos, se atreve a no ser la mitad de implausible. Por otro lado, podemos hacer lo que la historia nunca puede: asignar al comportamiento humano motivaciones que no serán refutadas por ningún testigo o prueba documental. Por lo tanto, a pesar de hacer todo lo posible para ser verídico respecto a cómo transcurre la historia, al final voy a depender de las herramientas del novelista. ¿Te preocupa lo que le ocurre a tal personaje? ¿O a ese otro? ¿Crees que ese personaje haría las cosas que digo que hace, por las razones que le asigno?

La historia, cuando se cuenta como una trama épica, a menudo adquiere la emocionante grandeza de Dvorak o Smetana, de Borodin o Mussorgsky, pero la ficción histórica debe encontrar también el intimismo y la disonancia de las delicadas piezas para piano de Satie o Debussy. Ya que la verdad de la historia se encuentra siempre en millones de melodías, porque la historia sólo importa a causa de los efectos que vemos o imaginamos en las vidas de la gente corriente que está atrapada por los grandes acontecimientos que lo conforman. Tchaikowsky puede entusiasmarme, pero me canso pronto de los grandes efectos, que tan huecos y falsos parecen en una segunda audición. Nunca me canso de Satie, ya que su música siempre sorprende y satisface. Si consigo estructurar esta novela en términos de Tchaikowsky, eso es aceptable y está bien; pero si logro proporcionar también algunos momentos de Satie, me sentiré mucho más complacido ya que ésa es la tarea más difícil y, en definitiva, más valiosa.

Además de mi interés durante toda mi vida por el estudio de la historia en general, dos libros me han influido de forma particular durante la escritura de LA SOMBRA DEL HEGEMÓN. Cuando vi la película *Ana y el Rey*, me sentí incómodo y disgustado por mi ignorancia de la historia real de Tailandia, y encontré *Thailand: A Short History* (Yale, 1982, 1984) de David K. Wyatt. Este autor escribe de forma clara y convincente, haciendo que la historia de este pueblo resulte a la vez inteligible y fascinante. Es difícil imaginar una nación que haya sido tan afortunada en la cualidad de sus líderes como Tailandia y los reinos que la precedieron, quienes lograron sobrevivir a invasiones procedentes de todas direcciones y a las ambiciones europeas y japonesas en el Sureste asiático, conservando su carácter nacional y manteniéndose, más que la mayoría de reinos y monarquías, sensibles a las necesidades del pueblo.

Hace tiempo, mi propio país tuvo líderes comparables a Mongkut y Chulalongkorn de Siam, y servidores públicos tan dotados y desinteresados como muchos de los hermanos y sobrinos de Chulalongkorn, pero, al contrario de lo ocurrido en Tailandia, Estados Unidos se ha convertido en una nación en declive, y mi pueblo tiene escasa voluntad para ser bien dirigido. El pasado de Estados Unidos y sus recursos convierten al país en uno de los principales actores, al menos por el momento. Sin embargo, naciones con menos recursos pero con una fuerte determinación pueden cambiar el curso de la historia mundial, como demostraron los hunos, los mongoles o los árabes, a veces con un efecto devastador o también, como el pueblo del Ganges ha demostrado, de forma mucho más pacífica.

Lo que me lleva al segundo libro: *Rag: The Making and Unmaking of British India* (Little, Brown, 1997), de Lawrence James. La historia moderna de la India se analiza como una larga tragedia de buenas, o cuando menos atrevidas, intenciones que conducen al desastre. En LA SOMBRA DEL HEGEMÓN, de forma consciente, he intentado hacerme eco de alguno de los temas que encontré en el libro de James.

Como siempre, he contado con la ayuda de otras personas que han leído el primer borrador de cada capítulo del libro para darme alguna idea sobre si conseguía lo que me proponía. Mi esposa Kristine, mi hijo Geoffrey, Katy H. Kidd, Erin y Phillip Ansher han sido mis primeros lectores, y les agradezco que me ayudaran a evitar algunos momentos de falta de claridad y eficacia.

Sin embargo, la persona que más ha influido para que este libro tenga la forma que tiene es el ya mencionado Phillip Ansher, ya que cuando leyó la primera versión del capítulo en donde Petra era rescatada de su cautiverio en Rusia y se unía a Bean, me comentó que había construido con tanto detalle su secuestro que resultaba bastante decepcionante la simplicidad con que se resolvía el problema. No me había dado cuenta de lo alto que había puesto el nivel de expectativas, pero comprendí que estaba en lo cierto: que la tan pronta liberación de Petra no sólo significaba la ruptura de una promesa implícita al lector, sino que resultaba poco plausible bajo esas circunstancias. Por eso, en lugar de plantear el secuestro de Petra como un acontecimiento temprano en una historia muy enrevesada, me di cuenta de que podía proporcionar una estructura global de toda la novela si partía en dos lo que debía haber sido una única novela. Al igual que la historia de Han Qing-Jao se impuso sobre ENDER EL XENOCIDA e hizo que se convirtiera en dos libros, también la historia de Petra se ha impuesto sobre este segundo libro de Bean, y ha hecho que en el futuro haya de existir un tercero, LA SOMBRA DE LA MUERTE (que puedo extender a la frase más larga del Salmo número 23: *El valle de las sombras y la muerte*; siempre resulta arriesgado ligarse tan pronto a un título). El libro que, al principio, había de ser el tercero, se convertirá en el cuarto: LA SOMBRA DEL GIGANTE. Y todo eso porque Phillip se sintió algo decepcionado y, lo más importante, me lo transmitió, tras lo cual reconsideré la estructura que había creado en mi inconsciente subvirtiendo mis planes conscientes.

Muy raramente escribo dos novelas al mismo tiempo, pero lo he hecho esta vez, yendo de una a otra entre LA SOMBRA DEL HEGEMÓN y SARAH, mi novela histórica sobre la esposa de Abraham (Shadow Mountain, 2000). Las novelas se reforzaron la una a la otra de forma singular. Ambas tratan sobre la historia en tiempos de caos y transformación, como aquellos en que el mundo está embarcado cuando escribo esto. En ambas narraciones, las lealtades personales, las ambiciones y las pasiones conforman a veces el curso de la historia y a veces navegan sobre las olas de la historia, intentando mantenerse justo delante de la cresta de la ola. Ojalá que quienes lean estos libros encuentren su camino para conseguir lo mismo. Es en la confusión del caos donde descubrimos lo que somos, si es que somos algo.

Como siempre, he contado con la colaboración de Kathelen Bellamy y Scott Allen, quienes me han ayudado a mantener abierta la comunicación con mis lectores. Muchos de los que visitaron y participaron en mis comunidades *online* en:

http://www.hatrack.com,

http://www.frescopix.com, y

http://www.nauvoo.com,

me ayudaron, a menudo en formas que ellos mismos no llegaron a conocer.

Muchos escritores producen su obra artística entre un torbellino de caos y tragedias domésticas; yo tengo la fortuna de escribir desde el interior de una isla de paz y amor, creada por mi esposa Kristine, mis hijos Geoffrey, Emily, Charlie Ben y Zina, y por buenos y queridos amigos que nos rodean y enriquecen nuestras vidas con su buena voluntad, su amable ayuda y agradable compañía. Tal vez escribiría mejor si mi vida fuera más miserable, pero lo cierto es que no me interesa en absoluto llevar a cabo ese experimento.

Con todo, escribo este libro en particular para mi segundo hijo, Charlie Ben, quien de manera silenciosa ha proporcionado grandes regalos a todos los que le conocen. En el seno de la pequeña comunidad de su familia, de los amigos de la escuela en el Gateway Education Center, y de los amigos de la iglesia en el Greensboro Summit Ward, Charlie Ben ha dado y recibido mucha amistad y amor sin decir una palabra. Mientras con gran paciencia soporta su dolor y sus limitaciones, contento recibe la amabilidad de los demás, y comparte generosamente su amor y alegría con quienes desean recibirlos. Contraído por su parálisis cerebral, sus movimientos corporales pueden parecer extraños e inquietantes para la gente, pero quienes desean observar más detenidamente, encuentran a un joven lleno de belleza, alegría, amabilidad y sentido del humor. Ojalá que todos nosotros aprendamos a ver más allá de esos signos externos y seamos capaces de mostrar nuestro verdadero yo a través de todas las barreras, por opacas que puedan parecer. Y Charlie, que nunca sostendrá este libro en sus propias manos ni lo leerá con sus propios ojos, podrá sin embargo oír cómo se lo leen sus cariñosos amigos y los miembros de la familia. Por lo tanto, a ti, Charlie, te digo: estoy orgulloso de todo lo que haces con tu vida, y me alegro de ser tu padre; aunque te merecías uno mejor, has sido lo bastante generoso para amar al que tienes.

Índice

IV
DECISIONES

Originario de Richland (Washington) y residente hoy en Greensboro (Carolina del Norte), Orson Scott Card es mormón practicante y sirvió a su Iglesia en Brasil entre 1971 y 1973. Ben Bova, editor de Analog, *le descubrió para la ciencia ficción en 1977. Card obtuvo el* Campbell Award *de 1978 al mejor autor novel y, a partir del éxito de la novela corta* ENDER'S GAME *y de su experiencia como autor dramático, en 1977 decidió dedicarse en exclusiva a la escritura. En 1997 fue invitado de honor en HISPACON, la convención anual de la ciencia ficción española, celebrada en Mataró (Barcelona).*

Su obra se caracteriza por la importancia que concede a los sentimientos y las emociones, y sus historias tienen también gran intensidad emotiva. Sin llegar a predicar, Card es un gran narrador que aborda los temas de tipo ético y moral con gran intensidad lírica.

La antología de relatos CAPITOL *(1983) trata temas cercanos a los que desarrolla en su primera novela,* HOT SLEEP *(1979), que después fue reescrita como* THE WORTHING CHRONICLE *(1982). Más recientemente ha unificado todos esos argumentos en una magna obra en torno a una estirpe de telépatas en* LA SAGA DE WORTHING *(1990* NOVA, *núm. 51). El ambiente general de esos libros se emparenta con el universo reflejado en* UN PLANETA LLAMADO TRAICIÓN *(1979), reeditada en 1985 con el título* TRAICIÓN *y cuya nueva ver-*

*sión ha aparecido recientemente en España (*Libros de bolsillo VIB, *Ediciones B).*

Una de sus más famosas novelas antes del gran éxito de EL JUEGO DE ENDER *(1985), es* MAESTRO CANTOR *(1980* NOVA, *núm. 13), que incluye temas de relatos anteriores que habían sido finalistas tanto del premio Nebula como del Hugo.*

La fantasía, uno de sus temas favoritos, es el eje central de KINGSMEAT, *y sobre todo de su excelente novela* ESPERANZA DEL VENADO *(1983* NOVA fantasía, *núm. 3), que fue recibida por la crítica como una importante renovación en el género. También es autor de* A WOMAN OF DESTINY *(1984), reeditada como* SAINTS *en 1988. Se trata de una novela histórica sobre temas y personajes mormones.*

Card ha abordado también la narración de terror (o mejor «de espanto», según su propia denominación), al estilo de Stephen King. Como ya hiciera antes con EL JUEGO DE ENDER, *Card convirtió en novela una anterior narración corta galardonada esta vez con el premio Hugo y el Locus. El resultado ha sido* NIÑOS PERDIDOS *(1992* NOVA Scott Card, *núm. 4), con la que ha obtenido un éxito parecido al de* EL JUEGO DE ENDER, *aunque esta vez en un género distinto que mezcla acertadamente la fantasía con el terror.*

Card obtuvo el Hugo en 1986 y el Nebula en 1985 con EL JUEGO DE ENDER *(1985* NOVA, *núm. 0), cuya continuación,* LA VOZ DE LOS MUERTOS *(1986* NOVA, *núm. 1), obtuvo de nuevo dichos premios (y también el Locus), siendo la primera vez en toda la historia de la ciencia ficción que un autor los obtenía dos años consecutivos. La serie continúa con* ENDER, EL XENOCIDA *(1991* NOVA, *núm. 50) y finaliza, aunque sólo provisionalmente, con el cuarto volumen,* HIJOS DE LA MENTE *(1996* NOVA, *núm. 100). En 1999 apareció un nuevo título,* LA SOMBRA DE ENDER *(1999* NOVA, *núm. 137), que retorna, en estilo e intención, a los hechos que se narraban en el título original de la serie,* EL JUEGO DE ENDER *(1985), esta vez en torno a la versión de un compañero del protagonista, Bean. La nueva serie, convertida en tetralogía, continúa con* LA SOMBRA DEL HEGEMÓN *(2001* NOVA, *núm. 145) y dos nuevos títulos:* LA SOMBRA DE LA MUERTE *y* LA SOMBRA DEL GIGANTE.

Hace ya unos años nos llegó la noticia de que se va a realizar la versión cinematográfica de EL JUEGO DE ENDER. *Orson Scott Card ha escrito el guión de la nueva película y, metido ya en el tema, parece que está trabajando en una nueva obra centrada en lo que sucede «antes» de la primera. El futuro lo dirá.*

El año 1987 fue el de su redescubrimiento en Norteamérica con la reedición de MAESTRO CANTOR, *la publicación de* WYRMS *y el inicio de una magna obra de fantasía:* The Tales of Alvin Maker. *La historia de Alvin, el «Hacedor», está prevista como una serie de libros donde se recrea el pasado de unos Estados Unidos alternativos en los que predomina la magia y se reconstruye el folclore norteamericano. El primer libro de la serie,* EL SÉPTIMO HIJO *(1987* NOVA fantasía, *núm. 6), obtuvo el premio Mundial de Fantasía de 1988, el premio Locus de fantasía de 1988 y el Ditmar australiano de 1989; también fue finalista en los premios Hugo y Nebula. El segundo,* EL PROFETA ROJO *(1988* NOVA fantasía, *núm. 12), fue premio Locus de fantasía en 1989 y finalista del Hugo y el Nebula. El tercero,* ALVIN, EL APRENDIZ *(1989* NOVA fantasía, *núm. 21), obtuvo, de nuevo, el premio Locus de fantasía en 1990 y fue finalista del Hugo y el Nebula. Tras seis años de espera ha aparecido ya el cuarto libro de la serie,* ALVIN, EL OFICIAL *(1995* NOVA, Scott Card, *núm. 9), y de nuevo mereció el premio Locus de fantasía en 1996. Sólo tres años después apareció* FUEGO DEL CORAZÓN *(1998* NOVA, *núm. 129) y no se sabe cómo ni cuándo acabará la serie en la que podrían faltar sólo los títulos* MASTER ALVIN *y* THE CRYSTAL CITY.

Algunas de sus más recientes narraciones se han unificado en un libro sobre la recuperación de la civilización tras un holocausto nuclear: LA GENTE DEL MARGEN *(1989* NOVA, *núm. 44). El conjunto de los mejores relatos de su primera época se encuentra recopilado en* UNACCOMPANIED SONATA *(1980). Conviene destacar una voluminosa antología de sus narraciones cortas en* MAPAS EN UN ESPEJO *(1990* NOVA Scott Card, *núm. 1), que se complementa con las ricas y variadas informaciones que sobre sí mismo y sobre el arte de escribir y de narrar el mismo Card incluye en sus presentaciones.*

Su última serie ha sido Homecoming *(la Saga del Retorno), que consta de cinco volúmenes. La serie narra un épico «retorno» de los humanos al planeta Tierra, tras una ausencia de más de 40 millones de años. Se inicia con* LA MEMORIA DE LA TIERRA *(1992* NOVA Scott Card, *núm. 2), y sigue con* LA LLAMADA DE LA TIERRA *(1993* NOVA Scott Card, *núm. 4),* LAS NAVES DE LA TIERRA *(1994* NOVA Scott Card, *núm. 5) y* RETORNO A LA TIERRA *(1995* NOVA Scott Card, *núm. 7), para finalizar con* NACIDOS EN LA TIERRA *(1995* NOVA Scott Card, *núm. 8).*

Por si ello fuera poco, Card ha empezado a publicar recientemente The Mayflower Trilogy, *una nueva trilogía escrita conjuntamente con su amiga y colega Kathryn H. Kidd. El primer volumen es* LOVELOCK *(1994* NOVA Scott Card, *núm. 6), y la incorporación de Kidd parece haber aportado mayores dosis de humor e ironía al estilo, siempre ameno, emotivo e interesante, de Orson Scott Card.*

En febrero de 1996 apareció la edición en inglés de OBSERVADORES DEL PASADO: LA REDENCIÓN DE CRISTÓBAL COLÓN *(1996* NOVA, *núm. 109), sobre historiadores del futuro ocupados en la observación del pasado (*«pastwatch»*), y centrada en el habitual dilema acerca de si una posible intervención «correctora» sería lícita o no. Una curiosa novela que* *parece implicar una revisión crítica de la historia, de la misma forma que puede encontrarse una sugerente crítica al* «american way of life» *en el interesantísimo relato* «América», *que se incluyera en* LA GENTE DEL MARGEN *(1989* NOVA, *núm. 44).*

Otra de sus novelas más recientes es EL COFRE DEL TESORO *(1996* NOVA, *núm. 121), una curiosa historia de fantasía y fantasmas, protagonizada por un genio de la informática convertido en millonario, y con un ajustado equilibrio de emotividad, ironía y tragedia. También es autor de* ENCHANTMENT *(1998), una novela de fantasía romántica en torno a leyendas rusas y la Norteamérica contemporánea.*

Card ha escrito también un manual para futuros escritores en HOW TO WRITE SCIENCE FICTION AND FANTASY *(1990), que obtuvo en 1991 el premio Hugo como mejor libro de ensayo del año.*

OTROS TÍTULOS
DE ESTA COLECCIÓN

RIMRUNNERS

C. J. CHERRYH

Bet Yeager parece haber tocado fondo: sin hogar, abandonada en una estación espacial destinada a desaparecer, se ha visto condenada a la marginación, de la que el crimen no queda excluido. Finalmente, la llegada de Loki, una presunta nave mercante con dudosas conexiones y tal vez en misión de espionaje, permitirá a Yeager recuperar su trabajo como «maquinista» en una nave espacial, pese a su nebuloso pasado, su falta de documentos y la persecución legal de que es objeto en la estación de Thule. Pero la huida de la estación espacial representa para Yeager la llegada a otro mundo más peligroso: la vida entre la tripulación de la Loki, su postura ante las rencillas internas y, tal vez, la necesidad de luchar contra aquellos con los que ha deseado volver durante tantos años.

EL PROFETA ROJO
ALVIN MAKER II

ORSON SCOTT CARD

Principios del siglo XIX. Una Norteamérica alternativa, no independizada todavía de la colonia británica, donde la magia y los conjuros del folclore son tan efectivos entre el hombre blanco como entre los pieles rojas. Alvin ha nacido en el seno de una familia de colonos. Es el séptimo hijo varón de un séptimo hijo varón y, por las circunstancias de su nacimiento, está llamado a ser un hacedor: un antagonista de los poderes innominables que persiguen la destrucción de todo lo creado. De ahí, las facultades mágicas con las que ha sido dotado. El profeta rojo se centra en los sangrientos enfrentamientos entre pieles rojas y colonos americanos. Alvin, conoce al jefe indio Ta-kumsaw y a su hermano Tenskwa-Tawa, el gran Profeta de los indígenas, y descubre con ellos la música verde de la tierra y el horror de la sangre.